LIVE!

魅丽文化 飞言情工作室

你我相遇

You and I met

清汤涮香菜——著

廣東旅游出版社
GUANGDONG TRAVEL & TOURISM PRESS
悦读书·悦旅行·悦享人生
中国·广州

图书在版编目（CIP）数据

你我相遇 / 清汤涮香菜著. — 广州 : 广东旅游出版社, 2023.8
ISBN 978-7-5570-3100-8

Ⅰ. ①你… Ⅱ. ①清… Ⅲ. ①长篇小说－中国－当代 Ⅳ. ① I247.5

中国国家版本馆 CIP 数据核字 (2023) 第 124445 号

你我相遇
NI WO XIANG YU

出　版　人：刘志松
总　策　划：曾英姿
责 任 编 辑：陈　吉
责 任 技 编：冼志良
责 任 校 对：李瑞苑
选 题 策 划：飞言情工作室
特 约 编 辑：胡　月
装 帧 设 计：殷　舍
封 面 绘 图：HENG-YUE

广东旅游出版社出版发行
地址：广东省广州市荔湾区沙面北街 71 号首、二层
邮编：510130
电话：020-87347732（总编室）　020-87348887（销售热线）
印刷：湖南天闻新华印务有限公司
（湖南望城湖南出版科技园 电话：0731-88387578）
开本：880 毫米 ×1230 毫米　1/32
字数：337 千字
印张：10.625
版次：2023 年 8 月第 1 版
印次：2023 年 8 月第 1 次印刷
定价：48.60 元

目录 >>>

C O N T E N T S

目录 >>>

C O N T E N T S

第一章 >>> “狐狸精”本人

盛夏的傍晚，天气无比闷热。街头的流浪狗“呼哧呼哧”吐着舌头，恹恹地走过。

今天是一年一度传统的情人节——七夕。大街上，情歌飘荡，玫瑰飘香，还有出双入对的小情侣，空气里弥漫着一股浓浓的恋爱味道。

“师傅，就停在这儿。”一个穿着浅色休闲衬衫的女孩从出租车后门钻出来，她脚步匆忙，似是有急事在身。

天空愈加昏暗，不多久就下起了淅淅沥沥的小雨。此刻，街头歌手正抱着一把吉他，温柔而深情地弹唱着：“我听见雨滴落在青青草地……”

歌词内容相当应景。

在这个特殊的节日里，池嘉觉得自己可能被“绿”了。

站在华灯初上的街道上，池嘉扬手擦了擦额头上的雨水，迈着充满火药味的步伐，冲进了一家名叫九号的餐厅。

方才那位抱着一大捧红玫瑰走进餐厅的男人，是她交往了快一年的男朋友江慎，但很明显，那束花不是为她准备的。要不是她今天提前收工，一路尾随江慎到了这里，还赶不上这么一出好戏。

九号是L市颇有名气的小资餐厅，池嘉虽然从来没有来吃过，却知道他们家的招牌菜。据说九号餐厅的老板是个实打实的大美人，所以生意才这样火爆。在如今这个看脸的社会，颜值也是一种资本。

“女士您好，请问您有预约吗？”门口的服务生温和有礼地接待了池嘉，却不知道她是一位势如猛虎的客人。

“我找人。”池嘉干脆利落地甩下三个字。

“哎！”服务生都没来得及阻止，就眼睁睁地看着池嘉冲进了餐厅。

餐厅说大不大，说小也不小，共有两层，布置得颇有节日氛围。出于职业病，池嘉第一反应竟然是这家店的装潢设计很不错。但她今天是来捉奸的，可没时间细细欣赏。

19号桌，池嘉很快发现了目标，但她并没有立即采取行动。果不其然，江慎将那捧骚气满满的红玫瑰递向一个女人，而那个女人——

池嘉愣在原地，那个女人很漂亮，眉目如画，却又多了几分妩媚。包裹在黑色紧身裙里的身材玲珑有致。腰细腿长胸大，这是女人最嫉妒的完美身材。

池嘉内心突然升起一股挫败感。都说输人不输阵，她后悔今天没有好好化个妆，只穿着衬衫、牛仔裤就跑来了，这显得自己很没气势。但这些都不是重点，重点是，她真的被“绿”了。

站在19号桌前，景芮打量着眼前送自己花且大献殷勤的男人，唇边勾着浅笑，让人捉摸不透，成熟中带着慵懒性感的韵味。毋庸置疑，这样的女人笑起来，非常赏心悦目，且分外勾人。

就连躲在一旁的池嘉也觉得这个女人漂亮，但漂亮又怎么了？一看就是个“狐狸精”，池嘉目不转睛地盯着19号桌的方向，越发笃定了自己的想法，在心里狠狠地骂了一声。

“送给你的。其实每次来这里吃饭，我都会深深地被你吸引，你真的很漂亮。”江慎现在眼里只有面前的美人，哪里注意到尾随他而来的池嘉，更预知不了即将到来的暴风雨。

景芮没有接那束玫瑰花，而是继续保持着微笑，双手抱臂，颇有兴致地和江慎聊了起来：“江先生，你知道吗？我们餐厅的食材都是我亲自挑选的，我挑选食材的标准很严格。”

见对方有兴趣和自己搭话，江慎觉得机会来了，于是笑道：“我当然知道，否则也不会有那么多人慕名而来了。”

“而我挑人的眼光更严格。”

景芮脸上的笑容一如既往地撩人，这让江慎自信不少，他用耐人寻味的语气问道："哦？有多严格？"

景芮顿了一下，目光自上而下又打量了江慎一番，然后凑到他耳边，慢吞吞地回了他几个字："你还不够格。"

江慎的笑容顿时凝固在脸上，相当尴尬。他这才明白，她对他的笑，只是在表达对他的不屑。

见那两人俯首帖耳、眉来眼去，池嘉终于忍无可忍。她大步向前，顺手拿了邻桌一杯红酒，以迅雷不及掩耳之势，将红酒倒在了江慎的头上。反应够快，动作够帅，可光这样，她还是不解气。

红色液体顺着头发往下滴，江慎无比愤怒地回过头，一回头，他还来不及反应，又挨了一记火辣辣的耳光。

池嘉的动作一气呵成。

"啪"的一声，把周围人的目光都吸引了过来，大家都是看热闹不嫌事大。

池嘉甩了甩手，力的作用是相互的，刚才那一耳光扇得太用力，她的手现在又疼又麻。

"小嘉。"

池嘉没给江慎说话的机会，换只手又给了江慎一巴掌："给你打对称！"

围观群众一阵唏嘘。

景芮什么场面没见过，此时她心里也明白是什么情况。只是这小姑娘看着清瘦，脾气倒是挺大的。

人不犯我，我不犯人。池嘉打小性格就这样，性子直，脾气暴，谁要是敢惹她，她必百倍奉还。

"你误会了……"江慎揉着脸，企图狡辩。

"你可以啊。"池嘉看了一眼身旁的景芮，气不打一处来，她一面推着江慎一面说，"一晚上约两个，效率还挺高啊。"

"你听我解释，不是你想的那样。我是打算下班以后带你来这边吃饭，想给你一个惊喜来着。你别这么冲动好不好？"

池嘉皱眉，迟疑了一下。

偏偏在这个节骨眼上，景芮哂笑着朝江慎说了一句："你可没告诉我你有女朋友。"

这句补刀非常及时。

一听景芮这话，池嘉完全炸了，她刚刚差点就信了"渣男"的话。

池嘉用高跟鞋在江慎的脚背上又踩又踱，嫌弃道："你可真恶心！"

骂完，池嘉转头就走。

江慎疼得龇牙咧嘴，他瞪了景芮一眼。

景芮却只是撩着头发笑了笑，依然妩媚动人。

"小嘉！"江慎扔了红玫瑰，一瘸一拐地追了出去。

闹剧告一段落后，餐厅里又恢复了节日的美好氛围。

景芮望着那女孩愤然离开的高挑背影，愣了好一会儿。直至对方的身影彻底消失在视野里，她才转头低声交代服务生："收拾一下，19 号桌的订单撤了。"

雨下了片刻便停了。此时空气清新，清凉舒适。

池嘉冲出餐厅后，手腕被一只有力的大手拽住，她回头，看见是江慎，立马甩开他的手，吼道："你别碰我。"

"我跟她真的没什么。"江慎努力辩解。

池嘉在前面气愤地走，江慎在后边奋力地追，一边追一边解释："我知道错了，我发誓，我以后一定跟其他女人保持距离。"

"江慎，誓不能乱发，小心被雷劈。"池嘉停下脚步，冷笑道，"还有，分手吧，以后你爱找谁就找谁，和我无关。"

池嘉做事向来不喜欢拖泥带水，她是个有底线、有原则的人，一旦打破了底线，她比谁都绝情。就好比现在，他们之间根本没有回旋的余地。

"我不同意分手，我不能没有你。"江慎觍着脸说道。

这句话简直是"渣男"的经典语录，但池嘉不是恋爱脑，这招对她没用。前一秒他还在跟其他女人调情，下一秒就扮演痴心情圣，戏剧变脸都不带这么快的。池嘉翻了个白眼，道："你恶不恶心？"

江慎看着池嘉说道："那就是个误会，我就开个玩笑，你原谅我这一次吧。"

池嘉不想听他的任何辩解，不耐烦道："滚！少来硌硬我。"

眼看自己怎么哀求认错都没用，江慎干脆破罐子破摔，吐槽道："池嘉，你也不想想，但凡是个正常男人谁受得了你？我们在一起都一年了，你连根手指头都不让我碰。"

好啊，"渣男"终于坦露心迹了。这些话彻底触及了池嘉的雷区，这无异于火上浇油，她昂头反问道："所以你喜欢我是假的，想睡我才是真的，对吧？”

“我不是这个意思。”

“不用解释。你自由了，以后你想睡谁就去睡谁，没人管。”说完，池嘉潇洒地转身，拦了辆出租车，扬长而去。

在出租车上，池嘉拉黑了江慎所有的联系方式。

在情人节这天分手，说起来也是个特别的经历。

大学四年，池嘉经历过几段感情，差点荣获“渣男收割机”的头衔。今天的事情，只能再一次印证她妈时常挂在嘴边的一句话：票子比感情重要，面包比爱情靠谱。

离开九号，池嘉并没有奔回家大哭一场来发泄自己的情绪，因为她觉得不值得。她直接打车回了公司，打开笔记本电脑，开始改效果图，仿佛今晚什么也没发生。她心里固然有些堵，但与其花时间在那儿伤春悲秋，还不如多接点单子，充实自己的小金库。

池嘉今年刚大学毕业，从校园过渡到职场不是一件容易的事。简历上赫然写着“应届生”，很多情况下这三个字就是被压榨的代名词。人事部经理笑脸盈盈，面试时只跟你谈工作内容，而工资福利含糊带过，还美其名曰年轻人目光要长远，刚毕业要把积累经验摆在第一位。

好在池嘉对现在的东家还算满意，大四上学期她就进入了 AS 当设计助理，熬了快一年，终于从助理熬到了设计师，底薪提了一大个档次。

都说当设计师的人，上辈子是折翼的天使。池嘉觉得她上辈子一定是个浑身骨折的天使，这辈子才做了室内设计师。

工作前，池嘉好歹也是他们系的系花。工作后，熬夜画图纸做建模，还要没完没了地跑工地。再这样下去，估计不到三十岁就成黄脸婆了。在这样艰苦的条件下，池嘉觉得她能找到对象，已经是个奇迹了。不过现在看来，这个奇迹不要也罢。

江慎比她大了好几岁，他们在同一栋写字楼上班，一来二去偶遇过几次，便留了联系方式。那段时间，两人聊得还算投机，没多久就确定了关系。快餐式爱情，来得快，去得也快。

现在想来，池嘉觉得她跟江慎分手是必然的。她从来没想过他们能长久，或许对于感情，她已经有些麻木了。

不知不觉，已经深夜十点了。

合上笔记本电脑，池嘉伸了个懒腰，看了看周围，发现办公室已经空空如也，她又是部门里最后离开的那个。

别看池嘉表面上是一副极不靠谱的模样，而且总把“嫁入豪门，当个阔太”这话挂在嘴边，但私底下是个工作狂，典型的拼命三娘。一个刚毕业的小姑娘，能在高手如云的AS升到设计师的位置，这就是铁证。

池嘉时不时给自己灌点心灵鸡汤，永远不要企图去依靠别人，什么都敌不过自己强大。

洗手间里，水哗哗地流着。池嘉抬头看见镜子里的自己，发了会儿呆。她早上出门时只化了个淡妆，白天跑工地挤公交流了不少汗，现在几乎是素颜状态。今天一整天，她都很累很疲惫。

她埋头捧了捧凉水泼在脸上，任水滴顺着脸颊往下滑，清醒多了。

即使失恋了，地球也照样转。

江慎来找过池嘉几次，她都没给他好脸色看。总的来说，分手并没影响到她的生活，反倒让她多了更多的时间和精力，心无旁骛地投入工作中。

八月份，设计三部好几个助理升了设计师，这免不得下班以后要庆祝一番。池嘉答应得爽快，她喜欢热闹，工作之余放松大多也是去泡吧喝酒。巧的是，这次聚餐地点又是在九号。

池嘉对这家餐厅印象深刻，因为这里记载了她抹不掉的屈辱史。

在池嘉进入餐厅没多久，更巧的事情发生了。她又看到了上次那张脸，挂着像那晚一样妩媚勾人的笑容。她正和身边的男人谈笑，只不过这一次的男人，又换了。

池嘉之所以注意到景芮，一来是景芮坐在比较显眼的位置，二来是有的女人气质长相天生就出类拔萃，很难不引人注意。

女人看女人的眼光就是准，还真是个“狐狸精”。池嘉望着景芮的方向，腹诽着。

景芮抬头时，目光恰好瞥到了池嘉，她也认出了这张脸。景芮发现对方正盯着自己看，于是她索性侧了侧身，光明正大地望着池嘉。

两个女人连对视都像在较量。

池嘉今天精心打扮了一番，穿了条女人味十足的短裙，她觉得自己未必会输给景芮。她朝景芮翻了个经典的池式大白眼后，就转过头继续和身边的人谈天说地。

几秒的时间，景芮也将池嘉打量了一遍，的确比那晚惊艳不少。只是看到那个不太友善的大白眼后，景芮忍不住突然笑了起来。

“景总，你笑什么？”

“没什么。你们吃，我还有事。”景芮回神，优雅起身，嘴角上扬，往池嘉的方向走去。

为了保证用餐环境的舒适，九号一直将客人的入座率控制在百分之八十左右，并且需要提前一个星期预约，还不是每次都能成功预约。

要不是同事坚持要来这里，像池嘉这种风风火火的人，是绝对不会来这种餐厅吃饭的，她在公司附近随便找家火锅店就能打发了。

服务生把菜品一道道端上来，菜品的卖相很好。

“看着不错，不知道味道怎么样。”

“像这种网红餐厅，味道能好到哪儿去？也就你们几个笨蛋相信。”池嘉日常调侃着部门里的这群大老爷们儿。

“那也不一定，我看这里人气还可以。”

“老板不漂亮，你们会大老远地跑过来？”池嘉瞥了瞥同行的那几个男同胞，一语道破。这群男人的花花肠子可太好猜了。

AS 设计三部，除去经理，剩下的基本是刚毕业的年轻人。部门里总共六男一女，池嘉一枝独秀，成日里被这群绿叶衬托着、呵护着。加上她业务能力出众，在部门里就是个中心人物。

“再漂亮哪能有我们池女王漂亮，我们想看美女抬头就行，犯得着跑这么远吗。”

“没错，老板绝对不可能有我们池女王漂亮。”

“那是肯定。”

池嘉：“……”

瞬间，同事们一个个都化身马屁精。毕竟就快到月底了，各设计部门得进行产值评比，他们还指望着池嘉能多开几单，拿下第一呢。

虽然知道这群人说话不着调，但是内容还是让池嘉感到很舒心。她嫌弃地笑了笑，说道：“少来，你们有这精力还不如多去哄哄客户。快月底了，都开几单了？”

“小嘉姐，大家好不容易一起出来吃顿饭，别这么扎心好吗？”

池嘉说的话确实扎心，像他们这种刚入职场不久的小透明，没资源没人脉，客户都是自己一个个争取来的。哪像公司的老牌设计师，平时只是在办公室里坐着，就有单子主动找上门。

不过话说回来，池嘉还挺想见见这家餐厅的老板的，想看看她是不是真如外界传的那样，美得摄人心魂。

菜香扑鼻，池嘉夹了一块牛腩送进嘴里，细细品着，酥烂入味。可能因为一开始她就没抱什么期待，所以才觉得这菜意外地好吃，色香味俱佳。原来这家餐厅在L市人气高，不仅仅是因为女老板长得好看。

池嘉从早上开始就没怎么吃东西，中午也只嚼了点牛肉干。她饿着肚子上客户那儿量房，一直忙到现在才有喝口水的机会。池嘉这会儿已经饿得前胸贴后背了，她连吃了几口饭，吃相跟三天没进食一样。

他们这行也就听着风光，平时工作起来都是累得没人形。池嘉逢人就能说出一百个不做室内设计师的理由。

跟部门一群糙汉共事久了，池嘉的吃相也变得豪迈起来。

不远处，景芮的视线落在池嘉身上。

此时的池嘉正夹着青菜往嘴里狂塞，毫无淑女形象可言。

池嘉稍稍抬头，两人的目光又碰到了一起。因为嘴里塞满了食物，池嘉腮帮子鼓鼓的。

两人对视不过两秒。

眼前的女人让池嘉深刻地领悟到了什么叫作“风情万种”。而池嘉，也向对方完美诠释了什么叫作“女汉子”。

池嘉还以为这“狐狸精”是要来找她挑事，强吞下米饭，差点噎着，然后她挺直腰板，投过去一个自以为很高冷的眼神。

哪知道对方经过她身侧时，只是勾唇笑了笑，直接走了。

咦，这个笑，是什么意思？！

池嘉一愣，不明就里。直到一旁的同事提醒她嘴角沾了颗饭粒儿，她才反应过来刚才“狐狸精”那一笑是什么意思。

败了，自己算是彻底败了。

两次在这女人面前出糗，真是够了。放平时，她装一装，虽然不说能迷倒众生，但好歹也算是个美女。

池嘉狠狠抹掉嘴角残留的饭粒，继续夹菜。

几个男同胞挤眉弄眼，兴奋至极，潜台词是：哇，可真养眼！

只是当着池嘉的面，没有谁敢开口夸另一个女人漂亮。这是部门人人心知肚明的忌讳。

八点就吃完晚饭了，几个人兴致勃勃地想去蹦迪。

池嘉不知道吃撑了还是怎么的，觉得胃不大舒服。再加上这几天通宵作图，她今晚实在没精力去玩，只想回去洗个澡倒头就睡。

她摆手道："连着熬了几天夜，太累了。你们去玩吧，我就不去了。"

"要不要先送你回家？"同事问道。

客套话池嘉还是听得出来的，她连忙道："不用，你们好好玩。"

结账后，其他人都走了，饭桌上只留下池嘉一人。她揉了揉胃，还是难受，便问服务生要了杯温开水，慢慢地喝着。

然而十五分钟过去了，她趴在餐桌上，情形并没有好转。

胃开始绞痛起来，额头上冒起颗颗虚汗。

景芮在二楼注意到楼下这一幕，察觉情况不大对劲。

景芮踩着一层层实木阶梯下楼，然后走到池嘉身旁，俯下身子，关心地问道："小姐，你没事吧？"

一片黑影挡住了光线，空气中还传来淡淡的香水味。

池嘉捂着胃抬头，愣了一下。

果然不是冤家不碰头。

池嘉第一次这样近距离看对方的脸蛋，连睫毛都看得根根分明。她潜意识就觉得眼前这女人是"狐狸精"。那种喜欢同时周旋于多个男人之间，施展所谓魅力的"狐狸精"。这是她作为女人的直觉，一定错不了。

"胃不舒服？"景芮见池嘉一直用手压着胃，脸色苍白，怀疑她吃坏了肚子，于是便去扶她，"我送你去医院。"

她送自己去医院？池嘉不懂这是什么情况。

按理说，她们的关系应该水火不容。

在对方的手要碰到自己的时候，池嘉皱眉反感地躲开了，还气呼呼地吼了一句："不用你多管闲事。"

不过语气有点虚弱。

池嘉讨厌这个女人，而且不是一般的讨厌。

虽然她跟江慎勾搭在一起暧昧不清时，并不知道自己的存在，但这依然不妨碍池嘉讨厌她。可能有的人天生就气场不合吧。

脾气可真犟。景芮在内心感叹了一句后，又耐心地解释道："我是这里的老板，你在我的店里用餐后不适，我有责任送你去医院。”

原来老板就是她。

池嘉恍然大悟，她盯着对方的脸细细打量，这种颜值不进演艺圈简直就是浪费，也难怪外界把她传得神乎其神。

光这一副长相，就够蛊惑人的了。

但池嘉对她还是反感，看到这张脸，就会想起那晚她跟江慎调情时的狐媚模样。

池嘉没意识到自己看对方看得有点过于专注了。

景芮垂下眼眸，也不清楚池嘉这眼神是什么意思。她笑着凑近池嘉的脸，突然压低了声音：“你总是这样盯着我看，容易让我误会。”

方才吃饭时，景芮也发现池嘉在偷瞄自己。

池嘉没反应过来：“误会什么？”

景芮抿着嘴笑，凑到池嘉的耳畔轻轻耳语了一句。

池嘉听后，当即向景芮翻了一个大白眼，这大概是自恋的最高境界了吧？还真以为自己美到人神共愤？还是说，“狐狸精”都是这样的脑回路，否则怎么一天到晚勾三搭四的。

“小姐，”池嘉微笑着，咬牙切齿地回了对方一句，“我就是单纯地讨厌你。”

景芮见她面色越来越差，不再同她开玩笑：“走，我送你去医院。”

池嘉懒得理她，自己的胃自己清楚，本来就有点娇气，再加上工作以后总是饥一顿饱一顿的，闹点小毛病也是常情。她本以为自己还可以撑下去，结果一起身，就知道逞强了。更倒霉的是，她小腿绊到桌腿，整个人摇摇欲坠。

千钧一发之际，景芮及时搂住了池嘉的腰，将她抱稳。

又搂又抱，不知道的，还以为她们关系有多好呢。

池嘉不得不承认，“狐狸精”身上的香水味很好闻。

“放开我。”亏得对方自己才没摔个人仰马翻。池嘉站稳以后，转而翻脸不认人，丝毫没有感谢景芮的一抱之恩，她强忍着胃痛，气鼓鼓地说：“你这人讲不讲理？我说了不用你管。”

年纪不大，脾气倒是不小。

景芮蹙着眉头：“你以为我乐意多管闲事？就是因为讲道理，我才送你去医院。”

“我……”池嘉咬了咬下唇，再也嘴硬不起来。她的胃实在是难受得很，她还很不争气地主动扶了景芮一下，才能保持自己的平衡，池嘉觉得很别扭。

景芮无奈地望着她，又觉得好笑，还是伸手扶稳了她，道：“走吧。”

托胃疼的福，池嘉生平第一次坐跑车。限量版跑车往路上一开，迎面吹来的风都带着人民币的气息，够奢华。

原来做餐饮这么赚钱？池嘉转头看了一眼景芮，她正认真地开车。长而卷的发丝有些凌乱，在昏暗的光线下，侧脸轮廓显得十分柔美，仿佛还写着“有钱人”三个大字。

这样漂亮又有钱的姐姐，应该看不上江慎吧？池嘉心里突然冒出这样的念头。

车往医院的方向快速驶去。

“我不认识你男朋友，我跟他没有任何关系。”景芮先开口说话，交代得干净利落。

这两人有个共同点，就是都不喜欢说废话。

“打住。”池嘉不想跟景芮谈江慎，她本来就胃疼，不想再生气，连忙道，“他现在不是我男朋友，我跟他也没任何关系。”

说完，池嘉又弯腰捂了捂胃。

都疼成这样了还不消停，景芮瞥了池嘉一眼，道：“胃疼就别说话了，安静点。”

“不是你找我说话的吗？”池嘉瞬间底气十足，只不过泼辣一秒就蔫了，胃疼得太厉害了。

池嘉将头靠在座椅上，安静下来。炎热的风从耳边呼呼吹过，此刻夜景璀璨，她却没有心情欣赏，胃痛导致她快昏厥过去了。

不管是在工作上，还是生活中，池嘉比一般人都能忍，也更能吃苦。她这个人要强得很，所以就算胃疼得咬牙，她也会一声不哼。

当初系里教授推荐她去AS实习时，就说了，凭着这姑娘的一股倔劲，以后一定会有出息的。如今，在人才辈出的AS，池嘉也算是新人设计师中脱颖而出的那个，在公司，她还有“火影忍者”之称。

设计行业也是服务业，碰上刁钻难缠的客户是家常便饭。如果忍耐力可以分级，池嘉一定属于忍耐力满级的设计师。这一行再苦再累，她都没有一句怨言，许多男同胞都自愧不如。

跑车在马路上拉风地行驶了十几分钟后，她们终于抵达了目的地——L市私立医院。

这一带是L市有名的富人区。开限量的跑车，去高端的医院，没毛病。

池嘉忍着胃疼从豪车上下来时，很不自在。说真的，她从来没有这样被万众瞩目过，回头率比平时的百分之三百还多，尤其是身边还有个顶级美女搂着她的肩。这待遇，惹来多少人艳羡的目光。倘若身边的女人换成男人，她铁定要被人误会了。

八月中旬，L市气温越来越高，就像一个巨大的蒸笼，热得人透不过气来。

“我自己能走，”池嘉额角的碎发都被汗打湿了，她倔强地抬了抬肩膀，想同景芮保持距离，“不用你扶。”

“小姐，我时间有限，没空陪你这么耗着。”

“我又没让你送我来医院。”

“我得知道这是不是我的责任。”景芮还是言简意赅。

这下池嘉无话可说，没想到“狐狸精”良心未泯。要是换成其他老板，餐厅里发生这样的事躲还来不及呢，哪还会把责任往自己身上揽。

被拉着走进L市收费最高的私立医院，池小姐的嘴角微微抽搐。进去时只是胃疼，等出来时，可能还要加上“肉疼”了。

她刚从一个穷学生过渡到穷白领，身体有点不舒服，一向是能在药店买点药，就不进医院打点滴。今晚，大概是破财消灾的时候到了。

这个节骨眼，她总不能说，这里太贵了我们还是换一家医院吧。

那多跌面子呀！

景芮显然比池嘉淡定得多，她掏出手机打了个电话，直接带池嘉走了VIP通道。

全程贵宾级待遇。

池嘉被护士领着在肠胃科做了检查，最后被送去了VIP高级病房打点滴。环境比她花重金租的小单间公寓还要舒适。

真是印证了那句话：有钱就是任性。

检查结果是急性胃炎，不算严重，和晚上吃的食物无关。要是硬要扯点关系，那就是味道太好，池嘉吃多了。

一晚上池嘉去了好几趟洗手间，胃的疼痛感渐渐消失。此刻她一个人倚在病床上，打着点滴，百无聊赖。

滴答滴答，时间过得奇慢无比。

进入病房后，池嘉就没见到景芮的身影。

她可能已经走了。池嘉想，这件事既然弄清楚了与她无关，她应该就不会留下来陪自己打点滴了。

点滴剩下最后一瓶时，病房外响起敲门声。

“请进。”池嘉应道。

敲门的是个小护士，手里还拿了两个药袋，面带微笑。

池嘉眉梢一抬，心里一紧，不会是送账单来的吧。

深深吸了一口气，池嘉稳住情绪，生怕待会儿看到账单上的高额数字，心脏会承受不住。

“池小姐，这是给您开的药，服用说明都在里面。”

不愧是贵族医院的VIP病房，医护人员的态度好得没话说，池嘉叫住了转身离开的小护士：“请问在哪里缴费？”

“哦，景小姐已经替您付过了。”

“景小姐？”

小护士笑着解释了一遍：“陪您一起来的那位美女付过了。”

池嘉这才知道那个女人姓景：“她人呢？”

“瞧您没事，她就先走了。”

“谢谢。”

这算怎么回事？池嘉靠在床头想着，既然这件事与她无关，她干吗还给自己垫医药费，关键是垫了钱又一声不吭地走了，联系方式也不留一个，自己怎么还钱？

池嘉心里正郁闷着，门口又传来一阵轻轻的脚步声。

“小嘉，好些了吗？”

门口站了位黑发女孩，化着淡妆，眉清目秀，年纪与池嘉相仿，脸颊微微泛红，看模样是匆匆忙忙赶来的。

有人来陪自己，池嘉心里舒坦多了，只是还嘴硬道：“我不是让你别过来了嘛。”

“怕你无聊，过来陪陪你。”

简奕在床畔坐下。她跟池嘉认识四年多了，能不知道对方的脾气吗？池嘉喜欢热闹，平时最怕的就是一个人待着。

“还是你对我好，你才下班？”

“嗯，最近有点忙。”

“我看他们是见你脾气好，好说话，所以累活都让你去做。”池嘉开始用过来人的口吻教育简奕，“不是我说你，有时候你要稍微强势点，知道吗？”

简奕和池嘉的性格截然相反，她说话总是细声软语的，笑起来嘴角还有两个温柔的小梨涡：“哪有你说的那么夸张。”

池嘉和简奕是大一时在社团认识的，两人都是L大2012级公认的“女神”。一个设计系，一个中文系。

简奕文静，池嘉闹腾，两人相处之后却意外地合拍，简直是无话不谈。毕业以后，她们都留在了L市工作，平日里互相照应着。

“胃还疼不疼？”

“不疼了，医生说没事，这几天注意饮食就好。”

“我都跟你说了很多遍了，要好好吃饭，就是不听。还有，你不能天天喝酒，多伤身体啊，熬夜也不好……”

池嘉捂着耳朵，无奈地望着天花板。她这闺密什么都好，就是年纪轻轻的却像老干部一样。念叨起来，简直是唐三藏附体，没完没了。

“你别这样。”简奕拉开池嘉的手，一本正经道，“以后想听都没机会听了，下个月，我可能要去S市工作了。”

“去S市？怎么会突然去S市？”当初池嘉和简奕约定好的，两个人就在L市工作，一起朝着买房的目标奋斗。

“我收到了公司总部的面试邀请，想争取一下机会。”

S市是超一线城市，还是公司总部，发展前景自然比L市好，如果简奕能争取到这个机会，池嘉觉得自己应该为好姐妹开心。再说，这两座城市离得也不算远，以后想见面还是很方便的。

“那你要好好争取，将来还等着你包养我呢。”池嘉说笑着。

简奕无奈，她已经习惯池嘉的胡说八道了。

池嘉又道：“这周末我请你吃饭，我升职了，你说好的给我庆祝。”

简奕点了点头：“嗯。”

次日，池嘉头一回没加班，下午五点半就离开了公司。她挤了二十分钟的地铁，才回到公寓。

洗澡，吹头发，化妆，又在镜子前试了半个小时的衣服，最后池嘉挑了一件性感的连衣裙，换上了八百年都没穿的恨天高。她腰肢纤细，一双长腿又细又白，分外吸睛。

对着镜子，池嘉抹上正红色的唇膏，气场满满。她又拿起化妆台上的香水，轻轻喷洒在后颈和锁骨处。这款香水是她毕业时咬牙买的，花了好几千元，也没舍得用几回。

池嘉今晚这么用心打扮，不是去见“男神”，而是去见九号的“狐狸精”。说来好笑，她和江慎第一次约会，都没这么认真打扮过自己。

一想到景芮的脸，池嘉总是忍不住跟她暗暗较劲。

昨晚她看病，是景芮付的钱，她总不能不还。池嘉虽然贪财，但从不贪别人的便宜。更何况还是那个女人，池嘉不想与她有任何瓜葛，更别说是欠人情了。

九号三楼，是一整片办公区，宽敞明亮，隔音效果甚好。

“景总，楼下有位小姐想见你。”

景芮连头也没抬，继续手握钢笔在纸上写着什么，语调轻缓：“今天不见。”

吴助理顿了一下，又道：“那位小姐说，她是来还钱的。”

晚上七点，一抹斜阳透过落地窗，落在地板上。

景芮这才放下钢笔，抬头，高挺的鼻梁上架着一副精致的金丝眼镜，一身干练的黑白系职业装打扮，她勾起红唇一笑，道：“她姓什么？”

“姓池。”吴助理的呼吸有点快，换句话说，她被景芮的这一笑撩到了。

姓池，除了那位还能有谁？景芮继续忙自己的，道：“跟她说钱不用还了。”

吴助理会意：“嗯。”

几分钟后，吴助理又敲响了景芮办公室的门，十分为难道：“景总，那位小姐不肯走，一定要见您。还说……还说您要是不见她，她就把昨晚在餐厅吃坏肚子进医院的事抖出去。”

想起池嘉那张脸，景芮觉得她还真能干出这种事。这么多年她还是头一回被人威胁，而且还是个小姑娘。刚好手里的事也忙完了，景芮合上笔帽，道：“带她上来，我跟她谈。”

池嘉称不上大智慧，但有点小聪明。

尽管她知道姓景的不差钱，不把那些小钱放心上，但这个钱她必须要还，这是原则问题。

吴助理将池嘉带到楼上的办公区：“池小姐，就是这里。”

办公区？池嘉还以为自己找错了人，她向吴助理解释道：“美女，你不会弄错了吧，我是找楼下餐厅的女老板。”

“楼下餐厅也是景总开的。”

景总？池嘉腹诽，这年头开家小餐厅都流行这样称呼了。

池嘉敲了敲门。

“进来。”

池嘉隐约听到一个熟悉的声音，她走进办公室，屋内后现代的设计装潢，让她眼前一亮。

楼上和楼下的装修风格截然不同。

池嘉踩着恨天高，原本安静的环境，被高跟鞋敲击地面的声音打破，显得十分突兀。

从脚踝，到腿，到腰，到胸，再到脸，景芮一个简单的抬头，便注意到了这么多细节，只是第一眼，她几乎没认出这位就是昨天的池小姐。一身成熟的打扮，多了些女人的妩媚。

景芮承认，今天的池嘉很漂亮。她的目光在对方身上停留得有些久，并且有想继续欣赏的意思。

池嘉也望着景芮看了好一阵。有的女人性感妩媚是靠化妆打扮的，比如自己；而有的女人性感妩媚是从骨子里散发出来的，比如眼前的这位景小姐。

景芮从皮椅上起身，同样踩着高跟鞋，慢慢走到池嘉面前，一双勾人的桃花眼直视着她，扬起唇问道：“池小姐，你什么意思？”

这笑容，还是一如既往地撩人。

一个餐厅的老板用得着这么大的一间办公室？池嘉强忍住内心的吐槽，嘴里高冷地蹦出两个字：“还钱。”

在正式了解景芮之前，池嘉以为景芮只是个开了家餐馆的暴发户，毕竟她从同事那儿听得最多的便是：九号女老板不仅人美，厨艺也是一绝。

听闻景小姐亲自烧的菜，一般人吃不上。

景芮淡然一笑：“不用了。”

“凭什么不用？”明明是来还钱的，池嘉却成功说出了要债的气势，她总觉得哪里不对，又补充了一句，“我不喜欢欠人人情，尤其是你的。”

池嘉着重强调了后面五个字。

别说，池嘉较真的模样有几分可爱。景芮望着池嘉的眉眼，突然起了兴致，只不过不提钱的事情，而是问：“你就这么讨厌我吗？”

池嘉没想到对方如此直接，她也不给对方面子，大方承认：“对。”

“为什么？”景芮继续反问，“如果是因为你男朋友的事，从某种角度来说，你应该感谢我，因为我帮你及时止损了。”

好一个“及时止损”，说得还挺有道理。

“我说了他现在不是我男朋友。”一提这事，池嘉就奓毛。

“哦，对不起。”景芮按捺不住脸上的笑意。

这个笑容，在别人眼里或许美得不可方物，但池嘉感受到了一丝嘲讽。池嘉翻了个白眼，她虽然和景小姐只见过三次面，景小姐却是遭受她白眼最多的对象。

“我不是来跟你聊天的，”池嘉直切主题，“多少钱？”

“六千。”六千八，景芮抹了后面的尾数。

“六……”池嘉的舌头有点抽搐，说了二十几年的母语头一回说不利索，全然没了刚才的洒脱，“六千？就昨晚做的那些个检查，花了六千？”

“嗯。”景芮点点头，想起缴费单还在包里，顺手找了出来，递给池嘉。

池嘉看到账单后，想死的心都有了。她想过那家医院的费用不会太接地气，但也不至于这么刺激吧。她自己去药店买点药，撑死了一百块钱就能打发。可转念一想，一个开限量版跑车的暴发户，花大几千看个小胃病，也正常，估计还不够人家一顿饭钱呢。

六千就六千，就当花钱买个教训，以后看见姓景的就绕道走。

“我给你转账。”池嘉说出这句话时，心在滴血。她一个月的底薪才多少？她刚转正，现在最缺的就是钱。实习一年，也就攒了六千。

在转账金额栏里输入“6000”时，池嘉的手都在颤抖。

转账完毕，银行方面立即贴心地发了一条短信补刀。

账户余额为：0.25 元。

池嘉觉得自己没昏厥过去，已经算好的。

“咕咕——”池嘉饿了一下午的肚子不合时宜地发出一阵闷响。

都怪这办公室隔音效果太好，以至于这点小动静都能引人注意，真是尴尬。

就在池嘉准备离开的时候，肚子再次传来："咕咕——"

"没吃晚饭？"景芮挑眉问道。

刚刚大放血，池嘉现在心情欠佳，不想理她。

景芮望着池嘉转身后高挑纤细的背影，突然叫住了对方："池小姐。"

"又怎么了？"池嘉忐忑回头，生怕景芮说少算了一笔账，让她继续转钱。

景芮凝视着池嘉精致的小脸："一起吃个晚饭？我请客。"

"谢谢。"池嘉也学着景芮的模样，风情万种地笑着，然后笑容戛然而止，放了一句狠话，"但我没兴趣。"

每一句话都带着刺，景芮眉梢微微一抬："那就再见。"

池嘉想说，再也不见。

她的确再也不想见到景芮的脸，景芮一定是她命里的一道坎，很久以后，池嘉更是这样觉得。

第一次跟景芮见面，她和交往一年的男朋友分手了。

第二次跟景芮见面，她吃顿饭直接被送去了医院。

第三次跟景芮见面，简直痛心，姓景的掏空了她的小金库。

AS 每个月十五号是发薪日，现在才二十号，池嘉身上就只剩下五十元的现金。原本池嘉还想请简奕吃饭，现在多亏了她的小姐妹，她才不至于饿着。

周末下午，烈日当空。快四十摄氏度的天气，出来见客户简直就是受罪。没办法，在生活面前谁还不是一条哈巴狗。

池嘉处理好工作后，立即给简奕打了个电话："亲爱的，我忙完了，你在哪儿呢？我过去找你。"

"不着急，我给你发定位。"

做室内设计这行，金九银十，现在几乎是最忙的时候。别人的休息日永远是你的工作日，除了春节，法定小长假几乎没有不加班的。

池嘉能在周末下午腾出半天时间休息，已经是奢侈至极了。

半个小时后，池嘉赶去了一家小清新的咖啡店。只是橱窗上挂着一块牌子，上面写着：已停业。

就在池嘉以为自己走错了地方时，在靠窗的座位上，她看到简奕正托腮不知道望着什么发呆，还一脸笑意。

“小奕？”池嘉推开玻璃门，往简奕的方向走去。

简奕这才回过神，关心道：“外面很热吧，额上都是汗。”

“累死了。”池嘉大大咧咧地在单人沙发上坐下，吹了会儿冷气，才总算是捡回了半条命，“你刚刚看什么，一脸傻笑。”

简奕一愣：“哪有啊。”

池嘉偏头，顺着简奕方才望的方向看去，吧台旁，一位身段高挑的美女正低头调着咖啡，她没细看，转而调侃简奕：“我还以为你在看帅哥。”

“我又不是你。”

“这里不是停业了吗？”池嘉纳闷。

简奕笑得有几分腼腆：“我认识这儿的老板。”

池嘉用怀疑的眼神打量着简奕。这段时间，她每回下班想约简奕一起吃饭，简奕总有各种理由搪塞，还总是往咖啡店跑。这让池嘉不得不怀疑，她的好姐妹在偷偷跟别人约会。

“小奕，我记得……”

“什么？”

“你不爱喝咖啡吧，怎么老是往咖啡店跑？”

简奕朝池嘉挤眉弄眼，小声道：“你别说了。”

“每回约饭你都说有事，我还以为你偷偷跟谁约会去了呢。”池嘉声音清亮，再加上咖啡馆又安静，“你脸红什么，我肯定说对了！”

因为被戳中了心思，简奕脸颊烫得厉害，她总是往这里跑，的确是想见一个人，就是这儿的老板，云昕。

云昕托着两杯冰咖啡，站在两人身后，将这些话听得一清二楚。她盯着简奕发烫的脸蛋直笑，心想这姑娘也太容易害羞了。

“冰咖啡。”一个温柔的女声响起。

池嘉仔细看，是刚才那位在吧台调咖啡的美女，穿着打扮，妥妥的熟女范，看着倒不像是服务员。

“这是我闺密，小嘉。”简奕先向云昕介绍池嘉，然后又向池嘉介绍，“这是云昕，这儿的老板。”

“你好。”云昕浅浅地笑着。

“你好。”池嘉十分热情，挖掘客户就要见缝插针，这位云老板一看就是位不差钱的主儿，池嘉立马从兜里掏出了一张名片，双手递上，“这是我的名片。”

云昕低头一看：AS，室内设计师，池嘉。

简奕知道池嘉的职业病又犯了，无奈地笑了笑。

“你们慢慢聊，今天我请客。”云昕收了名片说道。

简奕立即道：“那怎么好意思，每次都是你请客。”

云昕朝简奕笑了笑，柔声道：“那明晚你请我吃饭，好不好？”

“好啊！”简奕简直心花怒放。

池嘉看不懂简奕这是什么情况，花钱请人吃饭还这么乐呵，自己上回说请她吃饭她都没这么开心。话说回来，这年头开店的都长得这么漂亮了？她不由得想起景芮的脸。

池嘉今天约了简奕吃晚饭，所以两人喝过咖啡，闲聊了一会儿，就离开咖啡店去了附近的商场，她们打算晚饭前先逛逛。

夏日白昼漫长，快到晚上七点时，天边还有几缕残留的晚霞。

景芮推开 LEFT 的门，偌大的咖啡馆，只有云昕一个人。她在云昕对面坐下：“今晚去我那儿吃饭吧。”

云昕放下画册：“行，好久没一起喝酒了。”

景芮和云昕是多年旧友，景家和云家在生意上也多有往来，说起来，这家咖啡店还是景芮交给云昕打理的。

景芮问：“什么时候回 S 市？”

“定在下个月。我爸身体越来越差了，他需要我。”

“休息三年了，云大小姐也该回去打点生意了。有什么需要帮忙的，尽管跟我说。”

“这家店你打算怎么处理？”

景芮环视了一下四周，道：“改成书吧餐厅，你觉得怎么样？”

“不错，这附近大学生也多。”云昕知道景芮开餐厅只是个兴趣，她从来没想过靠这些来盈利。

“这些装潢太旧了，设计也一般，我想把格局和风格都改了。”

重新装修？云昕突然想起什么，拿出下午池嘉给她的名片：“这方面我倒是认识一个人，你要不要向她了解一下？”

因为池嘉是简奕的朋友，云昕下意识地就想到了她，再加上名片又刚好在手边。

景芮漫不经心地接过名片，当她看到设计师的名字时，有点意外地念道：“池嘉？”

会这么巧吗？同名同姓，姓池的人可不多。

云昕解释道：“她是小奕的朋友。”

“原来是小奕的朋友。”景芮露出一抹意味深长的笑容，“难怪你这么卖力地推荐。”

“你还是按照自己的想法来，不用特意给我面子。”云昕知道景芮对设计和工艺的要求很高，她担心池嘉是初出茅庐的设计师，胜任不了。

“那是自然，你知道我一向不怎么给人面子的。”景芮说着，又低头看了看手里的名片。

名片上印着：AS 设计。

嗯，她好像在哪儿听过。

AS 是国内数一数二的室内设计公司，多少毕业生得削尖了脑袋才能挤进去，池嘉觉得自己实属幸运。

准确地说，在遇上景芮以前，池嘉觉得自己的人生都挺顺利的。

她虽然来自离异家庭，但爸妈是和平离婚，关系尚算和谐；从小学到中学，她都是典型的差生，到了高三突然如同开窍了一般，成绩稳步上升，高考时超水平发挥，比平时多考了八十几分；后来上大学，她参加过几次设计比赛，还拿过一等奖；大四，身边的同学都在为工作的事忙得焦头烂额时，她被系里的教授推荐，直接去了 AS 上班。

唯一不够顺利的，大概就是她的感情方面了。

每一段感情都是无疾而终。

好在池嘉现在觉得，爱情吧，不是生活必需品，可有可无。

二十五号，离月底越来越近了。

按照惯例，AS 高层会召开月度总结会议。曲线图、折线图、柱形图、饼状图，各类数据一如既往地枯燥乏味。

宁浅坐在会议桌最靠前的位置，昏昏欲睡。

“不好意思，让大家久等了。”会议室门口，一位踩着驼色高跟鞋，身着束腰连衣裙的女人疾步走了进来，整个人十分成熟干练。

宁浅瞬间眼前一亮，脸上终于绽开笑容。

温堇拢了拢头发，也朝她温婉一笑，道："开会吧。"

宁浅是上个月才跳槽来AS的，担任设计总监一职。其他公司曾给她开出了更诱人的薪水，但宁浅拒绝了。她选择留在AS，因为最后一轮面试她的人，是温堇。

温堇和宁浅是大学同学，本科都就读于L大，当初交情甚好。后来发生了一些事，宁浅去了国外留学，她们便没怎么联系了。宁浅也没想到，回国后她会再遇温堇，与温堇成为同事。

"这个月设计部的产值比上个月提升了百分之二十，这和宁总监的辛苦付出分不开。宁总监来说几句吧。"温堇望着宁浅，宁浅明明在看着自己，却怎么也不接话，温堇有些尴尬，提醒道，"宁浅？"

"哦。"宁浅这才回过神来。

散会后，宁浅迟迟没有离开会议室，最后只剩下她和温堇两个人。

"还有事吗？"温堇笑着问她。

几年不见，温堇比读书那会儿更漂亮了，气质果然还是需要时间来沉淀。

"我……"宁浅的业务能力没得挑，和客户谈判时更是伶牙俐齿，但是在温堇面前，她总不自觉地结巴。

"嗯？"

"晚上我请你吃饭。"

温堇犹豫了："今晚？"

"嗯。"宁浅半开玩笑道，"温总，虽然好久不见，但你也不用跟我这么生分吧？好歹是老同学。"

温堇想了想，点头答应："我请你吧，你能来AS帮我，我真的很感谢你。"

"那就这么说定了，今晚不见不散。"

"嗯。"

AS坐落在L市最繁华的商圈，高层办公室的装修堪称奢华。

为了晚上的约会，宁浅特意在办公室补了个妆。

秘书敲响了门："宁总，景小姐来了。"

景芮走进宁浅的办公室时，宁浅正笑得像阳光那样灿烂。

"看起来宁总今天心情不错。"景芮笑着调侃道。她先前看到"AS

设计”，下意识觉得有些熟悉，后来才想起，宁浅新跳槽的公司就是AS。

宁浅是九号的常客，和景芮聊过几回，两人便熟稔了。

景芮开这样一家餐厅，目的不在于盈利，单纯只是兴趣。认识不同的人，听不同人的故事，也给自己百无聊赖的生活稍微增添点乐趣。

“老样子。”宁浅起身走到景芮面前，“喝点什么？”

景芮在沙发上坐下：“随便。”

宁浅知道景芮是为了咖啡店改造的事情过来的，笑道：“你完全没必要亲自跑一趟，我让设计师上你那儿去谈就行。”

景芮抿了口茶，道：“多了解一下没什么不好。”

像景芮这样的客户，算是大客户，宁浅一般会亲自接待：“你想要的风格，我们这边的确有几个设计师很擅长，他们资历老，业务能力也不错。我先给你看看他们的案例。”

景芮捧着平板一连看了数十张图，没有说话。

“这么多，就没一个满意的？”宁浅十分诧异，她给景芮看的都是AS最经典的案例。

“都挺好的，就是设计风格太中规中矩了点。”

“那只能我亲自操刀了，不过我的设计费可是很贵的。”宁浅开玩笑道，即便她现在想帮景芮这个忙，也腾不出时间。

景芮盯着屏幕，突然想起一件事：“你们这儿是不是有个叫池嘉的设计师？”

“池嘉？”虽然AS设计师一抓一大把，但宁浅对池嘉这个名字还是有点印象，因为池嘉每个月的产值总能在设计师里排上前三，而且是个刚毕业的新人，“是有一个，你认识她？”

景芮还不确定这个“池嘉”究竟是不是自己认识的那位池小姐，却来了兴趣：“听朋友提过，我想看看她的成功案例。”

宁浅让秘书去拿了池嘉的个人资料和成功案例过来。

“这小姑娘是今年刚毕业的，想法不错，就是经验还不太丰富。”宁浅将资料递给景芮。

景芮一看那份履历，照片上的人很熟悉，刚好就是她认识的那位池小姐。

这世界，还真是小。

景芮一页页地翻着池嘉曾做过的成功案例，看得很认真。

宁浅以为景芮就是随意翻翻，哪知对方直接说："那就让她负责吧。"

"你确定？"宁浅更诧异了，景芮可是出了名刁钻，单凭她餐厅里定的那些规矩就能看出来。

宁浅好心提醒道："景芮，你可要想清楚了，她可从来没做过咖啡馆的案例。"

景芮合上资料，笑道："没做过更好，这样发挥空间更大。"

"那行，具体情况你们当面聊吧。"

池嘉站在走廊里，靠着墙壁，郁闷地挂断电话。

眼看着就要成单的客户，本来约定了下午签合同的，哪知道对方突然临时改变主意，签了其他的设计公司。

就差一单，她这个月就能拿下第一。

"小嘉，有客户找你，跟我来。"宁浅的小秘书朝池嘉招招手。

"哦，来了。"

客户？都到月底了，池嘉把潜在客户都联系了一遍，哪儿还有主动送上门来的？

池嘉性格开朗，和公司里的人都很熟稔。小秘书忍不住告诉她："你运气真好，人家点名要把单子交给你接。"

"真的？"这种好事情，就好比天上掉馅饼，池嘉还以为小秘书在开玩笑，"你不会是在骗我吧？"

"我骗你干什么，好像是宁总的朋友。"

池嘉感动得差点流下了眼泪，这回，她终于遇上个有眼光的甲方了。

塞翁失马，焉知非福。前些天，她不但失恋还进了医院，甚至痛失了六千元，池嘉想，她也该转运了。

池嘉抱着资料走到客户接待区，客气道："不好意思，让您久等了，我是……"

看清对方的脸后，池嘉正要说出口的话音戛然而止。

又是那张扎眼的脸。

景芮抬头，扬起一抹微笑："又见面了，池小姐。"

第二章 >>> 冤家路窄

和“狐狸精”的第四次见面，池嘉终于明白了什么叫作冤家路窄。

如果不抬头，景芮还不知道原来池小姐说话可以这么轻柔。

池嘉的笑容僵在了脸上，而后收了起来。她看了看景芮对面的单人沙发椅，一时间竟不知道该不该坐下。

纠结一阵，池嘉还是没坐。

天上掉馅饼也就算了，送馅饼来的还是这位景小姐，池嘉不明白这是什么情况，她不可思议地望向景芮，问道：“你什么意思？”

景芮依然扬着头：“你平时都是这样跟客户聊天的？”

池嘉拉开一旁的沙发椅，坐下。

她的成单率是AS设计师里最高的，平时和客户沟通时都是滔滔不绝，甚至妙语连珠。可现在面对坐在对面的景芮，池嘉除了无语，还是无语。

“景小姐为什么找我？”池嘉终于开口了，露出职业式的假笑。

本来听说有客户点名要自己接单，池嘉都乐得找不着北了，结果一看客户这张脸，就像一盆冷水从头顶浇了下来，瞬间透心凉。

景芮笑道：“我跟你比较熟，算理由吗？”

每次见景芮这样笑，池嘉心里就会有不好的预感。

她们算什么交情？姓景的为什么要送她这样一个大人情？

池嘉挺一根筋的，第一印象差的人，以后很难再有好感，比如眼前的这位景小姐。

“我选你，是因为……”景芮说着，朝池嘉倾了倾身子，目光打量着她的脸蛋，轻声道，“你比较合我胃口。”

景芮指明要池嘉，的确是因为喜欢她的设计思路，创意新颖。

被景芮这样盯着，池嘉浑身都觉得不自在。

“池小姐，设计费不是问题。”景芮直了直身子，转着手里的纸杯，“如果你没兴趣，那就算了吧，我还有事要忙。”

说罢，景芮拿起手包，准备离开。

一谈到钱，池嘉就不淡定了，她一把拉住景芮的手，反应速度十分惊人：“等等！”

“嗯？”景芮垂眸看着她紧拉住自己的手。

池嘉这个号称掉进钱眼子里的女人，利用刚刚那几秒钟的时间，迅速在脑子里算了一遍账：要是签下景芮，就能从这笔单子里拿到四个点的提成。一个日常开千万级别跑车的女人，出手肯定阔绰，四个点的提成绝对可观。

另外，还有设计费。

池嘉是讨厌景芮，但没必要跟钱过不去。

再说，当初因为景芮她才掏空了小金库。本着“在哪里跌倒就在哪里爬起”的原则，这回，她一定要在姓景的身上把钱连本带利地捞回来。

池嘉一咬牙，挤出一抹甜美的笑容：“我有兴趣。”

“池小姐，我对设计的要求很高，你要有心理准备。”

“放心，我可是专业的。”

在不久的将来，池嘉终于理解透彻景芮这句话的含义。

就这样，池嘉最讨厌的女人，成为她必须捧在手心里的甲方。这注定是她一切痛苦源泉的开始。

景芮的需求是对咖啡店翻新改装，在设计上有相当大的发挥空间，再加上池嘉从未做过这样的案例，这对她而言，是次很好的历练机会。

巧的是，景芮要翻新的咖啡店，就是之前简奕和池嘉去过的那家LEFT。

接了景芮这笔单，池嘉觉得自己稳赚不亏。毕竟再奇葩的客户她都见过，她就不信景小姐能有那些人奇葩。

结果，还真有。

设计方案初稿定在一周后交出。

一周后，池嘉挤出人潮拥挤的地铁站，带着方案初稿来到九号。

今天的九号，暂停营业。

池嘉一直不明白景芮是怎么发家的，开餐馆三天打鱼两天晒网，显然不是为了赚钱。难道？她想着景芮妩媚撩人的笑容，内心突然冒出一个大胆的想法。

“咚咚咚——”鞋跟敲着地面，声音越来越近。

池嘉恍然抬起头，结束了自己的胡思乱想。

“进来吧。”景芮站在门口，朝池嘉投来个眼神。

景芮话不多，但一开口就有种藐视一切的感觉，即使她面带笑容，在池嘉看来也是如此。也许是因为对方太高贵冷艳，显得自己格外接地气，池嘉才越发讨厌景芮。

只是这样目空一切的人，露出妩媚的笑容去迎合别人吗？

池嘉觉得自己刚才多想了，她每天见不同的客户，看人的眼力还是有的，她隐隐能察觉到景芮的强势。

“池小姐，你看够了吗？”

“啊？”

“我说，你看我看够了吗？”景芮又露出了她招牌式的笑容，“看够了就开始谈工作。”

这自恋的语气是要闹哪般？但池嘉心虚，她刚刚的确死盯着人家的脸看来着。

除了几个服务员，餐厅里没什么人。

景芮带池嘉上了三楼办公室。

池嘉打开笔记本电脑，开始详细地给景芮讲解设计方案。

景芮脸上挂着淡笑，全程仔细听着。

池嘉窃喜，这钱也太好赚了，真是血赚。

“景小姐，那这份方案你没有意见了吧？”

景芮拿起桌上的那几份资料，信手翻了翻，笑着给了池嘉两个字的意见：“重做。”

“什么？”池嘉以为自己听错了，但设计师很少能做到一稿过，她禁得起折磨，“请问是哪里不满意？”

“你没听懂我的意思吗？”景芮抬眸看着池嘉，“我说全部重做。”

池嘉迎来了职业生涯中最大一次的失败，虽不敢说自己的设计有多精湛，但也不至于这样一无是处吧？这份初稿可是她呕心沥血好几天才做出来的。

景芮看着效果图，语气轻松道：“我都不满意。”

“景芮，你是不是故意的？！”从一开始景芮找她接单，池嘉就觉得纳闷儿，姓景的这是想找机会来蹂躏她吧。

“客户难道没有对设计师提出意见的权利吗？”

池嘉内心抓狂到了极点，却没办法反驳。景芮现在就是她揉进眼睛里的沙子，池嘉对这个女人的厌恶程度直线上升，还不能表现出来。说重做就得重做，谁让人家是给钱的甲方，还是公司的VIP客户。

“那……”池嘉的脸上就快要挤不出笑了，“您有更实质性一点儿的意见或者建议吗？”

“这就是你说的专业？池小姐，希望你能明白，我花钱请你来是让你解决问题的，而不是把问题抛给我，让我解决。”

“明白，明白。”池嘉的内心已经要火山喷发了，这个杀千刀的景芮。

忍，为了钱，只有忍。

接下来的日子里，设计方案改了七八版，全都被否。

“这不是我想要的感觉。”

“还差点什么，继续改。”

“池小姐，你有没有理解我表达的意思？”

“不行，都不行。”

“你就拿这种方案应付客户？”

“再这样，看来我只能换设计师了。”

池嘉：“……”

池嘉脸上堆满笑容，心里却每天都要把景芮骂上八百遍。自打接了景芮的单子以后，她几乎要神经衰弱了。

每次手机铃声响起，她都怕是景芮打来的，后来她索性给景芮设了专属铃声，每次景芮一打电话过来，她的耳边就响起一个高亢励志的歌声：“不经历风雨，怎么见彩虹，没有人能随随便便成功……”

她要用这首歌时刻勉励自己。

忙碌的一天又结束了。深夜十一点，L 市酒吧一条街，正是最热闹的时候。

池嘉穿着一条短裙拐进一家酒吧，她的身段格外亮眼，时不时有人朝她投来挑逗的目光，她却视若不见。

池嘉最近一直在忙景芮的设计方案，都没时间来喝几杯，心情很压抑。

心情好喝酒，心情不好也喝酒。一个人泡吧喝酒，对池嘉来说，是很寻常的一件事。

“小嘉，今晚唱几首？”酒吧的老板笑着招呼道。

池嘉在后台挑了一把吉他：“三首吧。”

大二时，池嘉跟朋友一起去过几次酒吧，她也是那时候学会的喝酒。她嗓音好听，虽然不是专业的，但乐感很不错，在朋友的建议下，便试着在酒吧驻唱。

虽然现在工作忙，但只要有时间，她就会来唱几首。

只是唱几首，不为别的，赚的钱够喝酒就行。

池嘉喜欢热闹的环境，好像越吵闹就越让她觉得安心。有的人可能天生就害怕孤单寂寞。

因为孤单，池嘉也将就过几段感情，现在她想通了，这样没有意义。感情总是分分合合，到头来还是一无所获，还不如一个人来得自在。

池嘉不常来 N 酒吧，一周最多两三次，但人气出奇地高。

今晚她刚一上台，就引来台下大片的呼声。

今晚她挑了三首偏抒情风格的歌曲，一开嗓，清新温柔，瞬间吸引了大半人的注意力。

景芮抬头，望向舞台的方向，盯了好一会儿。

“你没认出来吧，那是池嘉。”宁浅举起酒杯和景芮碰了碰，她常来 N 酒吧，也是偶然发现池嘉在这里驻唱。

景芮的目光定格在聚光灯中央，她看得认真，也听得认真。

抱着吉他的女孩，的确是池嘉。很难想象动不动就撒泼的池小姐，还有这样温柔的一面。

宁浅也细细地打量着池嘉，嘴里碎碎念着：“小姑娘不但人长得漂亮，唱歌也好听。”

景芮向宁浅抛了个眼神过去。

“干什么？”宁浅表示没看懂。

景芮抿了口酒，漫不经心地回答：“没什么啊。”

宁浅也喝了口酒，她看看景芮，又看看台上唱歌的池嘉，怎么就觉得有哪里不对味呢？

还没来得及说什么，宁浅就接到了一个电话，竟然是温堇打来的。想一想，这好像是温堇第一次主动给她打电话，她忙向景芮道：“我出去接个电话。”

“谁啊？”景芮瞟了一眼，问道。

“我家小甜甜。”宁浅一边起身，一边得意扬扬地跟景芮炫耀。

“小甜甜”是她给温堇取的昵称，当然，温堇并不知道自己有这么一个绰号。

景芮不屑地笑了笑，在心底为宁浅叹了一口气。

宁浅跑去走廊听电话。

“浅浅？”

“嗯，是我。”宁浅不由得紧张起来。

电话那头的温堇沉默了一阵，然后轻声细语地说道：“你能过来陪陪我吗？”

已经快零点了，温堇让自己去陪她？

“你喝酒了？”宁浅听出温堇说话时带着醉意。

电话那边又是片刻的安静。

温堇也意识到自己的突兀：“抱歉，这么晚打扰你了，没什么事。”

语气疲惫无奈，她一定心情不好。

“你在哪儿？我马上过去。”宁浅焦急地问道，就算此刻温堇在千里之外，她也要打“飞的”过去。

温堇犹豫着，还是说出了自己的地址。她没什么交心的朋友，心中积郁，都不知道向谁倾诉。宁浅，是她现在唯一能想起的朋友。

景芮独自喝了一杯酒后，才看到宁浅匆忙地回来。

宁浅拿起包，歉意地说道：“我先走了，她好像心情不好，我得去陪陪她。”

“宁总，您真是尽职尽责。”景芮挑眉道。

宁浅苦笑道：“谢谢夸奖。”

宁浅走后，景芮一个人又喝了几杯。

临近午夜，酒吧里的气氛越来越高涨。

景芮起身准备离开时，在吧台旁显眼的位置，她看见池嘉坐在高脚凳上，一杯接一杯地喝酒。

一整晚，池嘉都是一个人。

景芮没有朝出口的方向走，而是走向了池嘉。

她在池嘉身旁坐下，向吧台里的服务生要了两杯酒。

“一个人？”景芮主动搭话。

酒吧内灯光炫目，池嘉回过头细细一看，景芮，怎么哪哪都有她？

池嘉别过头不理景芮，继续自顾自地喝酒。

景芮已经微醺，她不由得多看了池嘉几眼。池嘉将头发别在耳后，露出下颌线精致的侧脸，仰头喝酒。她嘴角溢出了一滴酒，酒液顺着白皙、修长的脖颈往下滑落。

池嘉一口干了一杯酒，涨红了脸。她用手胡乱蹭了蹭脖子，转过身子用手支着脑袋，盯着景芮，还学着景芮的语气：“你看够了吗？”

景芮目光也不躲闪，用行动告诉她：没看够。

“你这样盯着我看，会容易让我误会。”池嘉又朝景芮凑近些，望着她的眸子，唇间散发醇香的酒气。

学着景芮说完这些后，池嘉露出一脸嫌弃的表情，身上起了一层鸡皮疙瘩。她不由得感慨，这世界上怎么会有“狐狸精”这样自恋的人。

景芮这下才听出来，池嘉在故意学她说话。别说，喝了酒的池小姐比平时可爱多了。

而现在，她和景芮四目相对，甚至能感觉到对方温热的气息，气息里还带着淡淡的酒香。

“误会又怎么样？”景芮回答池嘉方才的问题。

这句话把池嘉吓得酒都醒了。

环境太嘈杂，池嘉没听清景芮说的话。

几秒过后。

“你真无聊。”池嘉转过头，推了一把景芮，喝口酒降温。

景芮松开池嘉，盯着她红扑扑的脸颊，扬唇直笑。

见到景芮脸上露出胜利的笑容，池嘉觉得自己败了，刚刚被她调侃了？而且自己还很窝囊。在姓景的这儿，她发现自己就是占不了上风。

一杯酒还不够降温，那就再来一杯。

景芮推了一杯酒给池嘉："请你喝。"

池嘉不想理她，还是喝自己的。

景芮端过酒杯独自喝了。

整整半个小时，她们俩肩并肩坐在一块儿，谁也没说话，只是静静地喝酒。

池嘉有时也瞥一眼景芮，这种感觉挺好，虽然不说话，但好歹有个人陪着，没有一个人喝酒时那么落寞。

坐得久了，池嘉起身，加入群魔乱舞的队伍。

景芮就倚在吧台旁，看着她，一边喝酒一边笑。直到看见一个男人总是故意往池嘉身上贴，毛手毛脚的。景芮眉头一蹙，挤过人群，走了过去。

池嘉也意识到对方图谋不轨，反感地推了推，不知道是不是这个动作看起来有些像欲拒还迎，那男人竟然直接上手想去抱她。

关键时刻，景芮一把拉住池嘉的手，并朝那男人投了个冷眼过去。那个男人是见池嘉好像喝醉了才敢动手动脚的，看这情形，不由得退却了。

景芮拽着池嘉，走出人群。

"你干什么啊？"池嘉挣开景芮的手。

景芮瞪着她："酒量这么差，还喝这么多？"

池嘉不服，虽然脚底有些飘，但她心里有数，又不是第一天来这里玩儿："我酒量好着呢，你不信，我们继续喝。"

"你醉了。"

"我没醉！"池嘉硬气地朝景芮说了一句，有些累倒是真的，尤其还踩着高跟鞋。

池嘉眯了眯眼，闷声闷气地将额头贴在景芮的肩上，还揉了揉，小声道："就是有点头晕。"

景芮无奈，转身扶住了池嘉。

如果不是喝了酒，她们俩不可能这样和谐。

走出酒吧，景芮拦了辆车。池嘉信誓旦旦地说自己可以回去，一点儿都没醉，清醒得很，还要背九九乘法表给景芮听。

景芮一脸嫌弃，但最后还是跟着池嘉一起上了车。她发现，每次遇上这位池小姐，都是破事一堆。

两人坐在出租车后座上，窗外吹来凉爽的夜风，车子微微摇晃。

现在已经是后半夜了，倦意一阵一阵地向池嘉袭来。

池嘉眯着眼，长期挤公交车，她早已练就了坐着睡觉的本事。只见她身子一歪，脑袋便顺势靠上了身畔人的肩膀。

景芮偏头看了看，池嘉的双手还很不客气地抱住了她的胳膊。

睡相真差，景芮嫌弃地撇了撇嘴。

接下来，更尴尬的事情发生了。

池嘉抱着景芮的胳膊，碎碎念："狐狸精……长得漂亮了不起啊！"

景芮起初并不知道池嘉说的是谁，所以没反应。

紧接着，池嘉絮絮叨叨："景芮你个狐狸精，专抢别人男人的狐狸精。"

景芮："……"

"有几个臭钱了不起……就知道折磨我……我不干了……不就是个炒菜的……自己不懂就不要瞎发表意见，还要改？我不改！我不要改！什么……又要重做？你别吓我，我知道错了……都听您的，您说的都对。不要扣我钱，饶了我吧……"

池嘉做了个梦，梦里都是景芮，不但抢她男朋友，还让她没日没夜地改设计稿。

近二十分钟的车程，景芮听见池嘉骂了自己十多分钟，其中"狐狸精"这个词出现的频率高达三十次。

就在池嘉还想往景芮身上靠时，景芮冷着脸抽出自己的手，挪开了身子。池嘉一头栽倒，瞬间醒了过来。

"到了。"

"哦。"池嘉揉了揉额头，对景芮道了谢。

出租车行驶在无人的公路上。

景芮吹着风，想起池嘉那一连串的梦话，笑了。

池嘉回去后又做了同样的梦。梦到好不容易通过的方案，景芮又让她改，改了几百遍还是不满意。最后四个点的提成都打了水漂。

次日清晨，池嘉从梦中惊醒。

果然有景芮的梦，都是噩梦。

池嘉捏了把汗，虚惊一场，幸好只是做梦，前些天方案已经通过了，只等着签正式的装修合同。

这时，手机铃声突然响起："不经历风雨，怎么见彩虹，没有人能随随便便成功……"

池嘉习惯性地心惊肉跳了一把。

这励志的铃声，除了景芮还能有谁。

“景小姐，”池嘉先发制人，“合同我已经准备好了，您有时间过来签吗？”

“合同的事不急。”景芮面带微笑，不急不缓地说着，“有时间你来我这儿一趟，我们再讨论一下方案修改的问题。”

景芮说到“方案修改”几个字时，还加重了语气。

又要改，这下噩梦成真了。

池嘉忍不住想要咆哮：“你不是说没问题了吗？”

景芮完全能想象到池嘉此时的表情，她坦然道：“那是昨天，今天我突然觉得方案还有不少问题。你今晚过来一趟，池小姐，我们好好聊聊。”

日光高照，办公室里明亮得发白，光线有些刺眼。

即使化了精致的妆容也掩不住憔悴，温堇低头揉了揉太阳穴，头昏脑涨，是昨晚醉酒留下的后遗症。

公司的内线电话响了。

温堇疲惫地接通电话，那边传来秘书的声音：“温总，宁总监想见您。”

短暂沉寂后，温堇应了一声：“嗯。”

半分钟后，宁浅敲门进了办公室。

“你今天怎么不好好休息？”宁浅看了一眼温堇眼下的青黑，心疼得要命，连职场上理应对上级的客套问候都忘了说。

温堇笑道：“没事。”

她说得最多的就是没事，就像昨晚。可宁浅并不觉得她没事，温堇一向成熟稳重，怎么会在酒吧里买醉？

昨晚，宁浅第一次看见温堇那么狼狈的样子，眼圈泛红，像是被人欺负了。宁浅问她怎么了，她除了一句“没事”，其他只字不提。

“你就是逞强。”昨晚宁浅看见温堇一个人喝闷酒，真的好想去抱着安慰她，可温堇只是喝酒，一个字也不肯对她多说。宁浅忍不住关心地问道，“到底发生什么事了？不能跟我说吗？”

“宁总监，现在是上班时间。”

“温堇……”后面那句“我好担心你”，宁浅没有说出口。

在温堇面前，宁浅处处小心翼翼，生怕自己哪句话说得不对或者哪个举动不妥，会让温堇躲着她，抵触她。

“昨天晚上是我冒昧了，谢谢你。”温堇舒了一口气。

温堇对她说了“谢谢”，但宁浅觉得自己其实什么都没做。

“以后你如果想喝酒，就给我打电话，什么时候都可以。”宁浅佯装若无其事地笑着，反过来安慰温堇，“别一个人。”

“谢谢。”

宁浅最讨厌温堇对她说“谢谢”，两人的关系好不容易亲密了点，又因为这句话拉得老远。

下班后，池嘉又去了九号，她已经记不清这个月是第几次来这儿了。一踏进这家餐厅，她就一脸生无可恋。九号的服务生都认识池嘉了：“池小姐，你又是来找我们老板的吧？我带你去。”

景芮说咖啡店的改装不急着施工，时间很充足，设计方案的细节还有待商榷。池嘉知道这意味着什么，意味着她还要继续遭受“狐狸精”无尽的折磨。

两人在沙发上并肩坐下，眼睛盯着电脑屏幕。

“这儿改一下。”

“这不就是按照你的要求改的吗？”

“我现在觉得，”景芮慵懒地瞥了一眼池嘉，“还是一开始的感觉更好。”

“好，我改。”池嘉强忍着心中的怒气。

等池嘉乖乖改好，景芮拢了拢头发，支着脑袋对池嘉道：“好像又有点突兀，再改一下。”

池嘉的怒气值成功达到了巅峰：“景芮，你是故意的吧？我招你惹你了？不带你这样玩我的。”

她昨晚的确招惹她了，只是池嘉忘得干干净净。

“狐狸精，喜欢勾引别人男人的狐狸精。”景芮岔开了话题，慢慢说着，这句话她记得特别清楚。景芮向来听惯了奉承的漂亮话，还没人敢这么说她。她质问池嘉：“你平时就是这样骂我的？”

池嘉不由得有些心虚，自己该不是昨晚喝多了说了些不该说的话？难怪“狐狸精”今天这么针对她。但池嘉打死不承认，一副死猪不怕开水烫的模样：“我没有。”

“继续改，如果改不好，就重做吧。”

“重做？”池嘉这回肯定了，她昨天晚上一定说了不该说的话。

真是心累。池嘉盯着屏幕几秒，然后合上笔记本电脑：“景小姐，如果您对我这么不满意，那就换个设计师吧，我不想耽误您的宝贵时间。”

池嘉说得委屈又心酸，从业一年多，这是她第一次主动放弃客户。收起笔记本电脑和资料，池嘉起身准备离开，在她说那番话时，已经做好了黄了这单的准备。

有的钱注定是自己挣不到的。

“池嘉，你站住。”景芮也起身，叫住她。

“你到底想怎么样啊？”池嘉眉头紧蹙着。

“一开始我就说了，我的要求很高。”景芮顿了一下，继续道，“我对你没有不满意，但我觉得你能做得更好。这对你来说，是个很好的锻炼机会，你确定要放弃吗？”

这笔单子预算做到了几百万，池嘉就算多接好几单，提成也不如这单多。权衡利弊之后，池嘉咬咬牙将包甩在桌上，打开笔记本电脑，继续修改方案。

“我改，直到改到你满意为止，行了吧？”

这犟脾气，景芮笑了笑，看了看时间，下楼去了。

池嘉盯着电脑屏幕，两眼发花。

昨晚喝完酒回家已经是下半夜，为了这个月的全勤，她连半天假都没舍得请，下班后又赶来景芮这儿加班改稿。

景芮再上楼时，池嘉正歪头倚在沙发上睡得正香。

池嘉光着的两条长腿蹭了蹭，又缩作一团，她很瘦，窝在沙发里时更显得瘦。看样子，她很疲惫。

景芮调高了点空调温度，然后在池嘉身侧坐下，推了推对方的手肘。

池嘉立马惊醒了过来，昨晚实在是睡眠不足。

“我让你改图，你在干什么？”景芮问。

头昏昏沉沉的，连眼睛都睁不开。池嘉揉了揉眼睛，强打起精神：“好，我现在就改。”

景芮望着她那一脸倦色，直接伸手替她合上了笔记本电脑，说话时声音突然温柔了几分：“别改了。”

“又怎么了？”

景芮起身，道："先吃点东西。"

桌上的黑椒牛扒意面香气扑鼻，池嘉被食物的味道馋得肚子咕咕叫。还是双人份的。

景芮坐下："吃了晚饭你就回去吧，下次再改。"

"你怎么想一出是一出，不是你让我今晚来的吗？"池嘉觉得莫名其妙，"还说要改到你满意为止？"

"我临时有事。"景芮抬眸，见池嘉还僵在原地，催促道，"快吃，别耽误我时间。"

"我又没说要留在你这儿吃晚饭。"池嘉嘴上说得不甘不愿，肚子却很诚实，一个劲地"打鸣"。

"我可不想再送你去医院了。"

望着景芮，池嘉心情复杂。要说景芮这人讨厌，其实也没那么讨厌，有些行为明明是好意，可就是让她觉得不爽。

池嘉别扭地站了一会儿，最后还是在景芮对面坐了下来。"狐狸精"这么折腾她，她蹭一顿饭也没什么。

池嘉拾起刀叉，心安理得地吃了起来。她吃相虽不拘小节，却不会让人觉得不雅，饿了一下午，吃得香极了。

景芮放下刀叉，望着池嘉，笑问："好吃吗？"

"你做的？"池嘉已经吃得所剩无几，觉得今天的牛排比上次来吃饭时味道还好。

"嗯。"

撇开有色眼镜看景芮，池嘉觉得景芮还是有那么一点儿魅力的，不但长得漂亮、身材又好，厨艺还一绝。

只是一听是景芮做的，再好吃池嘉也不愿承认："就那样。"

景芮看着池嘉的餐盘，都被吃得一干二净了，还嘴硬。景芮以为她没吃饱，道："不够我再给你做点？"

"不用，"池嘉擦了擦嘴，吃饱喝足还要在鸡蛋里挑骨头，嫌弃地了一句，"太咸了。"

景芮："……"

池嘉承认自己口是心非了，因为吃过景芮做的意面，以至于好长一段时间，她都馋景芮做的菜。后来，她便没那么反感去九号了，改稿虽然崩溃，但至少能蹭顿饭，景芮的手艺比九号店里的厨师都好。

景芮很少亲自下厨，但池嘉来找她时，她总会有兴致做点什么。她莫名喜欢看池嘉嘴上说着不好吃，却每回都把食物吃得干干净净的模样。一个人吃饭难免孤单，有个聒噪的人陪着也不错。

下午茶时间，一群姐妹花又在茶水间叽叽歪歪，说哪家餐厅好吃。聊着聊着，大家自然而然地扯到了九号。

“听说他们老板做的菜更好吃。”

“那也没用，他们老板不轻易下厨。”

池嘉在一旁小口喝着咖啡，笑着来了一句：“你们肯定搞错了，我每回去那儿吃饭，都是他们老板炒的菜。”

这一句话让池嘉成为所有人的焦点。

“小嘉，你跟他们老板很熟啊？”

她跟景芮？池嘉果断地回答道：“不熟。”

“那不可能吧。”

“小嘉，肯定是你搞错了。”这群人异口同声道。

大家的反应让池嘉开始怀疑自己。难不成景芮对她还算特殊照顾了？

“不过那家老板真心漂亮，身材超棒，还超有钱！”

“对啊对啊，我见过一次，她还对我笑来着。”

“我是个女的都想嫁她！”

“要是能被好看的有钱姐姐看上，我也乐意啊。”

话题逐渐跑偏。一群人突然对着景芮一阵猛夸，这让池嘉极度不适，她听不下去了，赶紧走出茶水间。

有生之年，茶水间的姐妹们竟然集体对着一个女人夸赞不已。

疯了，她们都疯了。

回到工位上，池嘉捧着咖啡还在想，景芮有她们说的那么夸张吗？和她接触得多了，池嘉觉得姓景的好像也就那样吧。

晚上十一点，池嘉照旧去N酒吧驻唱。

她很少去其他酒吧，她跟这里的老板认识好几年了，在这儿喝酒还能打折。

今晚她又是一个人喝酒。

熟悉的声线传来，一首英文歌点燃了现场的气氛。

景芮倚在吧台旁，望着舞台中央的池嘉。

这是她第二次在这里听池嘉唱歌，这段时间，她经常一个人来这边喝酒，但一直都没遇上池嘉。她来这里，的确抱了一点点想听池小姐唱歌的目的。

池嘉有时候唱抒情小调，有时候唱劲歌。

景芮没发觉，自己的目光几乎都放在了池嘉的身上。

池嘉笑起来很好看，爽朗自然，十分有感染力。那种笑容像是专属于年轻女孩的，洋溢着青春的气息。

今晚池嘉也只唱了三首歌，下台后就找了一个角落安静地喝酒。

还没喝上两口，身畔坐了个人，池嘉稍稍偏头，发现是景芮。她真怀疑景芮在跟踪她，要不然怎么每次来这里都能遇上，池嘉假装没看见景芮。

两人并肩坐着，各自喝各自的酒。

和那晚的情形像极了。

一只白皙纤细的手推了一杯酒过来，池嘉瞅了瞅，这回没拒绝景芮，端起酒杯喝干了。

“你一般什么时候来唱歌？”景芮主动开口说道。

“想来就来，看心情喽。”池嘉侧了侧身子，和景芮碰杯，好像有酒就一切好说，她们相处时也能稍微和谐一点儿。

见池嘉一杯接一杯喝了不少，景芮直接夺过池嘉手里喝剩的半杯酒，道：“酒量不好就不要多喝。”

“你讲不讲理。”池嘉不高兴地说，“不行，你得再请我喝一杯！”

景芮也来了兴致，道：“想喝多少都行，今晚我请。”

一起喝酒时，池嘉觉得景芮好像看起来也没那么不顺眼了。

半个小时后，两人都有些微醺了。

“你怎么总是一个人来喝酒？”景芮盯着池嘉泛红的双颊。

池嘉吐槽：“废话，没人陪不就一个人喽。”

“以后我们一起？”

“你？”池嘉嗤笑，摇头，“我没兴趣。”

“干杯。”

“干……”

嘴上说着没兴趣，手上却碰杯碰得不亦乐乎。池嘉以前怎么也不会想到，她会和她最讨厌的女人一起喝酒，还兴致盎然。

酒吧里气氛高涨。

突然，景芮瞥见不远处一个熟悉的身影正向自己走来。她放下酒杯，朝池嘉凑过来：“帮我个忙。”

在酒精的作用下，池嘉有点晕乎：“什么？”

景芮左手搭在吧台上，右手搂住池嘉的腰，就这样抱住了她，两个人看起来亲密无间。

“啊？”池嘉云里雾里地看着景芮。

景芮搂了搂池嘉的腰，低头凑到她耳边，轻声细语着。

突然被搂了腰，池嘉还有点呆，第一反应以为“狐狸精”又在跟她开玩笑。哪知道下一秒，景芮朝她越靠越近。

此刻，酒吧里播着一首动人的歌曲。

池嘉推开景芮：“你神经病啊，喝多了吧。”

“我看到一个熟人了，不想被她纠缠。”望着池嘉的眉眼，景芮解释道，“帮我个忙。”

“那你也不能这样啊！”池嘉急了，她余光一瞥，的确有人朝这儿过来了，而且是一男一女。

“求你帮我。”景芮近距离打量着池嘉，“我给你介绍笔单子。”

这个节骨眼上，居然还谈起业务来了？

“这不是单子的问题。”池嘉觉得自己一定要坚守住原则。

“别墅，五百平方米。”景芮很擅长掐住人性的弱点。

五百平方米的别墅，池嘉一年也接不到几次这样的设计单。室内设计师底薪极低，收入全靠接单提成，别墅的提成无疑是可观的，一听到五百平方米的别墅……

池嘉眼睛都发光了：“你说的是真的？”

景芮：“当然。”

池嘉一下变得很配合，也抱上了景芮，陪景芮演起戏来。为了开单，她今晚也是豁出去了。

酒吧内音乐很动感，光影交错。

今晚肯定是喝上头了，池嘉想，否则她陪景芮演什么戏，还有模有样，跟真的似的。

“景芮，不带你这样的！”眼看景芮越靠越近，池嘉更急了。

"再给你两套别墅的单子。"景芮言简意赅。

又来两套别墅，一瞬间，池嘉想通了。此时此刻，她相信专业演员都没有她爱岗敬业。

宁浅因为温堇的事一直闷闷不乐，今晚一个人来这儿喝酒，才进入酒吧没多久，就看到两个美女紧挨在一起。

仔细一看，这俩她还都认识。

宁浅汗颜，但她没上前跟两人打招呼。她一个人找了个角落，喝自己的闷酒。宁浅有时候挺羡慕不恋旧的人，可以过得洒脱自在，她就是因为太恋旧，每天才过得这样憋屈。

"还不错。"景芮点评池嘉刚刚的表现，完全是一副无所谓的姿态。

池嘉想，自己要表现得比景芮更无所谓才行，于是她回答道："你也不赖。"

听池嘉这样回答，景芮突然用玩味的眼神望着池嘉，笑了笑。

池嘉立即义正词严道："景小姐，就算我刚刚帮了你的忙，我对你也没有半点好感。"

景芮："我真让你这么讨厌？"

现在是在酒吧，没有客户和设计师，池嘉喝高了容易人来疯，她当场就呛起景芮来："就算人类灭绝了，只剩我俩，我依旧会讨厌你。"

和讨厌的人一起喝酒还喝得这么开心？景芮心里觉得好笑，她看有些人就是喜欢嘴硬，她也不跟池嘉计较，拦住池嘉："行了，别喝了，再喝就醉了。"

"我没醉，还能喝。"池嘉还要叫酒，反正是景芮请客，不喝白不喝。

"醉了我可不送你回去。"

"搞笑，我又没让你送我回去。"

结果，喝完酒，池嘉抱着景芮的胳膊，死皮赖脸地缠着不撒手。又是这样，景芮一开始就预料到了这个场景。

景芮说是不送池嘉回去，倒也没真的狠下心。

上了车，吹了会儿冷气，池嘉清醒了许多。

景芮递了一瓶水给她，她接过后小口地喝了起来。

车厢里很安静，两人都干坐着，池嘉实在觉得无聊，就和景芮搭话："那是你前任？"

池嘉喝多了，真性情暴露，对景芮开启了毒舌模式：“那么丑，你挑男人的眼光可真不怎么样。不过，你前男友的现女友，可比你漂亮多了。”

“池嘉，你是不是该去看眼科了？”景芮慢悠悠地说着，“那不是我前男友。”

“不是前男友？”

“嗯。”

池嘉茫然了一阵，等她反应过来景芮的意思，整个人瞬间炸了。

“景芮！”池嘉不想再聊这个话题。

景芮淡笑着转过身去，不再惹她。

窗外，夜色朦胧，轻柔的月光洒下来，宛如镀了一层银，着实很美。池嘉扭头看着，只希望回去洗了澡睡一觉，再把今晚这件破事忘得一干二净。

不过有件事她不能忘。

虽然池嘉现在很不想跟景芮搭话，但她还是开口了：“别墅的单子，你什么时候给我？”

今晚节操掉了一地，池嘉觉得自己极度需要金钱的安慰。

“什么别墅？”景芮将头靠在座椅上，语气和神情都显得无比懒散。

池嘉不由得提高音量：“三套别墅，你说的。”

“我一下上哪儿去找三套没装修的别墅？”

“姓景的，你耍我？”池嘉现在有上前掐景芮脖子的冲动，今晚亏大发了，怎么就信了她的鬼话。

“你安静点。”景芮瞥了一眼池嘉，嫌弃她聒噪，“先欠着，没说不给你。”

池嘉心里稍稍平衡一点，可还是生气，她别过身子背对着景芮。从车窗玻璃上，池嘉隐隐能看到景芮的侧颜。

车子抵达公寓楼下。

下车前，池嘉不忘警告景芮：“今晚的事就当没发生过，我喝多了。”

“今晚什么事？”景芮挑眉道。

池嘉攥了攥拳，说不过景小姐，她皮笑肉不笑地说：“你不记得更好，免得以后烦我。”

“池小姐，”景芮目视着池嘉，缓缓说道，“这点你大可放心。”

池嘉胸口憋着一股气，但她忍住没爆发。

下车后，吹着微凉的夜风，池嘉走进一家二十四小时便利店，买了支雪糕，慢慢吃了起来。雪糕含在嘴里，嘴里便都是奶油的味道，香甜滑腻。

池嘉有点走神，雪糕渐渐融化，滴在手指上，冰凉冰凉，还黏糊糊的。她回过神，发觉自己满脑子都在想今晚的事。

回到公寓洗了澡，池嘉酒也醒得差不多了。其实今晚她没醉，很清楚自己做了什么。

池嘉几乎没有失眠过。她心胸豁达，不喜欢胡思乱想，即便上班再累，只要躺上床，下一秒就能进入梦乡。但今晚池嘉彻底失眠了。

她呆呆地望着天花板，都过去一个多小时了，还是迟迟没有入睡。

池嘉真正睡着都快到凌晨了。

日有所思，夜有所梦，这话很有道理。景芮最近以平均两天一次的频率进入池嘉的梦境。这天晚上，池嘉又梦到了景芮，等她醒来时，怀里抱着的景芮变成了玩偶，玩偶已经被她抱到变形。

想到景芮，池嘉长舒一口气，经过上周的努力，还好设计方案已经敲定。签订合同后，她便不用再跟景小姐有过多接触了，真是万幸。

最近，茶水间的姐妹们又有了新的花痴对象，那就是工程部新入职的项目经理。

“秦总真的好帅啊。”

“听说还是单身。”

“光是看我一眼，我就感觉自己恋爱了。”

公司有哪些优质帅哥，只要下午茶时间往茶水间跑一趟，立马一清二楚。池嘉偶尔也会去凑凑热闹，要是有养眼的，她也想看。

“新来的项目经理叫秦东？”池嘉插嘴问了一句。

“是啊，可帅了。”

不会这么巧吧？秦东是池嘉大三时倒追过的“男神”，只不过那时候人家有女朋友，婉拒了她。

池嘉对这事印象深刻，因为那是她第一次向男生表白被拒。不过“秦东”这个名字挺常见的，也许只是重名，池嘉没太把这事放在心上。

池嘉打卡下班，她今天心情还不错，约了景芮晚上签订装修合同。

一旦签了合同，就是板上钉钉的事，不能随意修改了。

今晚，她痛苦的征程终于要画上句号了。

池嘉进入电梯，就在电梯门要关上时，她瞥见一抹身影走了过来。

出于礼貌，池嘉伸手按了开门键。

“谢谢。”男子礼貌地笑了笑。

“不客气。”池嘉一抬头，发现眼前这位刚好是自己曾经倒追过的学长“男神”——秦东。

“池嘉？你也在这里上班？”

“嗯。”池嘉也觉得挺意外的，“下午我听说新来的项目经理叫秦东，还在想是不是我认识的人，没想到真是你。”

“好巧。”

不愧是“男神”，笑起来帅气硬朗，难怪茶水间的那群小姐妹为之癫狂。

“晚上我请你吃饭？我们好久没见了。”

“我今晚约了客户签合同，改天吧。”相比于和秦东一起吃饭，池嘉把去见景芮放在了第一位，这份合同可不能再出什么幺蛾子了。

“你开车了吗？”

“没。”池嘉心想，她才刚毕业，哪有钱买车。

秦东看池嘉手里捧着文件袋，道：“我送你去吧。”

“这样不会耽误你的时间吗？”

“没事，不用跟我客气。”

虽然表白失败过，池嘉和秦东相处起来却不觉得尴尬。她其实挺欣赏秦东的，至少有原则，不花心。

池嘉和景芮约好的地点在LEFT咖啡馆，她也没跟秦东客气，现在是下班高峰期，挤公交很心累的，有顺风车坐何乐而不为。

LEFT离AS并不远，只是路上有点堵。半个小时后，车在马路旁停下。

“谢谢。”池嘉刚想下车，头发好像被什么缠住了。

“别动，我帮你。”秦东探过身去帮池嘉理头发，两人姿势亲密。

头发弄好了，可秦东还是没有从她身畔离开。池嘉对上他的眼神，两人注视着对方。她似乎猜到了下一秒即将要发生什么。

女人的直觉，果然一猜一个准。

秦东亲了过来。

池嘉在纠结要不要闭眼、该不该拒绝的时候，不适感率先占据了内心的高地，她及时推开了秦东。

气氛僵到了极点。

毕竟是曾经的“男神”，再遇秦东，池嘉明明对他还存有好感，可当秦东靠近她时，她没想到自己居然这样反感。

“对不起，是我冲动了。”

“没事。”池嘉迫不及待地想要下车，“谢谢你送我。”

“小嘉，给我留个联系方式吧？”

池嘉尴尬地回答：“下次吧。”

景芮比池嘉先到 LEFT。

池嘉疾步走进咖啡馆时，景芮正坐在门口的长沙发上，气定神闲地喝着咖啡，姿势相当优雅。

“景小姐，没问题的话，我们今天就把装修合同签了吧。”

池嘉在景芮身旁坐下，一边拿出文件袋里的合同一边说着。她现在尽量避免直视景芮的脸。应该说那晚过后，池嘉现在看见景芮的脸，心里总觉得怪怪的。

“没问题。”景芮回答得很干脆，这让池嘉心里的石头落了地。

“我先接个电话。”这时，电话振动了起来，池嘉掏出手机，上面显示着一串陌生号码，她起身找了个角落接听。

景芮低头看着合同：“嗯。”

“小嘉，你终于肯接我电话了。”电话那头传来江慎的声音，“你再给我一次机会好不好？我还是忘不了你。”

“你还有完没完了？”在公司的时候，江慎也来骚扰过池嘉，池嘉以为自己说得已经够明白的了，没想到江慎竟然换了号码继续骚扰她。

“就让我见你一面。我们当面说，就一面，让我死心也好。我现在就过来找你。”江慎总觉得见了面，池嘉还会念点旧情。

池嘉斜视着玻璃橱窗外，竟看到了江慎的身影，他正朝咖啡馆的方向走来，越来越近。

池嘉果断挂掉电话，心不在焉地回到沙发上坐下。

“签好了，”景芮放下笔，朝池嘉勾唇笑道，“这回满意了？”

池嘉再一次直视景芮的眼睛。这双眼睛漂亮得让人心动。

看着正在朝她走来的江慎，池嘉突然萌生出一个念头，一个很大胆又恶趣味的念头。她心里想着，便倾过身，像那天在酒吧里那样，抱住了景芮。

景芮先是一愣，然后问道：“你干什么？”

“你说呢？”池嘉小声说。

凝视着池嘉的眉眼，景芮会意，凑近她：“你可别后悔。”

尽管只是装模作样，但池嘉的心还是控制不住地怦怦跳。

停业的咖啡馆里只有她们两个人，不像那晚的酒吧那样嘈杂，足够安静，也令人沉浸其中。

江慎推开玻璃门走进咖啡馆，下一秒，他的脚跟钉在地上一样，整个人都怔住了。

池嘉这时才回头去看江慎，她心里暗爽，虽然这种行为挺幼稚的。看着江慎一脸蒙的表情，她十分解气。

景芮扭头看到江慎时，才明白过来她掉进了池小姐设计的圈套，她被利用了。江慎的神情足以说明他现在有多蒙，而池嘉也达到了她的目的。

“你跟踪我？”池嘉起身，“江慎，我们已经结束了，你再这样，我可以告你性骚扰。”

“我只是想跟你当面谈谈。”江慎硬着头皮道。

池嘉冷笑道：“现在见了，你觉得我们还有什么可谈的吗？”

江慎的确诧异到不知该说什么。

听了二人的对话，景芮也大致明白了事情的来龙去脉。

她起身，站在池嘉身侧，脸上带笑，但这并不意味着友好：“江先生，如果你再纠缠我朋友，我会对你不客气的。”

池嘉睁大眼睛看向景芮。

景芮笑望着池嘉，问道：“今晚去我那儿吗？”

池嘉心中又是一惊。

她们俩的关系什么时候这么好了？景小姐演得跟真的一样。

“不去你那儿我去哪儿？”池嘉演技也过硬，对答如流，而且，她第一次觉得景芮的笑容这么顺眼。

看着眼前的两人，江慎觉得自己完全就是多余的。

池嘉看着江慎：“你还有其他事吗？”

江慎没回答池嘉，只是走出咖啡馆时，他的脸都绿了。

看着江慎那狼狈的背影，池嘉不由得一阵狂笑，这一出戏演得真好，比揍他一顿还舒坦。

景芮抱着胳膊，见她跟恶作剧成功的小孩子一样开心，问道：“至于吗？”

“怎么不至于，谁让他瞒着我勾搭狐……”池嘉想说“狐狸精”时，发现当事人就在眼前，于是把话吞进肚子里。

景芮转过身对池嘉说道：“你说的，今晚去我那儿。”

见景芮一脸认真的样子，池嘉脸上的笑容瞬间凝固了。

“逗你的。”景芮笑了笑。

池嘉扭过头不屑道：“无聊。”

“无聊你刚刚在干吗？”景芮挑眉。

池嘉抱起胳膊，选择沉默。

景芮只是笑笑，一切尽在不言中。

池嘉生怕景芮多想：“上次我帮你，这次你帮我，谁也不占谁便宜，我们两清了。我不会占人家便宜，但也不会吃亏。”

“是吗？”景芮语气里是满满的怀疑。

“是！”池嘉信誓旦旦道。

合同已经签好，这是池嘉今天最大的收获。她今天就再忍姓景的一次，反正以后也不用经常见面了。其实她心里挺感谢景芮的，景芮刚刚也算为她挺身而出了。

池嘉收好合同，准备离开，她站在景芮面前，含糊说了一句“刚才谢了”，便走了。

大厅里只留下景芮一个人。

景芮盯着桌上已经凉掉的半杯黑咖啡，转身去给自己倒了杯酒。

第三章 >>> 你别误会

和江慎分手以后，池嘉的桃花运旺得很，这个月对她表白的就有三个。另外，秦东好像也想追她。但池嘉现在觉得谈恋爱太累了，还不如一个人自在。

尝试过许多次，也失败过许多次，自然会令人厌倦。

秦东追求池嘉的攻势很猛，公司里平时关注八卦的小姐妹基本都知道了这件事。

以至于池嘉去茶水间时，总能遭到她们的起哄。

毕竟不少人都想知道，被公司的头号“男神”追求是种什么样的体验。

可能因为上次的接吻事件，池嘉感觉秦东对她小心翼翼了不少。

池嘉对于秦东的感觉说不太清，充其量算有点好感。但她没想过要跟他有进一步的发展。

或许，找个时机拒绝比较好吧。

因为将就而开始一段感情，最后基本没什么结果，池嘉现在非常明白这个道理。

池嘉每星期照旧会去N酒吧驻唱，有时候忙就只去一次。她看似是随心情去，但一般会选择周一或者周三去。

秦东是从同事口中得知池嘉在N酒吧驻唱的。为了追人，他也是够拼的，基本每天晚上都去。他想着这样总能遇上，还能彰显自己的真诚。

池嘉晚上唱歌通常不会超过三首，唱完歌后，她照旧坐在老位置喝酒。

坐下时，池嘉下意识四下瞥了瞥，今天倒是没看见景芮。池嘉不由得有些懊恼，她惦记那个“狐狸精”干吗。每回遇上景芮，基本没什么好事。

池嘉喝了两杯，余光瞥见有人朝她走近。

“你是不是在跟踪我。”池嘉回头，才发现不是景芮，而是秦东。也不知怎么的，刚刚她潜意识里以为是景芮，因为好几次，都是她俩坐在这儿一起喝酒。

“你唱歌太好听了。”秦东在池嘉的身畔坐下。

平时看着挺顺眼的笑容，池嘉此时却觉得有些厌烦，出于礼貌，她还是和秦东打了招呼，但看得出来她有点爱搭不理的。

“你平时什么时候来驻唱？到时我来给你捧场。”

“不用，”池嘉回答得很敷衍，“我不怎么来。”

景芮今晚有事来晚了，错过了池嘉的表演时间。在老地方，她看到了池嘉的身影，只不过今晚池嘉不是一个人来喝酒的，身旁多了个男人。

景芮随意找了个地方坐着，喝酒时，目光时不时地扫向池嘉的方向。原本她还想上前聊几句，但看池嘉和一旁的男人似乎有说有笑，颇为亲密，她便没有过去，一个人闷声不吭地喝酒。

“你在等人吗？”秦东见池嘉的眼神一直飘忽不定，不由得疑惑地问道。

巡视一周，池嘉终于看到景芮了。人再多，景小姐也是最漂亮、最高调、最惹眼的那位。

“没有。”池嘉和秦东说着话，余光却还在瞥着景芮，今天景小姐居然没来找她喝酒，奇事啊。

景芮再一次看向池嘉的方向时，发现池嘉也在看着自己。

两人终于对视上了。

景芮笑着朝池嘉举了举酒杯，继续喝自己的酒。这个笑容，又把池嘉的心思勾走了。

“最近忙吗？我看你每天下班都挺晚的。”

池嘉只顾着看景芮了，没再理睬一旁的秦东。

“小嘉？”

有了对比池嘉才知道，跟景芮一起喝酒有意思多了。池嘉起身，想结束和秦东的尬聊："不好意思，我看到我朋友了，失陪了。"

"小嘉。"秦东想挽留，池嘉却头也不回地走了。

虽然已经临近午夜，但夜生活才刚开始。景芮再度抬头时，发现池嘉已经锁定了自己的位置。

池嘉不急不缓地朝景芮走去。

景芮佯装没看见池嘉，低头喝酒，嘴角却禁不住扬起了一抹笑。

池嘉走到景芮面前，什么也没说，直接坐下了。

景芮把玩着酒杯，望了望秦东的方向，问池嘉："今晚有帅哥陪着，还来找我喝酒？"

"我对他没兴趣。"池嘉漫不经心地答道。

这段时间她也尝试着去接纳秦东，但事实证明，她现在对他的确没什么感觉："你要是感兴趣，我把他介绍给你？"

景芮望着池嘉不语。

"哦，我忘了，你不喜欢这样的。"池嘉笑着打量景芮，"不好意思。"

"喝酒。"

如果只是找个酒伴，池嘉觉得景芮是个不错的选择。虽然她俩互相看不顺眼，但平心而论，一起喝酒时还算爽快。

一晚上，池嘉都在跟景芮喝酒，快十二点的时候才搁下酒杯。秦东一直在等她，似乎没有离开的意思。

池嘉抚着额头，更加心烦。

"要我再帮你一次吗？"景芮饶有兴致地问池嘉。

池嘉抬眸看着眼前这张妖孽般的脸蛋，红唇似火，她立马答道："不需要。"

景芮语调慵懒："你这么紧张干吗？你对我是不是有什么误会？"

"误会？我也希望最好是误会。"池嘉较真起来，见时间有点晚了，她起身打算离开，"算了，今天不喝了。"

池嘉起身的时候，秦东也起了身，紧跟她的脚步。景芮见了，坐了会儿，还是跟了出去。

零点，酒吧一条街依旧热闹非凡。

秦东迈着大步，追上池嘉："小嘉，我送你回去吧。"

"不用了。"

"这么晚了，你又喝了酒，我不放心你一个人回去。"

“真的不用。”池嘉不想再拖泥带水下去，想了下，还是给秦东发了好人卡，她开门见山道，“你很好，但我现在真的对你没感觉了。”

“怎么突然说这个，我只是不放心你，想送你回去，作为朋友，互相关心也很正常，不是吗？”

池嘉最厌烦这种拉扯，越想越头晕。算命先生说她今年桃花运特别旺，尤其是下半年，敢情都是些烂桃花。

池嘉现在只关心财运，不关心桃花运。

“她的意思是，她对你没意思，让你不要再浪费时间了。”

两人僵持不下时，旁边传来一个清亮的女声。

池嘉转头看去，这么欠扁的语气还能有谁？此刻景芮蹬着高跟鞋走了过来，说话时显得气场十足。

“我是她朋友，我会送她回去，不麻烦你了。”

闻言，秦东只得打了个招呼，失落地转身离开。

景芮再一次帮她解了围。

这个“狐狸精”，好像也没那么讨人厌了。

池嘉怏怏地跟景芮说了句：“我先走了。”

一辆黑色汽车停在她们面前。景芮不习惯坐出租车，所以晚上安排了司机来接，她叫住池嘉：“上车吧。”

“我自己打车就行。”

景芮拉开车门，语气随意道：“顺路，可以载你一程。”

既然这样，池嘉就不再客气，跟着景芮钻进了汽车后座。豪车坐起来自然比出租车舒服得多。算起来，她这已经是第三次蹭景芮的车回家了，难怪蹭得这么自然。

车里很安静，撇去工作、喝酒，她们之间好像也没什么话可聊。反正没说几句，就要起争执。

“别墅的单子，你打算什么时候给我？”

客户是争取来的，池嘉时刻惦记着这件事，如果能接到别墅的单子，这个月她的业绩又可以冲到第一。

“上次在LEFT，你不是说我们扯平了吗？”

池嘉一想，她还真这样说了。她突然后悔了，一冲动就少了一笔这么大的单子，真是血亏，她当时怎么就那么不淡定呢？

“头晕？”景芮见池嘉扶额，不由得关心道。

池嘉心痛到说不出话来，到手的别墅单子就这样飞了。

景芮仿佛看穿了池嘉的心思。不过是笔单子，用得着郁闷成这样？

“想接单子是吗？要不……”景芮意味深长地说道。

话没说完，景芮瞥了瞥池嘉，眼神像是在暗示什么。

池嘉身子往后一缩：“你想得美。”

“我可什么都没说，池小姐，你刚刚在想什么？”

池嘉：“……”

迄今为止，景芮在池嘉眼中还是相当神秘的。

池嘉只知道景芮不差钱，开了家餐馆，但她绝对不像个厨师，她还喜欢泡吧喝酒。反正，在池嘉的眼里，景芮就是一副有钱又有闲的模样。

景芮当然不像池嘉想象中的那么闲，她名下还经营着一家风投公司。除了工作，她极少有真正意义上的私人时间，一个星期能去泡两次吧，也是奢侈。

平日里总和投资人应酬打交道，交际变得功利，所以景芮才开了这样一家餐厅，偶尔也能交到一些单纯的朋友。

“景总，这是R集团财务报表。”

“放那儿吧。等等——”

周秘书刚要走的时候，却被叫住了：“嗯？”

景芮突然想起一件事：“我记得你哥哥是在地产公司工作？”

“是的。”

“我想买套房。”

景芮私下对员工一直挺照顾的，福利待遇在业内更是没话说，所以公司离职率很低。

“那我跟我哥说一声，让他晚点联系您。”

“不需要，你帮我看就行。”

“您有什么要求吗？”

景芮低头忙着自己的工作，道：“没装修的，五百平方米以上，就这两点。”

“嗯，知道了。”走出办公室，周秘书不由得感叹，她家老板也太有钱了吧，买一套五百平方米的别墅，都不亲自去看一下。

贫穷果然会限制人的想象力。

午休时，池嘉对着电脑屏幕走神，一脸忧郁。她还没有从失去五百平方米的别墅单子的悲伤中走出来，满脑子都是流失的人民币。

池嘉无精打采地走进茶水间，每天都数不清自己要喝多少杯咖啡。喝咖啡的习惯是她进入职场以后才养成的，每天高强度的工作，全靠咖啡提神，以至于越来越依赖。

“小嘉，你最近气色不太好啊。”

“被秦总追求怎么会气色不好，我看是春光满面吧。”

“你们少来八卦我，我跟秦总只是校友，没其他关系啊。”池嘉倒完咖啡，回到自己的格子间继续做事。

没画几分钟图，池嘉就听到背后有人喊：“池嘉，你客户来了。”

“马上过来。”池嘉应了一声，拿出一面小镜子，认真地理了理头发。

每天都要忙各种琐事，说是设计师，但并不是出了设计稿和施工图以后就万事大吉了，后面的装修工程还得费心思跟着。

但池嘉怎么也想不到，这次来的客户居然是景芮。

而景芮这次来，又给她带了一笔大单子。

别墅装潢设计，还是五百平方米的。

人生大起大落得太快，池嘉沉浸在不可思议中。

两人还是坐在上次的地方。

景芮见池嘉有些发呆：“池小姐没兴趣接？”

“当然有。”池嘉有点纳闷儿，“你上次不是说没有吗？”

“手里刚好有套没装修的房子，你上次给咖啡馆做的设计方案还不错，所以就又想到你了。”景芮做事素来干脆，“如果没问题，就这样说定了。”

“好，没问题。”池嘉脸上看着淡定，其实心中狂喜。

和上次一样，走流程，付定金，合作算是敲定了。

景芮起身道：“我还有事，先走了。”

“具体方案我们下次再聊，到时我去九号找你。”池嘉笑着道。

像景小姐这样财大气粗的超级 VIP 客户，那必须得亲自登门拜访。

看着景芮转身离开的背影，池嘉高兴得在原地跺脚，笑得嘴角都快要咧到耳后根，就差手舞足蹈了。

这时，景芮突然回头看了池嘉一眼。

池嘉一秒恢复正常，她直起腰，用服务行业的标准式笑容目送景芮：“您慢走。”

景芮脸上浮起一抹嫌弃的神情，转过头后，却忍不住想笑。她原本便打算换套房子，只是因为工作太忙，一直没将这事提上议程，池嘉刚好提醒了她，这一次她也算还池小姐一个人情。

因为景芮，池嘉的忍耐力和抗打击能力直线上升。当然，景芮并没有因为她们是第二次合作而多给池嘉面子。

景小姐就是客户中的战斗机，依旧挑剔毒舌，拥有将人折磨得痛不欲生的本事。

池嘉算是九号的常客了。

改稿改得没空去吃晚饭时，景芮会做饭邀请她一起吃。

景芮做的菜，池嘉越吃越上瘾，有时候恨不得天天去九号改稿。

“走，跟我去厨房。”

“我又不会做菜。”池嘉懒得很，不爱下厨房，她租的公寓一年多了，还从来没开过火，平时不是在外面吃，就是叫外卖。

“池小姐，白吃白喝这么多顿，你好意思吗？”景芮硬是揪着池嘉起了身，“帮我打个下手。”

景芮在九号有单独的厨房，平时也只有她在这里做菜。

池嘉一进厨房就像只无头苍蝇，十分茫然。

“洗菜你总会吧？”景芮挑好食材，“把这些都洗干净了。”

吃人的嘴软，池嘉心不甘情不愿地去洗菜。

池嘉这是第一次看景芮下厨，她的刀工很熟练，刀刃跟砧板碰撞出的声音清脆好听。

池嘉什么忙也帮不上，就在一旁看着景芮，看着看着，她的目光落在了景芮的脸上。今天景芮只化了淡妆，却依旧很养眼。

一直被人盯着看，自然会有感觉。景芮切完食材，分盘装好之后，才转过身直视着池嘉：“我说过，你这样看我，容易让我误会。”

池嘉眼神闪了闪，扬起手上的水往景芮身上甩：“你有完没完。”

看到景芮不动声色地靠近，池嘉没躲闪，她犹豫了。隔着几厘米的距离，景芮目光定格在池嘉的脸上，她只是朝池嘉笑笑，然后转身继续做菜。

池嘉紧绷的神经放松下来，看着景芮背影的同时，还伴着一点点的失落。

景芮在一旁忙着做菜，池嘉就准备餐碟。

两人偶尔说两句话，气氛温馨和谐。

“你平时都这么随便？”池嘉忍不住问景芮。

“随便？”景芮挑眉不解道。

池嘉想起这段时间景芮的所作所为，道：“你还不够随便吗？”

景芮又把问题抛回给池嘉：“做自己喜欢的事，能叫随便吗？这叫坦率。”

池嘉转头看向景芮：“你说你……”

“不是你想的那个意思，你理解错了，池小姐。”景芮迅速打断了池嘉打算说出口的话。

池嘉被景芮打败了，果然是够随性的女人。她朝景芮冷笑道：“你前任跟你分手，是受不了你的花心吧？”

稀奇，她居然跟景芮聊起了感情问题。

“我随性，并不意味着我没有原则。”

“原则？我可没看出来。”

“池小姐，你很了解我吗？”

“不了解，我也不想了解。”池嘉迫不及待地结束这个话题，她们不适合聊这个，毕竟观念不同。

池嘉催促着景芮：“你快烧菜，我饿了！”

“白吃白喝还这么多要求？”

“……”池嘉理亏。

晚餐过后，池嘉和景芮讨论了设计思路，先敲定方向，再继续做下一步的完整方案。

咖啡馆那边也开始动工了，这段时间池嘉忙得团团转。简奕给她打了好几次电话，想约她出来聚聚，她都腾不出时间。

简奕知道池嘉最近都在忙景芮的设计单，她每次给池嘉打电话，池嘉都要先把景芮骂个狗血淋头。

收工，回家。

坐在公交车上最后一排的靠窗座位，池嘉托腮望着窗外发呆。橘色灯光下的街道，慢慢地后退。

做自己喜欢的事情，能叫随便吗？池嘉在心里反复想着景芮说的这句话。这都是什么跟什么？她心里郁闷地想着。

拖着疲惫的身体回到家，池嘉洗了澡，一头栽倒在床上。

闭上眼，她总是忍不住想起一些事情。在酒吧，在咖啡馆，还有今天晚上在厨房，发生的一些糟心事。

她跟景芮怎么可能和谐相处？不可能。池嘉在心里给了自己一个确切的否定答案。因为江慎那件事，自始至终，她心里都对景芮有些反感。

夜渐渐地深了。

池嘉的心又开始乱了。

时钟嘀嗒嘀嗒地走着，一直到了午夜，池嘉还是分外清醒。她气恼地扯过被子蒙在头上，完了，越想越不对劲。还是睡不着，她拿过手机，在浏览器里搜索，这儿刷刷，那儿看看。

结果更睡不着了。

池嘉扶额，觉得自己傻了，她是有多无聊，大晚上不睡觉在这儿逛这些无聊的网站。

今晚失眠的不只池嘉一个，景芮也失眠了。此刻，偌大的双人床上，她已经翻了好几次身，迟迟未能入睡。她想不通自己为什么要去招惹池嘉，她俩终究不是一个圈子里的人，没共同语言，不相往来最好。

翌日，闹钟响了八遍，池嘉破天荒地起晚了，她素面朝天地冲到公司，终于赶在最后一刻打了卡，保住了岌岌可危的全勤奖。

经过那晚的尴尬，秦东还是没有放弃对池嘉的追求。

池嘉后悔了，她后悔去年给秦东发了一条告白短信。昔日的“男神”如今变成了死缠烂打的烦人精，她已经越来越讨厌看到秦东那张脸了。果然得不到的才会骚动，她有时候觉得自己挺“渣”的。

秦东照旧会去N酒吧听她驻唱，还是雷打不动的那种。

因为这个，池嘉已经大半个月没去过N酒吧了。她想，再过些时日，秦东就会放弃了吧。

周三下班还算早，回到家，池嘉歪在沙发上躺了十几分钟。房间内安静得让人难受，因为躲避秦东，池嘉没有了夜生活，无聊得很。

池嘉是个耐不住寂寞的，她拿出手机，想找家新的酒吧喝酒。在屏幕上划拉了好半天，池嘉也没有决定下来，最后她的目光停留在一家标着“推荐”的酒吧上——看起来是一家颇受女生喜爱的酒吧。

池嘉本来想直接忽略，斜眼看了两秒后，她默默地点了进去。

池嘉安慰自己就当满足好奇心了。

夜幕降临。

晚上十点，池嘉妆容精致，一身轻熟打扮钻出出租车。

盛夏的夜晚，一阵热风迎面吹来，放眼望去，这条街上的酒吧真不少。这边池嘉不熟，她是第一次来。

抵达目的地，池嘉假装漫不经心地四下看了看，见没熟人，她才撩了撩头发，踩着高跟鞋，身姿绰约地走了进去。

这个酒吧和寻常的酒吧没有太大区别，唯一不同的是里面大多是女人。池嘉初来乍到，感觉有点不习惯。

从池嘉进入酒吧的那一刻开始，她就吸引了不少人的注意力。漂亮女人在任何场合都能吸引人的眼球，这是铁的定律，更何况池嘉今晚还精心打扮了一番。

池嘉找了个稍微清静的地方坐下，一个人喝酒。短短的几分钟，来了三个人搭讪，她从未觉得自己的同性缘这样好过。

“嗨，美女。”

池嘉抬头，第四个人过来了。

当那人在她身畔坐下时，池嘉不由自主地跟对方保持了距离，尤其是当对方亲昵地贴近她时，池嘉下意识地拒绝了。

她有点接受不了和陌生人如此亲近。

池嘉拿出手机，打开一个社交软件，随意地刷了刷。至于池小姐为什么会在交友软件上注册账号，池嘉给出的答案是：无聊，随便看看。

“叮！”提示音响起。

系统自动给她匹配了同伴。

根据两人的资料分析，匹配度高达 99.99%，称得上天造地设。

两人都是用的虚拟头像，相册也是空的，看不到对方的长相。不过距离上显示她们只相隔二十几米，应该都是在这家酒吧。

反正也是无聊，池嘉就点开了与那人的聊天界面。

和对方聊了几句后，池嘉感觉和对方挺投机的，再加上两人的签名上都写着：找人喝酒。池嘉先发出邀请：“一起喝酒吗？”

很快对方回复：“行。”

酒吧内环境太嘈杂，两人把见面地点约在酒吧门口。

池嘉心想着待会儿要去见人，就起身去洗手间，准备补个妆。哪知道她一进洗手间，迎面就遇上了熟人。关键是，这熟人还是景芮。

两人目光对视上时，池嘉内心似乎有一万匹野马奔腾而过。

景芮今晚的妆容女王范十足，她看向池嘉，好一阵才确定，面前的这位的确是她认识的池小姐。她没看错。

“这不是池小姐吗？”景芮朝池嘉走近，用玩味的语气问道，“你来这里做什么？”

“我……”池嘉大脑短路了，编了个瞎话，“来这里借用一下洗手间。”

原本池嘉还想补个妆，这会儿碰上景芮，她恨不得马上逃离现场，随便洗了下手就准备离开。

“一起喝酒吗？”景芮叫住池嘉。

“没空。”池嘉头也不回地走了。

景芮无奈地摇了摇头。

走到酒吧门口时，池嘉想起自己还约了人，就站在一旁等着。

没一会儿，景芮也出来了，偏偏也站在门口。

池嘉浑身不自在，要是待会儿被景芮撞见，那她岂不是跳进黄河都洗不清了？池嘉决定离开，就在这时，她收到了一条消息：“我出来了，在门口。”

此时两人相隔的距离：一米。

池嘉心里一惊，突然有种不祥的预感，她匹配到的人，不会就是景芮吧？

池嘉和景芮同时看向对方。

此时酒吧门口，只站着她们两个人。

显而易见，她匹配到的好友就是景芮，池嘉只好接受了这个事实。尴尬过后，她准备默默离开，当作什么都没发生。她和“狐狸精”是有多深的孽缘，才能连玩个社交软件都能匹配到一块儿？

景芮站在原地，细细地想着这件事，望着池嘉笑。

这笑容，真是含义万千。

池嘉瞥见景芮的笑，浑身不自在，今晚她的面子都被狗吃了。

“池嘉。”见池嘉转身准备离开，景芮忙出声叫住她。

池嘉没回头，她心里暗暗地想，这时候不走，等着姓景的来嘲讽她吗？下一秒，她的手腕便被人牵住了。池嘉闭了闭眼，只觉得尴尬到了极点。

景芮走到池嘉面前，拦着她：“你不是在等我吗？走什么？”

“我还有事。”池嘉撒谎。

景芮朝池嘉又走近了一步。

池嘉下意识地后退了一步，但她的背已经抵在墙上，退无可退。

“你别误会，我就是好奇而已。”事实上，池嘉会来这家酒吧的确是因为好奇，但这话说出口时，总有种道不明的心虚。

“很多事情，都是从好奇开始的。”景芮说着，突然凑到池嘉耳畔，低语道，“……那怎么办？”

景芮的嗓音低哑好听，池嘉听着，像是心里最柔软的位置被人轻挠着，恰好，有带着香气的暖热气息扫过她的耳后。

“不逗你了。”景芮不禁笑了起来，她伸出手背在池嘉的脸上轻蹭了蹭，烫得很，笑她，“池小姐还会脸红啊，真没看出来。”

“景芮，你给我闭嘴。”池嘉瞪了景芮一眼。

景芮笑得更厉害了，池嘉红着脸这样怒吼时，有种“奶凶奶凶”的感觉。她仔细打量着池嘉：“我发现你其实也挺可爱的。”

池嘉直翻了个白眼。

“走吧，我们很久没一起喝酒了。”景芮去过N酒吧不少次，但池嘉好像有大半个月没在那儿驻唱了。

池嘉杵在原地，犹豫着没动。

“你晚上出来不就是想喝酒吗？我陪你一起。”

被景芮拉了一把后，池嘉跟着她一起走进了酒吧，不过换了家酒吧。景芮要了两杯酒，把其中一杯递给池嘉，问：“感觉怎么样，满足好奇心了吗？”

“没什么特别的。”池嘉喝着酒，慢慢地说着。

景芮也更喜欢去N酒吧，那儿的歌比这儿好听。

“干——”池嘉也不明白，她一开始明明那么讨厌景芮，怎么就喜欢跟这个女人一起喝酒呢？

景芮见她一杯接一杯地喝着，不由得叮嘱道：“别喝太猛，小心醉了。”

“我没那么弱。”池嘉觉得自己今天有必要放开喝一回，让景芮见识一下她的酒量，省得每次喝酒，景芮都瞧不起她。

没过多久，有人来搭讪景芮，说想和她一起喝酒。

景芮拉过池嘉的手，笑得一脸明媚：“不好意思。”

池嘉：“……”

对方识趣地离开，池嘉迫不及待地甩开景芮的手：“你别碰我。”

“你也不想一直有人来打扰我们喝酒吧？”

池嘉看了看景芮：“刚刚那个挺帅的，你干吗拒绝人家？”

“不是我喜欢的类型。”

又是这句话。

池嘉托腮问道：“那你喜欢什么类型的？”

景芮也托腮看着池嘉，目光从她的脸蛋移到脖颈，然后落到她的胸口。

池嘉不自在地嚷道：“哎，你眼睛往哪儿看呢。”

景芮突然表情严肃地问池嘉：“挤出来不容易吧？”

“景芮。”池嘉就差拍桌子了，她承认自己的事业线在景芮面前充其量算是一抹阴影，但“挤”字狠狠戳中了她的痛点。她又奓毛了。

“哈哈哈……”景芮笑着起身，拉住池嘉的手，“去那边玩。”

两个人一起喝酒，一起跳舞，一起狂欢。

池嘉很久没玩得这么开心了。

池嘉舞跳得不错，大学在社团里玩过几年，去酒吧应付起来绰绰有余，回头率绝对满点。有身段又有脸蛋，只要去外边玩，池嘉从来都不缺桃花运。

景芮的目光一直流连在池嘉的身上。

池嘉开怀大笑时，会让人不觉想跟着她一起扬起嘴角。

不知从什么时候起，在人群中，她们越靠越近了。

“狐狸精”笑起来可真养眼，池嘉望着景芮的脸，在嘈杂的环境下，还走了片刻神。

后背突然被人推搡了一把，池嘉身体往前一倾，她和景芮本来就靠得近，现在更是亲密无间。

音乐还在继续，但两人都慢慢安静了下来。

好好闻的香气啊，池嘉眼神迷离，有点沉醉了，她想凑到对方脖颈里闻一闻。

景芮伸手扶住池嘉，让她站稳。

池嘉犹豫了一下，没推开景芮。

舞池里灯光忽明忽暗，人也跟着气息混乱。

景芮依旧凝视着池嘉的眼眸，她能感受到对方洒在自己脸颊上的气息带着醇香的酒气。

下一秒，灯光暗下来的那一刻，气氛燃爆。

激烈的音乐节拍迸发，一发不可收拾。

景芮只见池嘉一脸迷糊，她还没来得及说什么，就被池嘉牵着手，拉出了酒吧。

酒吧里密闭的环境有些闷，更别提待得久了，两人走出酒吧后神清气爽了不少。

池嘉带着景芮走到比较隐蔽的街角。

“怎么了？”景芮以为池嘉不舒服。

池嘉没有答话，脸上还带着醉酒的红晕。她冒冒失失地推了景芮一把，景芮身体失衡，往后一仰，背靠在墙上，她伸手扶住摇摇欲坠的池嘉。

夜已深，街角几乎没什么人。

昏暗安静的角落，地面上两个拉长的黑影静静地叠在一起。

两个人喝了很多酒，她们打车去了最近的一家酒店。

“不舒服？”从酒店大堂到电梯，景芮一直扶着池嘉，论酒量，没几个人比得过她，偏偏池嘉不信，逞强要跟她比，眼下喝得像个醉鬼。

“没。”池嘉哼着。

“叮！”电梯停了。

景芮见池嘉有些恍惚，似乎在想着心事，她也从刚刚的情绪中冷静了下来：“你想好了，要不要我送你回家？”

“不想回去。”池嘉没好气地吐槽道，“景芮，你不会不敢跟我一起住外面吧？”

“不想回去就不回去，听你的。”

刷卡，进门，开灯，房间里顿时灯火通明。

门关上后，池嘉站在原地有点无措，其实从上电梯那一刻起，她的心就跳得特别快。说实话，尽管喝了酒，她心里还是挺紧张的，只不过她嘴上要强。

景芮拿过池嘉手里的包，放在一旁："我去给你倒杯水。"

池嘉大脑一片空白，她愣愣地牵住景芮的手。

"你牵着我干吗？"景芮无奈道。

"就要。"池嘉挺直腰板，但一个没站稳，她直接跌在了景芮身上，池嘉便不客气地拉着景芮一齐栽倒在沙发上。

景芮被池嘉压得动不了，关心地问道："你是不是喝太多了？"

"才没有，我酒量不比你差。"池嘉嘴硬道，她故意整个人都赖在景芮的身上，好不容易才找到机会欺负对方，她可不能放过。

"先休息一下？"景芮还是有点担心。

"景芮，你怎么这么多废话？"池嘉说完，直接在景芮的手上咬了一口。

景芮吃疼："你喝醉了还喜欢咬人啊？"

"不行啊？"池嘉一直擅长无理取闹。

景芮也在池嘉的手上咬了一口，她低声嗔道："饶不了你。"

气势绝不能输，池嘉较真地嚷嚷："看谁饶不了谁！"

景芮笑了笑："你等着瞧。"

人醉酒后一般对时间没有具体的概念。

醉酒的一晚，或漫长，或转瞬。

第二天醒来时，池嘉发现景芮就睡在她旁边，而她正抱着景芮。睡觉时要抱着东西，这是她多年来的习惯。

池嘉想推开景芮的时候，却惊醒了她。

景芮睁眼，柔声问道："感觉怎么样，今天没不舒服吧？"

景芮难得对她说话这么温柔，池嘉浑身不自在，不想和景芮保持现在的姿势，她们居然这么和谐地待了一晚，真是奇迹。池嘉觉得自己就跟在做梦似的，毕竟她俩一直水火不容。

"没，你放手。"

"这就翻脸不认人了？"景芮揉了揉头发，"拜托，我可是好心照顾了你一晚上。"

池嘉蹙眉："你把头转过去。"

"嗯？"

“我要换衣服。”

“你昨晚喝醉了，澡都是我帮你洗的。都是女人，你还怕我看？”

“不许提昨晚的事。”池嘉推开景芮，满脸严肃，“昨晚我喝多了。”

景芮渐渐敛起笑容，她沉默地望了池嘉好几秒，最后松开了池嘉，转身面向另一个方向侧卧。

池嘉手忙脚乱地拿起衣服，快速走进了洗手间。她站在镜子前，拧开水龙头，捧了捧凉水，直往脸上浇。

这下，池嘉够清醒了。

池嘉从浴室出来时，景芮也穿好了衣服。

“昨晚我喝醉了。”池嘉站在景芮面前，梗着脖子道。

她显然是想撇清干系。

“我知道。”景芮无所谓地笑道，“你不用这么较真的，池小姐。”

池嘉咬了咬唇，跟景芮说：“我先走了。”

“我送你。”

池嘉弯腰拿起包，拒绝道：“不用。”

池嘉带上门，走了。

现在房间的空气里，仿佛带着不近人情的味道，和昨晚她们相处时的气氛对比鲜明。

屋内冷气开得有些低了，景芮摸了摸胳膊，有点凉。她静默地望着门口。

池嘉闷声冲进电梯，气鼓鼓地按下了一楼，动作里带着一股火药味。

一想到景芮方才那无所谓的神情，她就来气，但又觉得自己气得莫名其妙。

生闷气只是片刻，池嘉很快就想通了。但要当作什么事都没发生，说来容易，要做到却很难。

如果人拥有想忘记什么便忘记什么的能力，那该少多少烦恼啊？

就好比池嘉，明知道自己不该对一些事耿耿于怀，但她因为这些事已经三天都没睡好觉了。

晚上躺在床上辗转反侧时，池嘉总是会不由自主地想起景芮。那晚她虽然喝醉了，但细枝末节都记得清楚。

“真是疯了。”池嘉翻身趴在床上，将脸颊埋进枕头。她内心笃定景芮绝不会像她这样，毕竟那天景小姐笑得无比洒脱。

有些人的性格，天生就很洒脱随便，在池嘉的眼里，景芮就是这类人。

半夜十二点，池嘉第三遍警告自己，不要再去想姓景的。

一个小时后，她才昏昏睡去。

九月，池嘉非常忙碌。

上班，下班，加班，一切如往常一样。

池嘉手里还接着景芮的两笔大单子，咖啡馆的翻新和别墅的装潢设计。别墅的设计方案前前后后改过好几次，但最终方案还没确定，这就意味着，池嘉还得和景芮经常碰面。

那晚之后，池嘉和景芮还没见过面。就在她尴尬着不知以后要怎么面对景芮时，景芮主动给她打了电话。

来电显示赫然写着：狐狸精。

接电话前，池嘉内心还忐忑了一番，但景芮每次联系她都是为了工作，这次也是如此，两人之间的关系并没有因为那晚而有所改变。

“我最近有点忙，方案的事不急，等我有时间再联系你。”景芮的语气很自然，标准的“御姐音”，交代事情如行云流水一般，听不出半点尴尬。

“行。”电话挂断后，池嘉如释重负。

当初她还一再跟景芮强调，当作什么事也没发生，现在池嘉承认是自己戏多了，人家景小姐压根一开始就没放在心上。

这样也好，不拖泥带水，皆大欢喜。

手里掐着签字笔，池嘉盯着景芮别墅的设计方案足足有三分钟，自己却浑然不知。

晚上，池嘉约了简奕一起吃晚饭。下周简奕就要去S市工作了，之后她们姐妹俩要想再聚，就没现在这样方便了。

“美女，这道菜没有了，您要换其他的吗？”

服务员一连叫了三声“美女”，池嘉还是两眼放空，一副呆呆的样子。

简奕扶额，拉了拉池嘉。

池嘉终于回神：“哦，换这个吧。”

“小嘉，你今天怎么总是走神？”

“有吗？”池嘉还是托着腮，“可能是因为最近加班太累了。”

池嘉这模样，简奕怎么都觉着她是有心事："你跟景芮姐的关系好些了吧？最近没怎么听你抱怨她了。"

以前池嘉恨不得一天骂景芮八百遍，近来她都不怎么提景芮了，简奕还挺纳闷儿的。

"还是那样。"池嘉低头喝着果汁，有些事，她还是决定不告诉简奕，烂在自己肚子里最好。

"其实景芮姐人很好的，性格好又漂亮，做饭还好吃。"

"你说'狐狸精'性格好？"池嘉一激动，"狐狸精"三个字脱口而出。

"狐狸精？我知道你以前跟景芮姐有误会，但不都解释清楚了吗？"简奕是指池嘉前男友那件事。

"简奕，我警告你别跟我提她。"池嘉不想听到"景芮"这两个字，偏偏简奕一口一个"景芮姐"，"还有，你再叫她'姐'，我就跟你翻脸。"

景芮比她们大好几岁，叫声'姐'也没什么不对，简奕不明白，为什么池嘉对景芮会有这样大的偏见。

她换了个话题："我下周就要去S市了，这个周末，我们去枫山看日出吧？"

因为工作关系，即便周末池嘉也很忙，但简奕就要离开L市了，她就算请假也要挤出时间陪好闺密。想都没想，池嘉一口应下："好啊，要不要租辆车，我们自驾游？"

"不用，云昕会开车，景芮姐也会去。"

简奕一直想找机会缓和一下池嘉和景芮的关系，云昕说要带她去看日出，她便提议叫上景芮和池嘉。

"不是我俩啊？"池嘉一阵无语，尤其是听到景芮也去的时候。

简奕拉着池嘉的手晃了晃，笑道："人多一点儿热闹嘛。"

池嘉撇着嘴将简奕的手一甩："姓景的去我就不去。"

"可我都邀请她了，"简奕小声恳求道，"小嘉，你就一起去吧，大家难得有机会一起玩。"

"不去。"

简奕不知道怎么劝说池嘉，一脸为难。

简奕是出了名的老好人，最不擅长的就是拒绝人，而池嘉是出了名的刀子嘴豆腐心，她瞧简奕一副委屈兮兮的模样，受不了了。

池嘉无奈，只好妥协："好了好了，我去，去还不行吗？"

简奕早就摸透了池嘉的性子，知道池嘉会心软，她高兴道：“嗯！就这么说定了，我们周六下午出发。”

池嘉夹着菜，突然想起什么，用怀疑的目光望向简奕：“你跟云昕，关系这么好了？”

“云昕是我们公司的前职员，经常在工作上帮助我，我去S市总部的推荐函还是她写的呢。”

“只是工作上？”池嘉追问。

简奕看池嘉欲言又止：“你是不是有话想对我说？”

“没有。”池嘉顿了一下，回答道。

周六午后，晴空万里。

“你和小奕去爬山，干吗还叫我们，合适吗？”

“我也没办法，本来说好两个人去的，但她说人多热闹。”云昕打着方向盘，景芮坐在后座上，两人准备去接简奕和池嘉。

“至于笑得这么开心吗？”景芮调侃了一句，又转而认真地问对方，“你就打算一直这么下去吗，什么时候和她说清楚？”

聊到这个话题，云昕也有些茫然：“再说吧。”

半个小时后，简奕接到云昕的电话，便拉着池嘉下楼。公寓楼下停了一辆显眼的越野车，简奕一眼就看到了刚下车的云昕，笑着朝她招手。

池嘉的心情就不如简奕那般灿烂了。该来的总是会来，她和景芮终于又见面了。

放好行李，云昕让简奕坐了副驾驶座，池嘉只好溜去后座，一拉开车门，迎面一张熟悉的漂亮脸蛋映入眼帘。

景芮侧了侧身子，抬眸慵懒地望着池嘉，薄唇轻启：“嗨，好久不见。”

面对景小姐的主动问候，池嘉没搭理，她默默地上车，然后贴着右侧车门坐下，和对方隔着老远的距离。

一路上，池嘉和景芮都很安静，两人一左一右，都看着窗外。

云昕和简奕两个人倒是有说有笑，车内的氛围才显得没那么尴尬。

“别墅的设计方案十月份给我，做不好，我会换设计师。”

景芮扭过头朝池嘉云淡风轻地说了一句。

只是一眼扫过去后，她的目光迟迟没有移开，池嘉今天打扮得很休闲，平时松散的长发也扎了起来，清爽漂亮，皮肤在日光的照耀下，仿佛白得透亮。

“知道了。”池嘉不耐烦地回了一句，搭话的同时，她的眼神刚好和景芮撞上，一时间心情复杂。

淡定，全靠装出来。

池嘉不敢直视她的眼睛，池嘉躲闪的样子和不自然的神情，景芮都看在眼底，她没说什么，靠在座椅上闭目养神。

车行驶在平坦的高速上。

去往枫山，大约有三小时的车程，到达景区时，正好是下午五点。一行人打算先去景区酒店安置好行李，再去吃晚餐。

因为酒店预订得有些晚，只剩下两间大床房。

她们有四个人，该怎么分配？

“云昕，你跟小奕一间吧。”景芮转身看向池嘉，淡淡道，“我们两个人住一间。”

池嘉心里“咯噔”了一下，望着景芮，她几乎语无伦次：“为……为什么我们两个人住一间？”

景芮情商高，自然会让云昕和简奕住一间。原本这趟出来，她和池嘉就是多余的存在。

池嘉对景芮的分配表示不满，她上前挽住简奕的手臂：“我和小奕一间就好。”

景芮不急不缓地对池嘉道：“正好今晚有时间，我们聊一下设计方案。”

对这个安排，池嘉打算宁死不屈，哪知道简奕却立马笑着附和：“好啊，小嘉你就跟景芮姐住一间吧，我正好也有工作上的问题想请教云昕。”

“那就这样吧，”云昕也开口了，“景芮，你照顾着点小嘉。”

池嘉嘴角抽了抽，这到底是出来玩的还是出来加班的？

这三个人跟约好了似的，意见出奇地一致，池嘉有点生气，居然连简奕也不向着自己。

但结果显而易见，三人同意，一人反对，池小姐的反对无效。

最后，还是池嘉和景芮一间，云昕和简奕一间。放置好行李后，四人一起去了当地最有名的特色餐厅吃晚餐。

她们这次来枫山，主要是为了看日出。所以晚饭过后，四个人在山脚的古镇逛了一会儿，便回了酒店休息。

池嘉望着那张足以睡下四个人的大床，毫不客气地对景芮道："我睡床，你睡沙发。"

"为什么？"

"我说了不想跟你住一间，是你自己要坚持的。"池嘉说着说着，声音就弱了下来，因为景芮的脸在朝她靠近，两人的眼神直勾勾地撞在一起。

"我的意思是床很大，可以睡两个人。"景芮嫌池嘉多此一举。

池嘉一把推开景芮，和她保持距离："我答应跟你住一个房间是给小奕面子，不是觉得跟你关系好。"

"我说过我们关系好了吗？"景芮冷笑着说道，她转身往沙发走去，"今晚我睡沙发，你睡床。"

景芮还是妥协了。

看着景芮洒脱的背影，池嘉无话可说。

景芮在沙发上坐下，后颈有些痒，她伸手挠了挠。

池嘉在一旁整理行李箱里的衣物，抬头见景芮皱着眉，一副坐立不安的样子，想问她怎么了，但犹豫了一下，还是没开口。

景芮觉得身上越来越痒，她拉下领口，才发现身上起了不少小红包。

"你要用洗手间吗？不用的话我先洗澡了。"

池嘉拿了睡衣出来，一脸冷淡地问景芮，说话时，她无意识地往景芮的身上瞅了一眼，她觉得景芮有些不太对劲，"你脖子怎么了？"

"好像被虫子咬了。"

"我看看。"池嘉将睡衣往床上一扔，走到景芮身旁，撩开她的头发，后颈连着肩那片都红了，的确是被虫子咬了。

池嘉抓住景芮的手："你别挠，越挠越严重，都老阿姨了，一点儿生活常识都没有。"

"你刚刚叫我什么？"景芮冷眸瞪向池嘉，因为即将迈入三十岁的大门，所以景芮对年龄格外敏感，"池嘉，你设计单是不是不想要了？"

池嘉摸了摸鼻梁，转移话题："那什么，不严重，涂点药膏就好了。"

去年社团团建，池嘉也来这里爬过山，每逢夏季，这一带蚊虫就特别多，当时也有同行的人被叮过，和景芮现在的情况一模一样。

池嘉本不想管这闲事，磨蹭了一会儿，还是拿起手机准备出去买药。

“这么晚你去哪儿？”景芮叫住池嘉。

池嘉低头在门口换着鞋，不耐烦地回答景芮：“去给你买药啊，就你事多。”

景芮一怔，也跟着起身，换上鞋：“我跟你一起去，太晚了。”

池嘉白了景芮一眼：“说得好像是你帮我的忙一样。”

池嘉翻白眼的样子还挺可爱，景芮扬唇笑，她突然心血来潮地伸手捧住池嘉的脸捏了捏，年轻就是好，满脸都是胶原蛋白，摸着舒服。

“别碰我。”池嘉嫌弃地躲开，脸被人揉着，连话都说不利索了，不过见景芮笑的那个模样，池嘉也跟着别扭地笑了笑，还小声吐槽了一句，“有病。”

时间有点晚了，不少药店关了门，池嘉和景芮绕了十几分钟，才找到一家二十四小时营业的。

买了药，两人便往回走。

枫山古镇已经有上百年的历史，因为近些年宣传力度大，游客越来越多。老街上铺着的青石板路，每一块都残留着岁月的痕迹，街上新开了不少格调小资的清吧，古老中透着浪漫。

池嘉喜欢逛古街，从这些老式的建筑中，她能找到不少设计灵感。

空中星辰繁多，夜色极美。虽然已经是深夜，但街头还是随处可见出双入对的小情侣，毕竟这里是情侣们的旅游胜地。

走在路上，景芮转头看向池嘉，她正左顾右盼着，手里提着药袋，无聊且幼稚地甩来甩去。

“你盯着我看干吗？”池嘉潇洒地转过头，景芮果然在看她。

“想不到你还挺贴心的。”

“本姑娘一直这样，哪像你那么无情无义。”池嘉还是看景芮不顺眼。

前面有路灯坏了一盏，街道变得昏暗。

沉默片刻，景芮放慢语速：“池嘉。”

“什么？”池嘉回头，忽明忽暗的光线映在景芮身上，显得她的侧脸轮廓更美了。

景芮也回头，盯着池嘉的眸子：“我突然觉得你这人还可以，没那么讨厌。”

池嘉愣了愣，什么叫人还可以？她不屑地笑道：“但我还是觉得你讨厌。”

景芮："……"

两人继续往前走着。

"不考虑再交往个对象吗？"两人一边走一边有一搭没一搭地聊着天，"一个人多无聊。"

池嘉听懂了景芮的潜台词，直白道："我们不适合聊感情问题，因为我们不是一类人。"

景芮对池嘉的说法只有四个字评价："口是心非。"

池嘉："我没有。"

"你就有。"

这时巷子里突然冲出一条狗，朝着池嘉和景芮狂吠。

安静的街道上突然上演这么一出，着实有些瘆人。

景芮被吓了一跳，她紧紧拽住池嘉的手臂，关键是池嘉也怕啊，两人你拉着我我拉着你，往回绕道走。

青石板路凹凸不平，转身时，景芮一不小心崴了脚。

"你又怎么了？"池嘉搂住景芮的腰，扶稳她，"这么大的人了还怕狗。"

"你刚刚跑得比我还快。"

池嘉无话可说，刚刚要不是她拽着景芮跑，景芮也不至于崴了脚，但她仍嘴硬道："谁让你穿高跟鞋的。"

景芮慢慢挪着步子，有些疼。

"还能不能走了？"池嘉盯着景芮的脚，心里忍不住吐槽，出来玩至于踩个恨天高吗？这种鞋子穿着平时走路都费劲，更别提扭到脚了。

景芮瞧着池嘉，索性不走了："走不动了，你背我吧。"

池嘉瞥了一眼景芮："你是不是故意的？"

"要不是你拉着我，我能崴到脚吗？"

池嘉又吐槽了两句，两人僵持了一阵，最后池嘉将手里的药袋甩给景芮，心不甘情不愿地在景芮面前弯下腰："上来吧。"

景芮望着池嘉瘦削的背愣了愣神。她方才只是开玩笑，没想到池嘉真的愿意背她。既然有这样的服务，那她也不客气了。

回酒店的路程不到十分钟，景芮很轻，池嘉背起来并不费劲。踩在清幽的青石板路上，池嘉背着景芮慢慢地走过老街。

景芮趴在池嘉的背上，两人的姿势十分亲密。她垂眸看了一眼池嘉的脸，池嘉的模样非常认真，景芮盯着盯着，有些走神。

迎面恰好走来了一对情侣，男孩背着女孩。

山区的晚风吹得人很舒服，也吹乱了池嘉的发丝，景芮替池嘉拨了拨，问：“我重吗？”

池嘉不给景芮面子，说得很浮夸：“特别重。”

“知不知道为什么？”

池嘉没理景芮，继续走。

景芮笑着凑到池嘉耳边：“因为我的胸比你的大。”

又戳自己的痛处，有胸了不起了？池嘉心底承认景芮身材够丰满，但嘴上绝不妥协：“你也就那样吧。”

一句话还没说完，池嘉便陷入了沉默，她们谈这个话题有点不合适，非常不合适。

景芮看到池嘉的脸悄悄泛起了红晕。她原以为池嘉的脸皮比城墙还厚，看来是她高估池小姐了。景芮忍不住用微凉的手指在池嘉脸上轻轻蹭着，非但没降温，反而越来越烫。

“你干什么？”池嘉的心里泛起一阵酥酥麻麻的痒意。

景芮环着池嘉的脖颈，轻声问：“你脸怎么红了？”

对方白皙光洁的手臂蹭着自己的脖颈，两人细腻的肌肤若有似无地擦过。

池嘉有点儿心虚，像被景芮戳破了心思。

“再废话，我就把你撂这儿不管了。”池嘉恼羞成怒。

“我不信，你舍得吗？”景芮贴在池嘉的耳畔，含笑道。

这话说得好像她们的关系有多好一样。

池嘉撇嘴，她就没见过比景芮脸皮更厚的女人。

景芮见池嘉额角蒙了一层细汗，估计累了，便说：“放我下来吧，我自己走。”

“等你走回去，天都亮了。”

池嘉固执地背着景芮，继续往前走。放她下来她怎么走？她那鞋跟又细又高，跟踩高跷似的。

十几分钟后，两个人终于回到了酒店。

池嘉真是累着了，她打量着景芮一身女人味十足的打扮，禁不住小声吐槽：“出来爬山还穿成这样，也不知道穿给谁看的。”

“除了你，这房间里还有其他人吗？”景芮女王般傲慢地反问，再一次堵得池嘉哑口无言。

“没兴趣和你开玩笑。”池嘉转身准备去洗澡，刚刚那一路出了一身汗，黏黏的特别难受。

景芮倚在墙上，盯着池嘉转身的背影，笑容里夹杂着些许的无奈。她想不通自己为什么还是忍不住去招惹这位池小姐，明明她们三句话都聊不到一块儿。

池嘉和景芮先后洗了澡。

从景芮洗了澡走出浴室的那刻，池嘉的内心就不淡定了。她开启了疯狂吐槽模式，这女人骨子里是有多骚气，晚上睡个觉还打扮成这样？真是矫情。

“怎么，你要跟我一起睡沙发？”景芮刚吹干头发，目光一瞥，就见池嘉只穿了一件宽松的T恤窝在沙发上，光着的两条长腿又白又细。

池嘉嘴上虽然不饶人说要睡床，洗了澡却躺沙发上去了，她用颇为大度的语气朝景芮道：“看你是伤员，床就让给你睡吧。”

景芮撩着头发，对池嘉笑道：“你要是想睡床，随时都可以上来，我不介意。”

池嘉转过头拒绝得坚定：“不用。”

景芮在床边坐下，顺手拿了床头的药膏，开始上药。

虽然没有一开始那么难受了，但还是痒，红了一片。偏偏不少都在后背，够不着，很尴尬。

池嘉瞥见了，在沙发上翻了几次身，最后还是光脚下了沙发。她不耐烦地走到景芮身边，从她手里夺过药膏，在床边坐下，不算温柔地替她擦药，全程一句话也没说。

景芮拉了拉一边睡裙的吊带，让半个肩头都露了出来，方便池嘉涂抹药膏。

池嘉用指腹沾着药膏抚过景芮的皮肤，她在心里感叹，这件睡裙可真适合上药，大半个背都裸着，而景小姐露出的一对蝴蝶骨精致漂亮。

“嗯，你能不能轻点？”景芮皱眉道。

“要么你自己弄？”池嘉凶了一句后，却下意识地放轻了手上的动作，她就是典型的刀子嘴豆腐心。

“嗯……”景芮还是痒，痒到心底的痒。

听着这声音，池嘉指尖轻颤：“你能不能别发出声音？”

景芮稍稍回头：“你弄疼我了，还不让我出声？”

池嘉无言以对，只好硬着头皮继续给景芮上药。房间内，两人都很安静，以至于池嘉慢慢开始走神了。

景芮有些难挨，特别是池嘉的鼻息扫过她后脖颈时，像带起了一阵电流，她回头哑着嗓子问：“你摸够了没？”

池嘉没想到景芮会突然扭过头，两人的脸差点儿撞到一起。

池嘉收回手，心率加快：“谁摸你了。”

“你啊。”景芮笑道。

池嘉反应慢了半拍，她往后躲了躲。

“别睡沙发了，今晚到床上睡，”景芮转过身，看着眼前的女孩，低声说，“就今晚，最后一次。”

池嘉犹豫了会儿，强调道：“你说的，最后一次。”

第四章 >>> **假装不熟**

几乎闹到凌晨，池嘉和景芮才沉沉睡去。不管入睡前她们躺得有多规矩，到了第二天清晨，两人都抱着对方，睡得惬意。

手机在床头嗡嗡地振动着。

池嘉就跟进入了休眠状态一样，完全没有醒来的迹象。她有项技能，一般人做不到——她的生物钟是间歇性的。只要是工作日，每天早上她都绝对能准时准点起来，但要是休息日，她能从天黑睡到次日天黑。

迟到旷工要扣钱，但凡是跟钱挂上钩的，池嘉从来不含糊。

“是猪吗？睡得这么死。”景芮不耐烦地念叨。手机一直在振动，池嘉还靠在她怀里，微张着嘴，就差流口水了，睡相不是一般差。

“你手机响了。”景芮推了池嘉两下，池嘉非但没醒，还把腿搭了过来，压着她的腿，让她动弹不了。

现在才五点，昨晚她们睡得晚，起不来也正常。

景芮被手机的嗡嗡声烦得不行，料想打电话来的应该是简奕，否则谁这么早？她探过身，摸到池嘉的手机，一看来电显示，果然是简奕。

景芮接通电话，那头传来简奕的声音：“小嘉，你和景芮姐起来了吗？我们该出发了。”

“是我，小奕。”

简奕一时间没听出来景芮的声音，愣了两秒才反应过来："景芮姐，你嗓子怎么了？"

"冷气吹得有点着凉了。"景芮哑着嗓子道。

"没事儿吧？"

"没事。"

"你们准备好了吗？我们现在出发吧，再晚一点就赶不上日出了。"听着景芮慵懒的声音，简奕感觉有点悬，景芮姐像是才刚睡醒。

景芮看了一眼池嘉，睡得还像死猪一样，她自己这会儿也是睁不开眼："池嘉还在睡觉，我们就不去了。"

"啊？她还在睡觉？"简奕一头雾水，昨天她们明明约好了今天五点见，再说，池嘉不去为什么景芮也不去，简奕觉得自己还是问一下比较好，"景芮姐，你也不去吗？"

"嗯，昨晚我们，"景芮顿了一下，接着对电话那头笑道，"昨晚我们俩讨论方案，熬夜了，有点累就不去了。"

难怪声音听起来这么疲惫，简奕连连表示歉意："不好意思，打扰你休息了吧，那你继续睡吧，我挂了。"

"没事，你和云昕玩得开心。"

简奕挂断电话后，告诉云昕："小嘉和景芮姐说不去了。"

"怎么突然不去了？"

"说是昨晚熬夜太累了，小嘉到现在都还没起来，还是景芮姐接的电话。"

闻言，云昕的神情变得有点复杂。

简奕继续说："景芮姐说她们讨论设计方案，讨论了一晚上。"

"讨论了一晚上方案？"

"嗯。"简奕乖巧地点点头。

云昕似乎明白了点什么，景芮说的理由，估计也只能忽悠忽悠简奕。

她挽上简奕的手臂，道："既然这样，那就我们自己去，让她们好好休息。"

景芮放下手机才刚躺好，池嘉就靠了过来，手臂搭在她的腰上，动作那叫一个自然。

"这睡相。"景芮盯着池嘉的脸好一会儿突然笑了，其实池小姐安静的时候勉强还有几分文静，看着也比较顺眼。

景芮躺了一会儿，总觉得少了点什么，她眯着眼睛挪动着身子，伸手抱紧了池嘉。

景芮喜欢这种感觉，很舒服。

两人又继续睡了过去。

池嘉睡到自然醒时，发现景芮又抱着她，道：“你抱着我干吗？”

景芮被池嘉刺耳的音调吵醒了，她闭着眼抱着池嘉低声埋怨：“昨晚都熬夜了，你怎么还这么精神。”

“你起开。”池嘉的起床气不是一星半点。

景芮脑仁疼，她睁开眼瞥着池嘉，语气里流露出淡淡的嫌弃和无奈：“昨晚是你先抱着我的好吗？能不能讲点道理？”

这事两个人半斤八两，谁也没资格说谁。

“再不起来，就赶不上日出了。”

池嘉从床上起来，记起了这茬，她们大老远跑来这边，就是为了早上这场日出。她主要还是想换个话题，也不想再跟景芮待在一个房间里。

昨晚的事，池嘉也不想再提起。

房间里拉上了厚厚的遮光帘，池嘉完全不清楚外面的情况，以为天还没亮。

景芮拿起手机看了看时间，扶额，给池嘉泼了一盆凉水：“都下午五点了，还看什么日出，等着看日落吧。”

池嘉拉开遮光帘，太阳果然已经快落山了。

景芮斜眼看到池嘉逆光站在落地窗前，她只穿了一件宽松的T恤，显得身形瘦小，光着的两条腿纤长匀称。

景芮倚在床头，懒懒地欣赏着眼前这养眼的一幕。

“小奕怎么也不叫我。”池嘉小声埋怨，转身回头的时候，发现景芮正懒洋洋地注视着自己。

“小奕给你打了电话，是我接的，我说了我们不去。”景芮边说边起身下床，然后往浴室走去，她打算先洗个澡。

池嘉望着景芮的背影，她穿着吊带睡裙，仪态风情万千，把性感诠释到了极致。

下午五点了，外边的太阳还是有点晒，池嘉看着便心烦意乱。

浴室里传来哗哗的水声。

倚在窗台边，池嘉心里又开始犯堵，她果然斗不过景芮，最淡定的永远是景小姐，两副面孔可以随时切换。

可她对景芮，何尝不是这样？

池嘉知道自己是有点在乎景芮的，否则昨晚看景芮不舒服时，她也不会主动跑出去给景芮买药，还背景芮回来。

这算个什么事？

有时候，池嘉觉得自己跟景芮还是有相似的地方，比如她们都有过很多段感情，又比如，她们都很“渣”。

池嘉承认自己是“渣女”。当初在系里，她就挺不受其他女生待见的，毕竟四年时间，她祸害了不少男生，学校“男神级”的人物几乎都变成了她的前男友。她不止一次地问自己，到底有没有真心喜欢过一个人？她好像每次都可以轻而易举地跟别人在一起，再轻而易举地说分手。而且每一次分手，都是她提出来的，一半以上的理由都是没感觉了。她不念旧，厌倦了就分，丝毫不觉得可惜。

现在池嘉想通了，为了不祸害别人，也不祸害自己，最好的办法就是不再轻易开始一段感情，也算对双方负责。

放在以前，她一定会答应秦东的追求，而现在不会。

其实一个人也能过得不错。

这晚过后，池嘉和景芮好像真的什么都没发生一样，该怎样还是怎样，淡定得很。

即便心里有什么，池嘉也不会表现出来，她不知道景芮心里真实的想法，反正看着就是一脸无所谓，池嘉较真似的，一定要比景芮表现得更加无所谓才行。

下午五点半左右，池嘉又接到了简奕打来的电话，叫她上山一起看日落。

换好衣服，池嘉准备出发，扭头一看，景大小姐终于放弃了高跟鞋，换上了适合登山的休闲服，但仍然很漂亮，果然长得好穿什么都养眼。

“哎，你脚疼就不要去了。”池嘉收拾着包，在一旁好心提醒道，“到时候我可不会再背你。”

景芮换好运动鞋，走到池嘉面前，笑道：“我脚没事。”

没事？池嘉感觉自己又被景芮耍了：“那你昨晚还让我背？”

“我说过不用。”因为是出来放松的，景芮妆化得很淡，但气场丝毫不减，只是由于昨晚睡得晚，脸上多了几分倦色，她倚在墙上偏头看池嘉，“而且，我看你也挺想背我的，就让你背了。”

池嘉：“……”

得，说不过她。池嘉觉得自己就是在犯贱，干吗多嘴去关心姓景的，真是吃饱了撑的。

已经下午六点了，这个时间再徒步上山，估计爬上去也只能看星星了。于是池嘉和景芮决定去山脚处坐缆车上山和云昕、简奕会合。

山脚的便利店，池嘉拿了一瓶纯净水，本想问景芮要不要，但一想到刚才的吃瘪，也懒得问了，自己买了瓶水就走。

景芮掏出钱包要买两张缆车票。

池嘉抢在景芮前面，说道：“我自己买自己的，咱俩AA。”

景芮无奈地凑到池嘉面前，低声道：“你之前跟我一起住酒店的钱要不要AA？”

池嘉一想到她们那晚去的顶级总统套房，她一皱眉一咬牙：“回去我就把钱还你。”

那一晚，估计得花掉她一个月的工资。

“两张。”景芮付了钱，取过车票。

景芮瞥了瞥一旁一脸郁闷的池嘉，催促道：“走吧，再不上去天都黑了。”

缆车是四人一辆，池嘉一钻进缆车，就在景芮斜对面坐下。

“嗨，美女！”

池嘉一回头，两个帅哥热情地跟自己打招呼，被搭讪这种事，池嘉早已习以为常，她也热情地打招呼：“嗨！”

她就想让景芮知道，她池嘉是很受欢迎的。

“不好意思，请问您可以坐那边吗？我们俩想坐一排。”

其中一个帅哥开口说道。

池嘉顿时无语，两个大男人坐什么一排，没看见缆车里坐着两位美女吗？

虽然池嘉心里这样想，但她还是礼貌地让出了位置，心不甘情不愿地在景芮身边坐下。

景芮看了看那两个男人，又看了看池嘉，笑了。

“笑什么笑？”

景芮道："还不让我笑了？"

缆车徐徐上升，池嘉喝着水，看着窗外的风景，觉得时间过得好慢。

"给我喝口水。"景芮用手肘蹭了蹭池嘉。

"想喝水刚刚自己怎么不买？"池嘉嘴上吐槽着，还是把水瓶递给了景芮。

景芮接过水瓶，直接对着瓶嘴喝了起来。

"哎，谁让你对着瓶嘴喝了。"池嘉连忙嚷道。

景芮拧上瓶盖，把水瓶塞给池嘉，说得理所当然："你还在意这个？"

一阵笑声传来，是对面那两位帅哥发出的。

池嘉脸一红："景芮，你闭嘴！"

"没事没事。"对面的两位帅哥打圆场，"打是亲骂是爱，小吵小闹关系才好，大家都一样。"

池嘉看着对面那两个帅哥，顿时傻眼了，她连忙解释，想跟景芮撇开关系："你们误会了，我跟她不熟。"

车厢内又是一阵笑。

景芮笑得最欢乐。

池嘉瞪了景芮一眼，干脆保持沉默，不再说话，她跟这几个人真是说不清楚。

山上许多地方信号不大好，下了缆车，池嘉联系不上简奕。

景芮倒是觉得刚好，这样给云昕和简奕多了点二人相处的时间增进感情。

日落时分。

山间黄昏，一片黄灿灿的，天地万物像被镀了一层金边，风掠过树林，簌簌地响着。心再浮躁，此刻也渐渐平静下来。

"你看，好大一颗鸭蛋黄啊。"余晖下，池嘉笑眯了眼，她扭头说着，才想起来边上站着的人是景芮。

设计师往往对美的事物更加敏感。单纯从欣赏的角度看，景小姐往这儿一站，就有种拍杂志大片的感觉。

景芮跟着池嘉笑起来，池嘉很少微笑，她一笑起来便不懂得含蓄，总是露出一排洁白的牙齿，一副没心没肺的模样。

"就知道吃。"景芮笑她，又想起池嘉平日里的吃相。说起来，池嘉已经好长一段时间没去九号，而她也好长一段时间没进过厨房了。

池嘉拿手机拍下日落西山的画面时，景芮顺手将池嘉日暮下的侧颜，收进了自己的镜头。

日落以后，景芮才联系上云昕，云昕和简奕已经下山去了。

“快走啊，最后一班缆车了！”看看时间，池嘉拉起景芮就跑，她从中学开始就是班里的运动健将，能跑能跳能游。

“池嘉，你慢点。”景芮还是第一次被人拉着这么没形象地在公共场合里跑。池嘉的体力倒是好，至于有多好，景芮早已见识过。

“你能不能快点儿。”池嘉拽着景芮，一个劲地催着。

景芮蹙眉停了下来，道：“脚踝不舒服。”

“你不是说没事了吗？”池嘉也跟着停下脚步，她就像昨晚一样，在景芮面前弯下腰，“算了，我背你吧。”

“池嘉……”景芮话还没说完，就被池嘉拉到背上了，“放我下来，我自己走。”

“你别说废话。”

景芮望着池嘉的脸，看着挺娇气的姑娘，性格却比一般人直爽许多，除了口是心非这点让人无奈。景芮有一瞬间想，池嘉要是没那么嘴硬，那该多好。

池嘉背着景芮，又觉得她们之间太过亲密。她发觉自己对景芮讨厌里似乎又夹杂着点喜欢，反正是一种说不清的感觉。

不必放在心上，她就是三分钟热度，做什么事都是来得快，去得也快。池嘉这样告诉自己。

两人紧赶慢赶才赶上了最后一班缆车，这个点人很少，池嘉和景芮两人占了一辆。只有她们俩，反而尴尬。

天快黑了，月亮躲在云层中，若隐若现。

池嘉和景芮面对面地坐着，两人都安静得出奇，池嘉拿出手机，低头刷视频打发时间，但有些心不在焉。

景芮也拿出手机，不经意地翻到下午偷拍到的池嘉。照片是抓拍的，拍得很随意，却很有感觉。景芮想删除这张照片，犹豫了一会儿最终还是没点下确认。

缆车还在下滑，风从耳边呼呼吹过。

“池嘉。”景芮突然起身坐到了池嘉的身侧，两人肩并肩贴得很近。

这一天，和景芮待在一块儿，池嘉的心情就没真正平静下来。所以当景芮突然坐到她身边时，池嘉心里又开始忐忑起来，她不知道景芮会说什么，或者会做什么。

只是几秒的沉默，却显得格外漫长。

景芮扭头望着池嘉，问："不考虑跟我多熟悉一下吗？"

池嘉听懂了景芮话中的含义，她也侧过头，两人在幽暗安静的环境下对视着，夜间坐缆车似乎比白天更有感觉。

景芮说话时语气很轻松，含着笑意，同时也让人捉摸不透。但池嘉敢确定，景芮绝对只是随便说说，没有多少真情实感。

池嘉满不在乎地笑了笑，她扬头："你不是不喜欢我吗？"

"现在突然觉得你有点可爱。"景芮不紧不慢地说道，她素来不喜欢在同一件事上反复浪费精力，而池嘉不止一次说过讨厌她，她也不知道自己在对池嘉执着什么。

"我拒绝。"池嘉给出的答案简单粗暴，脸上还是挂着不屑一顾的笑容。她做到了，态度表现得比景芮还无所谓。好像谁认真，谁就输了一样。

"我还以为你现在会有兴趣。"景芮一笑而过，她从来没有被人这样泼过凉水，但也没再说下去。

池嘉转头看向窗外，外面是一片朦胧的夜色："我没有兴趣。"

"抱歉。"景芮保持一贯的笑容，也望向窗外。

池嘉已经记不清自己是第几次说这句话了。

景芮偷偷瞥了一眼池嘉，默默地在心里叹了口气，她们终究不是一个圈子里的人："池嘉，以后你要是无聊想找人喝酒，不如找我。"

只有在喝酒这件事上，她们才聊得来。

池嘉没接话茬，她不想继续和景芮谈论这个话题。她不想和景芮纠缠不清，因为她知道，景芮是她招惹不起的人。虽然她心底承认，跟景芮一起喝酒的感觉的确很好。

一分钟后，缆车到了山脚。

"上次住酒店多少钱，我给你。"池嘉死要面子，梗着脖子道。

能把景芮气到无语的，大概只有池小姐了，景芮冷冷地回道："不用，毕竟是我要去酒店的，不是吗？"

池嘉沉默不语，景芮甩下她走了。

回到酒店，几人退了房，然后自驾回L市区。

池嘉和景芮两人一路依旧无话，简奕单纯地以为她们是因为昨晚熬夜聊设计方案太累，但云昕看出了点猫腻。

先送池嘉回去，再送简奕，最后车里只剩下景芮和云昕。

景芮从后座换到了副驾驶座，笑着问云昕："这两天玩得开心吗？"

"开心啊。"

"哦，看来是很开心了。"

云昕笑道："你想什么呢？"

"没什么。"景芮往座椅上一靠。

"你跟小嘉怎么回事？"

听云昕提到池嘉，景芮的神情有些失落，她问："什么怎么回事？"

"你们今天没起来，小奕说你跟小嘉熬夜讨论了一宿的设计方案，这话小奕信，你觉得我会信吗？"

"池嘉就是我上个月跟你说的那个女孩。"景芮之前跟云昕提过池嘉的事。

"就是池嘉？"云昕有点意外，"你到底是怎么想的？"

"没怎么想啊。"

"景芮，我希望你不要去惹小嘉。"云昕迟疑说道。

"云昕，你和简奕才认识多久，就开始帮她朋友说话了？"景芮今天心里正堵着呢，她扶了扶额头，"你说我惹池嘉，她惹我还差不多。就她那臭脾气，我可没能力惹到她。"

这么委屈的话，云昕还是头一回从景芮口中听到，她追问道："究竟怎么了？"

"下回再说吧，我今天有点累了。"下车前，景芮又补充了一句，"总之，我不会把池嘉怎么样的，你放心好了。"

"嗯，早点休息。"云昕不置可否，她总觉得景芮这回有点不一样。

回到家，洗完澡后，池嘉从冰箱里拿出几罐冰镇啤酒，一口气全打开，在桌子上摆成一排，闷闷地喝着。她一边喝酒一边想着景芮在缆车里对她说的话。

喝完酒，池嘉在那些空罐子上用记号笔歪歪扭扭地写上"景芮"这两个字，再一个个捏扁。虽然行为幼稚，但是解气，池嘉的心情都好了不少。

回想这两个月，池嘉感觉自己的桃花运实在太烂了，她都经历了些什么乱七八糟的？

一晚上，池嘉想了很多，直到最后脑子里只剩下景芮，她真是不理解自己为什么这么在意景芮，她们连朋友都算不上。

今晚，池嘉又失眠了。

这个月比想象中忙碌，池嘉几乎被工作压得喘不过气来。

但池嘉不在乎这些，多劳多得，只要每个月工资往上涨，她全年无休都无所谓，毕竟掉进钱眼里的勤劳小蜜蜂，是池嘉的头衔。

因为接了景芮的单子，池嘉的提成颇为可观，简直羡煞旁人。

还有一件值得庆幸的事，便是秦东不再对她死缠烂打了。而景芮……从枫山回来后，她已经一个多星期没跟景芮见面了。其间她们打过一通电话，景芮说她很忙，设计方案往后延到十月再说。

除此，两人再无其他联系。

她和景芮现在的关系不冷不热，刚刚好。但池嘉似乎并没有自己想象中那样开心。她不知道自己又在郁闷什么，明明少了很多糟心事。

秦东不去N酒吧死守了，池嘉就继续回到那边驻唱。习惯了在老地方喝酒，突然让她换个地方，她很不适应。

上班，加班，偶尔唱唱歌，池嘉的生活又回到了原来的样子，除了晚上做梦的概率增加了些。

她频繁梦到景芮。

池嘉安慰自己，那是因为前段时间跟景芮接触太多了，情有可原。

酒吧里喧闹嘈杂，景芮走过人群，挑了一个最适合听歌的位置坐下。吉他声响起，还是熟悉动听的嗓音，她抬头，聚光灯中央，池嘉正在唱歌。

池嘉唱歌时一向不把注意力放在台下。她的目光本来只是粗略地扫过人群，却意外发现景芮，两人的眼神对视上了。

就是这时，池嘉不小心弹错了弦，还顺带跑了个调。好久没犯这种低级的错误了，池嘉对着话筒表示歉意："不好意思。"

旋律重新响起。

景芮喝着酒，静静地听池嘉唱歌。

唱完三首歌后，池嘉坐在老位置喝酒，依旧是一个人。她回头看，景芮坐在她身后不远的位置，也是一个人。

池嘉看了景芮两秒，转回头继续喝自己的酒。

景芮看池嘉时，池嘉正在喝闷酒。

她们两个互不打扰，像陌生人一样。

周五，池嘉又来酒吧驻唱，而景芮又坐在原来的位置，静静地听她唱歌，和上次的情形一模一样。

池嘉本想着是巧合，也没放在心上，结果一连几次都是这样。只要她有演出，铁定能看到景芮的身影。而且，景芮每次都打扮得花枝招展，却一个人在酒吧独坐。

一曲完毕，池嘉心不在焉地退场，谁知高跟鞋突然扭了下，池嘉摔了一跤，众目睽睽之下，她觉得好丢人。

景芮见了赶忙起身走过去，扶池嘉起来，她关心道："没摔伤吧？"

"没。"池嘉抬头，看到是景芮的脸，心想着：疼倒是不疼，就是没面子。

这还是她们这半个月以来第一次面对面说话。盯着对方的脸时，两个人都有种没看够的感觉，很奇妙。

虽然没联系，但这段时间，她们不止一次地出现在对方的梦里。

"要一起喝酒吗？"景芮先开口了。

"你什么意思？"

"不喝就算了。"景芮道。

池嘉却笑着问："每次我来你就来，景小姐是什么意思？"

景芮向池嘉走近一步，嘴角微扬："你怎么知道我每次都来？"

"你坐在那么显眼的位置，我又不瞎。"

话虽如此，但池嘉还是不经意地暴露了自己在关注景芮这件事。

"来这儿喝酒听歌，难道不是我的自由吗？觉得你唱得不错，才来捧个场的。"景芮端着酒杯打量着池嘉，笑问，"否则你以为是什么？"

池嘉扬头微笑，反问道："谁知道呢？"

"池小姐，以前我有兴趣跟你交朋友，不代表现在还有兴趣。"景芮喝了口酒，嘴角也弯起一抹漂亮的弧度。

池嘉咬了咬唇，前前后后不过半个月的时间，她发现自己越发了解这"狐狸精"了，果真女人看女人的眼光错不了。

除了池嘉，景芮还从未对别人这么主动过，因为即便她不主动，也有一堆人向她献殷勤。

同样的话不说第二次也是景芮的原则。反复纠缠于一件事，她觉得是在浪费时间。但她对池嘉，破天荒地浪费了不少时间。

池嘉这回连冷笑都挤不出来了，果然一碰上景芮她就郁闷。

“另外，别自我感觉太良好了。”

景芮这句话无疑是在说池嘉自作多情。

池嘉状似不在意地道：“这样最好，我就怕你纠缠我。”

说完，池嘉并没有如释重负的感觉，反而有点生闷气。她干脆转身离开，独自喝酒去了。

景芮的目光跟随着池嘉的身影移动，直到再也看不见。

良久，她收回目光，低头喝干了剩下的酒，起身郁闷地走出了酒吧。

汽车后座上，景芮揉着太阳穴，闭上眼睛后脑子里都是池嘉。她睁眼看着窗外的灯红酒绿，心想：今晚的酒，似乎越喝越堵了。

池嘉一个人坐在酒吧里喝了几杯，越喝越郁闷，她干脆打车回家。

洗澡的时候，她想着景芮，心思都乱了，差点把自己洗掉一层皮。

夜静得出奇，一个人躺在双人床上，池嘉像烤铁板烧一样翻来覆去，一面不超过两秒就翻到另一面。

以前有兴趣，现在没兴趣。

池嘉还惦记着这句话。其实她应该感到开心，以后姓景的再也不会招惹她，这不正是她最想要的结果吗？虽然景芮总是出现在酒吧，但景芮和秦东不一样，她的确没纠缠她。

晚上，池嘉又梦见了景芮。

梦里的场景和今晚在酒吧遇见景芮时一模一样。只不过她转身离开的时候，景芮拉住了她，跟她说了许多，还叫她“宝贝儿”，哄她开心。

第二天，池嘉醒来，睁眼看到的是天花板，身边也没人叫她宝贝儿，她老脸一红，捂住眼睛，明明是自己的梦，怎么还把自己梦得那样没节操。

溜下床，池嘉第一件事就是跑去浴室冲澡。她望着镜子，眼神坚定地告诉自己，梦境和现实是相反的，一定是这样的。

周三和周五，池嘉照常在这两天去酒吧驻唱，她几乎每次都能碰上景芮。不过，两人就算看见了，也不会打招呼。

池嘉不懂景芮是怎么想的，或许真是自己自作多情了，反正酒吧也不是她开的，景小姐乐意什么时候来就什么时候来。

景芮完全可以选其他时间来喝酒，但她好像习惯了这两天过来，顺便还能听池嘉唱唱歌。

进入十月后，高温逐渐趋于平和，不冷不热，是一年中最舒适的时候。

快到年底了，为了拿到公司年产值第一，池嘉一门心思扑在工作上，人一旦忙起来，也就没工夫瞎想了。

午休时间，池嘉抱过一个抱枕，在工位上眯了会儿，她昨晚又熬夜改稿了。才刚睡没五分钟，她就被一通电话吵醒了。

“谁啊？”池嘉迷迷糊糊地发着牢骚，摸过手机，看到“狐狸精”三个大字时，瞬间瞌睡虫都跑了。

“明天有时间吗？”景芮没说其他的，还是工作上的事情。

该来的总会来。

“行，我明天一下班就过去。”池嘉昨晚熬夜，也是在做景芮的单子，约定交稿的日期快到了。

时至中秋，不到下午六点，天就快黑了。

池嘉挤出地铁站，想起自己好长一段时间都没去九号了，和景芮闹翻之前，她挺乐意来这里的，因为景芮烧菜确实好吃。

后来池嘉再来这儿就觉得别扭。

两人一般约在九号楼上的大办公室见面，除了去公司，剩下的时间景芮几乎都在这里。

“咚咚咚。”敲门声响起时，景芮正靠在沙发上翻阅文件，她说了句“进来”，抬头看，是助理带着池嘉进来了。

池小姐依旧一身休闲干练的打扮，青春气十足，一张漂亮的脸蛋亮眼得很。

作为设计师，池嘉的开单能力没得挑，外形自然是加分项，谁都更愿意与一个长相漂亮、爱笑又有亲和力的设计师合作。

池嘉的目光一扫到景芮身上就有些不自在，不过是在办公室坐着，有必要穿得这么高调吗？

每回看到景芮的曲线，池嘉就觉得自己越发坦荡，之前她也不觉得自己有那么一马平川，直到那天跟景芮有了对比之后。

只能说，没有对比就没有伤害。

池嘉突然意识到自己想偏了。

“坐吧。”景芮扬了扬下巴，示意小助理出去。

助理出去后，池嘉放下电脑包，在沙发上坐下，然后拿出笔记本电脑，开机。只不过和景芮还隔着点距离，不知道从什么时候开始，池嘉总会下意识地跟景芮保持距离。

景芮依然倚靠着沙发，她左腿搭在右腿上，姿态就像个女王。她懒懒地转头望向池嘉，轻叹道："你坐那么远干吗？我看不到。"

这音调和语气听得池嘉心里一愣。但景芮是真的因为有些乏了，她最近一直忙着处理公司的各种事务。

池嘉这才发觉自己和景芮相隔的距离有点过远了，显得自己很刻意似的。于是她拿起笔记本电脑和资料，想坐近些，而景芮也朝池嘉挪了挪身子，两人不小心碰到了一起，池嘉浑身一颤，她在心里告诫自己淡定。

"可以开始了吗？"景芮抓住了池嘉的走神。

"你先看看吧。"

池嘉把资料递给景芮，然后盯着电脑屏幕，默不作声。

身畔香气撩人，景芮好像特别钟爱这款香水，池嘉好几次跟她在一起，她身上都是这个味道。香气不重，淡淡的，但很特别。

"这里。"景芮的声音很轻。

池嘉盯着电脑屏幕，走神得厉害。

"你有没有在听我说话？"景芮偏着头看池嘉。

"我听着呢。"池嘉回过神来，说得要多心虚有多心虚，扭头刚好对上景芮的视线。

景芮工作时偶尔戴眼镜，池嘉觉得别人戴眼镜显得知性大方，但景芮一戴眼镜，气质就更像狐狸精了。

"这里的格局我不喜欢，还有这里的设计感太差。"

笔记本电脑放在靠近池嘉的位置，景芮指着显示屏时，身体自然而然地往池嘉那边偏，"这些都要改。"

这一下池嘉更不自在了，她的心思也都不在设计稿上了，她移了移身子，和景芮拉开了一段距离。

这个细微的举动被景芮看在眼里，她望向池嘉的脸，对方白皙的皮肤上泛着红晕。

池嘉在景芮面前就是个初出茅庐的小姑娘，在看人方面，景芮绝对称得上老狐狸。池嘉自以为情绪隐藏得完美，但景芮只要轻轻一瞥，就能看穿她的心思。

"你不舒服啊？"看池嘉不自然的反应，景芮明知故问。

“没有。”

景芮继续盯着池嘉的脸：“脸怎么这么红？”

池嘉：“……”

平复了心情后，池嘉佯装不屑地笑道：“一下班就跑过来，有点热。”

景芮朝池嘉扬唇笑道：“我给你倒杯水。”

池嘉不语，她想知道姓景的今天是不是故意穿成这样在她跟前晃悠，以前来的时候，景芮可没有在办公室里穿得这么夸张过。

讲真的，有人会穿成这样在办公室工作吗？

一杯凉水下肚，池嘉调整好心情，面带微笑，态度好得没话说：“景总还有哪些不满意的地方？”

“这些，我都不满意。”

景芮对设计方案的挑剔跟以前一样。好在池嘉在她这儿已经磨炼了好长一段时间，抗打击能力是直线上升，就算今天景芮把她的设计方案批得一无是处，她也能微笑面对。

“我都记下了，”池嘉在笔记本上写着，“回去我就按照您的思路再改一遍，改好了我直接发您邮箱。”

景芮眉头微皱，池嘉一口一个“您”，让人听着不大舒服。她伸手按住池嘉的笔记本电脑：“你就在我这儿改，我今晚有时间。吃完晚餐再继续，你想吃点什么？”

此刻两人贴得极近。

她们以前也是这样，池嘉喜欢故意挑饭点来九号，因为那样便可以顺带在这里蹭一顿饭。但是今天，池嘉对美食没了兴趣。

池嘉不知道是景芮对任何人都这样，还是自己真的在自作多情。景芮的眼神像会勾人。

“我吃过了。”池嘉明明空着肚子，却对景芮撒了谎。她扭头和景芮拉开距离，整理着自己的东西，迫不及待地想离开这间办公室。今天她状态不好，心里也乱。

池嘉勉强笑了笑，带着歉意：“景小姐，今晚可能改不好，您再多给我两天时间。”

完全是对待普通客户的态度。

池嘉的刻意疏远，景芮自然都看在眼里，她起身，虽然面上依然带笑，但淡了许多：“以后邮件上说就行，你不用再过来了。”

景芮一句以后不用再过来了，让池嘉有些出乎意料。

原来，真是她自作多情了，单方面地认为景芮是在对她死缠烂打。其实人家哪有把她放在心上。

这样也好，池嘉甩下心里的包袱，莞尔，说话干脆利落，态度也够专业：“那行，我尽量快些，今天就不打扰您了。”

“嗯。”景芮轻轻哼了一声，没说其他。

池嘉快步走出景芮的办公室，心里想着自己终于解放了，以后再也不用过来对着“狐狸精”的脸，可走出办公室时，池嘉脸上并没有挂着笑容。

吴助理在门口撞上池嘉，见对方就和吃了火药一样，连声招呼也不打，就风风火火地走了。吴助理还不知道怎么了，直到看到她家老板同样不好的脸色，好像明白了什么。

池嘉走后，景芮在沙发上休息了会儿，见助理进来，才继续工作。

“景总，您今天要不要休息一下？”吴助理见景芮面带倦色，心情也不大好，关心道。

“不用了。”景芮的语气里听不出喜怒。

“要不要先吃晚餐？”

“不吃了。”景芮起身走向办公桌，“把明天要处理的文件都送来给我。”

吴助理想说什么又不敢说，生怕自己一个没说对，就引爆了景芮的火药桶。老板平时是挺好说话的，但一旦严肃起来，没几个人敢靠近。

池嘉走出九号，肚子空空的，却没什么吃饭的欲望。

地铁上人很多，似乎永远找不到座位，她寻了个安静的角落站着，眼神涣散。

池嘉在等时间快点过去，让时间把脑子里那些杂七杂八的东西带走。

她当初喜欢秦东，喜欢得那叫一个轰轰烈烈，还厚脸皮问学姐要了秦东的手机号码，主动表白。那时候她觉得秦东要是能喜欢她，她人生就圆满了。一年过去了，现在秦东喜欢她了，主动追求她了，又怎么样？还不是就那样，她已经没感觉了。

一发呆又是半个小时，池嘉神游回来时，地铁已经坐过了三站。她无精打采地挤出车门，跑到对面等着返程的地铁。

回家后，池嘉按照景芮的想法又将方案改了一遍，才发到景芮的邮箱里。六个小时后，池嘉收到了景芮的邮件回复。正当池嘉做好即将看到密密麻麻一片修改意见的准备打开邮件时，景芮的邮件只给她回复了两个字：可以。

这应该是设计师最喜欢的客户回复。

池嘉盯着电脑屏幕，没有像以往签下大单一样，手舞足蹈地比个“胜利”的姿势，反而像蔫了一样趴在工位上，心里没着没落的。

“小嘉，继续加油，人民币在等着你啊！”一旁的同事看池嘉最近像霜打了的茄子，以为她是遇上了难缠的客户，改稿改吐了。

池嘉捧着脸，一脸苦闷，怎么景芮不来招惹她，她还不高兴了？

前段时间景芮总是去N酒吧，池嘉当时想着，要是景芮再去，她就换家酒吧喝酒。结果，池嘉再去N酒吧驻唱时，目光在场子里扫了一圈，都没见着她的身影。

这下好了，她也不用换地方喝酒了。

池嘉最近去酒吧驻唱的次数有些频繁，有时候一周去四次。她给自己的理由是：星座运势说她十月底的桃花运特别旺，还是优质桃花。

或许，她很快就会遇见一个新的“男神”，有了目标以后，她就不会胡思乱想了。

所以每次去酒吧，池嘉都费尽心思地打扮。

池嘉虽不迷信星座运势，但每天必看，给自己一点儿心理安慰，连去酒吧驻唱也挑财运或者桃花运最旺的时候去。

巧合的是，池嘉这几个月的财运指数一路高涨，当然，主要是因为景芮。毕竟她从景芮那儿拿的提成，能抵得上她之前一年多的工资。

现在郁闷的时候，池嘉就看看自己卡里的余额，多少能找到点安慰。

星座运势说，今天晚上将会是她桃花运最好的时候，池小姐唱着抒情的歌曲，成功成为全场的焦点。她的目光还是会不自觉地往某个方向移，那是景芮以前常坐的位置。

今晚，池嘉真的在那个位置看到了景芮。

只是巧合吧。

池嘉收回目光，继续认真唱歌，好在这回她没唱跑调。但那个角落就像是有着很强的磁场，她总是会不由自主地往那里瞥去。

池嘉是舞台上最亮眼的那位，而景小姐绝对算得上人群中最出挑的女人，池嘉的眼神再度看似漫不经心地扫过时——

她发现今晚景芮不是一个人，景芮今天的穿着很性感，一个年轻的男人搂着她的肩，两人喝着酒，有说有笑的。

原来景小姐是有恋爱对象了。

池嘉低下头，脸上的情绪隐藏得很好，她继续认真唱着歌，再也没有看向景芮那边。

“唱歌的那妹子也太漂亮了。”年轻的男人转头看向景芮，“哎，我待会儿去问她要微信，如果要到了，今晚的酒你请，怎么样？”

景芮不屑道：“没兴趣跟你打赌。”

“你最近怎么了？脸简直臭死了，赶紧找个对象吧，单身久了容易出问题。”

景芮伸手捏住景巍的脸，狠狠地揪了一把：“你敢再说一遍？”

“说真的，最近你怎么一直单身啊？这不科学。”

不怪景巍这么说，之前景芮一直是一个接一个地换对象，如今她的感情难得有空窗期。她这人对感情很随性，有感觉就在一起，没感觉就分手。工作已经够累的了，她觉得感情应该是让她放松的调剂品，所以不想花太多心思去经营、磨合。但爱情如果不花心思去经营，保质期就会短得可怜，所以景芮从来都谈不长一段感情。大抵也是因为这个，一旦激情没了，也差不多该分手了。

池嘉下台时，刚好看到景芮的背影，她和那个男人贴在一块儿，从池嘉的角度来看，很像是在接吻。

“嗞！你下手也太狠了吧。我得去看看毁容了没，我跟你说，要是我毁容了，以后你得负责帮我找老婆。”说完，景巍揉着脸到洗手间自恋去了。

景芮笑着转过身，刚好看到池嘉，招呼道：“嗨，好久不见。”

池嘉这回没躲着景芮，她随意地说道道：“好久不见啊景小姐，现在喜欢‘小奶狗’了？不过‘小奶狗’好，‘小奶狗’黏人，还懂情调，最适合你这种……”

听着池嘉说了一大通，景芮突然笑了，她凝视着池嘉的脸，问：“我这种什么？”

池嘉想说“狐狸精”，但她话锋一转，道：“我走了，不打扰你们了。”

池嘉觉得她今天表现得极好，丝毫没意识到自己的语气和神情已经别扭出天际了。

“他是我弟。”在池嘉转身要走的那一刻，景芮突然解释道。

池嘉一顿，然后笑道："我懂。"

那么一个"小鲜肉"，可不是弟弟吗，看来有钱的姐姐都好这一口。池嘉这会儿一门心思认定刚才景芮是跟那男人在摸脸接吻，根本想不到他们之间还有什么别的关系。

显然池嘉话里有话，景芮拉住了池嘉的手腕，不让她走。

"你拉着我干吗？"池嘉挣开自己的手。

"你懂什么了？"看池小姐的反应，景芮蹙眉笑得十分无奈，"亲弟弟。"

池嘉："……"

"姐——"景巍从洗手间出来，就看见景芮和刚刚唱歌的那位美女聊上了，心里想着：我姐的效率真高啊，知道我喜欢这款后，竟然这么积极地帮我搭桥牵线。

池嘉和景芮同时回头，是刚刚那个和"狐狸精"又搂肩又摸脸的男人，现在凑近了看，男人不仅长得很帅，腿也长，还是池嘉的理想型。但奇怪的是，她今天竟然没在心里犯花痴。

"你好，我叫景巍。"在美女面前，景巍从来都不高冷。

景芮，景巍，这两人还真是一家的。

池嘉汗颜，尴尬地同景巍打了个招呼："你好。"

"我请你喝一杯吧，你唱歌真好听。"景巍很自然地挤开景芮，占据了撩妹的最佳位置，他朝池嘉投去一抹自以为能迷倒众生的微笑，"怎么称呼你？"

"池嘉。"

隔着景巍，景芮在一旁安静地喝酒，像是一个多余的人。

池嘉报完姓名后，三个人同时陷入短暂的沉默。

"对了，这是我姐。"景巍连忙介绍道。

池嘉瞟了一眼景芮，道："我跟景小姐认识。"而且不是一般的认识。

"原来是这样，那就一起喝酒吧。"景巍朝景芮使了个小眼神，"可以吧，姐。"

景芮冷眼看他，这家伙也只有在泡妞的时候叫姐叫得最甜。想到这里，景芮看向池嘉，问："一起喝酒吗？"

"不了，我还有事。"

景巍原想加一下池嘉的微信，只可惜还没开口搭讪，人家就走远了。

今晚很不符合池嘉平日里的作风，她居然没给景巍递名片，然后郑重介绍一下自己的第一职业，就这样匆忙离开了。新朋友在她眼里就是潜在的客户，就相当于待开掘的小金库。所以，池嘉交朋友向来都是来者不拒。

“我今天这身很差劲吗？”池嘉走后，景巍好奇地问景芮，今天晚上算是他撩妹史上最大的败笔，对话一共没超过五句，人家就走了，连个联系方式都没留下。

景芮抿了一口酒打量了一眼景巍，道：“就那样。”

说完这句话，景芮突然有种微妙的感觉，因为“就那样”三个字是池嘉的口头禅。她每回问池嘉菜品口味如何时，池嘉的点评永远是“就那样”。听池小姐说得多了，她不知道自己什么时候也学会了。

景巍觉得自己还有机会，连声道：“话说你跟她是怎么认识的？还有，这么漂亮的妹子你怎么不介绍给我？你知不知道，你弟都快单身半年了！”

景芮却道：“她如果对你有兴趣，刚刚就会留下来一起喝酒，然后把联系方式给你。”

“也许是人家姑娘慢热。”

池嘉慢热？景芮笑了，没有说话。

“等等，”景巍心里一惊，“你不会是故意不介绍的吧？你……”

“想多了。”说罢，景芮又闷闷地喝了一杯酒。

景巍松了一口气：“那就好。你有她的联系方式吧？告诉我，今晚的酒我请你喝。”

景芮起身，放下酒杯，高冷地扔给景巍两个字：“没有。”

说完，景芮就离开了，只留下景巍一个人在原地纳闷。他姐怎么突然心情不好，顶着一团低气压走了？他今晚也没招她惹她啊。

三天后，在N酒吧，景巍还是如愿以偿地得到了池嘉的联系方式。因为他精心制造了一场“偶遇”。

池嘉和景巍聊了几句，出于职业病，还是没忍住给景巍递了名片。有潜在的客户找上门，搞不好下一单的提成就要在他身上赚了，池嘉觉得不要白不要：“景先生，你要是有设计需求，可以找我，绝对专业。”

“找你，必须找你。”景巍被这姑娘的笑甜到了，他就没见过笑起来这么爽朗清新的女孩子。

笑也是一种职业素养，要是能接到设计单，让池嘉一天二十四小时把甜美的笑容挂在脸上都行。

景芮最近频频从景巍口中听到池嘉的名字。

办公室里，景巍往办公桌上一靠，油腔滑调地说道："姐，我打赌那姑娘对我也有意思，每次一见我，她笑得可甜了。"

那姑娘是指池嘉，景芮这些天耳朵都要听得起茧了。

景芮签着文件，头也不抬："说够了吗？说够了就出去，别妨碍我工作。"

"我来是跟你说件事的，我晚上约了池嘉来你这儿吃饭，你就替我亲自下一次厨吧。顺便成人之美，撮合撮合我俩，拜托了啊，老姐。"

景芮听到这里才抬起头："你约到她了？"

"为什么约不到？我好歹也是'高富帅'哎，靠个人魅力约美女吃顿饭很难吗？"景巍说得很自信。

景芮若有所思，恰好在这一秒，池小姐来了电话，景芮示意景巍安静。

"景小姐，"池嘉一直这样称呼景芮，"晚上我过来签合同可以吗？正好今晚景巍约了我去九号聊设计方案，如果方便的话，我们的合同今天也签了吧。"

池嘉把名片给景巍没多久，景巍便说自己手头有一套旧房要重新装潢，想当面聊聊情况。

既然有设计需求，那就是客户，再加上她最近也要来九号跟景芮签新房的施工合同，池嘉爽快地答应了。

景芮接到池嘉的电话，第一个关注点便是：池嘉叫她"景小姐"，却直呼景巍的姓名。池嘉和景巍，他俩才认识几天。

"你晚上把合同带来，今天签了。"景芮说完，挂断电话。

"你跟池嘉聊什么设计方案？"景芮质问景巍。

"我前几天买了套二手公寓，想请她帮我重新设计一下。这叫'没有机会，就主动制造机会'。"

"这就是你说的个人魅力？"景芮笑了，"景巍，你知道她为什么对你笑吗？因为你在给她送钱，懂了吗？"

景芮又想起当初自己给池嘉别墅单子时，池小姐脸上那笑容，甜到发腻。

景巍不在乎道：“那又怎样，她要是肯做我女朋友，给她花多少钱我都乐意。”

景芮扶额，嫌景巍太烦：“你出去，我还有工作要忙。”

“姐，晚上你可要记得啊。”

傍晚六点，天已经黑蒙蒙的了，池嘉抱着合同又去了九号。这回和景芮签施工合同可要比上回轻松太多。

今天九号停业，至于原因，池嘉已经不好奇了。因为这家餐厅的营业时间就和这儿的老板景芮一样，让人捉摸不透。

“小嘉，你来了。”远远地看见池嘉，景巍便起了身，热情地打着招呼。

池嘉朝景巍笑了笑，眼神望向景芮时，她的笑容僵了僵，但只是片刻便恢复了：“景小姐，我们先签合同？”

景芮的目光也落在池嘉的脸上，她笑着点头：“嗯。”

景巍有种自己完全被忽视的感觉，今天这饭局明明是他做东。

签合同也就是两分钟的事。

景芮几乎没怎么看，修长的手指握着钢笔，在合同上行云流水地签上了自己的姓名。

池嘉在心里感慨，和这种不差钱的暴发户签合同就是愉悦，从来不谈钱的问题，做出的报价再高，在他们眼里也只是小事。

“你今晚走运了，我姐下厨，她轻易不会亲自烧菜给别人吃的。你只要吃了就会上瘾，一点儿都不夸张。”

景巍这话一说，池嘉和景芮几乎同时抬眸看向对方，只不过两人谁也没有反驳景巍。

“小嘉，我们讨论一下方案的事，我不太懂。”

在景巍的提醒下，景芮搁下钢笔，慵懒地开口：“池小姐帮我做过两个方案，都很不错，你有什么想法就跟池小姐说，她很专业。另外，池小姐现在还是单身。”

景芮说得很慢，尤其是最后一句。

“是吗？那看来我有机会了。”景巍顺着景芮的话，半开玩笑道。

听完景芮的这番话，池嘉瞬间火大。她握着玻璃水杯的手，手指用力到发白。

姓景的是什么意思，是要把自己介绍给她弟吗？

池嘉的脸色有点难看，看着景芮脸上风情万种的笑，她突然有些厌恶——不管什么时候，她脸上都是这样的笑，也不知道景芮心里究竟在想些什么。

景芮突然起身：“你们慢慢聊，我去厨房准备一下。”

景巍再跟池嘉搭话，池嘉一个字也听不进去了。过了五分钟，池嘉突然站起身，把景巍吓了一跳：“怎么了？”

“我想起一件事，要跟景小姐说。”

“小嘉……”景巍云里雾里，可池嘉已经起身往景芮的厨房去了。

池嘉没敲门，直接推门就进了厨房。

厨房里，景芮挽着衣袖，正认真准备料理食材，她听到动静抬头，见是池嘉，低声道：“你来这儿干吗？”

池嘉直直地盯着景芮，半晌，她走到景芮身旁，像之前那样帮她洗青菜。

景芮偏头瞥了池嘉一眼，又低头忙自己的，切了一会儿菜，她才漫不经心地问道：“你觉得景巍怎么样？”

池嘉将手泡在凉水里，盯着漾起的水纹，道：“挺好的。”

“我看你们相处也挺好的。他对你很有好感，你可以考虑一下他。”景芮低头，语气带笑，“他是我堂弟，家里条件不错，你们站一块儿挺搭的，年纪也正合适，他今年二十五岁。”

“你故意的？”

“故意什么？”

“景芮。”池嘉洗干净青菜，扯了纸巾擦手，她转身看向景芮的侧脸，声音不算大，却格外刺耳，“你把我介绍给你弟，你怎么想的？不尴尬吗？”

“尴尬什么？”

听景芮这么反问，池嘉笃定景芮就是故意的，她脾气本来就火暴，平时为了工作努力忍耐，现在，她已经忍无可忍，马上就要克制不住了。

望着景芮总是淡然微笑的脸，池嘉头脑一热，冲上前，一把抱住了景芮。

景芮没料到池嘉会来这么一出。

两人靠得很近，互相盯着对方的脸，半句话不说。

“池嘉，到底是谁在纠缠谁？”景芮叹气。

池嘉的目光锁在景芮的脸上，她理直气壮地道：“只许你招惹我，就不许我招惹你吗？”她知道，自己这次一招惹景芮，以后就再也不能假装不熟了。

两人你看着我，我看着你，都僵在原地。

最后还是景芮主动拉过池嘉的手臂："许你招惹，满意了吗？"

池嘉再看景芮时，觉得她就像一只终于藏不住尾巴的狐狸精，本性暴露无遗，但是自己居然喜欢看她这样。

"上次在办公室穿成那样，你是不是故意的？"池嘉追问道。

"嗯，我就是故意的。"景芮很诚实，"就是忍不住，怎么办？"

"狐狸精。"池嘉说完，拉紧了景芮的手。

"那你算什么？"景芮边笑着边道，"池嘉，你真是属狗的，这么喜欢咬人。"

"以后想看我就光明正大地看，不用偷偷摸摸的。"景芮近距离盯着池嘉的脸蛋，对她笑语，"你以为我不知道吗？"

在酒吧时，池嘉多少次把目光投向景芮，或有意或无意，景芮都看在眼里。因为景芮也一直在看着池嘉。

两个人都在嘴硬，两个人都在强忍。

餐厅里，景巍一个人无聊地坐在餐桌旁，迟迟不见景芮和池嘉出来，他纳闷地看了看手表，自言自语道："什么情况？"

右眼皮直跳，他总觉得不安。刚刚池嘉一进来，景巍就挺不安的，感觉池嘉放在他姐身上的注意力，比放在自己身上多。

景巍之所以这样，是一朝被蛇咬，十年怕井绳。

思前想后，景巍起身走到厨房，他推开门："姐，我来帮帮你。"

笑着推开门的一刹那，景巍的表情凝固在脸上。

突然有人进来，池嘉吓到了，她慌忙松开景芮。

景芮则是拉了拉衣服，理了理头发，然后才看向景巍，一脸淡定："进来怎么不敲门？"

池嘉不得不佩服景芮，处变不惊，没有半点慌乱。

"呵呵。"景巍瞧着景芮冷笑，"姐，你这样就没意思了。"

景巍板着脸，扭头走了。

这场面，突然冒起一股火药味，池嘉站在原地挺蒙的。

"我跟他说几句。"景芮和池嘉说道，"你先别走。"

"景巍。"景芮紧跟了出去，叫住前面的人，"等等。"

“我看你俩挺熟的，关系好得不一般，干吗在我面前装不熟？”景巍不耐烦地转过身。

“这事是我不对，没跟你说。”

景巍更加火大。

景芮微笑道：“女人和女人之间闹别扭耍脾气，你们男人不懂。”

景巍无言以对，这两个人闹别扭，干吗来消遣自己？他一脸苦相道：“我怎么这么倒霉，摊上你这么一个姐姐。”

“不留下来吃饭？”景芮看景巍要走，挽留道。

“不吃了，今天添堵都添饱了。”景巍骂骂咧咧，一脸不爽地走了。难怪他感觉今晚的氛围怪怪的，原来自己才是多余的那个。

五分钟后，景芮回到厨房。

池嘉站在原地，冷静了下来，心情也平复了，觉得今天自己脑子抽风了。

“愣着干什么？继续洗菜。”景芮走到池嘉身旁，淡定道，“别想着白吃白喝。”

池嘉在景芮的厨房是洗菜专业户，以前她也乐意，谁让她馋景芮烧的菜，但今天……

“我不在这儿吃，走了。”池嘉摆摆手。

“就想这么走了，没门。”景芮拉住池嘉的手，不让她走，“留下来吃饭，都准备好了。”

“不吃了，景芮，你不是对跟我往来这件事没有兴趣吗？”池嘉很记仇，执着于景芮说过的这句话。

“那你觉得我有没有兴趣？”景芮知道池嘉嘴硬，心甘情愿地让了一步，“这么晚了，陪我一起回去吧。”

有没有兴趣显而易见。

她的声音变得十分温柔，就像在梦里时那样。池嘉喜欢听景芮在她耳边轻轻说话，她对此简直一点儿抵抗力都没有。

晚上，池嘉还是陪景芮一起回去了。在下班之前，她绝对想不到，她签合同会签到景芮家里来。

累了一晚上，两人都忘了吃晚饭这件事。

躺在沙发上，池嘉肚里空空的，发出低沉的轰鸣声。

“饿了？”景芮也才想起来，她俩都还没吃东西，现在已经深夜十一点了。

“废话，到现在都没吃。”池嘉想起自己包里还有巧克力棒，于是侧身去包里摸，正好还剩下一根。她平时饥一顿饱一顿的，所以包里常备小零食，没空吃饭就用这个补充体力，随便打发一顿。

池嘉这会儿饿得很，也没顾上其他，拆开包装袋就吃了起来。

“别在沙发上吃东西。”

景芮从来不在沙发上吃东西，也不喜欢别人打破她的生活习惯。

当初前任在她沙发上拆了包饼干吃，第二天景芮直接换了个沙发。后来前任跟她分手，也是受不了她的脾气。

就算两个人在一起，景芮也是完全以自我为中心，她对你好时，的确好得没话说；但你要是戳中了她不悦的点，提分手时连眼睛都不会眨一下。

景芮声音小，池嘉没听清她说什么，她扭头问景芮：“你说什么？”

池嘉嘴里含着食物时，腮帮子鼓起，像只贪吃的仓鼠。

景芮望着池嘉，想起第一次见她吃饭时的模样，忍不住想笑，真没见过吃相像池小姐这么可爱的人。景芮瞥了瞥池嘉手里的巧克力棒，又用女王般命令的口吻道：“给我吃一口，我也饿了。”

池嘉愣愣地看了景芮两秒，就这么小小的一根，还要分给她？尽管如此，池嘉还是递了过去，免得被说小气：“给。”

景芮张嘴咬了一口，眉头一皱，甜到发齁。

“景芮，你好意思吗？这一口都被你吃没了。”池嘉看着自己手里只剩下小半截的巧克力棒，气愤道。

景芮也没咬多少，池嘉递过去时本来就剩得不多。

“明天还你一箱。”景芮睨着她，不屑道，一脸嫌弃的表情，“难吃。”

“难吃你还吃？你给我吐出来。”池嘉咋咋呼呼地嚷道。

景芮扭过身子，挑眉笑道：“行啊。”

池嘉被景芮推倒在沙发上。

两个人幼稚地抱在一起打闹。

池嘉闹不过景芮，一个劲地吐槽：“你恶不恶心。”

景芮俯视着池嘉，没松开她，只弯着嘴笑。

池嘉也抿嘴笑，同时又觉得有些不可思议——她跟景芮居然有这么和谐的时候。

池嘉抱住景芮，开始理直气壮地提要求：“去做饭，我饿了。”

“那你乖乖地躺着，我去做点吃的。”

“嗯。”池嘉淡淡地应道。

景芮一走，池嘉的目光便不自觉地跟随着她，景芮腰细腿长，这种身材哪个女人不嫉妒。

这时，景芮突然回过头，池嘉果然在看她，被她抓了个现行：“我说你喜欢偷看我，你还死不承认。”

对上景芮的眼神，池嘉理直气壮道：“谁偷看了，不是你让我光明正大地看吗？”

景芮瞧池嘉嘴硬的模样，她忍不住凑上前摸了摸池嘉的额头，道：“随便看，你喜欢就好。”

这个“狐狸精”，池嘉在心里颇为满意地骂了一句，又道：“你以为自己身材多好啊，还不就那样。”

景芮拢拢头发，笑着起身，她早已经习惯了池嘉的嘴硬。

池嘉望着景芮的背影，直到她消失在厨房门口。

完全陌生的房间，池嘉一个人疲惫地窝在沙发上发了会儿呆，她打量了一下房间，这间客厅就比她家大三倍，真不愧是暴发户。

池嘉着实嫉妒，她什么时候才能攒够钱，在L市买上大房子。

厨房里，景芮正在煎牛排。

煎锅里的牛排滋啦滋啦地响着，肉汁四溢。

景芮端着食物出去时，池嘉靠在沙发上，歪着头又睡了过去，也不嫌脖子难受。

牛排的香味充满了整个房间，池嘉吸了吸鼻子，闻着味道很快睁开了眼。

一睁眼，就看到景芮站在边上笑，微卷的长发有些凌乱，却显得景芮越发性感。

一块切好的牛排喂到池嘉的嘴边，池嘉盯着景芮，也不张嘴。

“张嘴。”景芮突然特别想看池嘉吃东西时的模样，“我第一次喂人吃饭。”

每次都说是第一次，鬼知道是不是真的第一次，池嘉腹诽。

她张嘴咬住那块牛排，鼓着腮帮子安静地嚼着，突然食欲大开，她从沙发上起身，道：“我自己吃。”

景芮笑着将盘子递给她，两人靠坐在一起。

池嘉安静地吃着牛排，心情变好了许多。

“不够的话我再去做点其他的？”

景芮见池嘉大口大口地吃着牛排，担心她没吃饱，又担心她吃多了容易积食。

池嘉吃完最后一口，道：“够了。”

景芮扯过一张纸巾想给池嘉擦嘴，池嘉自己已经先一步拿起纸巾，独留下景芮的手悬在空中，略显尴尬。

池嘉并不认床，但晚上和景芮躺在一张床上时，她又有些失眠。

有心事才容易失眠，准确地说，她的失眠症状也是在认识景芮以后才有的。

到了后半夜，池嘉的眼皮子实在是撑不住了，才沉沉睡去。

第五章 >>> **巧克力棒**

翌日清晨。

“啊——

“要迟到了！

“我的全勤奖！”

一大早就听到池嘉的尖叫声，景芮扶着额头睁开眼：“你吵什么，还不到九点。”

要是到了九点，池嘉更要咆哮怒吼了。今天是十月的最后一个工作日，这个月池嘉勤勤恳恳坚持每天早到，只要过了今天，全勤奖就到手了。

“景芮，我手机闹钟是不是你关的？”池嘉抓着景芮一顿狂风骤雨般地摇晃。

“池嘉，你发什么疯。”景芮脸上的嫌弃都要溢出来了。

池嘉起床气很大，骂道：“我要上班啊，我又不是你，暴发户！”

“你要上班就去上。”景芮转过身，拉过被子盖上，“安静点，我还要睡觉。”

池嘉咬咬牙，看着景芮的背影一肚子气。

池小姐本着“我不能睡觉你也甭想睡”的原则，“咚咚咚”地踩在地板上，故意把动静弄得非常大。

景芮头都要炸了，她怎么就摊上这么一个小姑奶奶。

池嘉迅速地洗漱换衣服，不到十分钟的时间，便收拾完了。她拿起包走出卧室时，发现景芮已经起来，换好衣服站在客厅里了，她披着头发，素面朝天。

“走吧。”景芮拿起沙发上的车钥匙。

“去哪儿？”池嘉有点蒙。

“送你去公司拿全勤奖啊。”

翻脸比翻书还快，上一秒还在发脾气，下一秒又好得不得了，池嘉还没适应这样的景芮。

“走不走？”景芮不耐烦地问道，没等池嘉回答，自己先去玄关处换鞋了。

“来了。”

池嘉不知道景芮有多少辆车，反正她就没见景芮开过重样的，但不管哪一辆，估计都是她这种小白领上一辈子班也买不起的。

一路上，池嘉全程盯着手机屏幕上一秒秒跳动的数字。

景芮开着车，余光一瞥，瞧她这一副小财迷的模样，语气越发嫌弃：“全勤奖能有几个钱？”

跟暴发户谈钱，心理容易不平衡，池嘉冷冷地看了景芮一眼，然后目视前方：“你不缺钱当然这样说。”

“你很缺钱吗？”

“谁会跟钱过不去。”虽然全勤奖也就几百元，但有总比没有好。就算是五十元，被扣掉池嘉一样觉得心疼。只要是人民币，都是她的心头肉。

遇到红灯，景芮停下车，转头道：“知道你为什么赚不了大钱吗？”

池嘉知道接下来姓景的一定会用优越的口吻贬损自己，所以她只翻了个白眼，却不搭话。

“眼光太短，格局太小。”

“开车吧您！”池嘉小声吐槽，“我一打工人要什么格局。”

每次看池嘉别扭的模样，景芮就想笑。

池嘉扭头看，发现景芮笑得嘴都合不拢了。池嘉心里有些纳闷，她刚才说的那句话，哪里好笑了？

不过，池嘉又忍不住瞥了瞥景芮的脸，这“狐狸精”的素颜也很漂亮，特别是笑起来的时候。

在池嘉的印象里，景芮似乎很少这样咧嘴大笑，都是一副让人捉摸不透的抿唇微笑。她素颜时比平时少了几分妩媚，但也少了许多距离感和攻击性，让人忍不住亲近。但前提是，景芮不要开口说话。只要一开口，池嘉就觉得她们没有半句能聊到一块儿。

今天够幸运，八点五十分就到了公司楼下。

“谢了。”池嘉含糊地说了一句，解开安全带。

今天，池小姐又万众瞩目了一把，刚一推开车门就接受了众多的注目礼，池嘉尽量让自己下车的动作优雅些。

这回是在公司楼下，恰好还有几个认识的同事。

“小嘉，真的是你啊！”

刚才那豪车可不是一般人开得起的，以池嘉的经济水平肯定买不起这么好的车。大家都以为是池嘉交了富豪男友。

池嘉理了理头发，硬着头皮道，“瞎说什么，我起晚了，就打了辆车过来。”

“我怎么从来没打到过这么豪华的车。”

“那是运气问题。”池嘉敷衍道。

“我发现，小嘉今天没换衣服！”

“不对劲……还不承认有情况。”

办公室里的爱美女性，着装基本是一个星期都不带重样的，池嘉也是这样。所以，第二天没换衣服意味着什么？自然是意味着在外面过夜了。再加上池嘉从豪车里下来，这个八卦，大概够茶水间的姐妹们聊好长一段时间了。

“再不上去就迟到了。”池嘉加入挤电梯大队，迅速逃离现场。

车里，景芮弯腰捡起一个文件袋，应该是刚刚池嘉走得急落下的，是她们昨晚签的合同。景芮盯着文件袋笑了，顺手放在一旁的座椅上。她没给池嘉送上去，而是打着方向盘掉头，开车走了。

中午十二点，景芮坐在办公室里，私人手机号显示有新的来电，池嘉果然给她打电话了。

“我那份合同是不是掉在你车上了？”

“嗯。”

“我晚上去你店里拿。”

“不用。”景芮看了看自己的日程表，对着电话那头轻声道，“后天晚上，你到我家来拿。”

“去你家？”池嘉的心情瞬间开始忐忑起来，“我还是去你公司找你吧。”

“这两天我不在公司。”

“那你放在公司我去拿，或者你寄给我。”

“池小姐，你以为我很闲吗？后天晚上你来我家，就这样。”景总难得向一个人把话交代了两遍，要是在工作上，她早就把那人炒了。

“哎……”池嘉还想说就不能让秘书帮忙寄一下吗，景芮已经挂断了电话。

过了一会儿，秘书来敲门。

“景总，您中午吃什么？”

“都可以。”

秘书松了口气，前几天老板一直摆着一张黑脸，以至于大家汇报工作时都战战兢兢的，生怕说错一个字。

“对了。”景芮想起什么似的，突然抬头叫住秘书。

秘书一惊，以为老板还有什么重要的事要交代，立马转过身。

“你帮我再买点东西，巧克力棒。”

“巧克力棒？”秘书这回真怀疑是自己听力出了问题，景芮的饮食习惯她记得一清二楚，老板不爱吃甜食啊。

“对，买一百根。”

看老板今天心情不错，秘书才敢笑着搭一句话：“这么多？”

景芮在办公桌上找了找，抽出角落里池小姐的名片，递给秘书：“然后下午给这个人送过去。”

秘书一看名片，AS 室内设计师池嘉。

她突然明白了什么，上次老板临时买别墅，也是跟这位池小姐签的设计合同。

“好的，我下午就让人送去。”秘书笑着应道，既然是老板身边的人，她自然更要多上点心。只不过他们老板也是阔绰，大到别墅，小到零食，都给承包了。

下午，池嘉正对着电脑屏幕昏昏欲睡，昨晚又折腾到太晚，今天一整天都打不起精神。池嘉活动手臂时，又想起昨晚的事，脸上微红。

手机铃声突然响起，吓了池嘉一跳，是一串陌生号码。

“池小姐，这里有您的包裹，方便来拿一下吗？我在您公司前台。”

“包裹？”池嘉云里雾里的，“谁寄的？”

“一位姓景的小姐。”

“哦，我现在过来。”

池嘉挂断电话，从工位上起身，心想可能是她和景芮昨天签的合同。结果到了前台，跑腿小哥交给了她一箱巧克力棒。

池嘉跟小哥确认了好几遍，除了巧克力棒，再没有其他。

捧着那一箱巧克力棒，池嘉站在原地，思绪凌乱，她心里疯狂吐槽，姓景的脑子进水了吗？她有时间托人送一箱巧克力棒过来，怎么不顺手让人把合同也捎过来！

“后天晚上你来我家，就这样。”池嘉想着中午景芮对她说的话，这不是她自己多想，景芮摆明了是黄鼠狼给鸡拜年——没安好心。

池嘉盯着手里的一箱巧克力棒，足足一百根，本来以为昨晚景芮是开玩笑说的，没想到她今天还真还了自己一整箱。

姓景的还说自己不闲。

因为景芮，池嘉连同设计三部的同事们，啃巧克力棒几乎啃到吐。

十一月了，天气渐渐开始有了冬天的感觉。

离年底产值结算越来越近，池小姐斗志昂扬，对待工作的热忱并没有因为气温的下降而下降。不出意外的话，今年设计师产值的第一名，非她莫属。

年终奖金一定非常可观。

池嘉怕冷，一出办公室，便戴上围巾口罩全副武装，只露出一双眼睛。下班后，她钻进街边的一家小餐馆，点了碗热汤馄饨。虽然馄饨味道一般，但她还是美滋滋地喝一口汤，吃一个馄饨。她原本不挑食，但吃了景芮做的饭菜后，舌头就变挑剔了。

想到景芮，嗯，明天要不要去她家？

池嘉用汤勺搅着碗里的小馄饨，心不在焉地想着。她和景芮之间微妙的关系，她并没有面上这么洒脱，她有一点儿在意，尽管她在心里告诉了自己无数遍，没必要在乎。

“嘫……”刚出锅的馄饨还冒着热气，池嘉吹都没吹就往嘴里送，差点烫掉一层皮。

有短信提示音响起。

池嘉拿过手机一看，是景芮给她发了一条短信，里面是她家的详细地址及见面时间。

盯着这条短信半晌，池嘉又走神了。

见她没有回短信，景芮直接打了电话过来：“明晚七点你过来，地址发短信给你了。”

合同还在景芮那儿，总不能不拿回来啊。池嘉想，大不了她明天拿了合同就走人。

最后，池嘉还是答应了：“好。”

次日，小雨淅淅沥沥地下着，气温更低了。

池嘉下班晚，一出公司就赶紧坐地铁往景芮家去了。

地铁里人很多，大部分是面带倦色的下班族，池嘉也是其中一个。她握着扶杆，心情有些复杂，说不清是什么滋味。而这样复杂的心情，一直伴随她走到景芮家门口的那一刻。

池嘉在门口站了会儿，才按响门铃。

一声轻微的响动后，门被拉开了。

两人面对面地站着，互相望着对方。

门外的池嘉穿着笨重的棉服，围巾裹得严严实实的，她的脸本来就小，这么一挡，完全看不清模样了。而门里的景芮身上只穿了条真丝吊带睡裙，看起来像是刚洗完澡，头发慵懒地扎着，显得脖颈修长。

这一对比，仿佛一个在冬天，一个在夏天。

“进来吧。”

为了方便说话，池嘉将围巾拉下来一点儿：“你把合同拿给我，我就不进去了。”

景芮下一秒拉住池嘉的手，将她拽进屋：“门开着冷。”

然后，门就被关上了。

一进屋子，温度骤升，池嘉身子暖了起来，甚至有点热，否则景芮也不能穿得那么清凉。

空气里弥漫着食物的淡淡香气，池嘉光是闻着就嘴馋了。

“前两天去外地了，今天刚回来。”景芮看池嘉还把自己裹得那么严实，生怕自己吃了她一样，笑问，“你不热吗？”

“我拿了合同就走。”池嘉在说这句话时，心里有些发虚。

“我煲了海鲜粥。”景芮说着，拿过池嘉的包放在一旁，“要不要喝一碗？”

事实证明，有时候美人计对女人同样起作用，池小姐按门铃前态度坚定，说是拿了合同就走，结果——

“嗯。”池嘉自制力还是不够强。

景芮妩媚一笑：“把衣服脱了，挂一旁的衣架上。”

池嘉今天穿了件紧身毛衣，一脱了棉袄，身材还有点小料，勉强称得上凹凸有致，只是比不上景芮。

“快去洗手，我看看粥好了没。”

景芮说着，往厨房去了。

厨房里满是香味，景芮尝了尝粥，火候刚刚好，便关了火。

池嘉站在一旁，今天景芮将头发扎了起来，侧脸的线条无可挑剔。

“去拿碗。”景芮扭头，“还想等我喂你吗？”

池嘉回神，伸手去橱柜里找碗，但她找了半天也没找到。

“在哪儿？”

“上面那个。”

“没看见。”

景芮走到池嘉身后，伸手去拉橱柜：“在这儿。”

对方细长的手指碰上她的手背，池嘉瞬间像触电了一样。

“怎么了？”

景芮明知故问，她揉了揉池嘉的脑袋。她看着不说话的池嘉，道：“池嘉，我看你也很想待在我这儿。”

“我才没有。”

“没有吗？”

池嘉早就忘了合同的事，她戳破景芮：“你今天喊我过来，不就是想让我陪你吗？”

景芮承认自己让池嘉过来拿合同是抱着这样的心思，她拍了拍池嘉的脸蛋，柔声说：“所以今天别回去了好不好？我想你了。”

我想你了，这句话能有多少真情实感？

不过是孤单了，想要找个人陪。

尽管如此，当景芮以温柔的口吻对她说“我想你了”时，池嘉承认自己潜意识里有几分动容。

“留下来吧。”景芮望着她的眼睛再一次说道。

“嗯。”池嘉同样直视着景芮的眼睛。

景芮见池嘉应了，心情大好，问道：“两天没见，想不想我？”

干吗说这种矫情的话，池嘉低下头：“不想。”

“那你今晚为什么要留下来陪我？”景芮继续打趣池嘉，盯着她的眼眸。

池嘉的眼睛很漂亮，眸底清澈，像是闪着光。

池嘉咬了咬牙，感觉自己又被景芮套路了，她刚刚要是拒绝现在也不至于跌面子，她推着景芮，不满道：“我现在就走，你把合同给我。”

“我错了，”景芮赶紧认错，“今晚别走。”

“好吧。”

池嘉傲娇地装出一副勉为其难答应她的表情。但只有她知道，自己也喜欢留在景芮这儿，喜欢景芮陪着她，真心实意也好，虚情假意也罢。她们都只是想找个人，一起消磨时光。

池嘉还是留了下来。

“先吃东西，别等下晚上又饿。”景芮拉着池嘉的手到餐桌旁坐下，先给池嘉倒了杯水。

喝了水，池嘉才稍稍冷静下来。

景芮递了一碗粥给池嘉，贴心地说：“小心点喝，烫。”

除了海鲜粥，还有几样小点心。

池嘉最爱吃虾饺，一口一个，嘴里塞得满满当当。

“吃相真难看。”

景芮坐在池嘉对面，优雅地喝着粥。嘴上说人家吃相难看，却又目不转睛地盯着人家，还带着笑。

“我这叫吃得香。”池嘉鼓着腮帮子反驳景芮，又问，“这些都是你做的？”

她想知道景芮还有什么不会做的食物。

“除了我，还有别人吗？”景芮帮池嘉擦了擦嘴，“你是不是觉得自己很幸福？”

池嘉不太适应她这么热情，岔开话题，嘟囔道：“你不是说今天才回来的吗？”

景芮笑着没回答，起身又去帮池嘉盛粥。

池嘉愣愣地看着景芮的背影，刚刚的对话让她有种她们相识相知了许久一样的错觉。

池嘉揉了揉头发，她在胡思乱想些什么？她跟景芮，哪儿有那么美好？两人平时都不联系，只有孤单的时候才约在一起。

盯着景芮雪白修长的后颈，池嘉起身走到景芮身后环抱住对方。

以前喝醉酒的时候，池嘉才敢对景芮这样，而现在，她很清醒。

背后突然被温暖包围，景芮顿了片刻，低头一看，一双纤细的手臂紧紧圈住自己。

景芮抬头，静静地感受池嘉的鼻息在颈上扫过，热热的。

“不喝了吗？”景芮问。

池嘉从背后探过头，声音轻柔：“不喝了。”

景芮转过身，瞧见池嘉的眼神，笑道：“小狐狸精。”

“狐狸精，也是跟你学的。”

池嘉目光扫过景芮的脸，她也发觉，自己有些方面越来越像景芮了。

“才刚吃完，休息会儿。”

池嘉这会儿是彻底忘了自己来景芮这儿的最初目的了。

休息了一会儿，景芮拿了自己的睡裙给池嘉，让她先去洗澡。

半个小时后，池嘉穿着一件吊带睡裙从浴室出来，长发吹得半干。

“过来。”景芮坐在沙发上吃水果，见池嘉从浴室出来，笑着朝她勾了勾手指。

池嘉刚一走近，就被景芮一把拉过来。

“陪我看会儿电视。”景芮把玩着池嘉的头发，突然笑道，“要吃水果吗？我喂你。”

有人免费提供投喂服务，池嘉也不客气，景芮喂她多少，她就凑过去接多少。

客厅沙发上，偶尔传来一两声笑语。

“是不是我不主动联系你，你就不会联系我？想我了就给我打电话，知道了吗？”

景芮说着，像是在交代一件重要任务。

要池嘉主动联系景芮，那比登天还难，虽然这些天池嘉也的确想过。

她咬牙道：“谁想你，别自作多情。”

“就会嘴硬。”景芮调侃道。

时间分秒流逝。

沙发上，两人窝在一起，景芮用手背蹭了蹭池嘉的脸，道：“去床上睡吧。”

“嗯。”池嘉软软地应着，似乎还没从刚才的状态中回过神。

两人又玩闹到半夜。

池嘉昏昏欲睡。

“要吃吗？”躺在床上，景芮突然摸出一根巧克力棒，递到池嘉面前。

池嘉也不知道景芮是从哪儿摸出来的，想起前些天她给自己寄的包裹，不满道：“你没事送我一百根巧克力棒干吗？无聊。”

景芮侧身抱住池嘉，揉着她的小脸，笑容十分勾人：“累了饿了就吃一根。不够的话，我这儿还有很多。”

看着景芮家里的同款巧克力棒，池嘉嫌弃到不行。

池嘉损起景芮来毫不留口德：“景芮，你变态。”

景芮掐着池嘉的脸：“你再说一遍？”

说就说，在景芮面前池嘉从来不犯怵，反而更有底气：“你变态！”

池嘉一副天不怕地不怕的神情，景芮看着就想欺负，她的手爬上池嘉的腰。

“哈哈哈……”池嘉特别怕痒，笑得前仰后合，就差在床上打滚了，偏偏景芮压在她身上，她只能任由对方欺负。

都这样了，她嘴上还不服软，“景芮，你不仅变态，你还幼稚……哈哈哈……”

池嘉笑起来特别甜，又有感染力，让人见了心情大好。

景芮笑着继续逗她，直到身下的人儿笑得眼睛都快眯在一起了。

看着看着，景芮慢慢停了动作，目光锁定在眼前这张泛红的脸上，一刻也舍不得移开。

池嘉也静静地望着景芮的脸，嘴角扬起一抹淡笑。妄想和现实总在池嘉大脑中交替，面对景芮，她总要想很多。

池嘉将头埋在枕头里，心想着明天估计又得素颜去公司上班。今晚是真累了，才不到一分钟的时间，她就熟睡了过去。

以前池嘉睡觉老是翻来覆去睡不着，现在似乎越来越适应景芮躺在她身侧了。

景芮想去关灯，见池嘉肩头露在外面，睡得像头小猪，禁不住笑了起来。她伸手替池嘉拉好了被子，然后仔细盯着这张脸，走了很久的神。

“天哪，还好没迟到。

“我发财了……我发财了……”

睡着睡着，池嘉突然吐出两句梦话。

景芮无奈地笑了，池嘉的脑子里除了钱，估计也装不下其他东西了。

第二天早上，情况和上次出奇地一致。

池嘉一起床，就对着景芮撒起床气。景芮说世界上没有比池嘉脾气更臭的女人，而池嘉理直气壮地反驳，两人在床上你一句我一句，互相嫌弃了十几分钟。

最后，还是景芮开车送池嘉去公司。

到公司后，池嘉望着手里的这份合同，感叹真是来之不易。

这段日子说忙不忙，说闲也不闲，毕竟年末了，公司营业到了淡季。

池嘉手里压着的设计单越来越少，大部分时间都在跟进旧项目，加班却是免不了的。别人下午五点以后下班就叫加班，而在池嘉这儿，晚上八点之前下班，那都叫下班挺早。

“小嘉，快九点了，你还不下班？”

今天是池嘉生理期的第一天，但池嘉要强，即使十分难受，也昏昏沉沉地强撑着精神改图：“还有点没做完，我再加会儿班。”

“回去做也行啊，今天下雪了，外边好冷。”

“嗯，知道了，再见。”

设计部里的人越来越少，只剩下几个着急赶稿的还在苦苦挣扎。

九点了，池嘉才想起自己还没吃晚饭，于是穿上厚厚的羽绒服，打算下楼去找个餐馆吃点东西。

天空中，白白的雪花在风中飞舞。

池嘉哈着气，搓手跺脚，夜景再美也没心思欣赏，她只觉得冷。池嘉就近去了一家小餐馆，她打算打包一份小笼包再加碗热粥，随意解决晚饭。

“好冷啊。”

“我帮你暖手。”

邻座的小情侣手握着手，腻歪地聊着天，让餐厅里的空气都变得甜蜜蜜。池嘉只是不经意地瞄了一眼，又一脸生无可恋地回过头——小腹绞痛，难受得很。

每当这个时候，池嘉就会想，有个对象也是有点用的。

池嘉紧了紧围巾，拎着打包好的晚饭走出餐馆。

北风呼啸，冻得人脸蛋生疼。

池嘉脚踩在结冰的路面，才走几步，突然摔了一跤，白粥洒了一地。这情景，用“凄凄惨惨戚戚”都不足以形容。

一旁正欣赏雪景的情侣向她投来了关切的目光，而池嘉只想找个地洞钻进去，好丢面子。

池嘉咬牙起身，当作什么也没发生过，继续往前走。

这时候，她坚强得自己都心疼自己。

回到办公室，池嘉麻木地吃口小笼包，再喝口热水，她恍恍惚惚地盯着电脑屏幕，只觉得这会儿头更晕了。

“小嘉，一起喝点汤吗？我男朋友煲的。”

“哦，不用，我买了吃的。”池嘉抬头，是设计一部的同事，瞧瞧人家男朋友多贴心，大晚上的不仅来陪女朋友加班，还送汤。但平心而论，看清江慎的嘴脸之前，江慎对她也挺好的，哪知道最后会变成那样。池嘉无精打采地垂下头，真是糊涂了，干吗去想让自己不爽的人。

池嘉挺害怕寂寞的，否则她也不会有那么多的前任，有时候真的只是因为孤单而在一起。她给自己洗脑，说一个人过得更舒坦，那是因为她刚和江慎分手，心里暗戳戳地在赌气。

好难受，池嘉趴在工位上，她想休息会儿，可能是生理期的原因，情绪更加不稳定。闭上眼，池嘉却想起了景芮，想喝她煲的海鲜粥。

池嘉郁闷，她是不是没人想了，居然开始想景芮了。景芮跟她说想她的时候可以给她打电话，但她一次都没主动给景芮打过，景芮也没有联络她。

池嘉心里正想着景芮也没联络她时，电话铃声很应景地响了，来电显示“狐狸精”。

池嘉犹豫了几秒，接通电话，但没吱声。

对面也安静了两秒，才传来景芮的声音：“今晚过来吗？”

“我没时间。”池嘉说。

“今晚能不能过来陪陪我？我不舒服，有点发烧，家里没药了。”

听景芮的声音是有点虚弱，池嘉盯着键盘，低声说道：“你发烧找我干吗？发烧就去医院啊。”

池嘉不信景芮就只能联系她，光秘书景小姐就有好几个。池嘉生理期来了，心情不好，所以对景芮说话的语气有些冲。

“不来就算了。”景芮倚在沙发上，说完便挂断了电话。

“哎……”景芮那语气好像自己是个负心汉一样，她自己现在还难受着呢，哪有精力去照顾别人，她还觉得自己委屈呢。

挂断电话后，池嘉心不在焉地盯着电脑屏幕，怎么也看不进去。横不是横，竖也不是竖，眼前一片昏花。望着办公桌上的手机，池嘉撑着头，内心纠结。

五分钟后，景芮收到了一条短信：“我现在过来。”

望着这五个字，景芮抿唇笑了好一阵。

去药店买了点退烧药，池嘉把自己裹得像个粽子钻进了出租车。看了看手里的袋子，她今晚根本没必要去景芮那儿，但还是买药去了。

其实听景芮说想让人陪时，池嘉自己心里也是这样想的，她也不舒服，也想有人陪。池嘉虽然人缘好，但关系铁的也就简奕一个。简奕现在去了 S 市，她有点事情，现在都不知道该找谁。

半个小时后，门外响起了敲门声。

景芮起身去开门，门外的池嘉把自己裹得像个粽子，头上还沾着几片雪花。

一进屋，池嘉才觉得自己捡回半条命，外边真是太冷了。

“给，退烧药。”池嘉胡乱掸了掸头发上的雪花，强打起精神来，然后又用不在乎的口吻道，“你发烧多少度？要是严重的话，就去医院吧。”

池嘉今天没化妆，加上痛经，所以显得格外憔悴，对比之下，景芮的精气神倒是好多了。

“上午有点发烧，现在已经退了。”

池嘉愣了一下，意识到自己被景芮耍了，气道：“你耍我！”

“想见你。你怎么不给我打电话？”

池嘉的暴脾气忍不住了，她窝了一肚子火，这会儿就和火山爆发一样，她把药袋狠狠地摔在地上，瞪着景芮说了句“有病”，然后气呼呼地转头就要走。

“池嘉。”景芮拉住池嘉的手。

池嘉甩开景芮的手，她所有的力气都用来吼景芮了：“我今天没心情，你叫别人来陪你吧。”

两人面对面地站着，气氛僵持不下。

朝景芮吼过以后，池嘉瞬间蔫了，她咬唇皱眉弯了弯腰，猝不及防地又是一阵眩晕，小腹的坠痛也让她难受得紧，脸色越发难看。

零下几度，下着雪，痛经痛得厉害，还有设计稿等着她加班改。池嘉想自己今晚一定是雪花飘脑子里化成水了，才买了药跑来景芮家。

池嘉越想越气，气得想把姓景的打一顿，她凭什么这么折腾自己？池嘉更是气自己上了景芮的套，就算她真发烧了跟自己又有什么关系？

果然，谁上心谁就输了。

景芮看出了不对劲，关心道：“你哪里不舒服？”

“不要你管。”

景芮一靠近她，池嘉就反感地后退一步，捂着小腹准备离开，只是这一阵疼得厉害，她根本走不动道。

池嘉扶着墙，强忍着不适。

“是不是生理期到了？”景芮上前拿过池嘉手里的包，顺手扶着她。

“你走开，我看见你就烦。”池嘉继续凶着景芮，全程没有一点好脸色。

其实池嘉平时脾气也没这么火暴，尤其是面对客户时，说起来景芮还是她的大客户，但不知道为什么，在景芮面前，池嘉就爱耍性子，而且毫不考虑后果。

景芮不由分说地搂住了池嘉的腰，想扶她去沙发那边。

“别碰我。”池嘉还是不爽，扭着身子去推景芮。

“还犟，疼成这样了还犟。”景芮语气责备却又带着几分温柔，她垂眼望着池嘉憔悴的脸庞，突然有些心疼和自责，“先去沙发上坐会儿。”

池嘉撑不住，只好让景芮扶着，每次生理期前三天都能把她疼得半死。要是遇上假期还好，碰上这样的工作日，她只能咬牙强忍。

坠痛是间歇性的，池嘉靠在沙发上，压着小腹，一动不动时舒服多了。

景芮起身去厨房冲了杯红糖姜茶，送到池嘉手边：“好些了吗？”

比刚才好了许多，但还是难受，池嘉佯装出一副轻松的模样，起身要走。

“不许走。”景芮拦住她，脸色这么难看，都怕她一出门就会晕倒，

“电话里怎么不跟我说？”

这命令的语气，仿佛高高在上。池嘉瞪着景芮，因为这几天睡眠不足，池嘉的眼底充满了红血丝。她想着，姓景的是在怪自己自作自受了，明明不舒服还硬要跑来。

“有什么好说的，”池嘉冷笑一下，赌气般同景芮说，“我今天就是闲的，跟你没关系。”

口是心非。气氛再一次僵持。

“对不起。”景芮说出这三个字，才发觉好陌生，“今晚是我的错，我不该骗你过来。你现在还难受吗？”

景芮道歉了，池嘉心里才觉得舒坦些。但池嘉还是别过脸，不想听景芮讲话，也不想理景芮。现在她觉得自己特委屈，本来特殊时期还想着有人照顾她陪着她，结果大晚上顶着风雪被景芮耍。

景芮瞧池嘉一直撇着的嘴，看来道歉也消不了池小姐心里的火气，只好小声道：“要是太疼了，我就送你去医院。”

“我没那么弱。”池嘉准备去拿电脑包，下班就直接买药往景芮这儿来了，笔记本电脑都带着呢。

“池嘉，你能别嘴硬吗？你看看你现在的样子。”景芮见惯了池嘉面色红润的模样，今天却显得格外苍白，她放轻了语调，“别闹了，乖乖听话。”

池嘉还不够了解景芮，所以不知道景芮对她开了多大的特权。景芮从来没对谁这样过，在对方骂了她“有病”之后，还能保持淡定，搁下面子对对方嘘寒问暖。

池嘉偏偏不吃景芮这套，还让她“乖乖听话”。

池嘉憋着一口气，又凶了景芮一句：“景芮，我又不是你养的宠物，呃，好疼……”

估摸着又要疼一阵，池嘉自觉在沙发上坐好。

“疼成这样了还凶。”这回，景芮终于尝到拿人没辙的滋味了，在池嘉不满地看了她一眼后，景芮放柔了语气，“别硬撑。”

池嘉忍着小腹的坠痛，也不理会景芮的关心，她还在气头上。

别人身子不舒服时要多乖有多乖，到了池小姐这里是要多犟有多犟。景芮坐在池嘉身侧，探手握住池嘉的手，穿这么多，手还是冰凉的。

当景芮握着她的手，压在她小腹上轻揉时，池嘉觉得好舒服好暖和。

“喝点姜茶舒服些。”景芮继续帮池嘉揉着小腹，看到她眉头舒展了点，这才放下心来。

池嘉的态度终于软了下来，因为疼，还因为有人关心。其实她想要的很简单，哪怕只是一两句贴心的问候也足够了。偏偏在这个节骨眼上，景芮非得来惹她，她只好把脾气都撒在景芮身上了。

“现在好点没？”

池嘉心不甘情不愿地应道：“嗯。”

这位小姑奶奶终于肯搭理人了，景芮松了一口气，想着自己上辈子是不是欠这位池小姐的，所以现在总要伺候她。

景芮瞧着池嘉的脸，观察了一会儿，才松开她的手起身往厨房去了。

池嘉一阵失落，虽然她嘴上不让步，但心里还是想要人哄的。

过了一会儿，景芮拿了副碗勺过来，将玻璃杯里的姜茶倒进小碗，然后在池嘉身畔坐下，对着盛了姜茶的小汤匙吹了一下，再送到池嘉嘴边。

“喝点。”

池嘉望着景芮，别扭了一下，还是张嘴喝下了对方喂来的红糖姜茶。姜茶暖暖的，有丝丝甘甜环绕舌尖。

池嘉也不扭捏了，就坐在那儿让景芮一口一口地喂。

池嘉瞥着景芮，她生气是因为景芮，感动也是因为景芮，因为还没有人在她生理期时这样贴心地喂红糖水给她喝。

有时傲慢，有时温柔，有时冷得像冰，有时又热得像火，池嘉还是猜不透眼前这个女人的心思，景芮对她，究竟是一种什么样的感觉？景芮喂她喝红糖水时，她好像觉察到了一丝丝紧张和在意？

但景芮对她绝不会有多真心，这点池嘉敢肯定，她接触过许多人，就没有像景芮这样不着调的。

一碗红糖姜茶下肚，池嘉浑身暖了起来，小腹也不像刚才那样坠痛难忍了。

“饿不饿，我给你熬点粥？”

“嗯。”晚上的小笼包池嘉没吃几口就没了食欲，她心里还惦记着景芮熬的粥。

不管景芮是抱着何种心态在关心她，此时池嘉都不想拒绝，她今晚十分委屈，只想有人能照顾自己，陪着自己。

景芮在厨房里煲粥，池嘉坐在餐桌旁等着，觉得自己状态好点了，就拿出笔记本电脑继续加班改稿，拼命三娘的精神真是可敬可畏。

煲好粥，景芮直接移开池嘉的笔记本电脑，将粥送到她面前。

池嘉抬头看了看景芮，默默地低头喝粥。

池嘉一面喝着粥一面想，她就没见过像景芮这种，把妖孽和贤惠结合得这么恰到好处的。

别看池嘉嘴小，但吃饭速度很快，这都是赶着上班锻炼出来的。平时，她忙起来时间不够用的时候就别想午休了，用餐也是尽量能快就快。

喝完粥，池嘉继续对着自己的笔记本电脑敲敲打打。

“不舒服就早点休息。”

池嘉盯着电脑屏幕，道：“现在好点了。”

景芮看池嘉脸色依然憔悴，便催促道：“现在就去洗澡，然后去床上躺着。”

“你好烦，还差一点点。”

景芮走到池嘉身旁，叫了她一声：“池嘉。”

“嗯？”池嘉刚一抬头，笔记本电脑就被人合上了，“你干吗……”

景芮弯着腰，凑近池嘉的脸：“不这样你能听我说话吗？洗了澡躺床上好好休息，别逞强了，听到没？”

池嘉转而又皱眉道：“明天我要给客户看的，出不了稿，黄了你负责啊。”

“我再给你介绍十个客户，够不够？”

池嘉沉默，有钱真是了不起。

“起来。”

景芮拉着池嘉的手臂，拖着她起身。

“你讲不讲道理。”

“我也很累，别让我再重复一遍。”

在景芮眼里，犟脾气的池小姐才叫不讲道理。她虽然骗了池嘉，但上午的确发了低烧，到现在状态都不太好。

“我又没让你管。”听景芮说累，池嘉下意识收敛了语气。

刚刚又是让人家喂红糖水，又是麻烦人家大晚上熬粥的，她心里到底还是有点过意不去。

陪池嘉闹了这一阵，景芮头都大了，语气里带着疲惫：“别折腾了，行吗？”

池嘉磨蹭了一会儿，才问："穿你的睡衣？"

景芮点头道："我去给你拿。"

池嘉今晚没说要回去，因为她打心底想留下来，想要景芮像刚刚那样照顾她。

池嘉在心里笑自己是有多缺爱，这么点事一个人扛不过来吗？可她喜欢景芮对自己的关心和体贴。

心里渴望和觉得不该是两个概念，池嘉在面对景芮时，总是同时抱有这两种念头。

夜深了，池嘉洗了澡，穿着景芮的睡衣在床上躺下，很多行为渐渐都成了很理所当然的事。

当初信誓旦旦说的互不纠缠，而如今呢？

床的另一侧微微凹陷，景芮拉开被子，在池嘉的身侧躺了下来，问："还疼吗？"

"还好。"池嘉背对着景芮，闷声道。

两个人难得这样心平气和地说话，景芮又将手放到她的小腹上，柔声道："我帮你揉揉。"

这一会，池嘉觉得自己被她身上的香气包围了，很温暖。

"好点了没？"景芮替池嘉揉着小腹，在她耳畔轻声问。

池嘉眯了眯眼一声不吭，她现在心跳很快，不正常地快。

池嘉发觉景芮完全不必这样贴心照顾她，可以等到她恢复元气后再约时间见面；而池嘉也开始正视自己对景芮的感觉，她更迷恋两人在一起时心理上的满足。

池嘉想了很多，她心里突然感觉很不安。

"景芮。"池嘉有很多话想说，却不知道要如何开口。

"还疼？"景芮扳过池嘉的身子，撩开池嘉挡着脸颊的头发，盯着她的脸低声笑道，"要不要用别的事情转移一下注意力？也许会好点。"

"嗯？"

景芮一只手轻抚池嘉的背，另一只手帮她揉着小腹。

池嘉静静地看着景芮。

"这样是不是感觉舒服点？"

池嘉盯着景芮的脸，好半天才问道："你是真心想跟我交朋友？"

景芮也盯着池嘉，良久终于松了口："如果我说是呢？"

池嘉沉默了。

池嘉的沉默让景芮脸上的笑意渐渐冷淡下来，她们之间果然不适合谈这种严肃的话题，之前她们的相处状态挺好的。

温暖的氛围转瞬间降了温。

翻个身，池嘉又背对向景芮。

景芮仰卧在床上，觉得心累，招惹池嘉的后果来了。她平时已经够累的了，现在还给心里添堵。

第二天，景芮照旧送池嘉去公司。

昨晚下了场大雪，一夜之间，世界白茫茫的一片。

车子停在写字楼下时，才八点半。

昨晚池嘉没怎么睡，今天醒得也早。她轻手轻脚下床，本来不想吵醒景芮的，结果等她洗漱完毕换好衣服，景芮已经站在客厅里等她。

池嘉坐在副驾驶座上，迟迟没有下车。

“我没想那么多。”酝酿了一会儿，池嘉突然转头对景芮说道，显得有些突兀。

景芮知道她说的是自己真心想和她交朋友这件事。但这句话听着很不负责，潜台词颇有点像“我就是跟你闹着玩的”。

可她和景芮不就是闹着玩吗?

因为只是一场游戏，池嘉才心安理得，一旦认真了，游戏也就丧失了原本的意义。

之所以对景芮强调“真心”，恰恰是因为池嘉心虚了。

池嘉之所以这样抗拒，是因为曾经有过的生活经历。

她跟景芮不一样，她做不到像景芮这样随意就能结交朋友，她需要顾虑很多。

付出真心的代价太沉重了。

所以，池嘉时刻在心里告诉自己，她跟景芮只是在一起玩得开心。这样她可以缓解内心的压力与负担。

池嘉承认，她这个想法有点自欺欺人，打着这个幌子，她慢慢对景芮有了眷恋，否则一听到景芮生病，她也不会在天寒地冻的夜晚，在自己不舒服的状态下，抛下工作马不停蹄地买药赶了过来。她和景芮算得上什么关系呢?

还有昨晚景芮的贴心，也让池嘉意识到不能再这样下去了，所以她才问景芮是不是认真想要跟她交好，因为她实在没办法以一种随便的态度去接受对方这份真挚的关心。

听到池嘉说“我没想那么多”，景芮偏头看向她，脸上看不出喜怒：“所以？”

池嘉故作轻松，笑道：“所以你也不要太真心啊，我不负责的。”

车窗外，雪花又纷飞起来，越下越大。

“你是不是想太多了？”景芮也是要面子的，她朝池嘉漫不经心地笑着，强调道，“我对女孩子都很贴心的。”

景芮还是这副无所谓的态度，池嘉觉得自己应该开心才对，毕竟这样，就不存在谁戏弄谁。

再说，景芮这么擅长虚情假意的一个人，池嘉竟觉得她对自己付出了真心？与其说是景芮认真，倒不如说是自己认真了。

纵然如此，池嘉在听到景芮的最后一句话时，心里还是泛起一阵酸楚，自己在她心里能有多少分量呢？昨晚有过的温暖和感动这会儿都烟消云散了。

该说的都说了，池嘉告诉自己别再纠结。

反正都是不可能的。

池嘉对景芮挤出一抹笑容，也用同样无所谓的语气回答：“那就好。”

气氛再次僵持，她们果然说不了几句话就要闹翻。

“池嘉，你知道吗？”景芮叫住要下车的池嘉，“你最大的毛病不是嘴硬，而是胆小。”

池嘉紧抿嘴唇，她特别想反驳景芮，不是所有人都能像你这样潇洒。

“你怕了？”

这句话问到了池嘉的心坎上，她不屑地笑道：“你是不是也想多了？”

景芮无言。

车门被推开，钻进一股冷冽的风，再接着，门被重重带上。

景芮闭眼疲惫地靠着座椅，长长地舒了一口气。

她心里觉得堵。

池嘉说得没错，她有点认真了，而且，她能感觉到池嘉也认真了。就在昨晚池嘉冒着风雪过来时，她看见池嘉冻僵的脸，内疚心疼得不行，所以她一整晚都依着池嘉对自己发脾气，还百般哄着。

景芮甚至以为她们的关系可以有所改变。

但她还是想得太天真了。

“你怎么喝这么多酒？”

宁浅看到景芮时，她正沉着一张脸喝闷酒，不知道的还以为她是被人甩了，但宁浅也就这样想想，毕竟，从来都只有景小姐甩别人。

景芮抬头，幽幽地说道：“被人伤了心。”

宁浅先笑为敬：“你一感情骗子，谁能伤你的心？”

“说笑的。”景芮给宁浅倒了杯酒，“喝酒。”

“你不去找你那位小设计师玩，来找我喝酒？”

宁浅在N酒吧好几次撞见景芮勾搭池嘉喝酒。

“不说她，喝酒。”景芮表示对这个话题不感兴趣。

宁浅倒是对景芮的事很感兴趣，她想知道这两人之间到底怎么了。

两人没喝两杯，宁浅的手机就响了。她掏出手机，望着屏幕一脸傻笑。景芮见她这副模样，就知道是她家“女神”打来的电话。

“我家小甜甜又找我了，我去接个电话。”

五分钟过后，宁浅笑逐颜开地回来了：“她约我出去。”

“看来你们关系还不错。”

“我也觉得。”宁浅乐得合不拢嘴，“今晚我只有对不住你了。”

“嗯。”

宁浅补了个妆，赶去下一个场子。她赶过去时，温堇也在喝酒，宁浅内心纳闷：最近怎么了，仿佛除了自己，身边的人都在喝闷酒，大家都是一副心事重重的样子。

“又临时叫你出来，抱歉。”

“有人约我，我开心还来不及呢，我在国内也没什么朋友。”宁浅说着，见温堇眼底泛起一丝醉意，便拿过她手里的酒杯，“我们就聊聊天，不喝酒了，喝多了伤身。”

“你性格这么好，怎么会没朋友？”温堇支着有些昏沉的脑袋，目光直直地落在宁浅的脸上，认真打量。

宁浅不敢和温堇对视太久，她有些紧张。

温堇又追问道：“你还是单身吗？追你的人很多吧？”她这样问宁浅时，语气里带着几分羡慕。

宁浅听到这话，心里一紧，因为她很少和温堇聊这种话题。

温堇只是问她是不是单身，宁浅却迫不及待地解释："没人追我，我一直单身。"

温堇含笑道："你还是和以前一样大大咧咧的，一点儿都没变。"

宁浅凝神望着温堇，特别想说：是啊，我一点儿都没变。

温堇没再说其他，宁浅心底有些许失落。

"再陪我喝一杯，就一杯。"温堇恳求道。

宁浅总是拒绝不了温堇的要求，当年是，现在也是。

说是一杯，结果一杯接着一杯，温堇彻底醉了。

不知从什么时候开始，她变得特别信任宁浅，或许是太孤单了，太需要这样一个可以陪着自己的朋友了。

"到了，下次你别喝这么多了。"

深夜，宁浅送温堇回了家，这已经不是第一回了。

"浅浅，再陪陪我。"温堇皱眉拉着宁浅，喝多了，心里好难受。

宁浅刚把温堇扶到床上，就被对方猛拽了一把。

两人躺在床上，面对面地看着对方。

温堇很漂亮，漂亮到让人过目不忘。从大学起，她就是被众星捧月的"女神级"人物，在温堇面前，宁浅多多少少有些自卑。

"浅浅。"

温堇近距离地看着宁浅，特别想说些什么，又不知道该从何说起，她伸手抱住了宁浅，抱得特别紧。

现在的温堇比平时少了些强势，她就像抱着救命稻草一样抱着宁浅。

人在疲惫不堪的时候，安慰的话语远远敌不过一个无言的拥抱。

温堇性格清冷，从未有过交心的朋友，但再独立坚强的人也有脆弱的时候，也想有人可以陪着自己。

宁浅僵住了，因为温堇抱住了她。

"留下来陪我。"

温堇醉醺醺地呢喃着，抱着宁浅不松手，"你别走。"

宁浅头一回这么近距离地感受着温堇的气息，一直以来，温堇都让她可望而不可即。

温堇这样一抱她，她心都化了。

今晚宁浅也喝了不少酒。

借着酒劲，她安抚地哄道：“我在呢，我不走。”

次日清晨，宁浅醒来时，发现温堇还抱着她，内心觉得好不真实。

宁浅看温堇昨晚醉酒的样子，让她觉得很心疼。她下定了决心，以后要好好陪在温堇身边，不让她孤单。

温堇睁开眼，看到了宁浅的脸。

“你醒了。”宁浅帮温堇揉着太阳穴，贴心又温柔地问，“头还晕吗？还难受吗？”

昨晚种种浮现在温堇的脑海里，她闭了闭眼，难受地推开宁浅：“抱歉，昨晚我好像喝多了。”

温堇这样的回答也是在她的意料之中。

“温堇，你听我说。”宁浅拉住温堇的手，“昨晚是喝了酒，但我很清醒。”

温堇愁绪满面，但宁浅还在认真地说着。

“浅浅，你……”

宁浅鼓起勇气道：“你别推开我，好不好？我想一直陪着你。”

“你别这样。”

温堇很意外，她推开宁浅，眉头紧锁，像是有千言万语，却又不知从何说起。

“别推开我，温堇。”宁浅的语气几乎卑微到了尘埃。

温堇将脸埋进掌心，良久道：“对不起，昨晚我们真的喝多了，脑子有点反应不过来。”

“我理解，我等你接受我的陪伴。”

宁浅说得又痴又傻，越是如此，温堇越是揪心难受。

宁浅眼眶都红了，却还强颜欢笑，见她这样，温堇如鲠在喉：“其实我……”

“什么？”

“算了，你别问了……”

“我可以等你清醒一点儿再说。”

宁浅想起温堇昨晚抱着自己，叫自己的名字，那么亲密，那么温柔。

面对宁浅的执着，温堇声音颤抖着道：“忘记跟你说了，我已经结婚了。”

意思是，她身边已经有陪伴的人了。

房间里一片死寂。

“你结婚了？”宁浅呆怔了许久，她想问温堇是不是开玩笑的，可温堇怎么会拿这种事来开玩笑，而温堇的神情看上去也十分纠结难堪。

宁浅不敢相信，她瞪着眼前的女人。温堇眼眶红肿，如鲠在喉。

宁浅像是被抽空了魂魄，呆呆地坐在床头。

两人无言坐了很久，温堇才魂不守舍地说：“对不起，昨晚喝多了，麻烦你了。”

宁浅背对着温堇，眼眶有些湿润，道：“你不用说对不起，是我自己愿意照顾你。”

“都怨我，一直没有跟你说。”温堇不敢去看宁浅的眼睛。

宁浅心灰意冷：“别说了。”

离开温堇家，宁浅在心里哂笑，或许从今天开始，她终于解脱了，可以放下温堇了。

温堇坐在床头屈起腿，抱着膝盖，心绪一片混乱。

午后，池嘉坐在工位上，盯着一大箱巧克力棒发呆。

“累了，就吃一根。”脑海里想起景芮说这句话时的语气，还有她说这句话时的神情，池嘉意识到自己又在回忆些没营养的东西。

上回池嘉跟景芮闹了不愉快之后，景芮就再没联系过她。景芮不联系她，池嘉打死也不会主动联系景芮。她琢磨着，和景芮断了联系正好，以后就继续过自己千篇一律的小日子，虽然平淡，但没那么多乱七八糟的烦恼。

景芮的出现，只是她生活里一个小小的插曲。池嘉虽然这样暗示自己，却未必就能做到，倘若真的完全释怀了，一点都不在乎，为什么每次去酒吧唱歌时，都会无意识地寻找某人的身影？

“池嘉，你神游什么呢，开会了！”

池嘉一抬头，才发现设计部空荡荡的，大家都走了，只剩下她一个人坐在这儿神游。她匆忙拿上笔记本电脑赶往会议室。

月度总结会上，池嘉被经理狠狠批了一顿，这个月设计部接到了三个投诉单，有两个是池嘉的。

最近一直不在状态，池嘉知道自己是因为什么。想要淡忘某些事情和某些人，只是时间的问题吧，她希望这段时间可以快点过去。

池嘉心情不好时，下班就去酒吧喝酒。

池嘉去N酒吧唱歌的频率越来越高，这和她的心情愉悦指数成反比。心情好偶尔喝几杯助助兴，心情不好那就是一杯接一杯地喝。

不是周末，酒吧里人不算多。景芮坐在台下的老位置，她已经好一阵没来这里了，今天忙里偷闲才抽空过来。

“你平时喜欢来这里？”一个面容姣好的女人托腮望着景芮。

“嗯。”景芮淡淡地应着，她不想一个人喝酒的时候，从来都不缺人陪，“这儿有个女孩，唱歌挺好听的。”

一走进N酒吧，景芮就想起了池嘉，她想，她下次或许该换个地方喝酒，这样也能换种心情。和池嘉的纠缠，就到此结束吧。

刚巧这时轮到池嘉上台唱歌，景芮同身旁的人说道：“就是她。”

“你到这里，就是专程来听她唱歌的？”

景芮喝着酒，反问：“我说过吗？”

女人笑道：“不用说我也看出来了。”

景芮静静地望着眼前的人，对方比池嘉成熟，比池嘉会聊天，比池嘉风趣，比池嘉脾气好，跟这样的人一起喝酒消遣再合适不过，可她丝毫提不起兴趣。

“你是不是心情不好？可以跟我聊聊啊。”女人极力讨好着景芮。

景芮淡笑着摇摇头，婉拒了。

池嘉这时习惯性将目光扫向台下，又和景芮的视线撞到了一起。

目光扫到景芮和她身畔的成熟女人，池嘉的神情并无波澜，也没像之前那样再唱错节拍，歌声一如既往地悠扬婉转。

这不是池嘉第一次看到景芮和其他人在这里喝酒，陪她喝酒的人，总是一个接一个，就好比她身上的名牌衣服，漂亮且不带重样。

今晚池嘉只唱了两首歌，便以嗓子不舒服为由，早早下了台。

坐在角落，池嘉直勾勾地盯着酒杯里的液体，然后仰头一饮而尽。这回她总算明白什么叫作认真就是输了，她玩不过景芮，即便嘴上说得再无所谓，心里还是会难受，这跟自己嘴上承不承认无关。

池嘉自嘲，那天晚上景芮不过是给了她一个拥抱，她怎么就误以为那是真关心？

就在前些天，池嘉觉得景芮也许是在乎自己的，但事实上，她跟景芮发生争执以后，景芮并没有半点失落和难过，转眼就和其他女人打得火热。可见女人的直觉，也不是回回都准。

自己到底想怎么样？池嘉也混乱了，甚至嫌自己太作，景芮真在乎她，她焦虑；景芮不在乎她，她心底又难受。可能人就是天生矛盾体的存在，总爱庸人自扰。

解决烦恼的唯一途径，大概就是远离姓景的这只“狐狸精”，在认识景芮之前，池嘉觉得自己吃嘛嘛香，失恋都不带难过的。

没喝几杯，池嘉便提包走了。她从景芮身边走过时，对方身上传来的香水味熟悉到像是刻进了记忆。余光注意到池嘉，景芮面上带着浅笑，曾经两个人有多亲密无间，现在就有多陌生。

太善于伪装自己未必是件好事，就像景芮，从来都是强势而不懂得示弱，即便觉得黯然落寞，也只是深埋心底，生怕写在脸上会被人发现。

“今晚去看电影吗？”女人问道。

景芮回神看向自己对面的人，道：“没兴趣。”

“所以你今晚约我出来打算做什么？”女人玩味地问景芮。

景芮的脸上仍旧挂着笑，她起身道：“我的意思是，对你没兴趣。”

“没兴趣你干吗还约我出来？”

景芮已经走出了酒吧，浪费别人的感情和时间而不给说法的事，她做过不少。

零点，池嘉侧卧在床上还是清醒得很，她脑子里不断胡思乱想着，今晚姓景的是不是又和别人混在一起玩，说好听的话哄对方？

池嘉将脸埋进枕头里，觉得自己已经无可救药了，这样一个女人，自己为什么还要在乎她。

第六章 >>> **我想见你**

早上十点，AS 总裁办公室。

宁浅第一次面无表情、冷冰冰地踏进这扇门。

温堇看起来更加憔悴，这段时间接踵而至的麻烦事让她有点喘不过气来。

“找我什么事？”温堇从文件里抬起头。

宁浅没说话，也没看温堇的眼睛，而是把书面辞呈放在了办公桌上，然后推向温堇。

宁浅会辞职，温堇也猜到了。

虽说要公私分明，但宁浅还是做不到，她没办法再留下来。

温堇看着那封辞职信，她现在挽留宁浅也不是，批准辞呈也不是。

两人在办公室里僵着，都沉默着。

手里捏着辞职信，温堇叹了口气，抬头向宁浅道：“你没必要这样。”

“温总。”宁浅对视上温堇的眼睛，曾经这样望着她便会很开心，现在，宁浅已经说不上自己是怎样的心情，“你觉得我还能留下来吗？还有，你不必自责。”

“其实我……”

“够了！”宁浅头一回这么凶温堇，她毫不留情地打断温堇的话，“你不用解释，就这样吧。”

“浅浅。”温堇语塞，她原本想跟宁浅解释，可同宁浅解释了又能怎么样？

“你放心好了，我会按正常流程交接，不会甩下烂摊子就走人。”

“对不起。”除了这三个字，温堇不知道还能对宁浅说些什么。

“你不用跟我说‘对不起’。”

宁浅现在最厌烦听到的，恰恰就是这三个字，一个晚上，温堇让她从天堂掉到了地狱。

下班后，宁浅约了景芮喝酒，她今晚要不醉不归，今晚过后，温堇就要彻底从她的世界里消失了。

“怎么办，我觉得天塌下来了。”这是见到景芮后，宁浅的第一句话。

平时活力四射的宁总监突然红着眼眶这样说，景芮察觉到一丝不对劲，询问道：“怎么回事？”

宁浅边喝酒边向景芮诉苦，说着这段时间发生的事。

景芮听后沉默了一会儿，她知道宁浅这次是真伤着了，安慰道：“想哭就哭出来吧，别憋着。”

“景芮，我真羡慕你，”宁浅一杯接一杯地喝着，毫无节制，最后醉倒在景芮的怀里，“好羡慕你从不在乎别人。”

景芮更加默然，本来不会，可现在她也会了。

宁浅终于忍不住，紧紧抱着景芮哭了起来。

景芮轻抚着宁浅的背：“换个角度想，你至少解脱了。”

宁浅不觉得自己解脱了，她现在好难受。

她窝在景芮的怀里，埋头一直哭，这么大的人了还和小孩一样，景芮的衣服都快被她哭湿了。

景芮抱着宁浅若有所思。

池嘉能再看到景芮，纯粹是因为她最近每天都来酒吧。

眼前这一幕，让池嘉有点受不了，从前景芮和别人只是聊天，但今晚她真的在抱着其他人。

池嘉虽然想象过这种情形，但当她亲眼看到时，又是另一种心情。

面对宁浅一个劲地把眼泪蹭在自己身上的行为，景芮表示很无奈。

宁浅已经喝到快断片了，抱着景芮不撒手，景芮无奈道：“别喝了，我送你回去。”

宁浅已经醉得不省人事，景芮见她这样一副生无可恋的模样，叹了口气。她也不放心让宁浅一个人在家，想着干脆把她带回自己那儿，好安心。

在酒吧疯了一晚上，池嘉才打车回家。

一整晚，池嘉都在笑，笑得脸部肌肉都快抽筋了。她好像从来没有这么快乐过，她又做回了曾经那个没心没肺的池大小姐。

钻进出租车，整个世界都安静了。车载电台里放着温柔抒情的音乐，池嘉靠在车窗边，终于收起了僵在脸上一晚上的笑容。

电台主播用温暖治愈的嗓音，静静地讲述深夜档的爱情故事。

池嘉面无表情地听着。

“在这个寒冷的冬季，此时此刻，你心里想的是谁，今夜谁能与你相拥入眠？”

听到这里，池嘉的眼泪竟然溢出了眼眶，止不住地流，她伸出手胡乱地擦着。该死的，肯定是今晚酒喝得太多了，才会听个电台节目都这样矫情。

回到家，池嘉继续喝，她今晚特别想喝酒，彻底喝醉的那种。

晕晕乎乎也不去洗澡，池嘉一头栽在沙发上躺着，心里想，一个人就是好啊，想喝多少就喝多少，自由自在。

从沙发缝里摸出手机，池嘉两眼发花地盯着屏幕，点开了通讯录。她曾经跟自己较真，除了公事，她要是主动联系景芮，她就是王八羔子。可喝醉以后，她拿出手机，手指颤颤巍巍地拨出了景芮的号码。

景芮家几乎要被掀翻屋顶了，宁浅又是哭又是闹，嚷嚷着还要喝酒。最后景芮没办法，给她拿了一瓶纯净水，宁浅捧着也喝得开心，这才安静下来。

手机响了，景芮盯着屏幕好几秒，居然是池嘉，她犹豫了一下，还是接通了：“喂？”

“你在哪儿？”

景芮皱眉，一听池嘉醉醺醺的含糊声音就知道又是一个醉酒的，而且醉得不轻：“你喝醉了？现在在哪儿？”

“在家呢……”池嘉仰卧在沙发上，眯着眼对电话那边喃喃说道，“景芮……我想见你……”

池嘉闭着眼，对电话那头一遍遍地说着想见她，她想说出玩世不恭的感觉，可当这些话从她嘴里溜出时，她就像只受伤委屈的绵羊在轻哼，听着还有点可怜。

景芮已经在她心底占据了不可替代的位置，这点毋庸置疑。那天两个人吵过以后，她心里好难受，连失恋她都没像今晚这样买醉过。

“你怎么不说话……你……说话啊……”一个人絮叨了半天，也不见对方说话，池嘉才觉得不对劲。

“池嘉，”景芮听着池嘉的声音脸色不太好，想着她今晚是喝了多少才会主动打电话给自己说这些话，“你喝多了。”

“我没喝多。”池嘉在沙发上难受地翻了下，“不是你说的吗，想你就给你打电话。”

景芮听着池嘉的声音心里觉得无比难受，要是换作以前有人这样来纠缠她，早就被她拉进了黑名单。她抱歉道：“今晚我这儿有人，不方便，你喝醉了，早点休息。”

听到这话，池嘉僵住了，她快要抓不住手里的手机，头脑瞬间清醒了不少。

“打扰了。”池嘉口齿清晰地说道。

“池嘉……”景芮还想说什么，池嘉已经挂断了电话。

景芮看了看身后把水当酒喝的宁浅，又看了看手机，要向她解释吗？既然以后不打算再有交集，也就没有解释的必要了吧。

景芮倚在沙发上闭目养神，觉得头大，她什么时候也开始为这些事烦恼了？不值得。折腾来折腾去基本上是一场空，比做投资的风险还大。

池嘉呆呆地盯着天花板，突然胃里泛起一阵恶心，她飞奔去厕所，吐了个昏天黑地，最后抱着马桶睡着了。

第二天醒来，池嘉得了重感冒，连呼吸都觉得困难。

宁浅连续几晚都在买醉，她神情呆滞，仿佛灵魂都被抽空了。酒吧里，同样有个人的灵魂也被抽空了，那就是池嘉。

两个人的情况出奇地一致，四周都被一团低气压包围着。

池嘉一杯接一杯地喝着，身旁的人也是如此，池嘉觉得那人有些眼熟，她仔细一看：“宁总？”

宁浅抬头，道：“池嘉，你一个人来喝酒？”

“嗯，习惯了。”池嘉见宁浅也喝了不少，还一脸心事重重的样子，猜到她心情应该也不好。

宁浅平时为人很亲和，虽然是总监，但极少摆领导架子，再加上心态年轻，和公司的小年轻们都能聊到一块儿。

“好久没听你上台唱歌了。”

池嘉苦笑着解释道：“状态不好。”

“心情不好吗？喝这么多？”宁浅走到池嘉身边，反正都是一个人，还不如凑一块儿，两个人一起喝。

“是啊，心情不好。”

“巧了，我也是。”

池嘉释然：“今晚什么都不管，宁总，我敬你。”

“下班就别叫我宁总了。”宁浅和池嘉碰了碰杯。

多喝了几杯，两人都有点醉了，说话越发放得开，池嘉趴在吧台上：“你肯定没我心情差。”

“你失恋了？”

“比失恋还惨，你遇到过这种人吗……”

“哇，这也是够坏的！”宁浅听完后，义愤填膺地骂道，但转头又黯然道，“小池，我还是觉得我比你惨……”喝着喝着，两人开始比惨。

池嘉怒捶桌子：“那你的确比我惨，这简直不是人。”

“即便这样，我还是想着她。”

池嘉眼神放空：“我也是，觉得自己就是在犯贱，为什么还想着她。”

“来，我们继续喝酒。”

“为了明天的新生活干杯！”

这一晚，池嘉和宁浅喝得投机，可能是有相似的心情，才格外惺惺相惜。

池嘉喝醉了，嘴里一直念着：“景芮……景芮……”

晚上十一点，景芮躺在床上看着手机，翻相册的时候，偶然看到一张照片。这是去枫山那回，黄昏下，她随手拍的池嘉。

一直想删掉这张照片，可好几次她都没舍得按下删除键，以至于就留了下来。景芮盯着照片上池嘉的笑脸暗暗出神，心想：她哪儿好了，有什么可惦记的？

看到来电显示上“宁浅”两个字，景芮有点不想接，估计又是那些琐事。宁大小姐都快三十岁的人了，还这么矫情，安慰她一回两回还好，次数多了，景芮也不想跟她瞎折腾了。在这点上，景芮和宁浅实在没有共同语言，再说，有些事情注定要靠自己走出来。

铃声响了十几秒后，景芮还是接了。

“景芮，你终于接电话了。”

“喝酒我没空，你也少喝点。”

“池嘉喝醉了，你现在过来一趟……”

这两人怎么跑一起喝酒了？景芮有点纳闷，听宁浅说话的语气，她应该也喝了不少。

“她喝醉了跟我有什么关系？”景芮语气平淡道。

“她喝醉了是跟你没关系，但她喝醉后嘴里一直叫你的名字就跟你有关系了。”宁浅听池嘉在叫景芮的名字才转过弯，原来池嘉骂的那个人就是景芮。

因为感同身受，宁浅这会儿替池嘉伸张正义，就跟为自己伸张正义一样，几乎是吼着跟景芮说了一大堆。连同对温堇的怨气，宁浅也一股脑全撒在景芮的身上，骂了个痛快。

“宁浅，你不清楚情况不要乱说。”

“我乱说？”宁浅将手机凑到池嘉嘴边。

景芮听到池嘉迷糊的声音，喃喃：“景芮……”

听到池嘉叫自己的名字时，景芮的脑海里闪过那天池嘉冒着大雪给自己送药时的模样，同样，她也有那种心疼放不下的感觉。

“你听到了吗？！”宁浅的声音再次传来。

景芮从床上起身，问道：“你们现在在哪儿？”

“怎么喝成这样？”

景芮赶去酒吧时，池嘉趴在吧台上，手里还握着一个空酒杯，而宁浅还在喝，到底是擅长应酬的人，酒量比小姑娘好上不少。

看到景芮来了，宁浅伸手想指她，结果已经喝到找不着北，指着一团空气醉醺醺道：“景芮，你自己做的好事自己收拾！”

景芮汗颜。

“走，我送你回去。”池嘉是彻底醉了，景芮搂住她时，她都不知道对方是谁，她以为是宁浅，便跟着起了身。宁浅比池嘉稍微好点，她还能自己走，只不过走得歪七扭八的，无比滑稽可笑。

景芮无奈地望着这两个人，内心真是一团糟。她们倒是喝尽兴了，轻轻松松一个电话打来，就等着自己来收拾烂摊子。好在刚刚景芮是让司机开车送来的，司机还能帮忙搭把手，否则两个醉鬼，她还真是头疼。

汽车后座上，景芮坐在中间，一左一右两个人一身酒气地靠在她身上，抱着她的手臂左摇右晃，嘴里还呢喃不断。

“嗯……”

“温堇……”

“景芮……”

“温堇……”

“景芮……”

景芮就这样被两个人夹在中间，耳边简直是混合双响，而池嘉和宁浅喝醉酒都能往死里折腾人，这两人碰到一块儿，简直绝了。

这情形，司机见了只想笑，还好他职业素养过硬，愣是忍住了。他憋笑道：“景总，我们去哪儿？”

景芮让司机先送宁浅回家，她是不打算再把宁浅往自己那儿带了，上次宁浅又哭又闹地撒酒疯，景芮是怕了。

景芮和司机合力把宁浅送到了家。

景芮一回到车里，池嘉就像只小猫一样缩到她怀里，池嘉将头靠在景芮肩上，鼻子蹭着她的颈窝。

景芮低头看她，池嘉以前就爱这么靠着她。

池嘉还算安静。

熟悉的味道真好闻，池嘉情不自禁地用鼻尖去嗅。

当池嘉轻声喊着“景芮”时，景芮感觉自己的心突然被触了一下，她伸手抱稳池嘉摇摇晃晃的身子，低声问她：“你到底喝了多少？”

“嗯。”因为是熟悉的味道，所以池嘉把身畔的人抱得特别紧，轻哼着，像是在撒娇。

池嘉平时就喜欢装出一副女汉子形象，若不是喝醉，也不会露出像现在这样柔软的一面。

她心底真的特别想有人能贴心照顾她，尽管嘴上说着不需要。

凌乱的发丝挡住了池嘉白皙的脸颊，景芮伸手拨了拨池嘉的头发，她素净的脸上满是疲惫，眉心还紧皱着。景芮盯着这张脸仔细地看着，这张脸不是她见过的最漂亮的，可就是看着舒服，尤其是笑起来时，总让她移不开目光。

池嘉靠在景芮身上睡了一路。

“到了，下车。”

“嗯。”池嘉磨磨蹭蹭地下车，还眯着眼睛迷迷糊糊地傻问，“你怎么知道我住哪儿？”

景芮送池嘉回家，何止一次。

她还曾经去过池嘉住的地方，是一套很小但很温馨的单人公寓。

池嘉从来没拒绝过景芮的强势，哪怕她每次都说不愿意，但又有哪一次，她真的推开了景芮？心口不一，她在景芮这里做到了极致。

开门，开灯。

房间里很乱，和景芮上次来时一样，这是池小姐一贯的风格，人前总是打扮得光鲜亮丽，住的地方却堪比狗窝。

景芮帮池嘉脱了外套，扶她去床上躺着。

“想喝水。”池嘉揉着脑袋，碎碎念。

景芮站在床头望着床上躺着的人，她想自己上辈子一定是欠了池嘉的，所以这辈子才要经常伺候她。

景芮脱了厚重的外套，去厨房倒了杯水，坐到床头喂池嘉喝。

池嘉喝得有些急，水都顺着嘴角流了出来。

“你慢点喝。”

“嗯。”池嘉睁开眼，盯着眼前的人，怎么看着像是景芮的脸，昏昏沉沉的，池嘉以为自己是在做梦。她伸手捧住景芮的脸仔细打量，然后委屈地说，“‘狐狸精’你又来招惹我。”

景芮也望着池嘉的眸子，心想：真如宁浅所说的那样吗，池嘉是因为自己才喝这么多酒吗？刚刚一路上，池嘉嘴里的确叫着她的名字，而且只叫她一个人的名字。景芮知道池嘉心里是在乎自己的，但她不知道，池嘉会因为自己而这样。

为她这样的人不在少数，景芮从来不放在心上，或开心或难过，那都是他们自己的选择。可当景芮看着池嘉一脸委屈的模样时，心里不太好受。她伸手擦了擦池嘉嘴角的水渍，声音也变得柔和起来：“不能喝就少喝点，和你说过多少遍了。”

“狐狸精。”池嘉红着脸抓住了景芮正替自己擦脸的手，然后直直地盯着她看，静静地看着，忽然池嘉一把抱住了景芮。

景芮心想：在乎一个人，是这种感觉吗？

半晌，池嘉突然推了景芮一把，小声凶她："景芮，你还来招惹我。"

"……"景芮无奈地叹了一口气。

"景芮，你又去招惹别人。"

"我什么时候招惹别人了？"

"你……还狡辩……我都看到了……"池嘉靠在景芮的身上，说着说着，她的声音越来越小，然后彻底安静了下来。

景芮若有所思，她扶着池嘉在床上躺下，池嘉却死死地抱着她的手臂，不肯松手。

"景芮……"

景芮身子僵了僵，继续听池嘉说着醉话，都说醉话不能作数，但醉话也往往最真。

池嘉接着说："我肯定是瞎了眼了。"

景芮："……"

"从明天开始，你就跟我没关系了……不对，我们本来就没关系……"

消停了一阵，池嘉又开始絮叨。

"我好怕，我真的好害怕。"池嘉说着抱紧了景芮，"为什么要遇见你。"

景芮盯着池嘉看了良久，她想她此刻能理解池嘉的想法和心情，她摸了摸池嘉的头发。

池嘉这下把景芮抱得更紧了。

司机在楼下等了快半个小时了，他也不敢打电话催自家老板，心里有苦难言。过了好久，司机的电话终于响了。

景芮说："你先走吧，我今天晚上就在这边住下了。"

池嘉一遍一遍地念叨，喝醉了都还在跟自己较真。这段时间，她每一次喝酒都会在心里发誓——明天就开始自己的新生活。恰是这样，所以每次醉酒时，池嘉满脑子只有她。

就连池嘉自己都难以相信，她竟然对景芮执着到这种地步。

池嘉嘴上逞强，手却死死抱着景芮，她将头靠在景芮的怀里，连做梦都在喊景芮的名字。

景芮揽着池嘉的身子，发现她比之前瘦了不少。景芮头一回反思自己是不是真的做了不该做的事。

一整晚，景芮都陪着池嘉。

两人睡在一张床上，互相温暖着对方，其实这样的感觉也很不错。

池嘉晚上做了个美梦：在大雪纷飞的冬日里，她跟景芮一起在街头拥抱取暖，还只对她一个人这样。

景芮怎么可能只对她一个人这样？

梦醒了，池嘉不知道自己睡了多久。好在今天调休，池嘉睁眼，白色的天花板落入眼帘，她心底莫名升起一股怅然若失的感觉。

池嘉揉着头，转头往身侧一看，空空如也，床上只有她一个人。

昨晚的画面，池嘉的脑海里还有些零碎的记忆，好像是景芮送她回来的。池嘉隐隐记得，她昨晚死死缠着的人是景芮。

好丢人。

池嘉是典型的死要面子活受罪。要是她想起自己还对景芮说了掏心窝子的话，估计会更加无法直视自己。

可房间里只有她一个人。

难道昨晚的一切都只是个梦吗？

越想越头疼，或许是自己喝晕了，她昨晚明明是和宁总监一起喝酒的，怎么会是景芮送她回来的，八成是在做梦吧。

池嘉顶着昏昏沉沉的脑袋去浴室洗澡，她身上到现在还有熏人的酒气。

热水哗哗地从头顶浇下，池嘉使劲揉了揉脸，想把自己揉清醒。昨晚喝痛快了，从今天起，就是全新的开始。

套上毛衣，吹干头发，池嘉觉得一身清爽。外边又开始下雪，路上的积雪已经很厚了，估计昨晚下了一夜。

池嘉讨厌下雪天，因为影响出行。

池嘉去厨房接了杯热水捧在手心暖着，却发现电饭煲处于保温状态。她揭开盖子一看，里面是一锅热粥。

她盯着升腾的热气发起呆来。

所以昨晚真的是景芮，是她送自己回来的？

有关昨晚的记忆，一点一点变得清晰起来。

池嘉也觉得昨晚睡得好暖和，比她一个人时暖和。她脑海里禁不住又浮起景芮的脸，昨晚陪了自己一晚上，今早熬了粥就一声不吭地走了，景芮这是什么意思？

池嘉从来就猜不到景芮心里是怎么想的，大概是有钱任性，做什么全凭自己的心情。今天想对你好就对你好，明天想对别人好就不理你了；今天突然有兴致，就和你玩一下，如果闹得不愉快，明天就转头去找别人了。

望着热粥，池嘉没心情喝，反而一冲动想把它倒掉，结果手被烫了一下：“咝……”

最后，池嘉还是盛了一碗喝，她在心里骂自己不争气，为什么还是这么容易被感动到，愿意早上为她熬粥的人明明多了去了。

景芮之所以一声不吭地离开池嘉家，是因为觉得自己需要静一静。

景芮向来不考虑将来，所以听了池嘉醉酒后的那番话，她犹豫了。

那晚她考虑了很久，唯一的结论是，她不想伤害对方。

晚上十点，餐厅里只剩下宁浅。

“还不回去？”

“没地方去，上你这儿坐会儿都不行？”

宁浅最近还是一副魂不守舍的样子，不过比一开始好上许多，至少不是彻夜买醉了。

景芮拿来一瓶红酒和两只高脚杯在宁浅对面坐下，然后给两个杯子都倒上了酒。

“你今晚好兴致，竟然愿意陪我喝酒？”

宁浅上回在景芮那儿撒过一次酒疯以后，一提喝酒，景芮就果断拒绝。

“不多喝，聊聊天。”景芮同宁浅举杯，抿了一小口。

宁浅盯着景芮，平时总是春风满面的景大小姐，最近似乎有些情绪低落。

景芮漫不经心地晃着酒杯，淡淡地问宁浅，“长期待在同一个人身边，不会厌倦吗？”

宁浅嗤笑道：“既然喜欢了，怎么会厌倦？”

“是吗？”

“因为你最爱你自己。”宁浅想了想，又道，“你跟池嘉好好道歉了吗？”

虽然是朋友，但宁浅还是想骂景芮。

景芮沉默了。

宁浅不厚道地笑了，居然还能有人治得了景总，真是稀奇。

“你用得着这么开心吗？”景芮皱眉。

“这是我最近听过的最开心的事，景芮，你也有今天。看来真是一物降一物。”宁浅嘲笑着，她又想起那晚池嘉的话，有点理不清了，“那你们那天为什么吵架？”

“那晚你在我家，她误会了。”景芮依然平静地说道。

宁浅无语，到头来自己还成了罪魁祸首，她不好意思道：“误会了就解释清楚啊。”

“没必要解释，反正也不是一个圈子里的人。”

“我看你们就是矫情，有什么大不了的？”

宁浅觉得景芮和池嘉之间的事都不算是事。

“我怕我会伤害她，你懂吗？”景芮如实道。

“你就是给自己找借口，你就没想过改变一下自己？很多事都是要付出的，你就是太自私，只想着自己。”宁浅丝毫不给景芮面子，直白地说道。

景芮安静地听着，或许，宁浅的说法是对的。

“你有没有试着站在池嘉的角度想一想，理解一下人家？”宁浅化身心灵导师，说得头头是道。

宁浅觉得景芮能说出“我不想伤害她”这样还有“人性”的话，她对池嘉应该也算是上了心。

景芮望着杯子里的红酒，心里想着那晚池嘉用力地抱着她，嘴上却一直说着言不由衷的话。

宁浅今晚没喝多少酒，走在铺满雪花的街道上，她冻得直发抖，内心苦笑着，自己的破事都没处理好，还去开导别人。

投简历，联系新公司，宁浅尽量让自己忙起来，即便辞职了，也要尽心处理好手头的工作再走。

宁浅虽不算是让人眼前一亮的大美女，但精心打扮一下也能挤入美女行列，但是在温堇这样的美人面前，一对比，宁浅的存在感几乎为零。

其实追宁浅的人不在少数，她性格好，乐观又开朗，很容易让人心动。只是以前，再多的桃花她都拒之门外。现在好了，宁浅乐观地安慰自己，应该开心啊，终于可以享受新的人生。

宁浅想通了，如果将来她遇不上两情相悦的，那她一定要选择一个爱自己的，那个人能把她放在心窝里疼着、宠着。

晚上十点，整层楼都空荡荡的。宁浅还在办公室加班，继续做还没做完的品牌策划书，她起身去倒咖啡，无意间瞥到温堇办公室的灯还亮着。

这时，一个捧着鲜花的男人直接推门走了进去。

那是温堇老公？宁浅有点心不在焉，咖啡从杯子里溢了出来，洒得她满手都是，她慌忙抽出纸巾擦了擦。

没一会儿，一阵争执声入耳。

宁浅抬头，争吵声好像是从温堇办公室里传出的。

宁浅捧着咖啡杯，在原地僵着，要不要过去？

她正犹豫着，那边传来玻璃破碎的声音。宁浅放下咖啡杯，匆忙朝温堇的办公室小跑了过去，连门也没敲，她就直接推门进去了。

宁浅的出现让两人停止了争执，屋子里突然安静下来。

地面上满是碎玻璃碴，还有一捧玫瑰花，狼狈得像是被人摔出去的。总之，办公室里现在的氛围紧张到了极点。

温堇的脸色很难看，她站在那儿，双手撑在办公桌上，正和那男人对峙着。宁浅没猜错的话，地上的碎玻璃杯应该是温堇摔的，她从来没见过温堇发这么大的脾气。

“滚。”温堇朝男人吐出这一个字，仿佛再多说一个字都恶心到不行。

这时两名安保人员冲了进来，对着男人道：“先生，麻烦您出去。”

男人突然吼了一声：“我是她老公！”

温堇依旧冷冰冰道：“赶他出去。”

宁浅冲进办公室，就看了这么一出闹剧。

僵持了一会儿，男人还是离开了，安保人员也退了出去。办公室里只剩下温堇和宁浅，两人互相看着对方，同时想要说什么，却又不知道说什么。

最后宁浅一句话没说，转身离开了。他们夫妻之间再争吵，也不关自己一个外人的事。

温堇扶着办公桌，深深地呼了一口气，转而当作什么都没发生，继续工作。

与此同时，对面的办公室里，宁浅心不在焉地盯着电脑屏幕。从温堇主动找她喝酒开始，她就觉得温堇有心事，如今看来，多半和她老公脱不开干系。但宁浅不想去了解，毕竟她没有资格。

两间办公室的灯都亮着，亮了一个通宵。

池嘉最近爱上了加班，就算是得了重感冒也不请假休息。部门其他人都以为她是想钱想疯了，但池嘉只是想转移一下注意力，不让自己去想些不该想的。

宁浅下班的时候，看见池嘉还坐在工位上。

“池嘉，还不下班？”

“宁总，我还有工作没做完。”

“吃了饭再忙吧，今晚我请客。”

两人一起喝过一次酒后，关系慢慢就熟稔起来了。

池嘉道：“好啊。”

因为池嘉吃完饭还要加班，宁浅就没带她去太远，就选在了一楼的茶餐厅。吃到一半，宁浅突然把话题转到了景芮身上：“其实我跟景芮关系挺好的。”

当时池嘉接景芮咖啡馆单子的时候，就知道了宁浅和景芮认识，估计宁浅也知道自己和景芮的关系了。

“嗯。”池嘉淡淡地应了一下。

“那晚住在她家的人是我，我喝多了，她把我带了回去。你那天好像误会景芮了。”宁浅继续解释着，她不想给别人添麻烦。

池嘉听宁浅这样说，笑着说道：“宁总，你可能误会我跟景小姐了。”

宁浅盯着池嘉半晌，心想这两个人真是同一款啊，都是死鸭子嘴硬。

“你们的事我不好多说，我只能说，景芮挺在乎你的。”宁浅说完，两人都陷入了沉默，有些尴尬。

过了一会儿，宁浅笑着打破这氛围，“好了，不说了，吃东西吧。工作上有热情是好事，但加班归加班，晚饭还是要吃的。”

“谢谢宁总关心。”

吃完晚餐，池嘉回到办公室，发现办公桌上多了几盒感冒药，她拿起来看了看，不是自己买的，心里纳闷。

“吃完饭以后再吃，天气挺冷的，出去的时候多穿点衣服。”

池嘉回头，身后站着秦东，她看了看桌上的药，道：“谢谢你的药，多少钱？我转给你。”

“不用。最近总看你加班，身体不舒服就别硬撑，也别加班到太晚了，女孩子一个人回家不安全。”

“嗯。”

从公司出来，外面下起了雨。池嘉正一筹莫展时，身边有人为她撑了把伞，打伞的虽不是自己打心底想见的人，却出现得及时。

秦东说要开车送她回去，池嘉没拒绝。

不知不觉，池嘉跟昔日的“男神”又慢慢走得近了。这些天，秦东约她吃饭，她答应了；约她看电影，她也答应了。她和秦东现在像是处于情侣确定关系前的暧昧期。

池嘉不再抗拒秦东的接近，不是因为她又找回了以前的感觉，而是她觉得她需要转移点注意力。况且，池嘉觉得感情是可以培养的，时间久了，说不定她真的能找回以前她对秦东的感觉。

现实里哪有那么多一见钟情、非他不可的爱情啊，也有很多感情是慢慢培养出来的，可能这一培养就是一辈子了。池嘉也觉得曾经的自己对待感情太随意，现在她要么不谈，要么就认认真真地谈。

秦东也是个优质的约会对象，他不但是公司的头号“男神”，而且在追求她的时候，又温柔又有耐心，比某些人强了千倍万倍。

再过两天就是元旦了，池嘉在N酒吧有演出，要唱好几首歌。因为上次喝酒时，宁浅说有好多天没听她唱歌了，所以这次池嘉特意提前和宁浅打了招呼。宁浅也很给面子，答应一定会去捧场。

夜深了，景芮处理完公司的事务，靠在皮椅上休息。忙完这段时间她能有几天的空闲时间，她在想，要不要约池嘉出来。

景芮的余光瞥到书房角落里的新吉他。

前些天去国外出差，陪同行的人逛吉他店时，她顺口问了一句哪一款送给女孩子比较适合。那人给她推荐了几款，景芮最后挑了一把最合适的。

尽管景芮不知道到底要不要送给池嘉。

很多时候，景芮会不经意地想起池嘉，就好比现在。这段时间，景芮不止一次地想起宁浅说的那些话，她承认宁浅说的话很有道理。

景芮拿过手机，犹豫了一会儿，最后还是决定给池嘉打电话。送吉他可能是借口，想见她才是真正的理由。

就在拨通电话前，宁浅的电话打了进来，说池嘉元旦在酒吧有演出，问她过不过去。

景芮应了。

元旦这天，酒吧里人很多。现场的主题氛围也不错，比平时热闹不少。

宁浅喝着酒，斜眼看向景芮，揶揄道：“打扮得这么漂亮，今晚想勾搭谁呢？”

平时叫景大小姐出来喝酒，十次有八次说没时间，一说池嘉有演出，来得比谁都积极。讲真的，宁浅还没见过景芮对谁这么上心，池嘉在她心里绝对是最特别的那个。

“你少喝点，别又喝进了医院。”

宁浅毫不收敛：“心情不好，还不许我喝酒了？”

轮到池嘉上台了，还是和以前一样，景芮的目光不自觉地聚焦在她的身上。

灯光下，池嘉笑得明朗。

池嘉这样的笑容，让景芮觉得赏心悦目。她知道池嘉很爱笑，但池嘉很少对自己这样笑。

宁浅的注意力大部分在酒和自己的心事上，偶然抬头，看到景芮的眼神，仿佛看到了当初见到温堇的自己。

“唉……”宁浅叹了一口气。

景芮同宁浅干杯，问：“叹什么气？”

“我打赌你要栽在那位手里了。”宁浅指了指舞台中央的人。

如今，元旦俨然被过成了情人节。酒吧里有不少情侣，为了迎合氛围，酒吧还特意准备了好几首男女对唱的小情歌，颇为应景。

对唱的不是别人，正好是池嘉和秦东。

秦东正对池嘉穷追不舍，自然不会错过池嘉的任何演出。俊男美女的搭配可谓相当吸睛，两人一上台，便惹得台下的观众集体起哄。甜甜的情歌，对唱起来更是显得暧昧不已。

景芮在台下默默地盯着，不知不觉喝酒的速度也加快了。台上那两人的眼神就像黏在了一起，都没分开过。池小姐笑得一脸甜蜜，不知道的还以为他们是真情侣。

宁浅认出来台上的男人是公司的项目经理秦东，这时候再回头看景芮，这喝的哪是酒，水一样地灌着。她一边喝着酒一边吐槽景芮：“他们就唱个歌而已，你有必要这样吗？”

“喝你的酒。”景芮瞥了一眼宁浅，继续盯着台中央的那对。

一曲结束以后，秦东没下台，反而向一旁的乐队借了吉他，说要唱首歌送给今晚的搭档。池嘉没想到秦东有这么一出，但心里大概猜到他要唱什么样的歌。

随后，酒吧里响起了旋律轻缓的民谣小调。

傻瓜都能听出来这首歌的内容是在表白，所以歌还没唱完，台下已经响起一片“在一起”的声音。

宁浅一惊，知道这下坏了，她回头看景芮，刚才景芮脸上还带着点笑，现在明显已经冷到了冰点。

或许外人看景芮只是面无表情，波澜不惊，但宁浅了解景芮，知道景芮现在处于极不好惹的状态。

池嘉有些尴尬，目光躲闪着，恰好又看到台下与宁浅坐在一块儿的景芮。

人声嘈杂，大家也只以为池嘉是在害羞，只有景芮明白，她是在看自己。

池嘉应该庆幸秦东没当众问她要不要做他的女朋友，那样真的挺难堪的。她现在心里很乱，乱到很难做出回应。

在秦东借歌表白以后，池嘉只是笑着对他说了声“谢谢”，然后就匆匆下了台。

宁浅刚想对景芮说什么，就看到景芮依旧一脸波澜不惊的样子，接着，她不动声色地起身，朝池嘉的方向过去了。

终于坐不住了啊。

又是一个口是心非的，嘴上无所谓，心里在乎得要死。宁浅暗暗嘲笑，不过瞧着景芮的背影，她还是羡慕。凭她的直觉，今晚池嘉和景芮有的聊了，她一个人还是继续喝闷酒吧。

“小嘉。”

“池嘉。”

下台不久，池嘉几乎同时被景芮和秦东叫住，两人都是一副有话要说的模样。池嘉看了看景芮，又看了看秦东，犹豫了一会儿，才低声道：“我去洗手间。”

“我等你。”

景芮没说话，而是跟在池嘉后头，也朝洗手间走去。

池嘉拧开水龙头，心不在焉地冲着手。

身后响起高跟鞋敲击地面的声音，池嘉抬头看向镜子，景芮站在她身后。

两人就这样一言不发，看了对方好一阵。

景芮先开口：“那天早上公司有事，我见你还睡着，就没叫醒你。”

“嗯。”池嘉垂头继续洗着手。

景芮抽了两张纸巾递给她，道：“那晚你给我打电话，我说家里有人，你误会了，其实是宁浅。”

景芮终于还是忍不住解释了。景芮总想着没有解释的必要，但这件事一直是她心头的一根小刺，令她难以释怀。今天和池嘉说清楚后，她反倒舒坦不少。池嘉真的锻炼了她的耐心，从前这些事在她眼里都不算事，误会了也就误会了。

解释就意味着放在了心上，虽然这个解释来得有些迟。

池嘉擦干手，问：“这些跟我有什么关系？”

洗手间外传来一阵嬉闹声，有人来了，景芮牵住池嘉的手，拉着她进了最近的一间隔间，锁上门。狭小的空间里，两人像是在进行什么秘密行动。

“你干吗？”当景芮这样靠近她时，池嘉十分局促。

有些东西，不是自己能控制得了的。

池嘉又气又急道：“景芮！”

陆陆续续有人进入洗手间。

“那天就是宁浅，没有别人。认识你之后，我没有带过别人回家。”景芮揽住池嘉，在她耳边悄声解释。

这么久不联系，也该释然了吧？可一见着面，一靠近，她还是放不下，景芮似乎有点儿理解宁浅的心情了，当下她对池嘉的执着，她自己都觉得陌生。

池嘉这下心里更乱了，这段时间好不容易冷静了下来，好不容易开始慢慢接受秦东，生活就要回归正轨，结果又——

“池嘉，我真是败给你了。”景芮盯着池嘉的眼睛，压着声音道，“我好想你。”

这些话没有刻意想过，但不自觉就说了出来，景芮大概从来没想过，有生之年她会对人服软。

池嘉从景芮的话里听出了一丝无奈和思念，和上次的情况截然不同。

就快轮到池嘉上场了，酒吧里的工作人员到处在找她。而洗手间的隔间里，两人都忘了还有表演这件事。

水流声消失，脚步声渐渐远去，洗手间又安静下来。

“小嘉？”

门口有人叫了一声。

隔间里，两人无声地望着对方。

“小嘉？你在吗？”

门口的人又问了一句。

池嘉依旧没吭声。

“奇怪，人去哪儿了？”

门口的人嘀咕着走了。

景芮将池嘉的长发别去耳后，她低下头。

池嘉的手早已松开了景芮，她用指尖轻挠着门板，沉默几秒，才转头直视着景芮的眼眸：“这是最后一次。以后，我们别再联系了。”

她们之间说过许多次“最后一次”，但这一次，跟以往有些不一样。

景芮听出了不一样，她有些无力：“我是认真的。”

“我知道。”池嘉能感觉得到，景芮对她的态度在一点一点地变化。

“所以？”

景芮望着池嘉，不知道自己在期待什么。

池嘉这段时间也纠结了很久，内心早就有答案了，她很坦诚地和景芮说了自己的真实想法：“我还是想过以前的生活，所以，我们以后互不打扰吧。”

看了池嘉良久，景芮别开头。

再回头时，她脸上露出释然的笑容：“嗯，我理解。”

简短而平淡的对话，仿佛她们之前的一切都随风而去。

池嘉虽然知道自己做出了正确的选择，但心里仍然觉得难受。

说完这些，两人都很平静，平静得有些压抑，和她们以前相处时截然不同。

池嘉与景芮面对面地站了半晌，想推门出去的时候，景芮拉住了池嘉的手腕，道："怎么开始，就怎么结束吧？"

池嘉回头，愣了片刻，然后笑道："好啊。"

整个酒吧都找不到池嘉的身影，电话也无人接听，而宁浅也同样联系不上景芮，因为池嘉早已带着景芮从酒吧后门偷偷溜走了。

元旦这天的雪下得很大，像羽毛一样漫天飘舞着。大街上，池嘉牵着景芮的手慢慢地走着。

"好冷啊！"

哈着冷气，池嘉拖着景芮钻进出租车，两人差点都冻僵了。她们发梢上沾满了雪花，两人伸手贴心地为对方掸掉，掸着掸着，眼神不约而同地聚到一起。

两人手上的动作不约而同地停了下来，下一秒便默契地握住对方的手，互相温暖着彼此。

旁若无人。

池嘉甚至希望，车可以晚点抵达目的地。

怎么开始就怎么结束，真应景。

一场游戏就要结束，这大概就叫好聚好散。

酒吧里，秦东满世界找池嘉。

得知景芮和池嘉的电话都打不通，宁浅就知道这位秦大帅哥跟她一样被放鸽子了。

她还安慰对方，池嘉估计临时有事，和朋友出去了，让他不要担心。

夜深人静。

景芮躺在床上未眠，一旁的池嘉突然翻了个身抱住她的胳膊。

池嘉闭着眼睛睡得香甜。

越看这张脸，景芮就越有种怅然若失的感觉。

她准备伸手去关床头的夜灯时，池嘉还用鼻子嗅了嗅，似乎有些依依不舍。

景芮一时忘了关灯，小声说了一句："真是属狗的。"

灯灭了，四周很安静。

次日，池嘉醒得很早，睁眼时身畔已经空了。

景芮应该刚走不久，因为床的另一侧似乎还残留着她的余温和淡淡的香气。

池嘉仰卧在床上愣愣地盯着天花板，半晌，她才抓着头发光脚走进浴室，她准备洗个热水澡让自己彻底清醒。

昨晚，宛如一场梦。

池嘉觉得自己好像变了，过了很长一段时间后，她才明白，不是她变了，而是因为她遇上了景芮。

选择没有对错，只有得失。舍不舍得，遗不遗憾，不管怎样都要自己去承担后果。

一个阶段的结束也意味着一个新的开始。

池嘉扬起嘴角，努力让自己笑起来。

几天后，宁浅出于关心问了景芮和池嘉的情况，景芮只是以平淡到让人奇怪的口吻告诉她："互不打扰，各自安好。"

既然对方不想说太多，宁浅也没再多问，她自己心里的积郁都没人来给她开导，哪有那么多的精力去管别人的事。

"宁总，今晚有个饭局，温总让您别忘了。"

温堇的秘书经过宁浅的办公室时，顺便说了一声。

"嗯，好的。"

眼下没处理好的事情一大堆，加上高层职位不好招聘，宁浅要正式从AS离职，估计至少要等到年后，这段时间就安心地沉浸在工作里吧。

晚上要见的客户是宁浅争取来的，所以应酬自然少不了她。

温堇很感谢宁浅能来AS帮自己，她业务能力强，人脉又广，才入职几个月，就让公司产值提升了一个层次。

当初宁浅肯留下来，温堇也很意外，她以为宁浅是看在老同学的情分上，但现在，温堇终于明白，还有一些其他的原因。

"你别喝了，我来。"

酒桌上，宁浅为温堇挡了一杯又一杯酒，前段时间温堇喝酒喝得太凶了，让她心疼不已。

可见习惯真是很可怕的东西，到现在，宁浅还下意识地把关心温堇当作理所应当的事情。宁浅恨自己不够果断，等离职以后，她一定要和温堇老死不相往来。

宁浅这段时间没比温堇喝得少，强忍到应酬结束以后，她才捂着灼痛的胃站起身。

温堇抱住宁浅将她扶稳，蹙眉自责道：“是我不好，让你给我挡了这么多酒，是不是疼得很厉害？”

宁浅回头时，觉得和温堇贴得太近，她用手肘推了推温堇，拉开一段距离：“没事。”

温堇还是不肯松开她：“不行，我送你去医院。”

“我说了没事！”

宁浅凶了温堇一句，她估计自己是胃溃疡犯了，长期应酬，她也不是第一次因为喝酒进医院。

温堇扶着宁浅刚出来，就又摊上了麻烦事。

宁浅看到一个男人朝她们走了过来，正是那天在办公室里闹事的，温堇老公。

“堇堇，你再给我一次机会，我求求你了。”

温堇冷眸望着对方：“明天之前你再不签字，我只能诉讼离婚了。”

“不行，我们不能离婚，不都解释清楚了吗？那天我只是喝多了，开个玩笑。”

温堇不想回忆自己撞见的那一幕，她忍无可忍，扬手给了对方一记响亮的耳光：“现在不离婚，方便帮你瞒着家里人继续和别人偷情，你是这样打算的吗，周先生？”

双方一阵无果的纠缠。

几句简短的争执里，宁浅似乎弄清了事情的来龙去脉。

瞧着温堇脸上厌恶的表情，宁浅现在终于明白，这段时间温堇心底藏着怎样的秘密。

“真恶心，你还是不是男人？”

宁浅朝男人吼道，她几乎忘了胃疼，咬牙甩起手里的包，朝对方头上砸去。

“你！”

“就打你这种不要脸的怎么了？”宁浅气急败坏道。

尽管这是人家的家务事，她还是蛮横地插了一脚，因为一想起这些天温堇难受的样子，想起温堇买醉的模样，她不知道有多心疼。

“浅浅，别理他。”

宁浅对温堇几乎有一种执念，她宁愿自己受伤，也不想看到温堇受半点伤害。

“咯咯咯……”宁浅逞强不过三秒，一股冷空气钻入喉咙，她一顿猛咳，胃溃疡加上风寒感冒，有她受的。

“没事吧？”温堇搂住踉跄的宁浅，转头向男人干脆利落地道，“明天我的律师会跟你谈，不签字就法院见，没有回旋的余地。”

天寒地冻的夜晚，一辆黑色汽车往医院快速驶去。

汽车后座上，宁浅和温堇都很安静，这段时间发生的种种事情，让她们心里很乱。

宁浅这次比以前任何一次都严重，胃溃疡加胃出血，需要住院治疗。她这些日子因为和温堇的事，的确喝得过火了。

“我会批你一个星期的病假，你安心休息，养好身体。还有，别再喝那么多酒了。”

温堇坐在床畔，柔声地说着。她现在也能猜到，宁浅过量饮酒是因为自己。

“你还说我，你再喝，也得进医院。”

宁浅现在虚得很，她倚在床头盯着温堇的脸，觉得心里特别难受。最终，她还是忍不住张开干涸发白的嘴唇问温堇，“你还爱他？”

问这句话时，宁浅心里好像被千万只蚂蚁咬过。

温堇盯着白色床单，这些心事她从未跟人提过：“我跟他是去年认识的，我们年龄合适，又门当户对，所以今年年初就结了婚。领证一周后，他就被调去了国外工作，偶尔回国几次。”

如果不是那天，温堇临时取消了出差选择回家，她都不知道她丈夫一直和别人混在一起。

温堇把婚姻想象得过于现实，现实到忽略了感情基础，年纪到了，便找个条件合适的人结婚。但事实上，结婚以后，她没有一天感受过婚姻带来的幸福，只好一心扑在事业上。

她曾问宁浅是不是单身，问的时候她满心羡慕，因为她后悔将就了一段婚姻。

宁浅听完后，心都揪到了一起：“既然你不爱他，为什么还要喝那么多酒，为这种人根本不值得。”

温堇黯然，她不是因为对方而买醉，而是因为被欺骗、被背叛，还有自己的孤单和寂寞，感情上的失败以及事业上的压力。

所有的负面情绪都压到一块儿，向来成熟理性的温堇，也想尝尝醉生梦死的感觉，想暂时逃离一切。

“以后不会了。从明天开始我就自由了，不是吗？”

温堇释然道，只是望着宁浅时，不禁心生愧疚，或许宁浅也会厌恶她。

宁浅别过头：“别提了，就当没发生过。”

温堇望着宁浅良久，不知如何回答，顿了一下才道：“浅浅，暂时把酒戒了吧。”

“嗯。”宁浅闷闷地应着，见温堇一直不离开，便催促，“你回去吧，不用守着我。”

“没事，我留下来照顾你。”

宁浅继续闷声道：“我想一个人静静。”

温堇一怔，其实她心底也有些乱。

她担心宁浅一个人住在医院没人照顾，但宁浅又很执着。

最后，温堇还是拿着衣服和包起身离开了病房。

宁浅躺在病床上，想了很多。

温堇其实并没有走，她坐在单人病房外的长廊里，等后半夜她才悄悄推门进去，这时宁浅已经睡着了。

望着宁浅熟睡的脸，她脑海里一直盘旋着宁浅那天早上对她说的话。

一直大大咧咧有点傻乎乎的宁浅，原来藏着这么深的心思。

温堇望着眼前这张脸有些走神，从那晚过后，她似乎就没见过宁浅笑了。

温堇慢热，却和宁浅熟稔得快，面试时遇上宁浅，她掩不住脸上的喜悦。大学时，她就很羡慕宁浅，羡慕她总是笑得阳光灿烂，好像什么烦恼都没有。

后来宁浅来到AS，也是如此，温堇不自觉地就跟她走得近了。因为和宁浅相处，会让她觉得舒服自在。

但温堇不知道的是，宁浅只对她不吝啬自己的笑容。

宁浅才不是没有烦恼的人，她这些年最大的烦恼，就是温堇给的。

“温堇。”

听到宁浅的呢喃，温堇凑上前去：“怎么了？我在。”

“温堇。”宁浅在梦里问道，“为什么……”

温堇心里一紧，突然手背一阵温热，是宁浅抓住了她的手，死死地握着。

温堇低头望着宁浅紧握自己的手，她感觉似乎有什么变得不一样了。

那把吉他，元旦那天还是没被送出去。景芮随手把它搁置在书房的一角。

景芮不止一次想换个地方喝酒消遣，可每次都还是去了老地方，她跟池嘉虽然断了联系，但并不影响她爱来酒吧听池嘉唱歌。

只不过她不再坐在高调的位置上，她会刻意躲着池嘉，以免池小姐又误以为自己对她纠缠不清。

池嘉从不远处经过时，景芮端着酒杯下意识地侧身，故意遮掩躲避，不让她看到自己。

一旁喝酒的景巍看出来猫腻，咋舌道："你们这是怎么了？"

但景芮只是默默地喝酒，也不解释。

景巍一肚子气："姐，我跟你说，谁要是和你扯上关系，那人肯定是倒了八辈子血霉。"

"你有资格说我？"景芮看向眼前的这位花花公子，反问道。

"我还真比你有资格。"

景巍毫不给景芮面子，一向玩世不恭的他，也只有在景芮面前有这份自信。

景芮不再答话，她从来不怕在感情里受伤，大抵也是因为她在感情里从未受过伤，她向来是伤人的那方。

闷闷地喝了口酒，景芮用余光去捕捉池嘉的身影，却找不到了。她还是不觉得自己对一个人的感觉和耐心能持续多久，这也包括池嘉。

当局者迷，旁观者清。

还是宁浅看得明白，明明景芮就是心里没放下，却死不承认。

放在以前，景芮从来都是在酒吧等着别人搭讪，哪像现在这样清心寡欲，只是喝闷酒。

但渐渐地，景芮来N酒吧的次数越来越少，这家酒吧的酒让景芮越喝越堵，甚至有一次，酒才喝到一半，她便甩杯走人了。

因为另一角，池嘉坐在老位置，和秦东亲密地喝酒、聊天，笑靥如花，而且已经不是第一次了。

景芮回到车里，托着下巴，眯上眼，心情有些沉重。她知道自己其实很在意，所以现在才选择眼不见为净。

之前她对池嘉说的那句“我败给你了”，是打心底说出的。

她从未这样在意过一个人。

“走，带你吃饭去。”

池嘉看看电脑上的时间，已经是晚上六点半了，她回过头：“去哪儿吃？”

秦东答道：“开车跟着老胡，今天他请客。”

池嘉关了电脑，秦东已经替她拿起了包。

就在半个月前，池嘉答应了秦东试着交往的请求。她答应秦东的时候，内心也是想脚踏实地、认认真真地和他交往，可又总感觉哪里不对。

“晚上多吃点，你都瘦了。”

“嗯。”秦东牵住她手的瞬间，池嘉说不上反感，只是趁着挤电梯时，趁机挣开了。

路上堵车，快晚上八点时才到达目的地。

看着熟悉的招牌，池嘉没想到聚餐地点竟是九号。

“怎么了？”

秦东看着一下车就愣在原地的池嘉。

“没什么。”

池嘉想，进去也不一定能遇上景芮。

但池嘉想错了，凭着她和景芮之间的孽缘，连玩个社交软件都能匹配到一块儿，更别提这里是景芮的地盘。她在九号碰上景芮的概率很大，因为楼上就是景小姐的私人办公室。

“这里的菜品超棒的，我提前好几天才预约到。”同行的人只是看着菜单，就赞不绝口。

“听说女老板也超漂亮。”

池嘉喝着茶，听他们聊天越发心不在焉，因为她满脑子都是景芮，怎么都挥之不去。

“小嘉，你不是常来这里吗？这里的老板是不是真有大家传的那么漂亮啊。”

这里的菜好吃，池嘉品尝过；这里的女老板漂亮，池嘉也深刻见识过。

但她拒绝回答这个问题。只要提到景芮，她便浑身不自在，因为她和景芮之间发生过太多一言难尽的事。

“那位就是老板。”

这句话一说，一桌人不管男的女的，都时不时朝一个方向望去。

池嘉也是其中之一，她眼神一瞥，景芮又在酒桌上与人谈笑风生，她正举着酒杯，轻抿红酒。单是往那儿一坐，景芮的气质都是所有人里最出挑的那个。

和第一次见面时一样，景芮成熟妩媚、魅力十足。

一看这张脸，池嘉顿时思绪万千。

景芮稍稍抬眸，也注意到斜前方池嘉这一桌，她眼神扫过池嘉时，几乎没有停顿。但眼睛真的很难藏住心思，总是不自觉地想去看她。

池嘉低下头，认真吃菜。她觉得这菜不如景芮做的好吃，不过，她也没机会再吃了。

“不舒服吗？”秦东伸手贴在池嘉的额头上，还以为她又发烧了，前段时间池嘉一直低烧不退。

“没呢。”

池嘉心情莫名低落，想喝酒，却被秦东抢了过去，换成果汁。

秦东又暖又贴心，可池嘉就是心不在焉，这绝对不是谈恋爱时应有的状态。倒是一旁的同事见了这两人，都笑着调侃道：“今晚菜够多了，不需要再加‘狗粮’。”

景芮视若无睹，只是举杯喝酒的频率不自觉频繁了不少。

边吃边聊，等池嘉他们散场，餐厅也该打烊了。

餐厅里的人越来越少，景芮独自坐那儿又喝了几杯才起身。不远处的餐椅上落了一条围巾，景芮拿起，认出这是池嘉的。

池嘉走出餐厅，冻得厉害，才想起自己落了东西，于是和秦东说了一声，折回餐厅去拿。

“我陪你去。”秦东紧跟在她身后。

池嘉风风火火地走进餐厅，恰好碰上景芮，景芮手里正拿着她的围巾。

池嘉站在景芮面前，两人就这样盯着对方，这是说过互不打扰后，她们第一次见面。

片刻的沉默。

“这是你的？”景芮脸上带着笑，“丢三落四的毛病还是没改。”

池嘉知道景芮为什么说“还是”，上回自己签约的合同也是落在景芮车里，还特意跑到了她家去拿，结果羊入虎口。

“嗯。”池嘉的情绪伪装得不如景芮好，有几分不自然，她还是没办法像面对普通朋友一样来面对景芮。

“她一直这样，谢谢。”从景芮手里接过围巾的不是池嘉，而是秦东。

景芮自然认得秦东，在酒吧里对池嘉又是唱情歌表白，又是陪着谈天说地。就在不久前，池嘉还口口声声说对这个男人不感兴趣，现在却亲密得很，看来池小姐不仅仅是对自己一个人口是心非。

“你男朋友吗？”景芮看着眼前肩并肩站着的两人，问池嘉。

池嘉原本没想对景芮解释这个，没想到景芮会主动问起，她朝景芮笑了笑，道：“是啊，我男朋友，秦东。”

景芮也笑道：“恭喜，脱单了。”

池嘉愣了愣，没说话。大概是第一次在景小姐风情万种的笑容里看到了一丝黯然，她今晚喝了酒，说这句话的时候刻意得有些明显。

“你好。”秦东对景芮也有印象，毕竟她太漂亮了，他记得她是池嘉的朋友，但性格不太好惹。

景芮只是瞟了他一眼，便转身走了。

女人间的关系，秦东有些搞不懂，所以她们这情形，到底是关系好还是关系差？

走出餐厅，秦东让池嘉先上车，他要去买些东西。池嘉坐在副驾驶座上发呆，自以为释然，一见面，心心念念的还是刚刚那个女人。

池嘉才发现自己原来这么念旧。

十分钟后，秦东钻进车里，递给池嘉一杯热奶茶：“晚上没吃多少，要不要再去吃点其他的？”

池嘉捧着奶茶暖手，摇摇头。

秦东又从口袋里摸出两根巧克力棒，笑着递到池嘉面前：“看你总爱吃这个，顺便给你买了。”

池嘉盯着秦东手里的巧克力棒盯了许久，和景芮送她的是同款，自己总爱吃这个，有吗？她自己都没发觉。

因为巧克力棒，池嘉又陷入了沉思。

“你最近是不是有心事？”其实秦东早就想问了，他们俩这状态根本不像是在谈恋爱。

池嘉抬头看向秦东，“秦东，我们还是算了吧。”

池嘉也没想到，曾经的荒唐会变成她现在的眷念。看着秦东手里的巧克力棒时，她下意识便说出“我们还是算了吧”。

脱口而出的话，反而代表着内心的真实想法。

池嘉不小心说出分手的言论，回过神转念一想，也罢，分了就分了吧。她对秦东的喜欢，大概就是这么点，不能再多了。

一段感情，以对方的认真承诺开始，却以自己草率的一句“算了吧”结束，池嘉觉得自己跟景芮简直半斤八两。

池嘉对他人可以做到这样随便，对景芮却做不到。

车里一阵沉寂过后，秦东才难以置信地看着池嘉道：“你说什么？”

“我还是觉得我们不合适。”池嘉干脆直言道。

因为“不合适”这个理由被池嘉分手的人不在少数。

“我知道你最近心情不好，但别拿分手这种事开玩笑好吗？”

“秦东，我是说真的。”池嘉低头看着手里的奶茶，语气里没有半点开玩笑的意思，“我已经很努力了，可就是……”

池嘉没说假话，她一直想要努力地接受秦东。秦东多好啊，要是好好处，婚姻大事就能定了。可就是这样一个几乎完美的好男人摆在她的面前，池嘉就是动不了心。

池嘉的话伤着秦东了，他问道：“既然喜欢得这么勉强，你一开始为什么要答应？”

这点上，池嘉承认自己过分了，她虽然想着要和秦东认认真真地相处，但主要的目的，还是想借这段恋情转移自己的注意。

而事实上，并无作用。

“对不起。”

秦东怔住了。

“我心里没办法再欺骗自己，这样对你不公平。”池嘉向秦东坦白，这应该是她第一次承认自己的心事。

秦东瞧着池嘉，一阵无言。

池嘉又道了声“抱歉”，正式说了句分手，便放下那杯奶茶，推门下了车。

一下车，寒意深入骨髓，冻得池嘉缩作一团。

“小嘉。”秦东跟着池嘉下了车，他追上她，“你上车，我们再聊聊。”

“没什么好聊的了。”天寒地冻，一张嘴说话便呼出一团团白色雾气，池嘉脸颊冻得通红，“你走吧，我自己打车回去。”

“我可以给你时间，你也多给我一点儿耐心。”秦东走上前拉住池嘉的手，“我们都冷静点，别轻易说分手好吗？”

池嘉觉得自己够清醒冷静了，所以才不想依着自己的私心继续伤害秦东。

“你很好，但我真的对你没感觉了，也不想耽误你。”

景芮刚上车没多久，便让司机将车停在马路旁：“先停一下。”

她看到池嘉和秦东在争论什么，十几分钟过后，秦东怏怏地开车离开了，只留下池嘉一个人站在原地。

池嘉死脑筋起来就真的是一根筋，她如果不是自己想明白了，别人说什么都没用。

现在是化雪的天气，更加冻人了。池嘉搓手跺脚，转头看到九号的招牌时，她不自觉地抬头往楼上看了看，办公室里的灯都灭了，黑漆漆的一片。

池嘉站在原地发呆。

景芮坐在车里望着池嘉，这个角度，她能看出池嘉是在盯着她的办公室。一时间，景芮的心绪也被牵引走了，只觉得无奈，自己到底要拿这位池小姐怎么办？她盯了池嘉许久，转而靠在座椅上闭了闭眼，从未这样疲惫心累过。

“走吧。”

景芮还是让司机将车开走了，她没那么多精力搁在这些事上。

汽车缓缓地向前驶去，街景慢慢往后退着，包括站在街头的池嘉的背影，景芮余光一直瞥着，直到对方消失在自己的视野之中。

天空下起冷雨，不算大，但有越下越大的趋势。车窗玻璃被雨滴打湿，绽开一朵朵小花，景芮盯着水花，突然道：“倒回去。”

听到老板的吩咐，司机连忙应道：“哦，好的。”

“给我拿把伞。”景芮看向窗外，淡淡地吩咐道。

“您要下车吗？”司机想说有什么事他可以跑腿，不用老板亲自下车，但看了景芮一眼，还是闭上了嘴。

司机给景芮递了把伞，不能让老板把话说两遍，这是必须遵守的工作原则之一。

不一会儿，雨下得大了。

撑起一把黑伞，景芮踩着高跟鞋下车，雨滴砸在伞面上，发出噼里啪啦的清脆声响。

“池嘉，我真是败给你了。”

景芮撑着伞朝池嘉走近时，心里又浮现这句话，池嘉一再向她强调互不打扰，为什么自己还要去关心她？

可她再一次没忍住。

尽管池嘉各种逞强嘴硬，可景芮就是放不下她，她对池嘉的耐心，破过的例，连她自己都感到吃惊。

池嘉站在原地等车，天空却下起雨来，她又没带伞，小声地抱怨了几句，想先找个地方躲雨。

雨突然停了。

应该说有人在给她撑伞，身畔还有余香飘过。

池嘉意外地回过头，结果盯着眼前这张漂亮的脸蛋发起了呆。

她也不清楚景芮怎么会突然出现在这里，她穿着细长的高跟鞋，比自己穿平底休闲鞋时要高上些许，此刻正贴心地为自己撑着伞。

这条街道不算繁华，人少车也不多，再加上下雨，出租车更是难等。

两人就站在街头，你看着我我看着你，互相打量着对方。

可能因为上次的坦白，所以到了这个时候，看彼此的眼神分外坦诚。

“上车，我送你。”景芮开口道。

“不用麻烦，我自己打车就行。”

“下雨了，不方便。”

“没事。”池嘉继续盯着路口的方向，祈祷下一辆驶来的是辆空出租车。

两个人站在那里沉默不语。

“池嘉。”

隔了这么久，景芮这样轻声念她的名字时，池嘉还是会忐忑不安。

她今晚心里本来就乱，现在景芮突然出现，更是乱成一团乱麻。

景芮直盯着池嘉的脸，缓缓道：“跟我走。”

池嘉心跳漏了一拍，秦东对她说再多的甜言蜜语也无济于事，还抵不过景芮一句“跟我走”，她看向景芮，倔强地说：“马上就等到了，你不用管我。”

景芮的视线从池嘉的脸上移开，柔声道："走吧。"

这时，路口驶过来一辆出租车，轮胎碾过湿漉漉的地面，溅着小水花，池嘉眼快，冒着雨上前一步，招手便拦了下来。

正好是辆空车。

上车前，池嘉回头看向景芮："我自己打车回去。谢谢。"

以前她们话不投机的时候显得亲密，现在礼貌寒暄时，反而疏远了。

池嘉钻进车里，头发微湿，再看向窗外，景芮的身影渐渐消失在朦胧的夜色里。

她今晚需要一个人冷静一下。她怕自己和景芮太靠近，又让她们之间的关系变得奇怪。

景芮紧了紧握着的伞柄，在雨中静静地站了会儿，直到寒意蚀骨，才回到车里。

坐在车上，景芮走神地想着之前同宁浅的对话，那晚她们一边喝酒一边聊天，谈了许多。

"你肯定看得出来吧，池嘉其实很在意你，你要是也在意她，就应该多给她点时间。"宁浅在这方面有充分的发言权，而对于池嘉的心情，她也特别能理解，因为她总能在池嘉身上看到自己当初的影子，"你碰上池嘉是好事，我总觉得这个小姑娘会教会你很多。"

"你喝多了。"

"我才没喝多，"宁浅当时都喝趴在桌子上了，还死不承认，看着景芮时嘴里一直在呢喃，"你现在是不是觉得特憋屈特难受啊？景芮，我懂你的心情。"

那天晚上，宁浅醉醺醺的这番话戳到了景芮的心坎上，她没说什么，但陪着宁浅喝了很多酒。在那天池嘉对她说以后互不打扰时，所有的难受憋屈都涌上了心头。

看着窗外纷纷落下的雨滴，景芮思绪又回到当下，想着池嘉刚才脸上倔强的神色，心情变得很落寞。池嘉一再逃避，不敢面对她，她们之间真的只是时间问题吗？

第七章 >>> 不再逃避

温堇离婚了。好在她从来没放弃过自己的事业，经济上也是独立的，离婚于她而言，完全是一种解脱。

晚上十点，办公室里依旧灯火通明。

连续熬了两个夜晚做项目策划书，宁浅要是不带妆，就像国宝了。一阵倦意袭来，宁浅下意识地想喊秘书给她倒杯咖啡，抬头才发现办公室里只有她一个人在加班。

宁浅泡了杯咖啡，刚将杯子送到嘴边，温堇便站到门口，劝阻道："晚上别喝太多咖啡。"

"我让家政阿姨煲了些汤，煮了些粥送来，你还没吃东西吧？"温堇提着好几个保温盒，走进来，"先吃点。"

宁浅抬头看向温堇，又垂下了头，不知该说什么。以前温堇这般贴心照顾她，她都乐得找不着北。但现在，温堇越对她好，她心里越不是滋味。

自从宁浅出院以后，温堇便每天让秘书给她送中饭。那次陪宁浅去过医院后，温堇才知道她饮食不规律，又饮酒过度，才把胃折腾成这样。

"工作不用急，别加班。"

宁浅这么认真工作，是想年后就能正式离开AS，她和温堇，怎么可能还能像以前那样。

那天过后，宁浅似乎想明白了许多事情。想到这段时间的折腾，她突然觉得很累很累，累到没精力再执着下去。

“你以后别给我准备这些了。”宁浅也不明白，温堇为什么还要这样关心自己？

温堇顿了一下，继续低头盛粥。

再遇宁浅，她已经把宁浅当作自己最亲密的朋友，虽然她们之间的关系发生了某些变化，但还是想照顾她。

“趁热喝。”温堇将粥递到宁浅手边，“小心烫。”

“你别再对我这样了，行不行？”

宁浅不想以普通朋友的身份继续接受温堇对自己的好，以前是无可奈何，现在一切都不同了。

宁浅伸手一挡，却不小心掀翻了粥碗。

粥很烫，撒在了温堇的手上，又泼了一地。

温堇的手皮肤细滑，立刻被烫红了一片，疼得她倒吸凉气。

宁浅比温堇还要紧张，她立刻拉过温堇的手，对自己刚才的行为后悔不已：“对不起，对不起，是不是特别疼？我错了。”

在温堇面前，宁浅哪里狠心得起来，尽管狠心说要忘了温堇。

“没事。”温堇低眸认真望着宁浅的脸，见她眉心紧蹙，她忍不住说，“我希望你能留下来，别走。”

宁浅沉默了许久，才抬起头告诉温堇：“留下来，还像普通朋友一样陪着你吗？温堇，也许你做得到，但我做不到了，我真的做不到了。”

温堇不知该如何回应宁浅，但她是真心希望宁浅能留下来。

“我做不到像你一样当作什么都没发生过，你明白吗？”宁浅今天一股脑地对温堇说出了心底的想法。

“如果，”温堇思虑了良久，才望着宁浅的眼睛，缓缓道，“我们都当它发生过，不逃避呢？”

宁浅反复揣摩温堇这句话想表达的意思，她手掐着笔：“我不是这个意思，你不需要这样。是我打扰到了你的生活，我已经决定要走，你别再说了。”

她当然希望温堇能主动靠近她，但绝不想温堇是因为愧疚才靠近她。

温堇拦不住宁浅，宁浅借口有点累，先走了。温堇站在原地，疲惫地揉了揉额头，她刚结束一段纠葛，似乎又掉进了新的旋涡。

一月底，公司开始放年假。

AS 的年假有大半个月。池嘉累死累活一年，就等着这半个月能好好放松休息一下，工作客户什么的，都一边儿去吧。

收拾好东西，满满的两大行李箱，一箱是池嘉自己的，另一箱都是给她母亲池丽舒的礼物。

别的小年轻都是不想在家里待太久，交流有代沟，但池嘉迫不及待地想回去陪她妈。自从毕业以后，她一年也就回去一次，她妈又一直一个人生活，挺不容易的。

每周她至少会给妈妈打三个电话，视频一次，池嘉从来没漏过，只有多没有少。

不过过年还是有过年的烦恼，池丽舒觉得池嘉还小，倒是不急着人生大事，但抵不过三姑六婆的热情。

本来年底还交了个男朋友，结果没扛到过年就分手了。池嘉在心中感叹，命中注定逃不过那些劫数。

“妈，想我了吗？”一到家，池嘉就迫不及待地给池丽舒一个熊抱。

“瘦了。”池丽舒抱着女儿从头到脚打量着，眼睛都笑弯了，“还越来越漂亮了。”

“那当然，像您呗。妈，我给您带了好多礼物，您待会儿慢慢拆。”

“每个月都给我打钱，还给我买这么多礼物，嘉嘉，你自己也存点钱，我工资够用。”

“小时候你给我零花钱，现在我给你零花钱，天经地义，老池，你就别客气了。”池嘉调皮地笑道。

池嘉和池丽舒的关系好得没话说，外人都说她俩相处的方式不像母女，倒像是姐妹。

“真是没大没小。”池丽舒笑着在池嘉脸上揪了一把，就像小时候一样，“先洗手，我去下饺子。”

“嗯！”

晚饭过后，母女俩坐在沙发上，一边看电视一边聊天。

“明天去你小舅家，你还不知道吧，你哥回来了。”

“我哥回来了？”池嘉有些意外，还记得她哥当年因为一些事弄得家里鸡飞狗跳，她哥还和家里断绝了关系，一断就是好几年。

“可不，他对象也跟他一起回来了，听说都已经在国外领了证。”

“小舅和小舅妈不气吗？”池嘉都不敢去回忆当时小舅妈寻死觅活的模样，怪吓人的，“之前还说和哥断绝关系。”

“唉。”池丽舒叹了一声气，“毕竟是自己身上掉下来的肉，怎么可能说断绝关系就断绝关系，你哥也是吃了不少苦。”

“嗯。”池嘉盯着无聊的电视节目，心不在焉地看着，越想越多，都不知道电视里的人在说些什么。

“妈，”池嘉佯装嬉皮笑脸的模样，“如果我跟哥一样，你是不是也要和我断绝关系？”

池丽舒正往嘴边送水果的手顿了一下，她转头打量着池嘉，道：“你怎么突然这么问？”

家里有过前车之鉴，在这个问题上自然敏感不少。

池丽舒的语气里显然带了点怀疑的味道，以至于池嘉被她打量得有些心虚。

“我就是好奇才问问的。”

池嘉漫不经心地说着，伸手去果盘里拿水果吃，一边吃一边看电视，嘴里嘟囔着，“这橙子好甜，妈，再切几个吧。”

池丽舒又盯着池嘉看了一阵，才起身，笑道：“女孩子家吃相这么差，以后都没人敢要。”

池嘉盘腿坐在沙发上，扬唇道：“这你甭担心，喜欢你女儿的人多了去了。”

“挑人可得擦亮眼睛了，知道不？”

“我知道。”池嘉催促着母亲去切水果。

池丽舒转身去厨房切水果。她倒不是担心女儿没人追，而是担心池嘉年轻，选了错的人，以致受到伤害。

因为她母亲，池嘉对待爱情比同龄人清醒又现实许多。

池嘉回头看了看池丽舒的背影，脸上的笑容淡了，眼底浮现一抹黯然。

池嘉父母在她两岁时便离了婚，池丽舒为争取到池嘉的抚养权颇费了一番功夫。

刚开始两个人的生活是苦了点，但能陪在女儿身边看着她一天天长大，池丽舒心里总归是欣慰的。后来等池嘉长大懂事了，工作也稳定了，母女俩的日子便越过越滋润了。

池丽舒四十几岁，平时勤保养爱打扮，特别显年轻，她和池嘉一起逛街，旁人都不敢相信她女儿这般大了。

她妈单身这么久，池嘉很早就想池丽舒再婚，但池丽舒一门心思都放在照顾她身上，还总说有女儿这么一个小棉袄就足够了。

所以，池嘉很在乎池丽舒，不管做什么决定，都会考虑池丽舒的感受。

但或许有些事并没有她想象中那么艰难，这是第二天池嘉看到阔别已久的表哥时心中忽生的想法。

“小嘉，都这么漂亮了，我差点没认出来。”

池嘉也差点没认出眼前穿蓝色套头毛衣的帅哥是她哥。

毕竟已经五年没见了，当时的池嘉还在上高中，而她哥被赶出家门时十分狼狈不堪。

表哥和他对象站在一起很般配，满脸洋溢着幸福。曾经所有人都不看好想拆散的一对，因为两人的坚持，开始慢慢被大家接纳。真是美好的爱情，池嘉都有点羡慕，她哥一定很爱身边的人吧，当初她哥可是拿出了与全世界为敌的勇气和对方在一起，还好没有被辜负。

下午，池嘉拉着池丽舒去逛街，挑衣服时，她好奇地问她妈：“你说小舅和小舅妈，怎么突然就接受他们了？”

池丽舒禁不住感叹道：“你以为做父母的那么狠心？其实就是想孩子将来过得好。都这么多年过去了，如今你哥结婚了，家庭也稳定了，还谈什么反对，时间一长也就接受了。”

“嗯。”池嘉垂眸，轻声附和了一句。

很多事情在亲情和时间面前，都会慢慢释怀吧？

“池嘉，过来开个会。”

“池嘉，方案改一下。”

“池嘉，客户找你。”

假期总是过得飞快，年假回来，又是一堆压得池嘉喘不过气来的工作。电脑边上贴满了便笺，都是待处理的客户，自上而下按轻重缓急排序。

上班才一周，池嘉就忙到快晕头转向了。她扯过一张便笺，盯着上面的客户名字走了会儿神。她和景芮说过互不打扰后就没联系过，但不联系也不现实，毕竟景小姐还是她的客户。

新咖啡馆的硬装在年前就完成了，现在只剩下软装部分，之前池嘉和景芮只定了风格，具体的细节还是需要和景芮详细沟通的。

景芮的号码池嘉有两个，刚开始景芮留给她的是工作号，后来她们联系得多了，景芮才开始用私人号码打给她。

池嘉选择打景芮的工作号，犹豫了片刻，她按下了拨号键。

“喂，您好。”

池嘉一顿，因为接电话的不是景芮，而是一个陌生的女声。

“您好，我是AS的设计师池嘉，我找景总。”

景芮刚好不在，接电话的是她的临时秘书，临时秘书恰好不知道这位池小姐在老板这里一直是被特殊对待的，她还是按常规流程回答：“您有什么事可以跟我说，我会转达给景总。”

池嘉将咖啡馆要挑软装物品的事情直接跟秘书说了。

“咖啡馆软装？你找景总？”秘书听了一脸不可思议，还想问是不是打错电话了，他们老板是做投资的，要是装修这么点芝麻绿豆大的事都要管，还不得把自己累死。

池嘉显然没意识到这个问题，问道：“景总最近有时间吗？”

结果秘书让她自己先挑选好，再整合成资料发到邮箱就行，压根不用见面聊。

“嗯，行。”池嘉挂断电话，莫名有些失落。

一直到傍晚，秘书给景芮汇报工作时，突然想起这事，最后便顺带和景芮提了一下：“景总，下午有位设计师来电话，说想跟您谈咖啡馆软装的事，我让她先把资料整理好，直接走邮箱处理。”

听到“设计师”，景芮抬头问道：“姓池吗？”

“嗯，姓池，叫池嘉。”

“我知道了，你出去吧。”

景芮小口抿着咖啡，淡淡的苦味在嘴里化开，她盯着办公桌上的文件，心思却飞去了十万八千里以外。

晚上十点，池嘉洗完澡，躺在床上发呆，她还在想着下午的那通电话，她有个自己不太愿意承认却又真实存在的念头：她想见景芮。

“我是认真的。”池嘉抱着枕头，又在想景芮对自己说过的话。

景芮说这句话时脸上的神情，池嘉现在还记得很清楚，她那一刻的确很想不顾一切地回应景芮，可最后一刻理智还是战胜了脑子里乱七八糟的想法。

手机铃声突兀地响起，将池嘉瞬间拉回现实。

来电显示：狐狸精。

她怎么会给自己打电话？池嘉盯着屏幕好一会儿，才滑动接听，然后别扭地问候了一句：“景小姐。”

景芮好不容易下定决心主动联系池嘉，结果这一声“景小姐”又给她的心里添了堵，池嘉真能把她气死。

景芮还算淡然道：“以后找我，直接打这个号码。”

“嗯。”池嘉揪着被单，又道，“软装方案我会尽快发你邮箱。”

“不用，我们明晚当面聊。”

池嘉忍不住提高音调：“你不是没时间吗？”

池嘉平时对景芮凶惯了，压根不知道别人在景总面前有多么唯唯诺诺，更不知道她在景芮这里是有多么特别。她总觉得景芮人闲钱多，却不知道景芮仅有的空闲时间，几乎都用来和她相处了。

听到池嘉熟悉的口吻，像分分钟要暴走一样，景芮笑了笑，她也不知道自己这辈子倒了什么霉，池嘉天生一副臭脾气，她还心甘情愿地受着。

“池小姐，我说过我没时间吗？”景芮反问过后，又以挑剔的语气继续说，“我不放心，所有方案必须亲自把关，你别想敷衍了事。”

池嘉又要奓毛了：“我是专业的，什么时候敷衍过了！”

这样的对话让她们的关系仿佛回到了最初，景芮只是她最难缠的一个客户。池嘉已经好久没有听到景芮这样傲慢欠揍的语气了。她低着头将手机紧贴在耳边，竟有些舍不得挂断电话。

景芮也是如此，细细地听着电话那头的声音。其实这段时间，她一直在想，俗话说“一物降一物”，难道她注定要被池嘉降住？不管怎样，听到池嘉的声音，景芮觉得舒服。

两人你一句我一句断断续续地聊着，谁也没说要挂断电话。

“那就明晚见面聊。”池嘉说完沉默了两秒，马上又将声音降低了几分，“如果你时间够多，我们顺便去挑挑家具、灯饰什么的。”

池嘉这理由莫名像是为了见一个人刻意找的借口。但池嘉还是要给自己找一个冠冕堂皇的理由，比如，她这是对客户负责。

景芮一怔，因为她很意外，意外自己还没提出这个要求，池嘉就先主动提出了。池嘉如果真那么不想见自己，完全可以用邮件的方式处理工作，尽量避免和她有交集。

池嘉要面子得很，听到对方没马上回答，瞬间改口：“没时间就算了，我直接发邮件给你……”

“我有时间。”景芮截了池嘉的话。

“哦。”

“明晚七点你来九号，我们见面具体谈。”

“行。”到最后，池嘉实在是找不到其他话说了，这才不舍地挂断电话。

池嘉心烦意乱地趴在枕头上，将头发揉得一团乱，她发觉，现在连自欺欺人都不会了，自己就那么想见“狐狸精”吗？

二月底，L市的气温依旧在零摄氏度上下徘徊。街上人不多，却都裹紧衣服，脚步匆忙。

晚上七点不到，池嘉就到了九号。

这个地方对她来说也是够神奇的，两次分手都是在这里。或者换种说法，两次分手都是因为同一个女人。可以说，在景芮这儿，她败了两段感情。

今天的九号又是处于暂停营业的状态，接不接待客人全看景小姐的心情。

餐厅里只坐了景芮一个人，听到细碎的脚步声时，景芮下意识地往门口望了过去。池嘉穿着厚重的棉服，戴着帽子围着围巾，抬起胳膊正准备敲门，姿态非但不文静优雅，反而很搞笑。

“进来吧。”景芮随口道，垂头时脸上的笑意若隐若现。

餐厅里很暖和，池嘉看向景芮，景芮就比她穿得有风度多了，不管什么时候都优雅得体、风情万种。

池嘉甩了甩头，她今天是来谈工作的。

“风格我们之前已经确认过，这份是详细的软装方案，应该没有大问题。至于灯饰的具体效果，还是去现场看比较好。”

池嘉大概只有和景芮谈工作时才显得自然，整个腔调都变了，完全是在为客户尽心尽力服务的态度，的确专业。

景芮直接合上方案，瞥了一眼池嘉，池嘉说了这么一大通，景芮只是问：“吃东西了吗？”

对方问得突然，池嘉顺口就答：“没。”

这在景芮的意料之中，她起身道："吃了再说。"

"哎，不用。"池嘉一个人坐在空荡荡的餐厅里，景芮已经往后厨的方向去了。

没过多久，一碗面条摆在池嘉面前，她从来没见过料这么足的牛肉面。

不过，只有一碗。

"你不吃啊？"池嘉抬头看了看景芮，她还以为只是蹭景芮一顿饭，没想过景芮会特意给她煮面。

"我吃过了。"

池嘉想起不止一次有人跟她说过，九号老板从来不轻易下厨。

池嘉原本还不信，景芮明明每次都亲自给她做吃的，后来她听景巍也这样说，才知道自己真的被景芮特殊对待了。

现在池嘉再想起这些，盯着碗里热气腾腾的面条，有些感动。

"你不是爱吃肉吗，这还不够？"

"可这也太多了吧，把我当那什么喂了。"池嘉话说出口才意识到不对劲，冷不防自己骂了自己一句。

景芮瞧着池嘉的模样禁不住笑出了声，损她道，"你能吃多少我又不是不知道，池嘉，我就没见过哪个女人像你这样能吃的。"

"景芮。"被景芮嘲讽，池嘉恼了，叫了景芮的名字后，池嘉才发现自己好久没有这样叫她了，恍惚了一下，她朝景芮翻个白眼，"我这叫'能吃是福'。"

景芮已经完全敛不住笑意了，她直盯着池嘉的脸，声音突然温柔起来："那就都吃了，不许剩。"

池嘉与景芮对视了一眼，某种情绪在她们一言一语间好像又被放大了，尤其是当她看着景芮的眼睛，而景芮也看着她时。

她们就这样看着对方，看了好一会儿。

两人都很冷静，不再像以前那样剑拔弩张。

池嘉觉得她们现在这样的状态比以前要好太多。

景芮给池嘉递了筷子，道："吃吧。"

"嗯。"池嘉捧起碗先喝了口汤，热乎乎的面汤喝下去后似乎暖遍了全身。景芮还是喜欢看池嘉吃东西，她好几次移开了目光，没过多久，不自觉又转到了池嘉身上。

时间一长，池嘉忍不住吐槽："你老盯着我干什么？"

景芮眨了眨眼，问她：“我有吗？”

池嘉懒得管她，继续吃着面条，低头时，心里情不自禁多了些欢喜。

按计划，晚上池嘉陪景芮去家居商场逛了一圈，主要挑些符合咖啡馆整体风格的软装配饰。等这些都定下来，咖啡馆翻新改造的设计项目就算正式收尾了。

忙完以后，已经是晚上十点多了。

“那我回去了。”

池嘉将手插在兜里，跟景芮打声招呼，打算去坐地铁。景芮虽然开了车，但人家又没说要送她回去，她边走边想，头微微垂着。

“池嘉。”景芮叫道。

池嘉停下脚步，她以为景芮是要送她回去，转过身：“嗯？”

景芮看了池嘉片刻，才道：“这么晚了，你男朋友不来接你？”

池嘉这才想起来之前她跟景芮介绍过秦东是自己的男朋友，景芮还不知道他们已经分手了吧。

站在原地，池嘉沉默许久，才释然笑道：“我跟他早分了。”

池嘉跟秦东分手了，景芮猜到了八分，因为那晚她看到了两人在争执，只是不确定他们现在是不是还在一起。

两人隔着半米的距离面对面站着，互相一言不发地看着对方，现场气氛变得很尴尬。

“为什么？”景芮盯着池嘉的眼睛问她。

景芮望着池嘉，那表情更像在等池嘉的承认，等对方不再逃避。

两个人都挺擅长自欺欺人的，明明知道对方在自己心里的位置很特别，可很长一段时间都装作漠不关心。

这句为什么，池嘉觉得景芮有明知故问的嫌疑，但以她的性格，现在就算打死她也不会对景芮说出内心的真实想法。

冰冷的夜风吹来，池嘉伸手拨了拨头发，看似一脸轻松道：“不合适就分了呗。”

景芮依旧盯着池嘉，不过没再追问，她想她摸透池嘉的性格了，只是池嘉什么时候才肯稍微服点软。

池嘉跟秦东分手应该就是那晚，她看到池嘉推开秦东，不上对方的车，却站在寒夜里傻呆呆地望着自己的办公室，脸蛋冻得通红。

她很心疼。

景芮很自我，很少会站在对方的立场考虑问题，但遇上池嘉，她心里不自觉又想了很多，想知道池嘉在逃避什么、担心什么。

“我送你回家。”

“我自己坐地铁。”

如果嘴硬是病，池嘉大概已经到了晚期，景芮没说送她回去，方才心底还在失落，现在人家要送，她又一口拒绝。

话落，两人安静了片刻。

景芮蹙起眉头，索性顺着池嘉的意思道：“好啊，那你自己回去吧。”

一听这话，池嘉愣了，她抬眸看了看景芮，没想到对方会这样说，她低头闷声闷气地甩了一句“我走了”，转身就走。

景芮只是小小地试探了一下，但池嘉的情绪瞬间都写在了脸上，来不及掩饰。

“池嘉。”

池嘉听到身后脚步声在向自己靠近，没一会儿，手腕便被人拉住。

“我送你。”景芮走到池嘉身前，凝视着她的眉眼，说了第二遍。

“不用勉强。”池嘉别扭道。

今晚，景芮等来的终于不再是冷冰冰的拒绝了。

上一次，池嘉直接拦了辆出租车就将景芮甩下了，景芮一个人在雨中撑伞的心情，就像那晚的天气一样糟。

看着池嘉别扭的模样，景芮特别想笑。她没有松开池嘉的手，而是柔声道：“我刚刚开玩笑的，别生气了。”

景芮虽然平时傲慢得像个女王，但也时常不经意地流露出温柔的一面，很是迷人。

“走吧。”

景芮淡定地拉着池嘉向前走，但心里十分忐忑，她也担心池嘉会挣开她。

但这一次，池嘉乖乖跟着她上了车。

车子缓缓地驶出地下车库，室外寒意阵阵，车里却无比温暖。

池嘉扭头看着窗外倒退的夜景，一副心事重重的模样。

景芮开着车，偶尔用余光瞥一眼池嘉，同样满怀心事。

如果池嘉需要的是时间和勇气，景芮觉得自己可以试着给她，只要池嘉像今晚这样，别再毅然决然地拒绝自己的靠近。

她现在似乎有点理解了，其实付出也是一种享受。但前提是，某个人不要一直逃避自己。

从什么时候开始，只要池嘉不躲着她，她都觉得是一种享受了？景芮不明白自己为什么会因为一个女孩变成这样，甚至为了和池嘉多待一会儿，她故意绕了好多路。

车里，池嘉和景芮没说什么话，但不觉得尴尬，可能都在想自己的事情。池嘉攥着手机，眼睛始终盯着窗外，她现在算动摇了吧？她觉得算。

景芮把路绕太远了，七拐八拐，在路上开了近一个小时。

池嘉上班累了一天，晚上又逛了好几个小时的商场，又累又困，这会儿靠在座椅上，垂着头昏昏欲睡，心里琢磨着怎么还没到。

又过了十几分钟，景芮停稳车，一转头，池嘉竟然睡着了。景芮正想叫醒她，池嘉刚好慵懒地侧了侧身，将一张脸朝向了景芮。

瞧着眼前这张脸，一时间，景芮有些不舍得叫醒池嘉。她嘴角扬起笑意，心想：池小姐真是又能吃又能睡。

景芮不禁想起晚上和池嘉同睡一张床时，她的睡相那叫一个差，但景芮更喜欢池嘉睡着了的模样。等清醒了，她又是一副口是心非的模样，远不如睡着时可爱。

就这样静静地盯着池嘉，景芮看出了神，转眼几分钟过去了。

睫毛微微颤了颤，池嘉慢慢睁开眼，便看到景芮正专注地盯着她的脸，看这架势，应该是盯了好一会儿。

“到了。”景芮这才移开视线，淡定道。

池嘉揉了揉眼，轻哼一声：“你怎么不叫醒我？”

景芮回答得云淡风轻：“刚到。”

“哦。”池嘉看破不说破。

两人又沉默了几秒，然后池嘉拿起自己的包，不冷不热地说：“我走了。”

景芮见池嘉打算开门，连忙喊道：“等等。”

池嘉抓在车把手上的手顿了一下：“啊？”

景芮想了想，还是没有把想说的话说出来，只道：“没事，你上去吧。”

池嘉点点头，下车离开了。

景芮盯着池嘉离开的方向，直到对方的背影完全消失在眼前才开车离去。其实她刚刚想告诉池嘉，自己有礼物想送给她。

是元旦那天，她给池嘉准备的礼物。

宁浅觉得景芮最近像换了一个人。

“景芮，你不觉得自己变了很多吗？”

“哪里变了？”

“怎么说呢，就像换了一个人。”宁浅似乎能一眼看破景芮的心思，“是因为池嘉？”

一提到池嘉，景芮总是沉默不语。

只有心里放不下才会这样，这种苦痛的心情，宁浅感同身受。

“周末有时间吗？我那边咖啡馆改造好了，过来一起热闹一下？”

“池嘉设计的那个？”

景芮挑了挑眉，反问宁浅：“你怎么三句话不离她？”

“我只是嘴上说说，不像有的人，天天在心里惦记着，还死不承认。”宁浅调侃道。

景芮瞥了一眼宁浅，道：“没工夫跟你闲扯。”

宁浅反倒羡慕景芮和池嘉，虽然两人都口是心非，却心里都惦记着对方。

“池嘉，有客户找你。”

“又找我？”

“对啊，指定了让你接。”

池嘉已经引起设计部的全员嫉妒了。

这个月才刚过几天，别的设计师还一单没接，池嘉坐在办公室却接单接到手软，还都是从天而降、预算可观的设计大单。

其实池嘉也想到了，这些应该和景芮有关。

晚上十点，景芮洗完澡后躺上床，辗转几下，还是拿过手机拨出了池嘉的号码。

这几天景芮忙得晕头转向，实在太累，就想听听某人的声音，尽管并不温柔，还有点小闹腾，可就是想听听。

景芮开始频繁地联系池嘉，打着聊设计工作的幌子，明明只是些鸡毛蒜皮的小事，却偏偏要通电话。

池嘉也刚洗了澡爬上床，她每晚都忍不住猜，景芮今天会不会给她打电话，慢慢地，甚至演变成了潜意识里的一种期待。

今晚，景芮的电话又打来了。

“喂？”池嘉接听的速度很快。

景芮和池嘉说了周末聚会的事情，问：“有时间过来吗？”

池嘉想了想，答应了，毕竟她是主设计师，按理说也应该过去的。

电话里出现短暂的沉默。

池嘉在对方挂电话之前，又急忙追问了一句：“对了，那些设计单是你介绍的？”

“嗯。”景芮没否认。

“为什么？”

景芮言简意赅道：“我答应过你的，就会做到。”

除了互不纠缠难以做到，景芮答应池嘉的其他事情，她几乎都做到了。甚至池嘉随口一句要买一箱巧克力棒，她都放在了心上。

池嘉一时无言，因为景芮说得认真。池嘉在心里想：你当初说的那句“我是认真的”，也能做到吗？

“就这样说定了，周末见。”

池嘉：“好。”

挂断电话才五分钟不到，池嘉的手机又振动起来，还是景芮。

“怎么了？”

景芮顿了片刻，轻声问：“周末我过来接你，可以吗？”

她特意再打电话过来就为了说这个？

池嘉躺在床上听着景芮的声音，终于，有种两人在慢慢靠近的感觉。

池嘉感觉到了景芮对自己的小心翼翼，不再是以前那副对一切都是云淡风轻、满不在乎的模样。

比起如山洪般袭来的冲动，景芮现在这样润物无声的问候，才更让她难以拒绝。

“好啊。”

池嘉爽快应下。

或许，顺其自然也好。

“早点睡，晚安。”

“嗯，晚安。”

挂断电话后，景芮盯着手机屏幕，嘴角一直含着笑。

池嘉只是不拒绝，她心情便好成这样，要是池嘉少点别扭，肯对她主动一点儿……

景芮从手机相册里翻出那张一直没舍得删的照片，看着看着又不禁莞尔。

要是不别扭，那还是池小姐吗？

关灯，睡觉。

因为工作上的事，景芮这些天非常疲惫，闭上眼睛的这一刻，心情却觉得十分舒畅。另一边，池嘉也一样，虽然心底还是会有纠结不安，但更多的，是情不自禁的期待。

这段时间，池嘉和景芮联系得频繁，以至于晚上景芮又成了池嘉梦里的常客。

“丁零零——”

一阵急促而聒噪的闹铃声响起。

池嘉猛然惊醒，回到现实，她一脸茫然地坐起来，迟迟没从美梦中走出。

或许景芮在她心里的分量比她想象中还足。

池嘉抱着枕头坐在床上发呆。

回过神后，池嘉伸了个懒腰翻身下床，踩着拖鞋往洗手间走去。

等洗漱完，她又该去面对现实了。

周末，景芮准时去接池嘉。

冬天过去了，气温渐渐回升。

池嘉终于摆脱了一身臃肿着装，像她这样大冬天还要跑外勤的，平时恨不得把自己裹成粽子，哪里顾得上好看。

化妆加挑衣服，足足花了两个小时，池嘉很久都没花心思这样打扮了。

上午的阳光正好。

景芮斜眼看向车窗外，一抹高挑的身影朝自己走来，她不由得转头将目光锁定，脸上浮起笑意，池嘉今天打扮得分外动人。

池嘉一上车，鼻间就隐隐嗅到了一股淡雅的香水味，是自己最爱的那款。

她们每次见面，景芮都会用这款香水，池嘉不觉得是巧合。

知道这个周末要见面，两人都打扮得花枝招展。

“难得看你打扮得这么漂亮。”景芮盯着池嘉的脸，都快移不开目光了。宁浅以前也时常调侃景芮，说她看池嘉唱歌时的眼神，让人浑身起鸡皮疙瘩。

池嘉瞥了景芮一眼，总觉得她语气里有点得意，好像自己精心打扮是为了她一样。池嘉没好气地反问：“你的意思是我以前丑？”

“我的意思是，你今天特别漂亮。”景芮笑道，表情动人。

又是这样妩媚勾人的笑，但瞧着比以前舒服得多。

池嘉没再理睬景芮，她转过头系好安全带，腹诽道：你今天还不是打扮得跟狐狸精似的。

从池嘉住处到咖啡馆的车程不算远，很快就到了。

咖啡馆经过改造，已经焕然一新，完全是另一种风格。

看着自己设计的最终成品，池嘉心里多少有些自豪，这大概是她主设计的最成功的案例。不得不承认，这里边也有景芮的功劳。要不是景小姐刁钻刻薄，孜孜不倦地各种抠细节，她的设计也达不到现在的效果。

这次聚会，除了宁浅，景芮还叫了几个相熟的朋友。几个人坐在一块儿一边品着红酒，一边聊天。

这些人里面，池嘉只认识宁浅，景芮带着池嘉同大家简单地打了个招呼，便转头朝池嘉小声道：“你到厨房来帮我忙。”

池嘉小声跟景芮嘀咕：“我可是客人。”

景芮一笑，也不讲道理，直接拉起池嘉，把人往厨房带。

“哎。”池嘉还是跟着去了。

宁浅唏嘘不已，难怪大忙人景芮周末这么积极地约她们出来品酒，原来约她们只是幌子，想约池嘉才是真。

说是来厨房给景芮打下手，其实池嘉也就是杵在那儿看景芮忙活。

景芮做菜时很认真，就和工作时一样，一丝不苟。

以前池嘉对景芮一无所知的时候，以为景芮是被哪个富豪包养的“狐狸精”，接触过之后，她才发现景小姐是有正经工作的。池嘉就觉得景芮更让她捉摸不透了。

不过景芮正经起来时，还挺有魅力的，池嘉望着景芮的侧脸，盯得专注。

“会切菜吗？”景芮回头看向池嘉。

“会。”池嘉之前没少看景芮切菜，觉得不难。

“把这些改一下刀。”

除了嘴硬，逞强也是池嘉的本事之一，她信誓旦旦地说自己会，结果切起菜来连刀都抓不稳。

景芮见池嘉笨手笨脚的模样，莫名觉得可爱，于是笑道：“连刀都不会握，还说会？”

“刀不这么握，那怎么握？”

其实池嘉一直很想学做饭，但池丽舒总惯着她，什么都不让她碰。工作后，因为忙，她不是在外面吃就是点外卖。她的厨艺仅仅是烧壶开水泡方便面了。

景芮走到池嘉身后，抓着她的右手，手把手教着她，柔声道：“手这样放才握得稳，哪有像你刚刚那样拿刀的。”

景芮一靠近池嘉，两人之间的气氛就变得微妙起来。

“我学会了。”池嘉垂头，低声说着。

两人的右手叠在一起，景芮的手指纤长而白皙，池嘉感受着手背上的温暖。

池嘉不自觉地走神了。

谁也没说话，两人维持着这个姿势，感受着身畔萦绕着自己的气息。

池嘉握着刀柄的手微微一松，刀掉落在案板上。

时间仿佛静止了。

景芮轻叹：“我们别再互相折磨了，好不好？”

她们可不就是在互相折磨吗？

池嘉抿抿唇，忍不住侧头，恰好贴上景芮的脸颊。

两人的目光交织在一起。

她在心里妥协地叹了一口气。

这一次，池嘉没逃避，也没嘴硬。

景芮松了一口气，她闭上眼睛，心里终于舒坦了。

用“折磨”来形容她们之间的别扭一点儿都不为过，池嘉就是在折磨她，把她的脾气都折磨没了。

想到这里，她愈加不想松手。

就像受了伤的小狗，渴望得到安抚。

池嘉感觉自己陷入泥淖了，再也脱不开身。

转过身，景芮道：“信任我一次，好吗？”

池嘉望着景芮，意识到自己已经无可救药了，她不禁垂下头。

池嘉的犹豫和顾虑，景芮都理解，池嘉需要的时间她会给，她不会轻易放弃。

这段时间，她也意识到了，对待池嘉这样口是心非的人，绝不能被她的嘴硬骗到了。

景芮轻轻抚摸着池嘉的后背，无声安抚，不躲开或许是她现在能从池嘉身上得到的最好答案。

池嘉安心又感动，平时不正经的人正经起来真要命，她偷偷地笑了笑，情不自禁地抬起手臂回应景芮。然而手刚触到景芮的细腰，就听到厨房外有人喊道："景芮——"

"要我们帮忙吗？"门口站着景芮的朋友。

见有人来，两人忙拉开距离，不过这一幕早就被朋友收进眼底。显然厨房里不需要多余的人来掺和，来人静静地退了出去。

池嘉还装模作样地拿起刀切菜，景芮生怕她切到手，便不让她碰刀，还调侃她："笨手笨脚的，只会吃不会做。"

池嘉不服气道："所以才学啊。"

"以后我慢慢教你，但今天别捣乱。"

景芮接过池嘉手里的刀。

"不是你让我进来帮忙的吗？"池嘉习惯性小声吐槽。

景芮望着池嘉，忍不住伸手揉了揉她的脸蛋，跟哄小孩子一样："乖，帮我去拿餐具。"

池嘉就喜欢景芮柔着嗓子跟自己说话。

之前在谈设计方案时，她没少被景芮折腾。那时候的景芮言辞犀利，一点儿面子都不给她。

所以池嘉特别喜欢景芮私底下放下架子、想方设法来哄她的样子，毕竟以前在"狐狸精"这儿，她受过太多气了。

"尝尝。"

厨房可真是培养感情的好地方。

景芮给池嘉喂菜时，池嘉还犹豫了会儿，而后才别扭地张嘴接过。景芮帮她擦着嘴角时，她已经忘了食物的味道。

"怎么样？"景芮问。

"就那样。"

这是池嘉标准的嘴硬式回答。

景芮笑而不语，她低头继续忙着，刀功熟练。

池嘉虽然不会做饭，但看景芮准备的食材都是自己平时爱吃的，内心有些感动。

景芮什么时候这么了解她的口味了？

“你什么时候有演出？”

“嗯？”

景芮道：“我想听你唱歌。”

池嘉年后就再也没去驻唱过，去N酒吧也不再像以前那样频繁，但听景芮这样问，池嘉便回答：“这周三晚上。”

“周三晚上，一起吃饭吧。”景芮想了想行程，周三她正好从外地出差回来了，她转身直视着池嘉，“就我们两个，我有礼物送给你。”

“有礼物送给我？”

景芮顿了一下，如实回答：“本来是元旦给你准备的礼物，现在我还是想送给你。”

池嘉虽然平时看起来性格大条，但心思细腻得很，懂景芮这句话的潜台词。

“有时间吗？我们好好聊聊。”景芮觉得她和池嘉都需要对对方坦诚一点儿。

“嗯。”池嘉想了想，终是点了头。

听到池嘉小声应下，景芮脸上的笑意有种控制不住的趋势。

池嘉抿了抿嘴，也绷不住笑了起来，虽说还有几分别扭，但她心情似乎舒畅了许多。

每次和景芮接触，池嘉都要装得若无其事，但真的好难。逃避这么久，池嘉现在想给自己一个机会，那晚景芮默默地出现在她身边，为她撑伞时，她就好想跟景芮走。

池嘉发觉，拒绝和接受，都需要巨大的勇气。

景芮傍晚就要出差飞往外地，这几天都有事要忙，否则有空闲时间，她铁定要去缠着池嘉，池小姐现在好不容易没那么嘴硬了。

池嘉最近常加班，好不容易休息一天便没出去玩，在家窝在沙发上看综艺节目。她刚觉得节目无聊时，便有人给她来电话了。

是景芮。

池嘉瞬间清醒了：“喂？”

“在家？”景芮听她周围很安静，感觉有点稀奇。她居然乖乖待在家里，没去酒吧，不过少去酒吧喝酒是好事。

“嗯，在家。”

“晚上吃的什么？”

池嘉抓过一旁的玩偶抱在怀里，忍不住吐槽景芮：“你问的问题好无聊。”

景芮正在候机室，听到池嘉的声音心情大好，继续这个无聊的话题：“想知道。”

“香菇炖鸡……”

“你自己会做？”

池嘉大喘气后，才道：“……味方便面。”

电话那头传来景芮的笑声，景芮笑了好长一段时间，笑到池嘉无语，她果然和景小姐没办法正常沟通。池嘉刚想生气，就听到对面说：“少吃点那个，不健康。”

“你是不是无聊啊。”听到景芮一直笑，池嘉咬咬唇，嫌弃道。

“想听你的声音，不可以吗？”

池嘉：“……”

“我今晚飞 Y 市，要忙几天，周三才回来。”景芮耐心交代着自己的行程。

池嘉顿了下，继续道：“你没事跟我说这些干吗？”

池嘉简直是聊天杀手，但她跟别人不是这样的，只是一跟景芮说话，她就下意识地抬杠，就是不想顺着景芮的心意。

“池嘉。”景芮对池嘉真是又气又爱，她沉下语气，道，“你就这么不想跟我说话？”

想不想的她自己心里还没点数吗？接电话前看到是景芮，池嘉瞌睡都惊醒了。

“还有其他事吗？”池嘉选择回避刚刚那个问题，试图转移话题。

“有。”

“什么？”

景芮笑道：“以后，每晚我都会给你打电话。”

池嘉窝在沙发的一角把玩着怀里的玩偶，心里虽然很甜，却摆出一副敷衍的语气说道："随便，你开心就好。"

景芮已经习惯了池嘉的口是心非，她也不知道自己还要等多久，才能等来池小姐的主动。

吴助理原本在一旁刷手机，余光瞥见老板一边打电话一边笑个不停，还以为是自己的错觉，仔细一看，老板今天的心情的确不是一般好。

吴助理松了口气，这回跟着老板出差，心里还挺忐忑的，她看得出来这段时间老板心情不佳。

尽管景芮不会让私人情绪影响到工作，当绷着一张脸时，员工见了难免要提心吊胆。

景芮又缠着池嘉聊了些有的没的，才不舍地挂了电话。助理上前来跟她汇报这两天在 Y 市的具体行程安排时，她也是一脸的笑意。

挂断景芮的电话，池嘉仰卧在沙发上，任由自己去胡思乱想。

一边是理想，一边是现实。

哪有那么多两全其美的事，池嘉叹了口气。

次日，晚上九点。

池嘉坐在电脑前专心致志地加班。虽然她其他方面看着都挺不靠谱的，但工作态度端正得无可挑剔。

办公室里，同为加班人士，有对象的人就不一样了，加班晚了还有人来接。池嘉偶尔也会羡慕，每到这时她脑海里就蹦出景芮来。

她现在很忙吧？池嘉不禁想着。

和景芮接触多了以后，池嘉才发现景小姐并不是人闲钱多，景芮要是忙起来，远不是她一个小白领能比的。

五分钟后，杯面泡好了。

泡面是加班标配，池嘉将热腾腾的杯面捧在手心里暖着。

下一秒，手机响了起来。

池嘉腾出一只手拿过手机，愣了一下。

她和景芮，真的有心有灵犀吗？

景总准点打电话来完成今日任务了。

"今晚吃的什么？"

池嘉一接通电话，就听到景芮又在问这个无聊的问题。

不过，夜里一个人孤单加班的时候，能有人打个电话问候一下，心里会觉得很暖。池嘉这会儿正寂寞着呢，景芮及时来了电话，她心情自然好了不少。

“香辣牛肉。”

池嘉看了看杯面上的口味，一字一顿地念给景芮听。

景芮了解了池嘉的套路，眉头一皱，道：“怎么天天吃泡面？”

“没办法，就这条件。”说完，池嘉吸溜了一小口泡面，吃得很香。

景芮听声音就想起池嘉吃饭时的模样，竟迫不及待地想回L市去见她，给她做一桌子好吃的，然后看着她一口一口地吃完。

“以后想吃什么我给你做，不许再吃这些了。”

和景芮聊了几句，池嘉觉得她的声音和语气都不大对，道：“你喝了多少酒？”

景芮突然安静了，没答话。

池嘉等了几秒，忍不住追问：“怎么不说话？”

“这是你第一次主动关心我。”景芮带着醉意，心满意足地对池嘉说道，“我好开心。”

池嘉：“……”

“最近心情好，今晚就多喝了几杯。”

池嘉和景芮喝过那么多次酒，就没见过景芮喝到说话都飘的时候，怎么可能只是多喝几杯。她道：“什么多喝几杯，你都喝醉了。”

“你心疼我？”景芮问池嘉，“你是不是心疼我？”

此时，景芮倒是特别想听池嘉承认。

池嘉无语，又担心又想笑，平时看着那么成熟的人，喝多了居然是这副德行，还有点孩子气，犹豫了一会儿，她小声问景芮：“你回酒店了吧？”

“嗯。”景芮轻哼。

“你早点休息吧。”

景芮继续轻声道，“唱歌给我听好不好？”

池嘉看了看四周，压低声音：“我在办公室加班呢，你喝醉了就早点睡。”

“想听你唱歌。”

“我在办公室怎么唱？”

“这回就放过你，等我回来，就你唱给我一个人听。”景芮喝醉后有点蛮不讲理，不过强势一直是她的风格，她又强调了一遍，“听到了没？”

池嘉含糊着答：“再说吧。”

“先答应我。池嘉。”

原来景小姐胡搅蛮缠起来比自己还难打发，池嘉真是拗不过她了，只好搁下面子，道：“好，我知道了，你休息去吧。我泡面都要凉了。”

景芮揉了揉额头，嘱咐她：“别加班太晚，早点回家。”

“我待会儿就回去。”

“到家了给我发个消息。”

没什么比你在惦记一个人，而那个人也在惦记你更温暖，池嘉现在就是这种心情，她不想打扰到景芮休息，连忙道：“你别啰唆了。”

景芮叹了一口气，道：“还不是因为你。”

池嘉愣了愣，道：“行了，我浑身都起鸡皮疙瘩了。”

景芮又在电话那头笑个不停，听到景芮的笑声，池嘉脑海里就会想起景芮笑的样子，说真的，她心里也有点想见景芮。

池嘉不知道景芮说这些话是因为喝醉了还是故意的，但她知道要是再这样聊下去，她就快没心思继续做事。

“你消停点，快去休息吧。”池嘉又催促了景芮一遍，“我还要忙，挂了。”

原本还有些疲倦，池嘉再面对图稿和泡面时，突然动力十足。一旁的男同事瞧了，探出半个脑袋问池嘉：“小嘉姐，这是什么情况呀？”

“你一男人怎么比女人还八卦。”

“啧，你都写脸上了。”

池嘉拿了面小镜子照了照，心想，有那么夸张吗？

照着镜子，池嘉又走了一会儿神。

这几天晚上，不管多忙，景芮都会在十点以前，给池嘉打电话。

而等景芮的电话，好像也成了池嘉每天必做的一件事。她主动联系景芮的次数屈指可数，除了聊工作，唯一一次主动，还是她喝醉了跟景芮撒酒疯。

景芮一直在等池嘉主动，好在她等到了，而且比她想象中来得还要早。

人真的要经历过失去，才会更懂得去珍惜。

周三下午，池嘉对着电脑心不在焉的，原本景芮说今天回 L 市就会联系她，她等了整整一下午，却什么消息都没有。

五点三十分，下班了。

池嘉坐在工位上补了个妆，百无聊赖地继续等着景芮的电话。为了今天能准点下班，她前几天拼命加班提前完成了工作。

二十分钟过去了，电话铃声依旧没有响起。

池嘉有些郁闷，姓景的是不是忘了她们今晚有约？说好要送礼物给自己，结果到现在都不见人影。时间一分一秒地过去，池嘉终于忍不住拿出手机，主动拨了景芮的号码。

“您拨打的号码暂时无法接通。”

池嘉一连打了好几个，都是这样。

消息不回，电话无法接通。

池嘉攥着手机，莫名有些不安，按理说，这个点景芮应该已经到L市了。

当池嘉看清手机通知栏里推送的新闻消息时，她再也淡定不下来了，心像敲着鼓一样狂跳不止，一瞬间脑子里想了很多——完了，景芮不会在Y市出事了吧。

下午四点半，Y市发生了七级地震。

偏偏在这个节骨眼上联系不到景芮，池嘉怎么能不多想？看到新闻的那一刻，她心惊肉跳的，心仿佛要从嗓子眼里蹦出来了。

但稍稍冷静一想，池嘉又觉得不可能，景芮一定回来了，昨晚景芮给她打电话时还说，今晚下班会来接她一起去吃饭。

可是，已经下班这么久了，她人呢？

池嘉魂不守舍地从座椅上起身时，手臂恰好扫到办公桌上的玻璃杯，杯子倒下，水洒了一片。

办公室外的长廊上，高跟鞋轻敲着地面，发出让人心神不宁的声响。池嘉来回踱着步子，将手机紧紧贴在耳边，继续给景芮打着电话。

肯定是自己想多了，池嘉在心里一遍遍地告诉自己。

“您拨打的号码暂时无法接通。”

无论打多少次电话，听到的依然是这句话。

池嘉低头盯着手机上和景芮的聊天界面，中午的时候景芮还给她发了消息——

“下午就忙完了。

“大概四点多到L市，我来接你下班。”

下午四点多就回来了，怎么不和自己联系？景芮是不是故意的？

池嘉此时心里乱得很，她靠在墙上看向长廊的尽头，好希望景芮突然出现在自己的眼前，说她只是在跟自己开玩笑。

长廊的尽头空荡荡的，没有一个人。

池嘉埋着头，疯了一样给景芮发消息，一条一条地发着——

“你人呢？

“现在在哪儿？

“回来了吗？

“我在公司等你。

“看到了回我电话。

“景芮，你是不是在耍我？

“我生气了！”

…………

发再多的消息也没用，跟石沉大海一样没有任何回应。

池嘉冷静了会儿，再度拿起电话，拨通了一个号码。

“宁总。”

“小嘉，怎么了？”

池嘉捏着衣摆，自以为还算淡定，一开口却是心急如焚的语气：“你知道景芮在哪儿吗？”

“她这几天去外地出差了，可能还没回来。”

宁浅不知道发生了什么，她对景芮的行程了解得还不如池嘉清楚。

“她说她今天下午就回来的，可是到现在都没消息。电话打不通，发消息也不回。”

“你先别急。”宁浅听出池嘉的语气不对，小声安抚着，“也许是行程临时有变，她在忙工作呢，我帮你去联系她，你再等等。”

“她不可能不跟我联系的。”宁浅越是这样说，池嘉就越担心，“她在Y市，我不知道她现在回来了没有，怎么办？”

一提Y市，宁浅也有种不好的感觉，下午Y市地震的资讯已经占据了国内各大新闻头条：“你说景芮在Y市？”

“嗯。”池嘉从来没有这样焦虑过，此时她心乱如麻，“从下午五点开始我就联系不上她了，怎么办……”

池嘉很着急，一连问了两个“怎么办”。

宁浅的阅历到底比池嘉丰富，处事也比池嘉冷静，她安慰池嘉道：“小嘉，你别急，现在急也没用。我去想办法找人联系景芮，一有消息就打电话给你，好吗？我们保持联系。”

“谢谢宁总。”

“不会有事的，你别胡思乱想，自己吓自己。”

池嘉长舒了一口气，稍稍稳定情绪，应道：“嗯，我一有消息也跟你联系。”

“没事的，你别太担心。”

夜幕降临，天黑了下来。

池嘉站在玻璃窗前，心慌意乱，一分钟要看上好几次手机。

景芮还是没有联系她。

晚上八点半，池嘉回到家，想起云昕和景芮交好。于是池嘉想打电话给简奕，联系云昕。

没想到，简奕倒是先给她来电话了。

池嘉刚一接通电话，对面就传来简奕焦急的声音：“小嘉，景芮姐回L市了吗？你联系得上她吗？”

原来大家都在联系景芮。

“我联系不上。”池嘉说得绝望，原本的那一丁点儿希望都被浇灭了，“你和云昕那边要是有消息，一定要通知我。”

“嗯！云昕在想办法联系了，一有消息我就打电话给你。”

池嘉挂断电话，从回家到现在她连高跟鞋都没来得及换，只木讷地站在那里，景芮肯定是出事了。

看着自己先前给景芮发的微信“你是不是在耍我”，池嘉好想看到景芮能回她一句“我就是在耍你”。

如果景芮这次说是在耍她，她一定不会生气。她希望景芮是真的无聊透顶，故意跟她开这种玩笑。

除了等消息，就是打电话。

池嘉固执地拨着那个暂时无法接通的号码，打了整整一个晚上。

景芮说好的每晚给她打电话呢？

这才打了几个晚上。

越等，池嘉情绪越崩溃，双唇发干，也顾不上喝水。

晚上十点半左右，手机铃声突然响了，池嘉慌神一看，却是简奕打来的。

简奕带来的并不是个好消息。

目前已经确定景芮还留在Y市，因为地震暂时失联，同时失联的还有她的助理以及合作方公司的几名高层。

景家已经找关系派人着手去查了。

简奕说完这些，感觉池嘉状态不好，又安慰了她好一阵。

之后，宁浅也来了一通电话。

大家都很担心景芮，却只能耐心等消息。

手机轰炸式推送着关于地震的各种新闻，池嘉都没有勇气点开那些新闻，每次看到伤亡人数增加时，池嘉的心就要狠揪一把。

景芮，你倒是给我打电话啊。

池嘉呆坐在沙发上，还是忍不住去拨那串号码，动作机械麻木。分秒都在煎熬，如果不是亲身经历，是不会懂得这种滋味的。

坐在沙发上，池嘉一夜未眠，攥着手机等电话，一直等到天亮，眼底爬满了红血丝，还是什么都没等到。

这一夜，让她想了很多。

翻着和景芮的聊天记录，池嘉面无表情，只是眼眶微红。

“你是不是心疼我？

“唱歌给我听好不好？

“等我回来，就你唱给我一个人听。”

池嘉脑子里不断萦绕着之前跟景芮的对话，不知不觉，眼睛有点湿润。

如果景芮回来了，她一定要告诉景芮，自己特别心疼她，愿意只唱歌给她一个人听，每天给她唱都行。

可是，景芮已经失联十几个小时了。

景芮原来的行程临时改变，所以耽误了回L市的时间，便在Y市多逗留了两个小时，还没来得及告诉池嘉晚点才能回L市，通信工具就失去了作用。

这次的地震比想象中更严重。

重灾区接下来十三个小时里，余震不断，虽然景芮一行人足够幸运，无人受重伤，但最难熬的无疑是精神上的折磨。

次日十点，他们才被转移到安全区域。

“景总，已经报过平安了。下午三点回L市的航班能正常起飞，已经订好了机票。”

“嗯，辛苦了。”

景芮受了几处轻微擦伤，在医院检查过，并无大碍。只是想起昨天突如其来发生的种种，现在仍心有余悸。

通信恢复正常以后，手机里涌出铺天盖地的消息。置顶的聊天框里，有上百条未读消息。

看消息的发送时间，池嘉一夜未睡。

景芮第一时间给池嘉打了电话。

池嘉快二十个小时没合眼了，眼睛红肿得厉害。

虽然人在公司，可她的心始终是悬着的，除了紧张地等消息，再没有心思工作，来公司两三个小时，连电脑都忘了开。

手机又响了，每次手机响都是新一轮的失望盖过希望。就在池嘉都不抱有希望的时候，来电显示竟然是“狐狸精”。

池嘉伸手拿起桌上的手机，忐忑不安地滑动接听。

此刻她的心情紧张到了极点。

“我没事。”刚一接通电话，景芮便柔声道，她的心何尝不是揪着的，不禁又重复一遍，“我没事，别担心。”

是她。

听到自己日思夜想又熟悉的声音，池嘉握着手机的手用力到指关节发白，她一时鼻酸不知道该说什么，眼角盈着泪水，心里的石头终于落了地。

景芮听电话那头十分安静，以为信号又出了问题，不停问道：“听得到吗？听得到吗？”

池嘉吸了一口气，才反应过来，傻傻地应道：“听得到，听得到，没事就好。”边说着，池嘉边起身往办公室外走去。

近二十个小时的害怕、担心、焦虑和崩溃，还有现在的安心和欣喜，所有的情绪，都集中在一句微颤的“没事就好”里。只是心才安稳了点，池嘉立马又绷紧神经：“你现在在哪儿？有没有受伤？”

就算景芮方才连说了两遍没事，池嘉还是紧张地问她的状况。怎么能不紧张？七级地震，景芮又这么多个小时没有音信。

池嘉的声音里有着前所未有的慌乱，景芮隐隐听出了哽咽。有些事，不必说出口也会明白，池嘉心底一直很在乎她，从池嘉不止一次站在九号门前发呆，她就能看出来。

“没有受伤，我现在在G市，很安全，下午就回来。”景芮耐心解释，反过来安抚着池嘉的情绪，“别担心了。”

“嗯。”池嘉心里这才好受了些，这会儿才算真正舒了口气。

景芮听着，沉默了一会儿，突然温柔对池嘉笑道：“别哭了，傻瓜。”

得知景芮一切安好以后，池嘉紧抿的唇不自禁地上扬，红着眼睛却还逞强道：“我没哭！”

公司里安静得很，池嘉突然激动地喊了一声，以至于路过的同事纷纷朝她行注目礼。池嘉低了低头，用手背悄悄抹掉眼角的湿润。

景芮轻笑，这种熟悉的感觉让她心安，她在想着池嘉说这句话时的模样，嘴角上扬的弧度越来越大。

“下午就回来了，我们晚上见。”又顿了一下，景芮对着电话那头轻声叹道，“想你。”

池嘉的鼻子更酸了，可她心里还不忘吐槽：明明下午就回来了，为什么要晚上见？

电话里，池嘉终究还是没有对景芮说出想说的那句“我也想你”，但她觉得自己等不到晚上了，她恨不得现在就能和景芮见面。

一分一秒都等不了。

“你几点回来？”池嘉第一次这么主动，“我去接你。”

池嘉这样说，无非是想快点见到景芮。池嘉心里想的什么，景芮心里都明白，因为她也是这样想的。

“我等你。”

机场、航班和抵达时间，景芮都同池嘉说了。

“嗯！”

在生死面前，一切都是小事。很多选择和答案，在经历了某些事情以后，便都了然于心。此时的池嘉，似乎将曾经的犹豫和踌躇都抛到了九霄云外。

现在的她，满心只想着景芮。

池嘉看向远方，长长地舒了口气，一个人站在原地傻笑着。心中有了答案以后，心情便变得释然洒脱。

下午，池嘉请了假，甚至没来得及走流程，直接和主管甩了句“有急事必须离开”，也不再解释其他，便拿起包匆匆走了。

设计部的人无一不惊讶，毕竟池嘉入职这么久，从未有过早退请假的行为，月月都拿全勤奖，简直就是拼命三娘。

室外骄阳明媚，暖意袭人。

或许因为心情，或许因为天气，池嘉面颊微红，她拦了辆车，往机场方向赶去。

下午四点，L 市机场，航班正点到达。

只是池嘉来得太早，等了一个多小时，等到点，她才给景芮发消息说“我到了”。

机场的人不算多，所以池嘉想在第一时间寻到景芮的身影并不是难事。有好几个人与景芮同行，她今天穿着一件束腰黑色大衣，平时看起来气场强大的人，今天却显得身形单薄，向来打理得精致的长发，也第一次显得有些随意凌乱。

看着不远处站着的人，景芮慢下了脚步，疲倦的脸上渐渐浮起笑容。

池嘉继续朝景芮靠近，这才看清对方的脸。

景芮没化妆，整个人显得憔悴不已，池嘉没意识到，其实自己的脸色比景芮的还要难看。

再见面，仿佛已经过了一个世纪。

这近二十几个小时真的好难熬。

盯着景芮的脸，池嘉又上前几步，顾不上一旁还有许多人看着，伸手抱紧了景芮。她抿着唇，一句话也不说，只是死死地抱着景芮。

景芮闭上眼静静地抱着她，一个无言的拥抱，包含了千言万语。

“我没事。”

瞧见池嘉紧张的模样，景芮忍不住安慰道。

失联了近二十个小时能叫没事！

池嘉紧紧地抱着景芮，之前她还能强忍住不哭，现在一抱住景芮，就突然好想哭了。

池嘉依旧不说话，只是环在景芮腰上的手臂，越圈越紧。

景芮无奈，继续抱紧池嘉，看样子，池嘉一时半会儿是不打算松手了，她转头看向一旁的下属："你们先走吧，我自己回去就行。"

看到这情景，一旁的人也正手足无措，听了景芮的交代，打个招呼便散了。

景芮由着池嘉，好几分钟过去了，景芮笑问："还没抱够？"

池嘉红着眼睛盯着景芮，发生这么大的事，她怎么还能把话说得这么轻松？她知不知道自己都被她吓得一晚上不敢合眼。

望着池嘉红肿的眼睛，景芮心疼得紧："还说没哭，眼睛都肿了。"

"你还笑。"池嘉说着，终于控制不住，眼泪夺眶而出，她带着哭腔吼道，"你知不知道你差点吓死我了！我以为你……"

景芮帮池嘉擦着眼泪，捧着她的脸道："对不起。"

"对不起有什么用。"

池嘉明明很在乎，却摆出一副气呼呼的模样，她哭是因为心疼景芮。

"别哭了。"景芮眼圈也微微泛红，"我现在不是好好的吗？"

池嘉吸了吸鼻子，仔细打量着景芮的脸，她眼尖，撩开景芮的头发，在侧脸上看到一小处擦伤，道："你不是说没受伤吗？"

景芮却反问："心疼我？"

又是这个问题，到现在还问这个问题。

池嘉直勾勾地望着景芮的眼睛："当然心疼，都要心疼死了。"

景芮笑着揉了揉池嘉的脸："别把不吉利的话挂在嘴上。"

池嘉还是不放心，道："让我看看，还有没有其他地方受伤。"

"没有。"

池嘉不信："真的？"

"回去让你好好检查，行不行？"

都什么时候了，还有心情说笑。

"你还开玩笑。"池嘉冷脸低声凶着景芮，心中却满是欢喜，心终于踏实下来。

景芮双手捧住池嘉的脸，看不够似的盯着她，笑容明媚。

池嘉也盯着景芮，她们眼里已经没有别人了。

机场人来人往，两人依旧抱在一起，舍不得分开。

"想什么呢？"

见池嘉发着呆，景芮用指腹轻抚过她淡青的眼圈，有些心疼。

池嘉将头靠在景芮的肩上，闷声开口，声音不大却撩人心弦：“想你了。”

景芮含笑在池嘉耳畔轻语：“我也是。”

“嗯。”

池嘉闭着眼轻哼，声音又细又软，像是带着委屈的撒娇，脸上绽开了久违的笑容。

池嘉极少这样，以前总觉得说这些太矫情，尤其是在景芮面前。但现在她哪里还顾得上嘴硬。

池嘉满心只想着，景芮能平安回来就好。

第八章 >>> 她的礼物

机场外，晴空万里。

景芮让司机先走了，两人只能打车回去。

“去哪儿？”出租车司机问道。

池嘉下意识地看向景芮。

景芮想了想，笑道：“去你那儿吧。”

“去我那儿？”

景芮望着池嘉，凑近她，道：“我受伤了，你就忍心扔下我一个人不管吗？”

刚刚还好好的，这会儿又说自己受伤了。池嘉才知道平日里高傲得不行的景芮竟然也有这样幼稚缠人的一面。

短暂的沉默过后。

“那就去我那儿吧。”池嘉说这句话时，努力保持着淡定。

“你不乐意？”景芮故意挑眉问道。

池嘉转过头，目视前方，笑道：“我什么时候说不乐意了。”

阳光透过车窗洒在身上，池嘉的脸颊被晒得微烫，她眯了眯眼，直接向司机报了自己的住址。

汽车在路上匀速行驶。

风刚刚好，带着暖意，轻轻撩动着池嘉的头发，她伸手拢了拢，将长发随意别在耳后，露出素面朝天的脸蛋，略显憔悴。

景芮一直盯着池嘉，越发抑制不住嘴角的弧度，她似乎从未因为某个人的陪伴，而开心成这样。

有人盯着自己，池嘉自然感觉得到，她转头看向景芮。

四目相对，池嘉朝景芮扬起了嘴角，露出一抹发自心底的甜甜的笑。

一路阳光，晒得人懒洋洋的，池嘉又因为担心景芮整宿没睡，现在景芮坐在她身畔，她总算能安心打个盹儿。

她闭上眼睛，脑袋昏昏沉沉的，不一会儿就睡得像头懒猪一样。

景芮瞧见正歪头打瞌睡的池嘉，索性扶过她的脑袋，让她靠在自己的肩上。

一晚上不睡，能不困吗？景芮也就上午休息了几个小时，这会儿也是在硬撑。她垂眸看着池嘉疲倦的脸颊，似乎看不腻。

池嘉迷迷糊糊地睡了几分钟，便睁开了眼睛，一睁眼就看见景芮在看她，而她正靠在景芮的肩上。

“是不是一晚上没睡？”景芮侧过头，帮池嘉理着头发，动作贴心温柔。

池嘉继续靠在景芮的肩上，她朝景芮撇了撇嘴：“我能睡得着吗？说好的昨天回来，突然跟人间蒸发了一样。”

“给你补上。欠你的晚餐还有礼物，我都加倍给你补上。”景芮毫不含糊地回答。

“谁想要你的礼物。”池嘉内心升起一股暖意。

机场离公寓还有好长一段距离，景芮伸手将池嘉的头摁在自己的肩上，道：“你睡吧，到了我叫你。”

“你不累吗？”池嘉盯着景芮。

“累。”景芮蹭了蹭池嘉的头，闭眼轻哼，“所以，你今晚要好好陪我休息。”

池嘉愣了会儿，挣开景芮的手，坐直了身子。

景芮笑着道：“怎么了？”

“吓死我了。”

到现在，她还是有些后怕。

景芮笑道："要是能一直这样，多好。"

池嘉继续靠着，发现自己越发眷恋景芮身上的味道了。

景芮低声笑道："喜欢的话以后天天让你靠。"

池嘉发觉景芮好像永远能猜着她的心思，她没有回答，只是下意识抱紧景芮的动作，暴露了她的心思。

天气好，路上又不堵车，才半个小时就到了池嘉公寓楼下。

回到公寓，池嘉打开门，家里依然是乱糟糟的，好在景芮不是第一次来这边，已经习惯了。

"你休息一下。"

池嘉把沙发上成堆的衣服抱走，沙发上这才空出坐的地儿。

池嘉刚想起身去倒杯水，没走两步，手就被景芮拉住了，她回头问景芮："你饿不饿？"

上午吃了点东西，景芮这会儿也没什么胃口。

"不饿，有点困。"

景芮脸上满是倦色，黑眼圈有些明显。

刚刚她在机场也是强打着精神，这会儿倚在沙发上放松下来了，只觉得眼睛都睁不开了。

池嘉看时间还早，景芮又疲惫得很，便道："我给你拿睡衣，你洗了澡先睡一会儿。"

"嗯。"景芮应着，又拉住池嘉，"你陪我一起躺会儿。"

池嘉道："我去拿衣服。"

"嗯。"

池嘉从衣柜里找了件睡衣。

看着池嘉手里的长款卡通睡裙，景芮一脸嫌弃道："你就让我穿这个吗？"

"这个怎么了？多可爱。"

池嘉憋笑，其实也有纯色睡衣，她故意挑了件卡通的，平时看景芮的衣品很成熟，她恶趣味，也想看看景芮穿其他风格衣服的样子。

景芮用拇指和食指捏着池嘉递来的这条花花绿绿的睡裙，蹙了蹙眉，道："池嘉，不是我说你，你这是什么品位？"

"嫌难看你可以不穿啊。"

"不穿？"景芮抱着胳膊走到池嘉面前，凑近她道，"我怕有人会接受不了。”

看着她的笑容，池嘉翻了个白眼。

景芮只是瞄了池嘉两眼，就笑着走开了，留下池嘉一个人在原地杵着。

浴室里，景芮在洗澡。

池嘉弯腰整理着床上乱到自己都无法直视的被褥，扭头往浴室看去，听着哗哗的水声，突然傻笑了起来。

还好，一切安好。

十几分钟后，浴室的门开了。

池嘉目光瞟了过去，景芮脚上踩着卡通拖鞋，身上穿着条卡通睡裙，她一脸无奈地走到池嘉面前，顿了一下，然后高冷地问出三个字：“可爱吗？”

“噗——”池嘉第一眼看了虽然想笑，但强行忍住了，现在景芮一问可不可爱，池嘉终于忍不了了，“哈哈哈……”

景芮低头看了看睡衣，将手环在胸前，道：“有这么好笑？”

池嘉还在“咯咯咯”地笑着，露出一排白白的牙齿，她笑点没这么低，笑得这么开心，大概是因为今晚心情好吧。

看对方眼睛都要笑眯了，景芮也跟着池嘉笑了起来，心情大好。

为了哄她开心，景芮也是不要面子了，放下架子，还用无辜的语气问：“难道不可爱？”

池嘉：“你够了。”

说着，景芮倒是自己乐了起来。

“一大把年纪的老阿姨了，你好意思吗？”池嘉嘴快道。

“可爱”这个词放在景芮身上，违和感不止一点半点。

但不得不说，狐狸精气质是真好，花花绿绿的衣服往身上一穿，也不减气场。

女人本身就对年龄敏感，再加上景芮就快突破三十岁大关。池嘉嘴贱，叫了景芮“老阿姨”。

景芮捏住池嘉的小脸，变着法儿地揉捏着：“我给你一次机会，把刚刚的话收回去，听到没？”

“景芮，你以后肯定会家暴。”

池嘉疯狂吐槽。

“哦，”景芮慢悠悠道，“家暴？”

“冷，你快去床上躺着。”看睡裙单薄，池嘉适时转移了话题，催促着景芮。

“嗯。”

景芮笑了笑，却拉着池嘉一起躺在一旁的床上。

“干吗？”池嘉还没来得及反应过来。

景芮摸着自己的头发，问：“好看吗？”

池嘉坏笑道：“我发现，你不管穿什么，都像狐狸精。”

景芮依着池嘉，也不介意她叫自己“狐狸精”。

趁景芮不注意，池嘉一个反击，欺负上景芮，她可不是个只会被人欺负的主儿。

“别乱动。”景芮睁眼，轻叹着气说，“今天真的累了，陪我睡会儿。”

景芮垂头看着池嘉，刚刚她们闹腾一番，池嘉脸上才稍稍有了几分红润，但还是憔悴得很。

原本一双漂亮的眼睛，现在微微有些红肿，眼睛里满是血丝，依稀残留着哭过的痕迹。

池嘉就是个牛脾气，平时又要强，总是一副狼心狗肺的模样。这回，却把眼睛都哭肿了。

景芮明白，这近二十个小时，池嘉不比她轻松，池嘉这副模样，令她心疼。

“不闹了，好好休息。”

景芮从池嘉身上移开，轻柔的语气里带着掩不住的疲惫。

池嘉瞥了一眼景芮，满脸鄙夷。

打从她们认识那会儿开始，景芮就以调戏池嘉为乐，她每回逗池嘉，从没失手过。

池嘉挺不愿承认的，可这又是铁铮铮的事实。

时间已经过了下午五点。

窗外日光柔和，满室明媚。

现在是草长莺飞的季节，气温也刚刚好，最让人心旷神怡。

池嘉渐渐平复了心情：“我去洗澡了。”

景芮捏了捏她的脸颊：“嗯。”

池嘉从床上起身，感觉有点儿头晕。昨晚到现在，情绪大起大落，她脑子都是乱哄哄的，真的需要好好休息。

景芮体力严重透支，这一路上不过是强撑着，多说些话都觉得疲惫。头沾着枕头没几秒，她便合上了眼。

被褥很软，鼻间还能嗅到淡淡的香气，是池嘉身上常有的味道，景芮睡得似乎比在自己家还安心，或许是知道，身边有人会陪着自己。

池嘉洗完澡从浴室出来，看到景芮靠着枕头侧卧在床上，被子只拉了一半，搭在腰间。

不到十分钟的时间，她已经睡着了。

池嘉轻手轻脚地走到窗户前，小心翼翼地拉上了窗帘，房间里的光线瞬间昏暗下来。

池嘉走到床边，在床畔坐下，仔细看，能看见景芮侧脸上的擦伤。

这块伤，池嘉下午就注意到了。

想起在机场时，她几乎情绪失控，池嘉摸摸后颈，突然有点难为情，以后姓景的还不得动不动拿这件事调侃她。

鼻梁真挺，唇形也好看。

池嘉盯着景芮的脸，心思有些跑偏了，都说嘴唇薄的人薄情，她看景芮的嘴唇比她还薄。

她对景芮一直带有偏见，第一次见面时，池嘉就觉得景芮一定是一个暧昧对象无数的“狐狸精”。

池嘉盯着景芮的半边脸庞，发起了呆。

床的另一侧轻轻凹陷，被褥摩擦时发出的细微声音让景芮睁了睁眼。

眼前昏昏暗暗的，她看清了枕畔池嘉的脸，于是又闭上眼，挪了挪身子，抓着池嘉的手臂继续睡。

池嘉睡觉时喜欢抱点什么是因为没安全感，她没想到景芮也爱这样。

小时候，她妈时常加班，留她一个人在家，她一个人睡觉害怕，就只能抱个枕头，将头蒙在被子里。

久而久之，就养成了抱着东西睡的习惯。

“睡吧——”景芮喃喃道，现在她觉得特别安心。

这一觉睡得安稳，两人都疲惫过度，所以从傍晚一直睡到了第二天清晨。

"丁零零——"

一大早，池嘉催命式的手机闹钟准点响起，没吵着池嘉，倒把景芮吵得头痛欲裂。

闹钟已经响第三遍了。

"关闹钟。"景芮用脚踢着池嘉，"再响，我扔了你的手机。"

池嘉从被窝里探出一只手，在床头柜上瞎摸了一阵，费了好大劲，终于摸到了手机。

一个闹钟接一个，这下，都磨蹭到了八点十五。

"我要上班了！"

景芮抱着池嘉还是没撒手："再吵就去外边睡。"

"这里是我家！"

两个有起床气的人碰到一起，注定每天清晨都不能清净。

在池嘉高亢嗓音的荼毒下，景芮彻底清醒了，她慵懒地睁开眼，不跟小姑娘计较，认真道："今天别去上班了，好好休息一天，你看你黑眼圈都这么重了。"

"不行，昨天就请了半天假，这个月全勤奖都没了。"池嘉现在冷静了下来，记起了自己的全勤奖。

"全勤奖多少，我给你补。"景芮在池嘉腿上揪了一下，没舍得用力，"熬夜最伤身了，今天别去上班，老老实实在家休息。"

做设计这一行，熬夜赶图简直是家常便饭，哪有景芮说得这么夸张，何况池嘉只是个在底层摸爬滚打的小设计师，没身世没背景，吃点苦也很正常。

池嘉随口吐槽了一句，声音很小："我不上班你养我吗？"

说完，池嘉准备下床。突然，她又被景芮拉了过去。

"好，"景芮妩媚地笑道，"我养你。"

池嘉愣了，明明想笑却忍住了，她闷声道："谁要你养啊？"

"你之前答应了。"

池嘉开玩笑说："我哪有答应。"

景芮脸上的笑容慢慢退去，她看不到池嘉的表情。

身后的人突然沉默，池嘉转回身，瞧见景芮黯然的神情，才发现她居然把自己的玩笑话当真了。

池嘉咬了咬唇，挺委屈的："逗你的，听不出来？"

景芮这才释然一笑，真是拿眼前的人束手无策，她轻叹道：“我看你就会折腾我。”

她却心甘情愿让池嘉折腾。

“君子动口不动手。”

池嘉蜷着身子，在床上挣扎，被景芮挠得笑个不停。

闹了一阵，景芮才放过池嘉，对池嘉，她的耐心仿佛都看不到上限。

池嘉脸上的笑意还未散去，她认真看着景芮，她真心希望，她和景芮可以撇开以前的不快，重新开始。

在景芮面前，池嘉爱耍些小性子，她太喜欢闹了别扭以后，景芮放下架子来哄她的样子。

年轻女孩的笑容，明媚单纯。

景芮接触过太多人，经历过太多事，让人目光缭乱的花花世界里，独独对眼前人的笑容最是难以忘怀。

“以后别总对我板着脸，像这样的笑容，我喜欢。”

以往池嘉笑得灿烂的时候，永远不是对着自己，景芮很介怀。

突然煽情的口吻一时让池嘉无所适从，她忸怩道：“那什么，你说话别这么肉麻，我好不习惯。”

“肉麻吗？”

景芮一笑，眉眼间满是妩媚的风情，她用细长的手指描摹着池嘉的下巴，“以后习惯就好。”

“嗯。”池嘉没再说什么。

池嘉心里还是感动了，她不像景芮嘴上总跟抹了蜜一样，或许一个安静认真的拥抱更能表明她的态度。

床上暖和，池嘉忍不住想再赖几分钟床。

景芮垂下头，笑了。

一大早，两人在床上赖着，都不想起来。

八点四十分。

“哎！我还要上班呢。”

景芮抱着池嘉的手臂不撒手：“今天别去了，陪我休息一天。”

成熟的女人撒起娇来更要命，池嘉败了，真有种不去上班的冲动。

又一个五分钟过去。

池嘉哼着，推了推景芮：“我工作没做完，今天必须要去公司。”

“那你欠我的呢，不补上？”

手机铃声狂响着，扰得人心烦。

景芮抓住池嘉的手，不让她接电话。

又是一阵刺耳的噪音。

来电铃声跟她们杠上了，起初只是一个手机响，接着是两个手机一起响，此起彼伏。

池嘉无奈道：“先接电话。”

在电话的催促下，池嘉老老实实地去公司上班了。

景芮刚回L市，手里要忙的事务也一大堆，休假对她来说简直太奢侈。

不过，她们今后待在一起的时间还有很多。

想到这些，池嘉和景芮不约而同地笑了。

“明天我来接你下班，晚上一起吃饭。”

景芮想起元旦给池嘉买的礼物，心想着可算是能送出去了。

四月，春雨绵绵，一连几天都不会停。

下班这会儿，雨突然大了起来，池嘉站在写字楼门口，乖乖地等着景芮来接。

她本来烦透了下雨天，但今天饶有兴致地欣赏起雨中的夜景来。

街头有小情侣撑着一把伞走过，平淡而又温馨。

池嘉将手揣在口袋里暖着，时不时望向远处，心里终于没了那种孤单感。

夜色朦胧，湿漉漉的地面反射着光影，池嘉无聊，拿出手机拍着眼前的风景，刚巧这时，她等的人闯进了她的镜头。

景芮穿黑色衣服太有气场了，她撑着伞从黑夜里走来时，比绚烂的夜景还要漂亮。

看到景芮，池嘉自己都没意识到，此时嘴角的弧度扬得有多高，她手快，一连拍了好几张。

“小嘉。”

先跟池嘉说话的却是秦东。

池嘉回过头时，秦东将他手里的伞递给池嘉：“看你没带伞，用我的吧。”

“谢谢，不用啦，有人来接我。”

分过那么多次手，池嘉觉得自己最对不住的就是秦东，他人很好，但她利用了他。

“男朋友？”

秦东有些黯然，分手以后，他一直默默等着池嘉，等她回心转意，因为他总觉得他们分手分得太仓促，还有回旋的余地。

“你别等我了。”秦东靠近一步，池嘉就退一步，她犹豫了会儿，道，“对不起。”

秦东语塞了。

雨还在淅淅沥沥地下着。

景芮走到池嘉身畔，自然一眼就认出了秦东——池嘉的前任男友。景芮面上没有表情，只是拉过池嘉的手，轻声说了一句：“走吧。”

瞧着眼前这幕，秦东整个人僵在原地。

没走多远，景芮松开了池嘉的手，一时池嘉手里空落落的，很不习惯。而且，她真真切切地感觉到，景芮有点生气了。

两人肩并肩走了一会儿，池嘉率先开口道：“我跟他就是下班刚好碰到。”

景芮淡淡地应着：“嗯。”

看样子还在生气，池嘉死皮赖脸，主动挽上景芮的手臂，紧握住。

景芮停下了脚步，扭过头看向池嘉。

“怎么了？”池嘉问。

景芮欲言又止，道：“先上车。”

才上车，池嘉没来得及系安全带，便被景芮拉了过去。

雨滴敲打着车窗，仿佛上演一场热烈的鸣奏曲。

池嘉轻轻抚着景芮的背，温柔安抚。

景芮心平气和地问她：“你真的想好了吗？”

她需要池嘉一个肯定的回答。

很多事，景芮总是处于胜券在握的那方，但对池嘉，她心里没底，像在进行一场不知输赢的博弈。

车内很安静。

“景芮，我讨厌你，”池嘉直视着景芮的双眸，缓缓道，“发生了这么多事，现在才来问我，你知道当初我有多害怕吗？”

“我知道。”景芮想起那晚送池嘉回去，池嘉喝多了，疯了似的吐露着心里话。她探过身子，再次将池嘉抱住，“有我陪着你，你什么都不用怕。”

池嘉将下巴搁在景芮的肩上，这样的拥抱就是最好的定心丸，就算前路困难重重，只要景芮一直这样陪着她，池嘉觉得，也没什么可怕的。

“我会一直保护你的，知道吗？”

景芮揉着池嘉的头轻声承诺道。

池嘉瞬间有点儿鼻酸，把景芮抱得更紧了。

“就因为是你，我才怕。”

抱了一会儿，池嘉毫不客气地推开了景芮，然后扭过身子，吐槽道。

“我又做错什么了？”

景芮觉得自己很无辜。

“我在酒吧唱歌的时候，你以为我没看见？”

池嘉越说越气，索性翻起旧账来，不跟自己喝酒的时候，景芮身边陪她喝酒的人还少吗？

看来是一次迟来的算账。

景芮反而笑了：“嗯，你看见就对了，我是故意的。”

“景芮！”

“我不那样，你怎么会想得明白？”

“都是我的错了？”池嘉嘀咕。

“池嘉，你就不能对我说点好听的？”

池嘉看着前方的挡风玻璃，不说话了，等景芮开车。

“坐过来点。”

景芮暂时没打算开车，又上前拉过池嘉的肩膀。

“你干吗啊？”池嘉转过头，明知故问。

景芮没再回答。

两人细细碎碎地低语着什么。

池嘉叹道：“一大把年纪了，你好肉麻。”

“比你嘴硬要好。”景芮挑眉道，笑得妖孽。

池嘉忍，继续忍：“你好那什么。”

“什么？”

“你说呢？”

景芮笑了：“你不是喜欢吗？”

每到这时，就轮到池嘉对景芮束手无策了。

“不逗你了。”

断断续续的聊天声结束。

景芮开车先绕路去超市买些食材，晚餐自己在家做。

池嘉就爱吃景芮烧的菜，外边的餐厅大厨，还真不如她家“狐狸精”手艺好。

池嘉没说自己爱吃什么，但景芮挑的菜都是她平时喜欢吃的，如果不是对自己上心，怎么会注意到这些？

一时间，池嘉心里暖暖的。

景芮在厨房做饭，池嘉就在一旁打打杂，光是在一旁看着都看得入迷。

“你为什么这么会做饭？”

池嘉一直好奇这个问题。

“个人爱好。”

“你这爱好还挺奇葩的。”

池嘉一天不吐槽就嘴痒，哪家的大老板有闲情逸致做这些？

景芮刷新了她对总裁的认知。

景芮停下了动作，看向池嘉，严肃道：“我要是不奇葩，能跟你合得来吗？”

景芮顺带损了池嘉一把。

“臭狐狸精。”

池嘉手上沾了些水渍，扬手往景芮的脸上甩去。

景芮闭了闭眼。

“没事吧？”

池嘉以为水渍甩景芮眼睛里了。

“你能不能温柔点？”

“你好意思说我，当初让我改设计稿的时候，你对我温柔了吗？”

简直称得上刁难。

景芮作为池嘉的客户时，池嘉没少被她折腾，一度崩溃，现在情况不一样了，池嘉还不得找机会折腾回去。

景芮被反驳得无话可说，当时她的确对池嘉存在刻意刁难，也不知怎么，她就爱看池嘉奓毛时的模样。

景芮不禁想，她跟池嘉，怎么就突然合得来了？

晚饭过后，景芮拉起池嘉的手，道：“跟我来。”

书房一角放着一把吉他，是景芮去年十二月份买的，元旦那天，她没能把礼物送出去，兜兜转转好几个月，现在才到池嘉手里。

“送给我的？”

池嘉讶异，这把吉他正好是她一直攒钱想买的那款，她跟景芮好像总有一种迷之默契。

分明只是四个月前的事情，但景芮觉得过了很久，可能是这段日子，她真的过得不好。

“元旦那天，我就想把这把吉他送给一个人。”景芮看着池嘉，“但她不要我，跟别人走了。”

景芮不止一次想扔了这把吉他，就像不止一次想删了手机里那张池嘉的照片，只是犹犹豫豫，一直到现在都没割舍下。

池嘉说讨厌她，她何尝不讨厌池嘉，要是没遇到池嘉，她过得不知道多自由洒脱。

时隔四个月，池嘉才体会到景芮那天的黯然失落。

景芮太能装了，装到池嘉看不到她有多在乎自己，也不知道，她会因为自己而受伤难过这么久。

景芮这句话突然揪住了池嘉的心，她想起那天跟景芮介绍秦东是她男朋友时，景芮有些刻意的反应，池嘉终于理解，那意味着什么。

事情都过去了，景芮笑得释然，但池嘉望着她的笑，无比心疼。原来不只是自己一直在惦记着她，她也一直在惦记着自己。

“因为你。”

池嘉没头没脑地来了一句。

“什么？”

前段时间景芮问她为什么分手时，池嘉嘴硬，她看了看眼前的吉他，又看向景芮：“因为你我才分手的。”

景芮心里其实明白，但又想听池嘉真真切切地把心里话说出口，她上前道：“所以别再跟别人走了。”

池嘉拉着景芮：“我还能去哪儿？”

景芮笑着感叹道，“终于说了句好听的。”

池嘉抿唇笑了。

“唱首歌给我听。”

“行啊，你给我撒个娇，我就唱。”

池嘉恶趣味，就想看平时女王一样的“狐狸精”，在自己面前软软撒娇的样子。

景芮的情绪酝酿得很快：“人家想听你唱歌，好不好？”

这简直和平时判若两人。

“噗！”池嘉又要笑喷了，身体笑得一颤一颤的，眼泪都要笑出来了，“景芮，你这是撒娇，还是发癫啊？”

景芮揪住池嘉的耳朵，正色道：“再笑，今晚别想在我这儿睡。”

池嘉短暂停顿了一秒，接着：“哈哈哈……”

景芮：“……”

“我又没说今晚在你这儿睡。”

池嘉老毛病又犯了，嘴硬一时爽。

景芮默默地瞧着池嘉。

池嘉知道自己又说错话了，抱起一旁的吉他，在书房的椅子上坐下，随意勾了勾弦，转移话题：“你想听什么？”

景芮若有所思了会儿，道：“要那种听着就让人起鸡皮疙瘩的情歌。”

池嘉惊呆了，这是什么魔鬼描述。

池嘉平时挺大条的，喜欢笑，话又多。

景芮最初认识她时，觉得池小姐可以用“聒噪”二字来形容，但第一次在酒吧听过池嘉唱歌以后，她便对池嘉改观了。

池嘉在台上唱，她在台下听，很长一段时间都是这样。

景芮莫名爱看池嘉唱歌时的一颦一笑，不知不觉，就被吸引了。

现在，她凝视着眼前弹唱的池嘉，觉得一切都是值得的。

“唱歌的时候，还稍微懂点情调。”景芮一本正经地点评道。

池嘉抱着吉他弹着熟悉的小曲，自我感觉良好，反驳道：“我怎么不懂情调了？”

“我今天生气了，也没见你来哄我开心。”景芮堂而皇之地承认。

池嘉指尖动作一停，声音戛然而止，想起今天下班时那件事：“你心眼真小，他就跟我打个招呼。”

“池嘉，你要气死我吗？”

景芮生气了，池嘉非但不说点好听的，还怪自己心眼小。

池嘉就是爱贫嘴，同为女人，她心里当然明白景芮刚刚说那句话是想让自己哄。

见好就收，池嘉忙拉住景芮的手，笑盈盈道："别生气了，我唱歌给你听。"

"突然不想听了。"

景芮冷下脸来，转身不理池嘉，她今天非得治治池嘉的性子。

真不开心了？

池嘉放下吉他，跟着起身，死皮赖脸地缠着她不放手，嘴里还柔声说着："不想听歌，我教你弹吉他吧？"

景芮嘴角浮起一抹笑意，又故作清冷地回头跟池嘉说："你松开。"

口是心非，池嘉深知自己要是松开她，那今晚就真的没有好果子吃了。所以在景芮回过头的时候，池嘉凑上前直接来了个先斩后奏。

池嘉松了松手臂，从正面抱住了景芮，她还笑着问景芮："这样哄你开心了吗？"

"还差点。"说着，景芮捏住池嘉的半边脸颊。

池嘉抓住景芮的手："我教你弹吉他。"

"好啊。"

素来安静的书房里，一晚上都是欢声笑语。

说是教吉他，池嘉自己反倒心不在焉。

景芮笑她："不是要教我吗？"

"你太笨了，肯定学不会。"

池嘉的心压根儿没静下来。

景芮一语道破："你满脑子都在想其他的，当然教不好。"

"你难道没想？"池嘉反驳道。

景芮没直接回答，而是说："时间不早了，我先去洗澡。"

池嘉小鸡啄米般点头，笑得灿烂。

哪知景芮又说："洗完澡我开车送你回去。"

"回去？"池嘉愣住了。

"你不是说不在我这儿睡吗？我待会儿送你回去，再等我一下。"说罢，景芮一扭腰直接往浴室走去。

池嘉还没反应过来，书房里就只留下她一个人，细想一下，景芮还真的不好惹，随便一句玩笑话都记得这么清楚。

十几分钟后，景芮从浴室出来了。

看到景芮的穿着，池嘉乐呵呵地傻笑起来，心想，今晚自己就是要走，景芮也不会放她走的。说是要开车送自己回去，结果穿着睡衣就出来了，谁信。

“你就穿这个送我回去？”

池嘉挑挑眉，打量着景芮身上这件睡裙。

景芮走到池嘉面前，道：“我也觉得不太方便，那你自己打车回去吧。”

“你就是故意的。”池嘉盯着景芮窈窕的身段。

“故意什么？”景芮笑得风情万种。

“你说呢？”池嘉噘起嘴。

景芮环着胳膊，站在那儿笑。

“那我走了。”池嘉继续装，还不忘体贴地说一句，“你多穿点，别感冒了。”

景芮这下彻底被池嘉打败了。

池嘉拿起包，准备离开，却在心里默数着“一、二、三”。

果然不出三秒，就被景芮拉回去了，池嘉咬唇扬起一抹坏笑，回过头，景芮站在原地拽着她的手就是不撒开。

赢了，池嘉在心底暗爽。

景芮推着池嘉躺倒在一旁的沙发上，手一个劲在池嘉的腰间挠痒，说着：“这么嘴硬，我今天非得让你求饶。”

“谁让谁求饶还不一定呢！”

池嘉不甘示弱，和景芮闹了起来。

“还嘴硬。”景芮低头，低语时吐出暖热的气息，“我饶不了你。”

“你不也嘴硬？明明不想我走，还说要送我走。”

景芮跟池嘉饶舌起来：“明明知道我舍不得，你还说要走。”

听到景芮亲口承认，池嘉才满意：“那都怪我？”

池嘉就是仗着景芮平时对她的迁就，口是心非耍性子，她心里明白，景芮对她真的很好。

“我哪敢怪你，池大小姐。”景芮实话实说。

池嘉得意扬扬地捧住景芮的脸颊：“狐狸精。”

“喜欢吗？”

“嗯。”

池嘉在景芮家过夜的后果就是，第二天上班再次迟到。

汽车快速行驶在马路上。

景芮扶着方向盘，余光瞥了一眼副驾驶座上的池嘉：“怕迟到也不起早点。”

池嘉对着眼前的小镜子，正争分夺秒地往脸上抹着粉底液，手忙脚乱中还不忘把锅甩到景芮头上：“还不是因为你。”

“你讲不讲理，这么大的人赖床还怪我？”

景芮为自己鸣不平。

今天早上她醒得比池嘉早，贴心地提醒池小姐该上班了，可池嘉说不想起床，景芮一听池嘉软糯的声音，还不得什么都由着她。

结果，两人成功睡过头了。

后来池嘉翻脸不认人，坐在床上一个劲地埋怨景芮不叫醒她。

说到底还是自己理亏，池嘉没说话了，继续化自己的妆。

景芮瞧池嘉撇着嘴，都这会儿了，小姑奶奶的起床气还没消呢。

两人都安静下来，最后还是景芮先妥协道：“我知道错了，以后一定准时叫醒你。”

池嘉这才转头看了看景芮，一脸满足地笑了。

斗嘴也是种乐趣。

虽然两个人小吵小闹不断，但事后，又总有一方会放下面子，主动去哄对方。

给了巴掌，又忍不住再赏颗蜜枣，从相识起，她们就一直这样。

十五分钟后。

熟悉的写字楼下，景芮才停下车，池嘉便迫不及待地解开安全带，准备下车。

“这就走了？”景芮也解开安全带，顺势拉住池嘉的手，等池嘉回头时，她探过身子，柔声笑问，“这么辛苦送你上班，你不表示点什么？”

“有什么好表示的。”池嘉轻声嘀咕。

“好了，去上班了。”

“刚刚也不知道是谁不让我走。”

池嘉气呼呼的，她就没见过脸皮比景芮还厚的人，什么话都能说得底气十足，不管怎么样，都是她姓景的有道理。

“你再不上去，真要迟到了。”

景芮揉了揉池嘉的脑袋。

池嘉没再说废话，推门下车就走，拼尽全力与时间赛跑。

“嘀！”打卡成功。

一看时间，还是迟到了，迟到了半分钟。

池嘉一走进设计三部，三部的同事们纷纷抬头。没什么大事，只是他们部门几乎不迟到的池女王，居然又迟到了。

“早啊——”

池嘉随手拨了拨头发，跟周围的同事们打着招呼，脸上挂着的笑容那叫一个漂亮可人，和设计部月底死气沉沉的氛围格格不入。

毕竟月底了，就要进行业绩结算了，哪个不是心事重重的。

只有池小姐，坐在电脑前做设计方案时，时不时露出一抹比阳光还灿烂的笑容，仿佛控制不住自己上扬的嘴角。

景芮对办公环境的要求很高，必须要足够安静，偌大的办公室里，只能听到笔尖擦过纸面时发出的“沙沙”声响。

门外响起一阵细碎的脚步声，声音不大，却显得突兀。

脚步声止了，门口站着两个女人。

一位年纪偏大，眼角稍稍爬了两条皱纹，但她气质典雅，身形姣好，让人难以猜出具体年龄；另一位则与景芮年纪相仿，干练的中长发，笑起来漂亮且孤傲。

景芮起身，挽着景母的手臂在沙发上坐下：“妈，你怎么来了？都不跟我说一声。”

“攸攸来这边入职，我顺便来看看你。”

“嗨，好久不见。”裴攸对着景芮笑了一下，少了几分不可一世的孤傲。

景芮面无表情道：“原来我爸推荐的总经理人选是你。”

“没错。”

“你这是什么态度，攸攸肯来L市帮你，你要好好感谢人家才是。”景母不满景芮这副平淡的反应，责备道。

她和裴攸母亲相熟，对裴攸就像对待自己另一个女儿。

“当然感谢，只是有点意外，你怎么突然想来L市了？”

裴攸笑道：“想跟你多学点东西啊。”

景芮笑而不语，转移了话题和景母继续聊：“既然来了，就在这边多玩几天吧。”

“那当然，不过我今晚和几个老朋友有聚会，就不跟你们一起了，你得好好请攸攸吃顿饭。”

景芮看了一眼裴攸，笑道：“今晚必须我做东。”

晚餐地点景芮没选九号，更没有亲自下厨，而是在L市最繁华的地段，挑了一家米其林餐厅。这里环境优美，菜色也漂亮，但裴攸的神情稍显失落。

“我以为你会带我去九号，其实，我更想吃你做的菜。”裴攸转着高脚杯，叹气道。

“抱歉，我晚上还有应酬，不能陪你太久。”

裴攸举杯和景芮碰了碰：“理解，大忙人。”

两人又聊了些工作话题，一杯红酒过后，裴攸笑着叙起旧来：“你还记得吗？我俩小时候还定过娃娃亲呢，只是没想到最后都是女孩。”

景芮抿了口酒：“是吗？我记不太清了。”

“那我十七岁失恋那回，你总记得吧。我说我们要是都找不着合适的，就不结婚了，我们可以互相陪伴，你还点头答应了。”

话题聊得有些远了。

景芮一笑而过：“小时候说的玩笑话，你还记得这么清楚。”

“我……”

“不好意思，我先打个电话。”

景芮看了一眼时间，六点整，她打断了裴攸的话，她的确不想跟裴攸聊这个话题，恰好到点该给池嘉打电话了。

景芮换过的对象无数，这些年，裴攸一直关注着她。不知不觉，她们都快三十岁了，感情都没个着落，裴攸想，这下景芮也该玩够了，考虑将来了吧？

裴攸等着景芮打完电话，结果景芮一开口就是一声“宝”，裴攸苦笑了一下，景大小姐还是老样子，一点儿都没变。

“下班了吗？”

景芮刻意没回避，就当着裴攸的面，像平时一样笑着和池嘉通电话，因为池嘉肠胃不好，又经常不好好吃饭，所以晚餐前，她腾得出时间就一定会给池嘉打电话。

“哪有这么早下班，今天加班。”

池嘉站在办公室外的长廊上，低头看着鞋尖，听到景芮的声音时，脸上露出一抹甜笑。

“晚饭吃了吗？”景芮又问。

“还没，你呢？”

“正在吃。你吃点东西再工作，还有，不许吃泡面。”景芮耐心交代着，又柔声道，“等忙过这阵，我给你做好吃的。”

“知道啦，你真啰唆。”

池嘉嘴上这么说着，心里却舍不得挂电话，两人工作都忙，尤其是景芮，应酬多得数都数不过来，她们能待在一起的时间还真不多。

裴攸脸色有些难看，她不想听两个人的对话内容。

“你还是这么会哄人开心。”

景芮也不避讳，如实告诉了裴攸：“应该的。”

一听这话，裴攸的笑容僵在脸上，显得极不自然，半天说不上什么话，最后，她坦言：“我是为了你回来的。”

“裴攸。”景芮的意思是让她不要再说了。

“你知道我是什么意思。”

裴攸并没有停止这个话题，而是一口气同景芮说了许多。

“你别开玩笑了。”

“没开玩笑，我不介意。”说着，裴攸反倒淡然起来，“我很了解你，而且，我跟你在外边认识的那种人不一样。”

“哪种人？”景芮一下被激怒了，她眉心一皱，“裴攸，我不想对你发脾气。”

景芮最忌旁人对她的生活指手画脚，但碍于裴攸和她母亲的关系，她并没有将话说得难听。

“我的生活不用跟你交代吧？”景芮勾唇冷笑，瞬间有将人拒于千里之外的感觉，话不投机半句多，没必要影响自己的心情，她起身，“我还有事，失陪了。”

景芮离开的窈窕背影，很优雅，几乎算完美的女人。

裴攸紧紧握着酒杯，皱眉一饮而尽，有些无奈。

池嘉挂断景芮的电话后，准备下楼吃点东西，却遇上了秦东，同一楼层上班，低头不见抬头见，也很正常。

两人只是互相笑笑，权当礼貌打了招呼。

“你跟景小姐……”

擦肩而过的时候，秦东顿住了脚步，还是忍不住问池嘉，像是声音极小的普通寒暄。

秦东没有直视池嘉的脸，两人斜对着站在长廊上，场面有些尴尬。

“我没有其他意思，只是担心你，不想你受伤。”

秦东黯然，喜欢一个人而对方却不喜欢你的概率很大，却总有人为此执着，运气好的兴许能修成正果，大部分情况下，都是等着被时间冲淡这一切。

遇见对的人，多么不容易。

池嘉没有对秦东解释过多，只是面带微笑，道了一句“谢谢”。

下班以后，池嘉难得去了N酒吧。这段时间景芮很忙，她好些天没跟景芮见面了，只能每晚打个电话或者微信视频。

池嘉改不掉嘴硬的毛病，就算她再惦记景芮，也不会在电话里主动让景芮抽时间出来陪她。

不过，她知道景芮是真忙，她虽然任性，但也从未对景芮提过无理取闹的要求。

在酒吧，池嘉碰上了许久不见的景巍，他一个人，喝了不少酒。

“一起喝一杯吗？”

“你一个人？”景巍也是她的客户，池嘉笑着打了声招呼，她倒是不知道因为自己，景芮和景巍还发生过争执。

池嘉的异性桃花运比一般人要爆棚，她五官精致，一副可爱小女人的模样，很容易让男人对她一见钟情。

景芮和池嘉都是美人坯子，如果说景芮的美是冷艳，给人距离感，那池嘉的美更温和，让人想亲近。

景巍现在瞧着池嘉，心里还觉得遗憾，池嘉完全是他的理想型，可惜人家不喜欢自己。

“你跟我姐最近相处得怎么样？”景巍从景芮嘴里听说了她俩和好

的事。

池嘉捧着酒杯，最近身边的人怎么都对她和景芮的关系这么感兴趣：“嗯，挺好的。”

又安静地喝了几口酒，景巍还是没忍住，好心提醒池嘉：“我还是跟你说一下吧，你跟她在一起玩，千万不要太认真。”

池嘉捏着酒杯，都忘了喝酒。

“我把你当朋友才这样说，我了解她。”

池嘉不知道说什么，她早就做好了充分的心理准备，可听景巍说出这些话时，还是有些硌硬。

“我不该说这些，我自罚一杯。”

见池嘉脸色不对，景巍又灌了自己一杯。

没聊几句，池嘉胡乱找个借口，离开了酒吧。

街道繁华，热闹喧嚣。

想着今天碰到的人，听过的话，池嘉心不在焉地甩着手里的手提包，走了一路，才发现回家的方向走反了，又悻悻地掉了个头。

她仰头望天，深吸一口气，心想着她已经决定的事情，一定会义无反顾地做下去。她也坚信，景芮会跟她一样。

回到公寓，池嘉洗了澡一个人窝在床上，心里有些乱，她喜欢和景芮待在一起，她们可以互相温暖、理解、依靠。

拿出手机，池嘉终于主动给景芮拨了电话。

此时，景芮正好将车开到池嘉公寓楼下，也准备给池嘉打电话，结果先看到了池嘉的来电显示。

两人心情欠佳的时候，总是第一时间想得到对方的安抚。

“真是难得啊，池小姐主动给我打电话。”

一接到池嘉的电话，什么琐碎的烦心事都被景芮抛诸脑后了。

池嘉听着景芮的声音，忍不住道：“我好想见你。”

景芮心头一热，她望了望公寓楼：“我今晚去你家，好吗？”

“嗯。”听到这话，池嘉欣喜不已，而更让池嘉欣喜的是，几分钟后，门铃就响了，景芮还给她发了微信：“我到了。”

一开门，果然是她。

“你今晚要来怎么不早点和我说。”池嘉忙拉着景芮进屋，关上门。

“刚刚不是说了吗？”

池嘉无奈地笑了笑。

景芮换完拖鞋，放下包，立即就拉住了池嘉。

自己需要什么，她仿佛都知道，池嘉欣慰地笑了，两人就在门口杵着，好一阵都没言语。

“受什么委屈了，跟我说说。”景芮揉了揉池嘉的头，问道。

“委屈？”

“没受委屈刚刚那样跟我说话？”景芮察觉到了池嘉的不对劲。

“你今天怎么有时间来了？”池嘉狡黠地岔开话题。

“再对我说一遍。”景芮没让池嘉得逞。

“什么？”

景芮望着池嘉的脸，特别认真地说：“说想见我。”

池嘉瞧了景芮几秒，嘴角扬起好看的弧度：“嗯。”

“我也是。”景芮回道，她将头靠在池嘉的肩上，疲惫地呢喃，“今天好累，只想好好睡一觉。”

她在池嘉面前，终于不再是一副淡定自若的样子了，景芮坦诚地展现出自己的喜怒哀乐，让池嘉觉得安心又满足：“累了就洗澡休息吧。”

景芮笑了笑，给了池嘉一个眼神，然后往浴室走去。自打池嘉说她是“狐狸精”，她在池嘉面前，还真对得起这个称呼。

池嘉去卧室给景芮拿睡裙，一推开衣柜，才发现家里不知不觉早已经有两个人生活的痕迹。

“这是毛巾和睡衣。”池嘉将衣物放在置物架上，她见景芮今晚有点乏了，便弯腰给浴缸放热水，嘴里轻声念叨，“你泡个澡吧。”

景芮见池嘉闷头为自己忙来忙去，认真试着水温，让她分外感动。

水还在哗哗地流向浴缸。

池嘉刚直起腰，感觉熟悉的气息将她包围，池嘉心头暖暖的。

“池小姐，你今天怎么了？”景芮从后面抚着池嘉的背，“变得好不一样。”

她的声音，如同浴室里氤氲的热气一般温暖、细腻。

“我一直这样。”

大概是今天池嘉心里有些乱，想在景芮这儿多获得点安慰。

“嗯，我现在觉得，自己好幸福。”

景芮眯了眯眼，喜悦溢于言表。

池嘉瞥向斜前方的镜子：“有我陪你，你当然幸福了。”

景芮握住池嘉的手，好像在说给自己听：“还好你没走。”

池嘉的脸颊因为热气氤氲而慢慢泛红。

“今天发烧了？”

景芮故意探手摸了摸池嘉的额头。

“老说我不懂表达，现在你又说我不正常，你到底想怎样？”

听完池嘉一连串的埋怨，景芮不禁笑了。

真好。

景芮今晚留宿在了池嘉的公寓。

半夜，景芮迷迷糊糊道：“我跟你说件事。”

池嘉懒洋洋道：“什么事？”

景芮考虑下还是跟池嘉说了：“我妈现在在L市，约个时间，我们一起吃顿饭吧。”

池嘉昏昏欲睡，听到景芮的话，突然不困了，从被子里钻出来：“去见你妈？”

景芮猜到了池嘉会是这副反应，的确有些突然，但既然有这个机会，那带着池嘉和家里人见面也好。

池嘉还处于迷茫的状态。

“怎么了，又不是见不得人。”景芮调侃池嘉，顺便安抚道，“就是和我妈见见面，陪她吃个饭。放心，没事的。”

即便这样，池嘉仍是有些许的犹豫。

“没做好准备？”

“嗯。”

“我说过，有我在，你什么都不用怕。”

景芮想了想，安慰池嘉。

池嘉沉默了，因为她又想到了一些事，心情莫名沉重起来，忍不住心绪混乱。

池嘉的沉默让景芮隐隐不安，景芮让池嘉直视自己，看了好一会儿，才道：“你必须答应我一件事。”

“什么？”

“不能悄悄逃走。别哪天又甩下我，突然跑了。”景芮热切需要池嘉的一个肯定回答，“能答应我吗？”

“能。”

池嘉如愿给了景芮肯定的回答。

在柔和的灯光下，景芮轻声细语说了许多：“我知道你在担心什么，你不要给自己压力，有我呢。我会一直陪着你，我希望你以后都能像今晚这样开开心心的。”

“嗯。”

池嘉满心都是感动，有些人要么不正经，要么正经起来能煽情到让她湿了眼眶。

见时间已晚，景芮帮池嘉掖好被子：“快睡觉吧，要不明天上班又起不来。”

池嘉伸手关了灯。

两人相互靠在一起，比平日里睡得更加香甜。

近日，天气又有些降温。

“身体不舒服就早点休息。”景母本来是下午的航班回 S 市，见女儿不舒服，放心不下，便多留了几天，“药吃了吗？”

“吃了。只是感冒，你别担心。”景芮在书房继续忙着，“你早点休息吧，我没事。”

“别工作太晚。”说完，景母并没有离开书房，而是静静地坐在那儿，一副欲言又止的样子。

景芮了然，抬头笑道：“妈，你有话就直说。”

“攸攸担心你太累，才特意来 L 市帮你。今晚听到你生病了，她什么事都推了，就跑来照顾你。她很关心你。”

景芮打断景母的话，再一次强调：“妈，你别提这个了。”

景母心平气和地说道：“以前你年纪小爱玩，妈不说你。但现在你也不小了，有些事情该认真考虑了。”

“当初说好的，你和爸会尊重我的选择。”

“我只是给你建议。”

就景芮这一个宝贝女儿，景母宠还来不及呢，就是因为关心，所以才希望她的感情有个着落。

“我自己心里有数。我现在过得很好，妈，你就别操心了。”

景芮起身坐到景母身旁，搂了搂她的肩。

景母迟疑了会儿，难以置信道：“真的假的？”

景芮脸上渐渐泛起笑意：“反正我现在终于能理解，爸当初为什么能追你追了六年了。”

这样的话竟然是从女儿的嘴里说出来的？跟换了个人似的。

景母用不可思议的目光望着景芮：“你怎么突然转性了？”

景芮笑了笑，简单说道：“是有人教会了我。”

景母更加好奇景芮碰到的是怎样的一个人。

在景母的催促下，景芮打开手机相册，那张在日落时分的偷拍，是她最喜欢的，池嘉披散着长发，头发被风吹得微微扬起，笑容纯粹，美极了。

景母盯着池嘉的照片，第一眼就合了眼缘，还忍不住夸了一句：“真不错，漂亮。”

“本人更漂亮。”

景芮毫不吝惜地夸着，这话要是被池嘉听到，估计池小姐又要高兴好一阵。

“年纪看着挺小的。”

“二十三岁了。”

景母又了解了池嘉的一些情况，挺意外，除了漂亮，其他地方看起来就是很普通的一个小姑娘，但景芮一聊到她，就笑逐颜开。

“下次找个时间，我们一起吃个饭。”景芮握住景母的手，认真道。

景母喜滋滋道：“行，都依你。”

“那裴攸那边你就别操心了。”

景芮指的是今晚她母亲特意让裴攸过来这边的事。

“我还懒得管呢。”景母反过来说起景芮，“你也跟人家好好沟通一下。”

“知道了，你早点去睡吧。”

一直到十点多，景芮还在书房处理文件，她觉得有些乏了，于是给池嘉打了个电话。

池嘉刚结束加班，正在等电梯，手机铃声响起，见是景芮打来的，她忙笑着接通。

“在做什么？”

“加班改稿。”

“现在还没下班？”景芮看了看时间，都这么晚了。

“我在家呢。”

池嘉立马改口，她要是说自己还在公司，景芮又要担心她。

“我也在家加班。”

池嘉听景芮说了几句，觉得不对劲：“你是不是感冒了？”

景芮支着脑袋，道：“没事，吃过药了。”

“我现在就过来。”

景芮听出了池嘉的紧张：“傻瓜，只是感冒，这么晚了，你早点休息，明晚再一起吃饭。”

“你也别工作太晚了。”池嘉降低了音量，随口吐槽了一句，“也不知道那么拼干吗。”

“赚钱啊，答应了要养你。”

池嘉下意识地回答：“我自己能养活自己，不用你养。”

电话那头，景芮乐得直笑。

池嘉后知后觉地反应过来景芮在笑什么，不经意就让人占了便宜去。

又说了几句，挂断电话，池嘉刚好等到了电梯。

走出写字楼，冷风吹来，池嘉摸了摸胳膊，发觉身上的外套单薄了点。她站在路口，迎面拦了辆车，报了景芮家的地址。

也就十几分钟的车程。

先斩后奏，池嘉想给景芮一个惊喜。

本来就想见景芮，现在又知道她不舒服，池嘉心里更担心了。

景芮揉着额头，大抵是因为重感冒，吃了药以后，头越发昏昏沉沉。刚挂断电话，她便听见几下敲门声，很轻。

“进来。”景芮应了一声。

门开了，站在门口的是裴攸，她端着盘水果，应该是刚洗了澡，头发半干，身上只穿了条睡袍。

裴攸带上门，慢慢走到书桌旁：“吃点水果吧。”

景芮只是扫了她一眼，继续埋头工作，说话时带着浓浓的鼻音：“不吃了，谢谢。”

裴攸心底失落，见景芮气色不太好，便靠近景芮，问道：“你的头还晕吗？我帮你揉揉。”

景芮皱起眉头，及时躲开了裴攸的手，她强打起精神，问了一个有些多余的问题：“你想干什么？”

裴攸盯着景芮的脸，有说不出的卑微：“我想陪着你。”

当年景芮说的玩笑话，裴攸却听到了心里。

“如果你来L市不是因为工作，那就没必要留下来了。”景芮望向裴攸时，眼神如语气一般平淡。

“景芮。”

景芮再一次给了裴攸明确的回答，并说得认真：“如果我之前有什么地方让你误会了，那我表示抱歉。”

“抱歉？”一句抱歉，就云淡风轻地带过所有的过往。

裴攸神情僵硬，脸上浮起一丝苦笑，她怎么会觉得景芮对她的好是个例外？原来，自己不过是最稀松平常的那个，可她还是心有不甘。

裴攸想着，头脑一热，她扳过景芮的身子。

气氛忽然变了。

景芮站起身，不悦道：“劝你适可而止，别挑战我的耐心。”

声音不大，却冷到仿佛让人掉进了冰窟。

裴攸张了张唇，又不知说什么。

“为什么？”

裴攸一时激动，说话失了分寸。

“裴攸，”景芮打断她的话，她强忍着心中的怒气，短暂沉默过后，她笑着告诉裴攸，“我就这样，不好意思，辜负你的期望了。”

“我不是这个意思。”裴攸内心焦急，试图解释什么，有些语无伦次，“我的意思是，你就不能尝试着改变吗？”

改变？倘若真的想为了某人改变，无须刻意去做，因为在不知不觉间就改变了，甚至连自己也后知后觉。

“能。”景芮平静地答道，“但不是为了你。”

很刺心的话。

不知是不是错觉，这次再见景芮，裴攸觉得她变得陌生了。

想起景芮曾在电话里哄着的人，气氛陷入沉默后，裴攸又挤出一抹讪笑，不甘道：“那个人就可以吗？”

书房里很安静，景芮低头整理着桌面上的文件，听到裴攸这样问，她原本不想解释，但还是抬起头，接了裴攸方才的话：“嗯。”

裴攸听了，好似心里最后的一点支撑都被抽离了。

景芮拿着资料离开了书房，只留下裴攸一个人，撑着书桌，黯然神伤。

第九章 >>> 她不好哄

钻进电梯，池嘉才觉得自己暖和了点。

最近昼夜温差大，身边不少人感冒了，池嘉又想起景芮电话里的声音，都病成那样了，还加班工作。

池嘉吸了吸鼻子，转身照着电梯里的镜子，她的脸颊被风刮得红通通的，她伸手拨弄着稍稍凌乱的长发，然后从包里掏出唇膏，小心翼翼地补着妆。

抿抿唇，池嘉满意地笑了笑。这会儿池嘉满心都想着，等下怎么给景芮惊喜，看在她生病的分上，等会儿多哄哄她好了。

池嘉一脸傻笑地想着，没过几秒就看一下楼层显示，心里嫌电梯上升得太慢。

其实，也不过一分钟不到。

站在门口，池嘉没有去按门铃，而是拿出了手机，先给景芮打电话。

在门口来回踱着步子，池嘉将手机贴在耳畔，低头笑，心里还盘算着等下接通电话第一句话说什么。

只是电话那头“嘟嘟嘟”，一声又一声地响着，却无人接听。

池嘉又打了两个电话，依旧没有接通，果然计划赶不上变化，她抬手，还是按响了门铃。

裴攸刚走出书房，准备回房时，听见门铃在响。她慢悠悠地走到门口，拉开了门。

“你怎么不接我电话？”

门一开，池嘉就小声地埋怨着，然后轻车熟路地进了屋，只是一抬头，才看清眼前的人。

眼前是张陌生女人的脸。

池嘉第一反应是自己敲错了门，但只是几秒的时间，她就反应过来了，这里就是景芮家，而眼前这个陌生女人，身上穿着的是景芮的睡衣。

两人站在玄关处，望着对方。

这算什么？

在这方面，池嘉比一般人要敏感。

裴攸下意识地拉了拉微微敞开的领口，客气道：“你是？”

池嘉这回真的气急败坏了，心怦怦地跳着，她直接推开了裴攸，冲进了房间，刚想发作，恰好迎面碰上了景芮。

景芮头发微湿，刚洗完澡出来。

“你怎么来了？”景芮感到十分意外，正是因为刚刚在浴室，所以她才没接到池嘉的电话。

见到眼前这一幕，池嘉瞪着刚洗完澡的景芮，大脑“轰”的一声就炸开了，难怪她让自己今晚不要过来。

“这就是你说的加班？”池嘉质问着景芮，声音颤抖，眼眶渐渐红了。

“你误会了，她是……”景芮上前一步，刚想介绍裴攸。

“我知道你要说什么。”池嘉气冲冲地打断景芮的话，声音变得哽咽起来，她冷笑道，“她就是你的普通朋友，对吧？”

池嘉抢了景芮的话，声音颤抖着。

人总习惯先入为主，池嘉对景芮最缺的就是信任，总觉得她今天可以哄自己开心，明天同样能哄别人开心。对景芮，池嘉时常会有莫名的不安。

“你冷静一点儿，她是跟我妈一起……”

没有等景芮解释完，池嘉气上了头，扬手扇了景芮一个耳光。

不重，但伤人。

因为这一巴掌，空气陷入死寂。

景芮看着池嘉，自己都没反应过来。她平时多傲气的一个人，旁人从来不敢对她提高音调说话，当然，池嘉在她这里一直是个特例。

“你干什么！”裴攸上前重重地推开了池嘉，转头紧张地问，“你没事吧，疼不疼？”

看着眼前的两个人，池嘉站在原地，不争气地哭了。

给了景芮一记耳光，她非但不解气，泪水反而从眼眶涌了出来，心里想骂的话明明很多，可现在，她难受得半个字都说不出口。

转过身，池嘉头也不回地往门口走去。

“小嘉。”景芮准备追上去。

这时，景母听到动静从房间里走了出来：“怎么了？”

景芮朝景母随口说了一句：“没事，我出去一下马上就回来。”

“哎，你好歹穿件外套。”

景芮只穿了条单薄的睡裙就急急忙忙追了出去，碰巧池嘉已经坐电梯下楼了。等了十几秒，终于下来了另一部电梯。

“发生什么事了？”景母问站在原地发呆的裴攸。

裴攸都顾不上答话，还想着景芮慌忙追出去的情形，那还是景芮吗？被人扇了一巴掌以后，居然还义无反顾地追上去。

那可是景芮啊。

池嘉闷头哭着，走出了电梯。她在心里埋怨自己，怎么永远都不长记性。

室外，凉凉的夜风吹着，吹得人十分狼狈。想起景芮，池嘉哭得更厉害了。

这时身后传来一阵急促的脚步声。

“池嘉。”景芮一路小跑追上池嘉，拉住她，微喘着气。

“你别碰我！”池嘉挣开景芮的手，她这时候的情绪比在楼上时稳定许多，只是心里还难受得紧，她看着景芮恶狠狠道，“还有什么好说的，我不想见到你。”

两人一阵拉扯。

混乱中，景芮哑着嗓子解释道：“她是陪我妈一起过来的，我妈现在就在楼上。”

争执戛然而止。

“你妈？”池嘉蒙了，“不是下午就走了吗？”

“是因为我生病她今晚才留了下来。”景芮吹着冷风，忍着头晕目眩，继续解释，“你就这么不信任我？”

这句话说出口时，景芮也觉得心虚，不信任也很正常。

“我……”

“你要是不信，我们上楼当面解释清楚，我妈也在。”

景芮斩钉截铁的态度，让池嘉动摇了：“你说的是真的吗？”

“你这暴脾气，就不能耐心点听我把话说完？”

池嘉僵了好半天。

池嘉这才意识到自己刚刚太冲动了，她委屈道：“大半夜的，她在你家穿着你的睡衣，你还说我是暴脾气？”

如果不是景母，景芮也不会让裴攸在这边过夜，今晚的误会真大了去了。

“别哭了。”景芮帮池嘉擦着眼泪。

池嘉忍不住抽泣，还没从刚才的乌龙中缓过劲。

她的手好凉。

夜间温度低，池嘉穿了外套还觉得冷，而景芮现在只穿了一条薄薄的睡裙，肩背和腿都露在外边，身上起了一层鸡皮疙瘩。

池嘉低头看了看，景芮脚上还穿着洗澡时的拖鞋。

她肯定是着急追自己，才来不及换鞋。

池嘉心里顿时觉得五味杂陈。

池嘉忙脱了外套，裹在景芮的身上：“你先穿上衣服。”

身子一下暖和不少，只是被风一吹，景芮感冒更严重了，鼻塞得厉害。

她见池嘉冷静了，肯听自己的解释，紧绷的神经才放松下来：“别胡思乱想了。”

听着景芮说话时浓浓的鼻音，又见她一脸憔悴的样子，池嘉想起在楼上自己扇景芮的那记耳光，后悔得不行，可是那情形，是个正常人都不会淡定。

池嘉探手，心疼地揉着景芮挨过打的半边脸，一时说不出话来。

盯着池嘉看了一会儿，景芮轻声叹着，很无奈道：“池嘉，我上辈子一定是欠你的，这辈子才让你这么折磨我。”

池嘉还在发愣，望着不远处的黑暗，短短几分钟，情绪起伏。

方才在楼上看到的那一幕，真的让池嘉崩溃了。

心情渐渐趋于平静，池嘉伸手抱住景芮，手心紧攥着睡衣。

景芮眉心微微一皱，她轻抚着池嘉的头，任由她攥。

景芮能理解池嘉此刻的心情，也能感受得到，她心里对自己有多么在乎。

裴攸拿了一件外套，追着景芮出来，但慢慢停下了步子，没再向前，因为楼下，那两个人紧紧地靠在一起。

“上楼吧。”

景芮摸到池嘉的手十分冰凉，于是攥在手心里暖着。

池嘉这时候才觉得尴尬，想起景芮说她妈也在楼上，没想到第一次见面，就闹了这么一出。

“我妈还在楼上等着呢，她正好也想见你。”

“想见我？”池嘉圆睁着眼，“你妈不会讨厌我吧？”

池嘉心里开始忐忑起来，本来还想精心准备一番，琢磨着第一次见面能留个好印象，结果今晚这印象，估计让人很难忘了。

“你怕？”

“谁怕啊。”池嘉装作无所谓，但心里紧张得要死。

“我给我妈看了你的照片，她说……”

池嘉反应极快：“说什么？”

“她说你……”景芮故意蹙了蹙眉，要说不说的样子。

“说我什么？”池嘉急了。

景芮这才忍不住笑了，理着池嘉的头发：“说你长得漂亮。”

“真的？”池嘉被景芮这样一调侃，松了一口气，她瞥了一眼景芮，一脸自恋地说道，“阿姨可比你有眼光多了。”

两个人乘电梯上楼。

“我先补个妆。”

“我帮你。”景芮将池嘉堵在电梯一角，拿出唇膏，在她软软的唇瓣上慢慢涂着。

电梯慢慢地上升。

“阿姨喜欢什么样的？”池嘉假装漫不经心地问景芮。

“温柔的。”景芮捏着池嘉的脸，幽默地说道，“所以在我妈面前，你要温柔点，记住了吗？”

“我平时不温柔吗？”

说到后面，池嘉的声音比蚊子还小，想起刚刚那一巴掌，说这句话时，她确实心虚。

景芮默默地瞥了池嘉一眼。

池嘉无话可说了。

楼上，景母和裴攸都坐在客厅里。四人这会儿一见面，氛围自然有些一言难尽。

“妈，这是小嘉。”

“阿姨好。”

池嘉乖巧地打着招呼，盯着眼前和景芮一样气场满满的漂亮女人，说不紧张是假的，还好景芮全程陪在身边，让她安心些。

景母看了池嘉几秒，本人的确比照片上还漂亮，她淡笑着点了点头。

这反应似乎谈不上热情，也算不上冷漠，这让池嘉浑身不自在，她用手指挠着景芮的手心，时不时瞥景芮一眼。

景芮只是想笑，因为难得看见池小姐这么乖巧、文静。

当着景母和裴攸的面，景芮调侃池嘉：“放松点，不用紧张。”

“我哪有紧张。”池嘉瞪了景芮一眼，不说还好，一说自己好像更紧张了。

“还嘴硬。”

景母见这情形，倒是笑了。

平时那么心高气傲的人，竟然穿着睡衣就追了出去。

景芮去追池嘉时有多焦急，景母都看在眼里，若不是亲眼所见，她都不敢相信。

“我很凶吗？”

景母见小姑娘清秀可爱，忍不住逗一逗。

池嘉一惊，猛摇头：“啊，不是。”

景芮笑了起来：“妈，您就别逗她了。”

池嘉在心里捏了把汗，原来“狐狸精”的女王气场也是可以遗传的。

“第一次见面，阿姨没准备什么，下次阿姨请你吃饭。”

景母说得随和，既然是女儿的朋友，她这个做母亲的，自然也要表示点什么。

“谢谢阿姨。”

听景母这样说，池嘉悬着的心终于落地了，她松了一口气，脸上挂起了招牌式的笑容。

这一笑，景母越发合眼缘了，不由得夸了一句：“真漂亮。”

池嘉笑盈盈道：“阿姨才漂亮呢，特别有气质。”

瞧这小嘴甜的，景芮看池小姐这一副谄媚的小模样，忍不住又捏了捏她的手：“我怎么记得，你从来没夸过我漂亮？”

三人有说有笑，一旁的裴攸越发尴尬了，如果可以离开，她现在就想走。

景母觉察到了这点，道：“攸攸，晚上陪阿姨聊聊天吧。”

裴攸回过神：“嗯，好。”

“刚刚闹了点误会，抱歉。”景芮看向裴攸，歉意道。

裴攸没说话，脸上的笑容很勉强。

池嘉见裴攸穿着景芮的睡衣，内心还是不爽，只是现在这情形，她也不能多说什么，只能忍着。

“有误会解释清楚就好。”还是景母开口，缓解了僵持的气氛，她看了看景芮，说道，“就穿这么点，赶紧回房休息，别感冒又加重了。”

“嗯，我们先进去了，你们也早点睡。”

裴攸的目光还是下意识地瞟向了景芮和池嘉，脸色难看得紧。

景母轻轻地拍了拍裴攸的肩，“傻孩子，将来一定会遇到真正关心你的人。”

裴攸苦笑。

两人进了卧室，刚关上门，景芮便开始吐槽池嘉：“你对我要是有对其他人一半的温柔，我就满意了。”

池嘉承认自己在景芮面前脾气是挺臭的，典型的窝里横，这会儿还嘴贫道：“打是亲骂是爱，你没听过？”

“所以你以后还想打我？”

景芮抓住了重点。

池嘉语塞，其实那一巴掌下去，她现在还心疼着呢。

池嘉不比景芮好过，她摸了摸景芮的脸，仔细看着，似乎还隐隐泛着红：“疼不疼？”

景芮望着她的眼睛，道：“你说疼不疼？”

池嘉犹豫了一会儿，凑近景芮的脸颊轻轻吹了一下：“这样好一点了吗？”

景芮弯起嘴角，道：“你这算是在哄我开心吗？”

池嘉想说，自己今晚特意过来，本来就是想哄她开心的，只是没想到会发生这样的事。

好好的惊喜变成了惊吓，还稀里糊涂地见到了景母。

还好，一切顺利。

“如果挨一巴掌，就能让你温柔一点，不亏。”

池嘉说了一句：“对不起。”

竟然乖乖认错了，景芮揉着池嘉的头发，道：“你不用说对不起。”

但是，池嘉觉得该算的账还是得算，她一把推开景芮，翻脸比翻书还快：“那个女的跟你是什么关系？她怎么在这里，还穿你的睡衣？”

景芮还没来得及回答，池嘉就接着气呼呼地吼道：“她想干什么？”

不得不说，女人的直觉真是准得可怕。

“我说了，她是跟我妈一起过来的，普通朋友而已，就那么一件新睡衣，让她穿了。我要是让她穿我穿过的，你还不得吃了我。”

景芮说得没错，要真那样，池小姐真会吃人。

池嘉撇嘴埋怨道：“那件睡衣是我给你挑的。”

“那我们再买一件。”景芮拉过池嘉耐心地哄着，笑道，“你想看我穿什么，我就穿什么，行不行？”

“你说的？”池嘉咧起嘴角。

景芮弹了池嘉一个脑瓜崩：“想什么呢？笑得这么开心。”

池嘉一个脑瓜崩弹回去，可不能吃亏。

说罢，两人相视一笑。

拌嘴吵闹大概是她们之间特有的乐趣。

“今晚怎么突然过来了？”

“还不是……不放心你。”后四个字，池嘉含糊带过。

“也不跟我说一声。”吹了点风，嗓子不适，景芮的声音显得越发疲惫，“下次一定要先告诉我。”

“怎么，心虚了？怕我突击检查？”

池嘉分外敏感，她咄咄逼人地追问景芮，尽管今晚是个误会，但她还是心里犯堵。

好心被当作驴肝肺，景芮声调高了几分，道：“大半夜的你一个人跑过来，你以为我不担心？”

池嘉这下被堵得没话说，不过还是小声嘟囔了一句：“有什么可担心的。”

其实道理她都明白，她不提前跟景芮说，就是怕景芮担心，到时候准要扛着病开车去接她。

两人总是这样，明明互相关心，为对方着想，却每次都弄得像吵架一样。

“我担心你有错吗？”

池嘉一愣，嘴角禁不住扬了扬，突然觉得这句说得不错：“知道了，以后会跟你说。”

“这还差不多。”

“你哪里不舒服？”

看着面容憔悴的景芮，池嘉声音都轻柔了起来。

景芮大晚上带着病被自己这样折腾，她也不好受。

“本来快好了，现在被你折腾得头晕，罚你帮我揉揉。”也唯有在池嘉面前，她才会露出自己不一样的一面。

“嗯。”

女王撒起娇来，谁招架得住呢。

夜里十一点半了。

池嘉低头瞥了瞥景芮的双脚，晚上外边多冷啊，想起她连衣服和鞋都顾不上换，便匆匆忙忙来追自己的情形，心里除了感动还是感动。

池嘉有些唏嘘，自己最不敢信任的人，竟然是最在乎自己的。

“你等我一下。”池嘉松开景芮。

“嗯？”景芮不解，见池嘉转身往浴室去了，以为她要洗澡，只是没一会儿，池嘉便接了热水出来。

池嘉拉着景芮在床畔坐下，蹲下身子，摸了摸景芮的脚，果然冰冷冰冷的。

“泡泡脚舒服点。”池嘉挽起衣袖，低头说着。

池嘉不大会照顾人，所以做起这些事来，显得十分笨拙。

景芮垂头望着池嘉，她一副又傻又认真的模样，她感觉到一股暖意窜遍全身，渗进心头。

池嘉先探手试了试水温，然后才小心翼翼地将景芮的脚放进热水里。

景芮的脚很漂亮，骨节纤细，皮肤细白，连脚踝都比一般人好看。

“水烫不烫？”

池嘉抬起头时，发现景芮正目不转睛地盯着自己。

“刚好。”

景芮坐在床畔，始终望着池嘉的脸，心中十分甜。

泡了几分钟，脚也暖了。

“我自己来。”见池嘉拿着毛巾要给自己擦脚，景芮忙阻止道。

“不用，我来。”

池嘉没理她的话，拿着毛巾仔细替景芮擦干脚，她都不知道，自己还有这样温柔体贴的一面。

池嘉让景芮躺在床上：“你先睡，我去洗澡。”

景芮拉着池嘉的手，不让她离开，眼神直直地盯着她。

“你放开我。”池嘉说。

“没想到。”景芮依旧拉着她。

“没想到什么？”

“你这么会疼人。”

池嘉咧嘴得意地笑了：“你能遇上我，那是走了狗屎运。”

“好好好，你说的都对。”景芮笑道。

这笑，笑得池嘉心里甜甜的。

景芮催促道：“洗澡去。”

景芮坐在床上，看着池嘉的背影，一个人笑了好久。

池嘉在衣柜里翻着睡衣，发觉她留了不少衣服在景芮这儿，两个人的生活不知不觉竟融到了一块儿。

每次下班，她都在想，晚上要不要来景芮这儿，或者景芮晚上会不会去她那儿。

一个人时，她会觉得空落落的。但按池嘉的脾气，打死也不会先提出和景芮住一起。

浴室里，池嘉往身上抹着沐浴露，她有些走神，想着今晚发生的一堆事情。

胡思乱想了一阵，池嘉冲干净身子，穿上睡衣，走出浴室。

景芮侧卧在床上，眯着眼，几分钟的时间就睡着了。

看到这一幕，池嘉心里又没那么乱了。

池嘉拉开被子，轻手轻脚地躺在床的另一侧，一动不动地望着枕边景芮的脸。

暖黄的灯光映在景芮的侧脸上，她闭眼时，显得五官柔和了许多。

景芮睫毛轻轻颤了颤，她慢慢地睁开眼睛。

抓了个正着。

“你没睡啊。”

池嘉将身子往后退了退，装作什么也没发生。

景芮懒懒地笑道：“等你一起。”

“头还晕吗？”

“好多了。”景芮侧了侧身，从床头柜上拿了串钥匙交到池嘉手里，“这个你拿着。”

“给我的？”池嘉还傻傻地反问。

“对啊，”景芮套用她的说法，“方便你突击检查。”

池嘉收了钥匙，还是不依不饶道：“那万一，你还有别的房子呢？”

景芮无奈地笑了笑：“别胡思乱想了。”

“我……”

池嘉说不上来，反正心里就是不爽，也不多说什么，就是欺负她。

“别闹，”景芮撑着池嘉的肩，不让她胡来，“我感冒了。”

两个人在床上闹了一阵之后，池嘉沉着脸，显然没有开心多少，她闷声闷气地说出了心里的话：“你知不知道我今天有多难过啊？”

眼眶都红了，景芮怎么不知道。

“怪我没提前跟你说。”景芮轻抚着池嘉的背，“以后不会了，原谅我这一次，好不好？”

见景芮认错态度良好，池嘉这才心满意足，她小心翼翼地摸着景芮的脸颊，还是在心疼她打的那一巴掌。

可能是以前甩“渣男”巴掌甩习惯了，池嘉今晚那一下打得顺手得很。

那一记耳光并没有扇多重。

景芮捧着池嘉的脸，让她看着自己，道：“脸倒是不疼，心比较疼。”

池嘉默不作声，太煽情的话她不会说，但行动可以证明一切。

“相信我好吗？”景芮说这句话时，有种无力感。

“嗯。”

池嘉轻声应着，以前碰上这种情况，总是愤怒大于伤心，但今晚，最大的感觉就是难受。

毕竟景芮和那些人不一样，她现在很清楚这点。

两个人安静了一会儿，景芮低头对池嘉说道："从今晚开始，你就住我这吧。"

这话刚好戳中了池嘉的小心思，但她觉得必要的矜持还是要有的，于是假惺惺道："这不好吧？"

假矜持，真别扭，景芮一眼就看破了。她凑到池嘉的耳畔，小声说："钥匙也给你了，你想不想来，随你自己。"

"我们要是住一起……"池嘉神情严肃，侧过身看向景芮。

"怎么？"景芮以为她要说多正经的话。

"那我还不得天天迟到啊……"池嘉声音越来越小。

景芮听了，直笑到肩颤，说不出话来。

相处得越久，景芮就越觉得池小姐是位活宝。

她探手指着池嘉的脑门："你这里，真不知道每天都在想些什么。"

池嘉反驳道："我的想法一直单纯得很。"

"是吗？"景芮还在笑，毫不收敛。

池嘉喜欢看景芮笑，尤其是因为自己，总觉得在别人面前，她难得笑得这样开心。

"你的意思……"景芮凑上前，"是我影响你了？"

"是。"池嘉直言不讳。

"我哪里影响你了？"景芮低声笑着，用手偷偷戳了戳池嘉的腰。

"哎，你说就说，别动手。"池嘉扭着身子咯咯笑了起来，"景芮，你烦死了……痒……"

池嘉拳打脚踢的，景芮快扛不住了。

床上传出一阵嬉闹声过后，又归于安静。

第二天早上起来洗漱时，池嘉对着镜子哈欠连连。

景芮开车送池嘉去公司，庆幸踩上了点没迟到，才免了池嘉一顿狂风暴雨般的吐槽。

日出日落，夜幕降临。

一整天过去了。

"小嘉姐，一起坐地铁吗？"

同事收拾东西准备下班，招呼了一声。

"不了，我等人。"

池嘉笑了笑，继续做设计稿，都快晚上八点了，这会儿肚子饿得咕咕叫。

结果，等了好半天，池嘉只等来景芮的一条消息："有事忙，你自己回去。"

盯着手机屏幕，池嘉撇了撇嘴，准确地说，这不是景芮第一次放她鸽子了。

没办法，景总忙，她懂。

收拾了东西，池嘉独自离开了公司。

晚风徐徐，室外的气温恰到好处。

池嘉站在出口，左右看看，犹豫了会儿，还是往熟悉的地铁站方向走去。

晚上十点多，景芮应酬完回到家，站在门口按了好半天门铃，都无人来开门，只得自己拿钥匙开了门。

屋子里黑漆漆一片，如她所想，池嘉今晚没过来。

开了灯，景芮靠在沙发上，第一时间给池嘉拨了电话。她语气微醺，和池嘉汇报着行程："晚上有应酬，才到家。"

又被放鸽子，池嘉心里多少有些不快，但听景芮声音疲惫，只问了一句："你又喝酒了？"

"谈生意哪有不喝酒的。"景芮略过这个话题，直接问，"你今晚怎么不过来？说了到我这边来住。"

景芮比较强势，池嘉恰巧不喜欢她用这样命令式的口吻说话，仿佛一切都要听她的安排。她想见自己的时候，好像自己必须出现，但自己想见她的时候，她又总有各种推不开的应酬。

"你不也说晚上来接我的吗？"池嘉赌气道。虽然她知道景芮忙，有时候顾不上自己，约好出去玩也时常放她鸽子，但次数多了，心里难免有怨气。

"我今晚的确抽不开身。"

"我知道你忙。"池嘉打断景芮的话，"没事，反正又不是第一次了，我习惯了。"

这话里一股子委屈劲。

景芮又道："今天是我不好，明晚一定来接你。"

池嘉沉默了几秒，道："我住这边挺好的，上班方便。"

景芮揉了揉额头，无奈道："别生我的气了，池小姐。"

"我没生气。"倒也谈不上生气，池嘉只是心里有些不痛快，听景芮的声音也很累了，她也不愿意太过分。

"那为什么不搬来和我一起住？"

池嘉脱口而出："我本来就没想搬去跟你一起住。"

景芮笑了，颇为怀疑地问："你真不想？"

"我不想。"

狠话已经放出去了，这下池嘉更不肯低头了，这次着实口是心非了，明明白天还期待了一整天。

在景芮面前，池嘉就是典型的死要面子活受罪，心里再想，也要别扭一下。这大概是因为她和景芮嘴硬惯了。

这点上，两人算是在长期斗智斗勇。

池嘉越嘴硬别扭，景芮就越欲擒故纵，百般逗到池嘉暴露本性为止。

这一过程，也算得上乐趣无穷。

"嗯。"面对池嘉的拒绝，景芮只是云淡风轻地应道。

池嘉还等着景芮来求自己，没想到就等来一句"嗯"，她气到不行，于是冷冷地甩了一句："我要睡觉了。"

景芮隔着电话都能感觉到那头的别扭劲，不过治池嘉，她有的是办法。

池嘉一头倒在床上，临睡前她又捧着手机刷了刷，连个消息都没有，姓景的大概是想气死她吧，就那样挂了电话。

景芮洗完澡，挑了条池嘉之前说好看的睡裙换上，然后给池嘉打了视频电话。

看到对方的视频邀请，池嘉这才好受些，她刚一接通，扑面而来，简直是溢出屏幕的……"狐狸精"气质。

"干吗啊，我都要睡了。"池嘉盯着屏幕，这会儿半点睡意都没有了。

"看看你是不是还在生气。"景芮倚在床头，笑道。

"我说了没生气。"

景芮顿了片刻，撒娇道："我一个人睡不着。"

池嘉知道景芮是故意的，于是拆台道："以前你一个人不也睡得挺好的吗？”

景芮腹诽：看你能忍多久。

就这样，两个人幼稚地杠上了。

池嘉虽然熬过了第一晚，但终究是没能抵抗住，她哪能想到景芮那么无聊，不管多忙，每天晚上都会摆出各种造型跟她视频。

不愧是“狐狸精”中的战斗机。

终于逼得池嘉忍无可忍，最后还是她先向景芮妥协。

视频到了一半，池嘉突然问：“你明天有时间吗？”

景芮佯装没听清：“你说什么？”

池嘉一点面子都不给景芮留，也不再跟景芮打太极：“你不就想我搬去你那边住吗？我搬过去还不行吗。”

池嘉嘟囔着，一口气说了一大堆。算姓景的狠，她不仅是“狐狸精”，还是个“老狐狸精”，每晚都和她视频，就是不主动见面。

这都过去三天了，池嘉抓狂了。

池嘉承认，跟景芮斗，她段位还不够。经过这次的深刻教训后，在有些事情上，她大概再也不会口是心非了。

景芮最擅长心理战，她治池嘉的法子简直信手拈来。对付池嘉这样傲娇嘴硬的，她看透了，不能一味去哄着，有时候非得惹急了，才能让对方坦诚主动。

“想见我了？”看着屏幕里池嘉就快奓毛的模样，景芮轻声反问道。

池嘉只是死要面子一直在等景芮先低头。

这些天她后悔自己作了，前两天要是别那么犟，现在也不会这么抓狂了。

毕竟她跟景芮都忙，就指望着晚上那点时间见面。

即便隔着屏幕，景芮的计划也完成得很成功，甚至超过了预期的效果。

“是不是？”景芮朝着镜头笑，又问了一遍。

池嘉表示认输，她盯着画面里的景芮，凶巴巴地埋怨道：“你说呢？”

“你不说我怎么知道？”景芮第三遍问这个问题，“到底想不想？”

池嘉沉默了一会儿。

“想了！”明明是句温柔的话，池嘉却是嚷嚷着说出来的，个人风格明显，她怀里抱着只枕头，再一次主动提起搬家的事，声音不大，“你明天来接我。”

早知如此，何必当初。

“得周末才有时间，明天外地有个会，这几天有些忙。”

又没有时间，池嘉黯然，随口吐槽道：“你什么时候不忙了。”

“这个周末一定去接你。”

其实这周末，景芮也有行程安排，只不过考虑到特殊情况，就往后顺延了。

“你话别说得太早，到时候又见不着人影。”

池嘉不信，平时就算周末，景芮也是神龙见首不见尾。

看样子还在为自己那晚没去接她生闷气，景芮当然也明白，池嘉生气不只是因为那个，自己空闲的时间的确少了点：“以后不会了，我答应你。”

池嘉事业心也挺重的，嘴上可能不饶人埋怨几句，心里还是理解景芮的。她怕景芮多想，认真道：“如果工作忙不过来，我能理解，我说真的，没生气。”

即便不生气也开心不到哪里去，光是看池嘉那副怏怏不乐的表情，景芮心里就明白，她笑道：“工作能有人重要吗？”

池嘉听了，心头泛起一股甜，景芮应该知道她周末过生日吧，所以才说一定会陪她。池嘉扬了扬嘴角，朝景芮说：“那当然，工作必须没我重要。”

“池小姐。”

池嘉静静地盯着景芮，等她说下一句。

“我想见你。”

很寻常的一句话，因为是从她嘴里说出的，才能独一无二，让自己心生欢喜。

尽管开心了，池嘉还是撇嘴道：“那你还不来接我？我让你不来接我，你就不来接我啊？”

这一句才是池嘉最真实的想法，只不过平时极少从她嘴里说出来。

景芮望着视频里的人按捺不住笑意：“以后我们都别犟了，好吗？”

“嗯。”

池嘉点头同意，她们见面的时间本就不多，如果再闹点别扭，就给折腾完了。

“早点睡觉。”景芮准备挂断电话。

池嘉下意识地叫住景芮："等等。"

"怎么了？"

池嘉迟疑片刻，才甜甜道："想多跟你聊会天。"

景芮也依依不舍道："小狐狸精，等我回来，看我怎么收拾你。"

池嘉也不知道自己什么时候在景芮那儿荣获了"小狐狸精"的美誉。

又是无人陪伴的一晚。

景芮要去外地出差，还得忙好几天。

黑暗中，池嘉翻了个身抱紧怀里的枕头，上面好像残留了点景芮身上的香气。

辗转反侧过后，池嘉才迷迷糊糊地睡去，还做了个美梦。

第二天清早，池嘉还徘徊在梦境与现实间意犹未尽。她习惯性地探手往床畔摸去，结果摸了个空，这才坐起身揉了揉脑袋，清醒过来。

满室明媚，窗帘已挡不住暖热的日光。

池嘉呆坐在床上。

自己真是没救了。

终于熬到了周五。

晚上八点，几人有说有笑的。

"今晚池女王请客，我们可得敞开肚皮吃，好不容易才逮着机会宰一回。"

"可不是吗，我连早餐都没吃，就等着这一顿。"

"女王上个月又是产值第一，必须让她放点血。"

"咱们池女王过生日，这才是重点。"

"对对对，祝我们小仙女年年十八岁。"

"今年再找个'高富帅'……"

"哎，你们几个有完没完了。"池嘉万分嫌弃地打断这群大老爷们儿的"彩虹屁"。

池嘉明天才过生日，之前就答应今年生日请部门几个同事吃饭，只不过明天肯定得和景芮一起过，所以她把饭局提前了一天。

嘈杂的脚步声，最后停在一家高档餐厅门口，池嘉在部门一群大老爷们儿的拥簇下，绿叶衬红花般出现在了九号。

去景芮开的餐厅吃饭，这叫肥水不流外人田。

“池小姐，这边请。”

和往常一样，九号的客人不算多，用餐环境舒适、优雅。

“小嘉姐，你是怎么订到位子的？”

池嘉甩了甩头发，抛了一句含义万千的话：“我跟你们可不一样。”

的确不一样。

九号不少工作人员认识池嘉，甚至知道这位池小姐跟他们老板交情匪浅，员工私下八卦时，都称池小姐为“小老板”。

餐厅上菜速度很快，没多久便齐了。

“来来来，干杯，提前祝我们的池女王生日快乐！”

一行人吃饭就是热闹，但池嘉拿着酒杯，心里还在想景芮什么时候回来。她正准备喝酒时，手机突然响了。

她忙招呼了一声：“我接个电话先。”

池嘉滑动手机，一接听，就听见景芮说：“只准喝一杯。”

“啊？”池嘉一下没反应过来。

“不能喝多了，只准喝一杯。”

景芮站在二楼，见一楼餐桌旁，池嘉举着手机傻傻的模样，笑了。

“你怎么知道我在……”

池嘉这时候才反应过来，她马上四处巡睃，在寻找什么，最后在抬头的时候，目光定格了。

景芮正举着手里的高脚杯，笑着做了一个“碰杯”的动作，那笑容甚是动人。

池嘉愣了愣，咧嘴傻笑起来，就知道玩这种把戏，不过，还是开心。

现在的情形真的像极了去年，那时候池嘉也是和部门的同事一起吃饭，景芮就在二楼看着，偶然对视上，池嘉觉得这个女人有种红颜祸水般的漂亮。

“你怎么就回来了，不是说晚点吗？”池嘉问道。

“刚回来，想给你个惊喜。”

景芮知道池嘉今晚在这边做东请吃饭，所以一下飞机，就直接往九号来了。

这个惊喜的确给到了，池嘉现在连吃饭也没心思了。

“你先吃饭。”景芮看穿了池嘉的心思。

“你要不要下来一起？”池嘉一直瞟着二楼的方向。

“我吃过了。”

景芮挂断电话以后，独自喝了杯酒，等池嘉再看向她时，她眨了下左眼，朝池嘉抛去了一个媚眼。

池嘉会意，可她还没表示什么，她这桌的男同事们就按捺不住自己激动澎湃的心情了。

“老板真的好漂亮啊！”

“小周，人家跟你打招呼呢！”

“是我吗？”坐在池嘉身旁的小周一下挺直了腰背，像打了鸡血一样。

“是啊，就是跟你打招呼。”

池嘉敲着桌子：“你们胡说八道什么呢？”

景芮这一个眼神，让这群男同事完全迷失了自我，压根就没人听池嘉说什么。

“她好像过来了。”

“真朝我们过来了。”

“小周，你主动点，问她要联系方式，有机会。”

一群人无比亢奋，只有池嘉一脸嫌弃，脑门都要冒出冷汗来了。

景芮越走越近，然后停在池嘉面前，就像询问普通客人一样：“今晚的菜式，还满意吗？”

池嘉张口还没来得及回答，就听一旁的小周连连答道：“满意满意，特别好吃。”

“对对对。”一行人一起附和。

“喜欢就好。”景芮朝池嘉淡笑。

“你好，能给我……给我留一个联系方式吗？”

在其他损哥们儿的眼神怂恿下，小周还是鼓足勇气开口了。

池嘉瞪向景芮，心里暗戳戳地较劲，让你没事像个“狐狸精”一样乱抛媚眼。

“不能。”景芮脸上保持着一如既往万人迷式的微笑，“有人会不高兴。”

一桌人，除了池嘉，都瞠目结舌，无话可说。

池嘉很满意景芮的回答，因为景芮说这句话时，悄悄碰了她的手。

景芮又露出了一个迷倒众生的微笑：“各位慢用。”

池嘉觉得周遭男人的眼睛都要长景芮身上了，急得她再一次用眼神狠狠示意。

景芮垂眸盯着池嘉，弯着嘴角，也只有池嘉明白这笑里的意思。

瞬间，池嘉有种想拉着景芮的手直接摆桌上的冲动。

如果池嘉真的这么做，景芮反而会开心。

冲动转瞬即逝，池嘉最终还是选择了低调，她悄无声息地跟景芮对视了一眼。

“我刚刚没听错吧？”

“没听错，太可惜了。”

“唉……”

几个人碰杯喝着酒，一片唏嘘声，还没从刚才的突发状况中走出来。

而池嘉低头看着手机花痴般笑着，因为景芮转身就给她发了微信：“我在楼上等你。”

“小嘉姐，干杯啊。”

“不喝。你们赶紧吃，别磨磨蹭蹭的。”

池嘉一看到景芮那句“我在楼上等你”，心早就飞走了，一个劲地催促着。

“晚上去唱歌吗？”

池嘉冷嘲热讽道：“就你那破嗓子，为什么对制造噪音那么执着？”

“那去泡吧？”

“你都一大把年纪了泡什么吧，有时间回家泡脚养生。”

“小嘉姐，就蹭你一顿饭，你不用这么损我们吧，以后有的是机会让你蹭回来。”

“……”

好在平日里大家互损惯了，也不觉得有什么，反倒是你一句我一句调侃起来，饭桌上更加欢乐了，一片和谐。

快收尾时，池嘉准备埋单，结果——

“您过生日，我们老板特意交代您这桌免单，还有，”服务生看向池嘉时，脸上的笑容十分耐人寻味，然后凑到池嘉耳畔，小声道，“以后您来吃饭，都直接记老板账上。”

“过生日就能免单，这么好？”

其他人自然不明就里，不知道这待遇不是每个人都能有的。

吃完饭，池嘉赶紧打发走这群闲人，要是知道景芮这么早回来，这顿饭她指定不请了。

楼上的办公室，于池嘉而言是个熟悉的地方，来过的次数她自己也记不清了，只记得当初这里是她噩梦开始的地方。

景芮是怎么折腾她的，现在还历历在目。如果要她在所有客户中评选一个最讨厌的，池嘉百分之百选景芮。

池嘉随意轻敲了两下，便推开了办公室的门，她往办公桌方向望去，景芮好像在忙。

景芮抬头："这么快就吃好了？"

"就吃个饭。"池嘉慢慢悠悠地走到景芮面前，她大概回来得匆忙，衣服还没来得及换。

一身偏正装的打扮明明应是严肃高冷的，但在景芮身上，池嘉一点儿都感受不到，反而有点欲盖弥彰的感觉。

果然，下一秒。

"过来。"景芮笑着牵过池嘉的手，让池嘉坐在她身畔，她嗅到了若有若无的香气，她记得池嘉平时不太爱用香水的。

"干吗呢？"池嘉忸怩了下，这是习惯性反应。

景芮也适应了池嘉这样，越是这样，反倒越觉得她可爱。

池嘉今天还刻意打扮了一番，换了一条平时不怎么穿的长裙，配上很少穿的高跟鞋……从头到脚，小女人味十足。

景芮伸手撩开池嘉的长发，探过鼻尖，嗅到了阵阵香水味，淡淡的，却沁人心脾。她闻了闻，道："今天打扮得真漂亮。"

"回来也不早点告诉我。"池嘉一开口，就说些有的没的，但能明显感觉到自己的脸部温度在上升。

"一下飞机就跑来见你了，这还不满意？"景芮望着她的双眸，嫌她对自己太冷淡，于是慢慢道，"我记得前些天，有人说想见我来着？"

池嘉忍不住抿唇笑了笑，其实她心里恨不得天天能这样，再加上这些天和景芮犟，硬是忍着没见面，她心里快憋屈死了。

"你难道不想见我？"池嘉还是说了句自己都觉得肉麻的话。

景芮捏了捏池嘉的鼻子："想。"

池嘉一想到刚刚在楼下，景芮把那些男人迷得神魂颠倒，心里就莫名不爽。

“嗯？”

“刚刚在楼下，又到处抛媚眼。”

“什么叫‘又’，我有没有抛媚眼你不知道吗？”景芮挑了挑眉。

“他们看你看得眼睛都直了！”池嘉斤斤计较着。

“这也要怪我？”

“谁让你……”池嘉思来想去，找不出理由，可硬生生也要憋个出来，“谁让你笑得跟个‘狐狸精’似的。”

“蛮不讲理。”

景芮笑着点评池嘉，只不过语气里满是迁就。

室内安静了片刻。

“嗯。”池嘉的头稍稍往后仰了仰，轻哼了哼。

“这个周末，我把自己留给你一个人。”景芮承诺道。

“真的？”

景芮轻揉着池嘉的脸颊：“还有这几天欠下的，都好好补给你。”

池嘉心满意足地笑了。

景芮的手探了过来，池嘉连忙牵住她。

“你先陪我去个地方。”

“都听你的。”对池嘉，景芮有求必应，“反正，今晚时间还长。”

街头灯火阑珊，繁华热闹。

“你要带我来的就是这里？”

景芮一路紧牵着池嘉的手，见池嘉一副神神秘秘的样子，还以为她要带自己去什么特别的地方。

“是啊，你先陪我逛街，然后我们再去看电影。”

池嘉扯着嗓子跟景芮说着晚上的安排，脸上笑容灿烂，其实这些安排都普通得不能再普通了。

“你就这点要求？”

“就这点要求，你都没满足过我。”

景芮想想，池嘉说得也没错。明明什么都没做，她却在夜色下笑靥如花，景芮似乎能理解池嘉的这种喜悦。

“我们去那边。”

池嘉兴高采烈地拽了拽景芮的手，能逮着机会让景大小姐陪自己逛街可真不容易。她喜欢热闹，更喜欢景芮陪着她一起热闹。

当池嘉牵着景芮的手走进商场，两个大美女走在一起，回头率超高。

“这个色号好看吗？”

“今年的流行色。”

“不用在这儿试，”景芮拉住池嘉的手。

池嘉还没来得及反应，景芮就跟导购员道：“这些全要了。”

和景芮逛街，池嘉听得最多的话是：

“全要。”

“都要。”

“刷卡。”

“不用买这么多的。”池嘉这时候才意识到自己搭上了一个有钱的姐姐，以前她虽然也总说着傍大款，可那就是白日做梦想想。

一时间，池嘉好不适应。

“这多吗？”景芮不以为然地望着池嘉，“你喜欢就好。”

池嘉还没说什么，一旁的柜姐听了都要开心得昏厥过去：“美女，你闺密对你可真好，实名羡慕了！”

“不是……”池嘉刚想说点什么，景芮便打断了她的话，饶有兴致地对柜姐说道：“给她刷卡，应该的。”

柜姐愣了愣，依旧喜笑颜开，一边结账，一边熟练地吹着“彩虹屁”。

两个人又逛了一会儿。

看着手里的大包小包，池嘉磨磨蹭蹭，还是开了口：“我说来逛街，不是想让你给我买东西。”

这话一说出口，感觉怪怪的。

“我给你买不应该吗？少跟我犟。”景芮用一句话便堵住了池嘉的嘴，还打趣道，“我赚的钱不拿来花，难道给别人花？”

“你倒是敢！”池嘉瞬间像吃了炸药一样，火力全开。

“有你这么一只母老虎，我哪敢。”

“景芮，你骂我。”

算是风水轮流转了，当初景芮怎么刻薄池嘉的，池嘉现在就双倍奉还回去。

“不对，你要是母老虎，”池嘉一抓狂，景芮就笑得合不拢嘴，她捏了捏池嘉的半边脸蛋，“也是最漂亮最可爱的那只，行了吧？”

池嘉半晌才反应过来："你还骂我！"

景芮笑个不停："别闹了，我陪你去看电影。"

两个人将大包小包的东西先送回了车里，因为两人晚间都喝了酒，所以景芮是让司机开车过来的。

两个人兴致勃勃地跑去电影院，结果看了部烂片。影院里骂声一片，但丝毫不影响池嘉的心情，心情好，胃口也好了，她吃了一大桶爆米花，又喝了一大杯奶茶，把胃都撑着了。

两个人走出电影院时，已经是晚上十一点多了。

街上的行人不多了。

池嘉胃里有点胀，景芮就带着她，沿着街道慢慢地散步消食。

微风徐来，吹得人心情愉悦，池嘉忍不住哼起小曲来。一旁的景芮看得入神，池小姐可是笑了整整一晚上。

因为池嘉，景芮也好久没笑得这么开心，即便点点滴滴都很平淡，却觉得有趣，比如像现在这样，浪费着时间，无所事事地轧马路。

"逛街、看电影就这么开心？"景芮慢下了步子，心想池小姐也太容易满足了。

池嘉有时候觉得景芮特有情调，有时候又觉得景芮比她还没情调，或许"狐狸精"的情调，只限于某些特定场合。

"不是因为逛街和看电影。"

"那是因为什么？"景芮随口问道。

"因为……"路灯下，两人都停了步子，池嘉转身望着景芮，暖橘色的光线下，她的笑容比平时还要多上几分温柔，美得像幅画。

想了片刻，池嘉嘴角扬起，平静地说道："因为和你在一起就很开心。"

语气里没有过多起伏的情绪，只是在客观表述着内心最真实的想法。

景芮望着池嘉，同样一脸笑容。

街道上，两人被灯光拉长的黑色斜影，渐渐靠近，直到融在一起。

两人相视而笑，什么也不说，就这样安安静静地靠在一起，一脸满足。

许久，才想起去接她方才的话："那你要做好准备了。"

"什么准备？"

"每天都这么开心啊。"

"啧。"池嘉有些后悔刚刚说出那句心里话，景芮本来就自恋，以后在自己面前还不得更加得意。

“搬来和我一起住吧。”景芮这回说得无比认真。

池嘉听到这句，又控制不住嘴角上扬的弧度，过了会儿才收敛点，她扭过头盯着景芮的双眸，俏皮道：“既然你都这么说了，那我就勉为其难满足你咯。”

“你脸皮可真够厚的。”景芮笑容里略带嫌弃，也不知道前些天是谁再三强调让自己去接人。

“没你脸皮厚。”池嘉抬手推了推景芮的肩，含含糊糊地说道，“有人在看我们。”

景芮这才放开她。

夜已深。

景芮看了看时间：“我们回去吧。”

“嗯。”

司机开着车，池嘉和景芮坐在后座，池嘉就像无骨的软体动物一样靠在景芮的肩上，眼睛瞟着窗外匆匆而过的夜景。

“逛累了？”

池嘉摇摇头，她平时性格虽然独立又倔强，可在景芮面前，还是会偶尔示弱。景芮很会照顾她，她喜欢。

景芮没带池嘉去之前的那套公寓，而是带她去了临湖别墅区，正是去年她交给池嘉主设计的那栋别墅。

说起来，她之所以买这栋别墅就是因为池嘉，后来设计基本全权交给了池嘉发挥，风格自然也是池嘉喜欢的。

一切，好像冥冥之中就注定了。

“怎么来这儿了？”

“以后我们就住在这儿。”景芮牵着池嘉进屋。

池嘉很了解这套房子的结构，包括里面的所有细节，毕竟都是她亲自把关的。只是设计时，池嘉怎么也想不到，这里以后会记录她和景芮在一起生活的点点滴滴。

“你把眼睛闭上。”

“你想干吗？”池嘉听话地闭上眼睛，心里其实已经猜到了七八分。

景芮牵着池嘉的手一路来到二楼的主卧，轻轻推开门，景芮从背后扶住了池嘉，而池嘉依旧闭着眼，但已经掩不住嘴角的笑意，催促道：“好了没？”

"好了。"

池嘉睁开眼睛，房间显然是被精心布置过的，就连空气中都散发着她平时喜欢的香气。眼前是一大面落地玻璃窗，视野开阔，夜晚的湖景正美。

在零点刚过的时候，景芮轻声说了一句："生日快乐。"

看着景芮为自己准备的生日蛋糕和礼物，想着今晚的一切，池嘉非常感动。她没想到景芮会记得她的生日，而且还精心准备了一切。

"就过个生日。"池嘉看着蛋糕上的一行小字"to 小狐狸精"，感动归感动，嘴上还是忍不住吐槽景芮，"还有，'小狐狸精'听着怪怪的。"

景芮再次被池小姐打败了。

可能池嘉也意识到自己太口是心非了，景芮那么忙，还花心思为她准备这些，她扭过身，说道："谢谢。"

"快许愿吧。"景芮点好了生日蜡烛。

池嘉合起双手在摇曳的烛光前许下生日愿望时，比她之前任何一次都要虔诚。

池嘉许完愿，吹灭了蜡烛。

"你幼不幼稚！"一不留神，池嘉就被景芮用奶油抹花了脸，"你还拍照，不许拍！你快给我删了，景芮。"

景芮笑着将手机扔到一旁，望着她脸上的奶油，轻抬她的下巴，一脸坏笑："别动，我帮你。"

池嘉看景芮的样子，就知道她打着坏主意。

果不其然。

"狐狸精！"池嘉唤出熟悉的称呼。

景芮又问："你知道蛋糕怎么吃更好吃吗？"

池嘉疑惑地望着景芮："嗯？"

景芮低声笑道："我教你。"

第二天，池嘉睡到自然醒。

她睁开眼，发觉怀里抱着的是枕头，景芮已经起床了。

坐起身，池嘉伸了个懒腰，眼神一瞥，才发现床头柜上摆着一个相框，照片上的人竟是自己。她拿过相框，照片是去年在枫山观景台看日落时的情景。

这个角度，是景芮偷拍的。

池嘉将相框放回原处，一边回忆，一边傻笑。

此时阳光洒满了房间，池嘉看了看时间，这一觉她直接睡到了中午。

简单套了件长款T恤后，池嘉掀开被子下床，赤脚踩在被阳光晒得暖洋洋的羊绒地毯上，很舒服。

池嘉站在落地窗前，暖风和煦，拂面而来，她呼吸着新鲜空气，眯着眼睛眺望远处，湖面在阳光的照耀下波光粼粼。

心情大好，所以，眼前的一切都是美的。

景芮走到卧室门口时特意放轻了脚步，池小姐正站在窗前神游，她淡笑着，慢慢朝那绰约的背影靠近。

池嘉听到了细碎的脚步声，只是还没来得及回头，熟悉的香气就随之而来。

“可算醒了。”

池嘉回过头问景芮：“你起床怎么不叫我？”

景芮想了想，笑道：“我怕挨骂。”

“说得我真跟母老虎似的。”

池嘉知道景芮的潜台词是什么，之前她每次起床，总喜欢对景芮撒上一顿起床气。

景芮摸着池嘉的手臂，有些凉，见她还光着双腿，便催促道：“先去换衣服。等下，我给你做好吃的。”

“嗯。”

两人说些琐碎的话，可就莫名觉得好开心，池嘉还沉浸在其中，她转过身望着景芮：“我发现……”

“什么？”

“你还挺贤惠的。”

“嗯，今天你眼神挺好使的。”景芮点评。

池嘉：“……”

“一副傻样。”景芮瞧着走神的池嘉，忍不住摸了摸她的头，笑道，“快去换衣服。”

“嗯。”

这一带的绿化极好，耳畔隐隐能听到鸟鸣，空气里飘荡着花朵初绽的清香。站在窗前，暖洋洋的日光洒在身上，池嘉望着景芮笑时，才真真切切地感受到夏天来了。

池嘉在景芮面前变得有多爱笑，大概她自己都没意识到。但景芮深有体会，不管是开心的撒娇的还是别扭的样子，都是属于自己的。

“我要去换衣服了。”

景芮挑眉，戏谑道：“要我帮忙吗？”

“不需要！”池嘉朝景芮扮了个鬼脸，溜得飞快。

换了睡衣后，池嘉胃里空空的，闻着香味就下了楼。此刻，景芮正在楼下厨房里煲汤。池嘉揉着肚子走进厨房，撒娇道：“我好饿啊。”

景芮回眸一笑，然后弯腰从柜子的抽屉中拿出一根巧克力棒：“先吃点这个垫垫，别吃太多。”

看着熟悉的巧克力棒，池嘉十分无语，景芮竟然在家里常备着巧克力棒，真够恶趣味了。

池嘉爱吃些小零食，在她搬过来之前，景芮就在家里准备好了，楼下三开门的冰箱里，全是池小姐爱吃的。

院子里的阳光正好。

“生日快乐。”

“干杯。”

简简单单，几道菜，一瓶酒。

二十四岁生日，只有她和景芮，虽然没有以往热闹，却最是难忘。

“再多吃点。”景芮一个劲地投喂。

“我吃得够多的了。”

要是天天被景芮这么喂，不出一年，池嘉敢保证自己得胖上一圈。

午饭过后，两人躺在天台的躺椅上晒太阳，阳光明媚，温度刚刚好。

池嘉拿了杯酸奶，揭开杯盖后坏笑着递给景芮：“给你吃。”

“你就让我舔盖？”景芮蹙着眉心。

“这可都是精华。”池嘉一本正经地胡说八道。

景芮侧身看向池嘉：“现在就对我这样，以后你还不得虐待死我？”

每每提及以后，池嘉就觉得特别踏实。

“我尽量不虐待你。”池嘉捏着景芮的耳朵玩。

“什么叫尽量不虐待？”

“行行行，”池嘉以开玩笑的口吻说出了最认真的话，“我保证会对你好。”

景芮回道：“这还差不多。”

池嘉盯着景芮突然有感而发：“你想过以后的事吗？”

现在的景芮心里已有确切答案，她告诉池嘉：“以前没想过，现在经常会想。”

景芮说这句话时，一直盯着她的眼睛，认真极了。

池嘉心里偷偷乐了会儿，却明知故问：“因为我？”

“嗯。”

听到这儿，池嘉心里的欢喜都写在了脸上，但还是不相信：“你不是在哄我开心吧？”

“从来都不是。”景芮在池嘉的脑门上敲了下，“又瞎想。”

池嘉只是随口一问罢了。

“你呢？”景芮凝视着池嘉，反过来问她，“想过以后吗？”

“当然。”池嘉回答得坚定，也正是因为想得太多，才一直心神不定。

知道这是池嘉敏感的话题，景芮拍了拍她的脸：“别想太多。”

池嘉心不在焉地应着：“嗯。”

“来，给我尝尝。”见池嘉开始胡思乱想了，景芮便转移她的注意力，伸出舌尖舔了一口杯盖上的酸奶。

池嘉看到她的动作，笑道：“景芮，你舔得好不正经。”

景芮权当她在夸自己有魅力了。

“我真是受不了你了。”池嘉嘀咕着，简直没眼看。

正在这时，手机铃声响起，原本池嘉不想理会，但一直响个不停的铃声颇为聒噪。

“休假，别理了。”景芮扳过池嘉的脸。

池嘉还是摸过手机看了一眼：“我妈打来的。”

景芮忙收回手，静静地听着。

“小嘉，生日快乐。今天放假吧？可得叫上朋友好好庆祝一下。”

“嗯。”池嘉接通电话时特别心虚，她吞吐道，“朋友陪我一起过，您放心好了。”

“什么朋友？”池丽舒八卦起来，“是不是男朋友？”

“不是，就是普通朋友……”

池嘉才刚说出“普通朋友”四个字，就发出一声惨叫，因为大腿被景芮狠狠掐了一下。

池嘉突兀地喊了一声，隔着电话，把池丽舒吓了一跳，忙关心道："怎么了？"

景芮狠狠掐了池嘉后，冷着脸将她推开，拿起手机自顾自地看着，不再搭理池嘉。

"没事。"池嘉揉着大腿，一面同池丽舒说话一面看向景芮，知道自己惹到她了，明明前一秒还温柔似水，就因为自己刚才那一句话，瞬间变了脸。

池嘉又同池丽舒聊了一会儿，无非是些家长里短，问问生活情况，几分钟后才挂断电话。

景芮还在低头看着手机屏幕，仍是不语，态度和方才相比，几乎一个天上一个地下。

景芮不说话，池嘉心里也紧张起来。

池嘉攥着手机，盯了景芮老半天，也不见她表示什么，于是凑到景芮身边，开口道："你别生气了。"

"我生什么气？"景芮抬头。

"你真没生气？"

池嘉不信，女人可是最了解女人，虽说她跟景芮差了好几岁，但闹脾气的本事那是一模一样。

景芮没回答池嘉。

见这状况，池嘉厚着脸皮去牵景芮的手，结果却被景芮一把推开了。池嘉心里暗叫不好，她不小心又把景芮惹毛了。

池嘉是典型的刀子嘴豆腐心，虽说平时脾气挺火暴的，但景芮如果真不理她，把她晾着，她心里比谁都焦急。再说，景芮要是狠起来，谁都不是她的对手。

"亲爱的景总。"

池嘉没办法，只好拉着景芮的手软糯糯地叫了一声，这招百试百灵。

景芮是生气，池嘉刚刚和池母打电话时，连半点犹豫都没有就说是普通朋友，她推开池嘉的身子，让两人保持距离："你可别乱叫，只是普通朋友。"

问题果然出在这里。

池嘉也很无奈："那我说什么？"

其实景芮能理解池嘉，但听池嘉那么说，她心里仍然不舒服。

“你再多给我点时间。”池嘉看着景芮道。

景芮松了一口气：“以后再说，没事的。”

池嘉每每想到这个问题，内心总是焦虑不安，也唯有景芮的安慰才能让她稍稍安心。如果不是有景芮的安抚和开导，她想她肯定坚持不下去。

“以后有的是时间。”景芮发觉在池嘉面前，她一直在承诺以后，这是她以前最不屑、最不会去做的一件事，“不管怎样，我都会陪着你。”

以前许多人对池嘉说过这句话，可后来也就那样了。现在景芮也常对她说这些，池嘉敏感，忍不住低声道：“你别总说些好听的来哄我。”

她怕希望越大，失望越大。

池嘉这句话莫名让两人陷入了沉默。

景芮听出了池嘉的潜台词，即便认真去给再多的承诺，都有种无力感：“所以还是不相信我？”

“不是。”池嘉试图解释。

“好了。”需要时间来证明的事情，不是三言两语就能说清，顺其自然就好，景芮及时换了个话题，“明天我带你去看日出。”

“看日出？”

“上一次不是没看到吗？你还怨我来着。”景芮想起之前，她们两人互相折腾得够呛。

那次约好看日出，结果只看到日落，池嘉笑道：“不怨你怨谁。”

“好，都怨我，你今天生日，我不跟你争。”

池嘉没再和景芮唱反调，她明显感觉到景芮的心情不如之前好了。她放下手机，捧着景芮的脸蛋，扯了扯对方的脸颊：“你给我笑一个，我总觉得你在生我的气。”

“别闹。”

两个人这么多天没见面，好不容易休假，池嘉什么都不求，就想和景芮在一起好好玩两天。

“别不理我了，亲爱的景总。”

池嘉要么不撒娇，撒起娇来无人可挡。

“少来这套。”景芮瞥了池嘉一眼，“我有那么小肚鸡肠？”

“有时候，”池嘉佯装深思，“有。”

“你说我是普通朋友倒是说得很顺口。”景芮揪住池嘉的脸，跟她算总账。

池嘉平时习惯了景芮对她百般热情主动，所以景芮不冷不热的态度把她逼急了：“我知道错了，你就饶了我吧。”

景芮看着在自己面前变得越来越小女人的池嘉，终于笑了：“一句认错就完事了？”

“那你想怎么样？”

“要罚。”

“那你想怎么罚？”池嘉挤眉弄眼道。

“罚你陪我躺会儿。”

晒着太阳，景芮眯上眼睛，她好久没有这样放松过了。

“昨晚累着了？”

果然还是舍不得罚自己，池嘉温柔地摸着景芮的头发，喜欢她这样依靠自己的感觉，让她觉得温暖，不再孤单。

景芮喃喃道：“你说呢？”

两人你一句我一语，四周渐渐安静下来。

好暖，池嘉余光瞥见落在自己手背上的阳光，又看了看景芮的脸，心底希望这样的时光能过得再慢一点。

第十章　>>>　**一起回家**

为了等第二天的日出，晚上她们便去了枫山古镇。现在这里正值山花烂漫的旅游旺季，和去年来的时候相比，完全是另一番风景。

次日，天还没亮。

“池小姐，该起来了。”

池嘉趴在床上死活不肯起来，眯着眼一个劲地叨叨：“困死了。”

景芮只好让她又睡了五分钟，最后是硬生生地将池小姐从被窝里拖出来的。池嘉刚想撒起床气的时候，就听到景芮温柔地说道：“再不起来就又赶不上看日出了，我给你拿衣服。”

“嗯。”池嘉的起床气硬是散了，景芮贴心起来，真的让她没脾气。

挣扎一番，两人还是赶上了日出。

日出时，迷雾刚散。

站在山顶，鸟语花香，山间被晨曦笼罩，一片美景尽收眼底。池嘉大口呼吸着新鲜空气，心情和初升的阳光一般明媚。

“好漂亮啊。”

“漂亮。”

池嘉扭头偷偷去看景芮时，才发觉景芮一直盯着自己看，脸上的笑容不觉绽放得更加灿烂。

上次匆忙，她们只是走马观花般看了看，这回时间充足，便好好在景区玩了一天，直到日落后才坐缆车下山。

两人依旧赶的最后一班缆车。

黄昏时分，同上次的情形一模一样，即使风景相同，心境不同也有着天壤之别。走了一天，池嘉玩累了，将头靠在景芮的肩上休息，不禁想起去年的光景。

“傻笑什么？”景芮偏头看向池嘉。

“我就是想笑。”

“有我陪着你，你是该笑。”

池嘉和景芮在一起的日常，都爱自卖自夸。

缆车又匀速下行了一段，只有风呼呼吹过的声音，反而衬得气氛更加安静。

池嘉突然正色道：“就是因为你对我太好了。”

景芮撇着嘴：“对你好还不满意？”

“所以我才害怕你是在哄我开心，万一以后你不在我身边了，那我怎么办？”

池嘉打了个不太好听的比方，她也没想过自己会纠结这个问题。以前她对别人从没有过这么强的依赖。她更不会去想将来对方离开了，自己该怎么办？

池嘉说完，都不知道自己说了些什么，只觉得很傻，将来的事谁又说得准？珍惜当下才是。

于是她闷闷道：“你就当我在胡说八道好了。”

景芮瞥了眼窗外，回头抚着池嘉的头发，低喃：“傻瓜。”

林间晚风吹得人十分惬意。

景芮轻抚着池嘉的头发，她的声音同池嘉一样，慵懒疲惫中包含着满足和幸福。这样就很好，她想一直这样下去。

池嘉与景芮感同身受。

“你老说我脾气差，等时间长了，还能忍吗？”缆车滑到中间时，池嘉抬头问景芮。

景芮笑道：“以后脾气应该会变好点吧？”

池嘉立马气呼呼道：“姓景的，你果然还是嫌弃我。”

“嫌弃什么？”景芮轻语，“不嫌弃，池小姐可爱得很。”

“我们以后肯定会天天吵架。”池嘉笃定道。

“打是亲骂是爱，你说的。”

池嘉开心地笑着，她跟景芮真是三句话说不到一块儿，可还是如此开心。如果幸福是有温度的，那一定是她的体温，温暖得恰到好处。

缆车抵达终点，工作人员将车门打开。

“景芮。”在下车前，池嘉突然正儿八经地叫了她的名字。

“什么？”

池嘉俏皮地说了一句话，才转身钻出缆车。

景芮紧随其后，她伸手牵住了池嘉。这个动作渐渐变成了习惯，只要在外边走着，她就会下意识地牵紧池嘉，一会儿看不到她的身影，目光就会四下寻找。

池嘉回头，两人瞧着对方时，都笑靥如花。

时间仿佛过得更快了，春夏秋冬交替，两年转瞬即逝。

池嘉现在谈不上喜欢哪个季节或者讨厌哪个季节，其实仔细欣赏，总能发现点美好。

拌嘴争吵在景芮和池嘉之间是常有的事。

池嘉觉得大部分原因是景芮心眼小。

就拿去年来说，池嘉在酒吧唱歌，偏偏秦东在台下喝酒，恰好被景芮看到这一幕，回去景芮就揪着池嘉不放，让她以后再也别去酒吧驻唱了。

池嘉当然不干，她就这么点业余爱好，因为这件事，两人争论了一晚。

不过两人也就犟了一天。

第二天下班，池嘉就乖乖买了花打算送给景芮，哪知道一进门，景芮也给她送上了红玫瑰。

两个人都学会了主动服软。

从那次起，池嘉就越发明白，再怎么闹，她们心里都在乎着彼此。

又是一年冬季，天空中飘起了小雪。

这是今年的第一场雪。

走出写字楼，池嘉不停地搓手、哈气，这时旁边传来汽车的鸣笛声，她忙小跑过去，拉开车门钻进副驾驶座，动作一气呵成。

车里卷入一股凉风。

“冻死了。”

“拿着。”

池嘉接过景芮及时递来的一杯热可可，掌心瞬间暖热起来，她瞥见景芮又是一身要风度不要温度的打扮：“你不冷啊？就穿这么点。”

“不是在室内就是在车里，冷什么。”景芮也不急着开车，见池嘉脸颊冻得通红，她伸手捧住池嘉的小脸，替她暖着，“自己懒得开车，就指望着我给你当司机。”

“你才接过我几次？”池嘉嘟囔，“说得好像天天来接我一样。”

去年池嘉升职做了主管，景芮送了她一辆跑车当礼物。池嘉哪敢开着跑车上班啊，她一小主管年收入才多少，要是开着价值七位数的豪车，比总经理还高调，还不得被公司的流言蜚语淹没。

虽然说起来，她的的确确是“傍”上了有钱人，但池嘉不甘心当一条咸鱼，尤其是去年跟景芮回了一趟景家后。

“要是不喜欢那辆，我换一辆给你。”

景芮揉了揉池嘉的脸，懂她的小心思。

池嘉抓住景芮帮自己暖脸颊的手，问：“你晚上不是还有事要忙吗？怎么还来接我。”

“提前忙完就过来了，不碍事。”

“我的意思是你忙完就回去休息。”

“你不也在加班？”

“今天表现得很不错，来，奖励一下。”池嘉探过身子。

景芮在池嘉的腰上轻轻掐了掐，笑了。

池嘉催着景芮：“赶紧开车。”

“这么急干吗？”

池嘉说得理直气壮：“我想干吗你不是最清楚。”

两人日常拌了几句嘴，景芮才开车往熟悉的方向驶去。

两个人回到别墅，如今这套房子里已满是两个人生活的痕迹，即便琐碎也很幸福。

今年过年，池嘉暗戳戳计划了一件重要的事。

景芮跟池嘉有默契，心中都明了，她主动跟池嘉商量：“今年过年我和你一起回去吧，也跟阿姨见见面。”

“不行。”池嘉果断拒绝，她怕景芮会受委屈或者让景芮看到自己受委屈，不论哪一种，她心里都不好受。

景芮态度很明确："我必须陪着你。"

"你放心好了，我妈没那么不讲理。"

池嘉一副轻松的语气，但说实话，她心里真没什么底。

池嘉是在除夕前一天到家的，景芮说要陪她，她执意拒绝了。

"回来啦。"

"嗯。"

"你休息下，待会儿就能吃饭了。"

和往年都是差不多的情形，只是池嘉这次回家，内心有些惶恐不安。原以为自己做好了准备，可面对池丽舒时，池嘉还是紧张担心。

池嘉换了衣服走进厨房："妈，我来帮您。"

池丽舒回头看池嘉在切菜，动作还挺熟练的，不禁感叹："哟，现在还会做饭了？"

"会做几个简单的菜，等下让您尝尝我的手艺。"

景芮做饭时，她时常打下手，见得多了自然而然也会点。

池丽舒乐得合不拢嘴："这真是太阳打西边出来了。"

餐桌上，池嘉心不在焉地一粒粒吃着米饭，中途停下来叫了两次"妈"，最后又都说了些无关紧要的话圆过去。

"今年倒是比去年长好了点。"

池丽舒边说边给池嘉夹菜。

在池嘉老家这边，长辈说晚辈长好了，就是长胖的意思。

"是胖了点。"池嘉腹诽，还不是景芮给投喂的。

"现在这样刚刚好，以前干瘦干瘦的。"

"妈。"池嘉再一次鼓起勇气。

池丽舒抬起头，室内突然安静下来。

池嘉憋了半天，道："排骨好吃。"

"那就多吃点。"

池嘉又低头吃了一会儿。

"嘉嘉，你要是遇见合适的，可以处对象了。"

池丽舒照旧提起老话题，池嘉现在二十六岁了，事业不说多成功，至少也一直在上升发展，也该考虑考虑感情了吧。

果然还是逃不过这个话题，池嘉只好接了话：“其实，我不想结婚，但我遇见一个能一起陪伴到老的人了。”

一说这话，她的心就“咚咚咚”跟敲鼓似的。

“真的？什么时候的事？”池丽舒惊讶得都忘了吃饭。

池嘉默认。

“你怎么都不跟妈说？”

感情方面的事池嘉和池丽舒说得少，提过一两个，她以前分手那么频繁，也没好意思都说。

“你们是怎么认识的？他是做什么的？多大年纪了？”池丽舒连珠炮似的发问。

“自己开了公司，之前是我的客户，慢慢就熟了，三十来岁了。”池嘉一个个回答着，她没说什么公司，怕一说出口把她妈吓着了。

“那条件还可以，大几岁也没关系。”

池嘉苦笑不已，又别扭地夸了几句。

“他还会做饭？不错不错不错。”池丽舒乐呵呵地一连说了三个“不错”，她对会做饭的人格外有好感，池嘉笨手笨脚不会做饭，所以她老跟池嘉说，以后找对象一定要找个会做饭的。

“有照片吗？”

“啊？”

“快让妈瞧瞧。”

池嘉迟疑了。

短短几秒，最坏的情形在池嘉脑子里走了个过场。

池丽舒还在等池嘉回答。

“下次直接见面一起吃饭。”池嘉说得淡然，探着筷子在眼前最近的那盘菜里夹着，也不知道夹的什么便往嘴里送，结果嚼了口辣椒，她赶紧拿起一旁的凉白开往嘴里灌。

池丽舒将一道清淡的菜换到池嘉面前：“怕辣就别吃辣椒。”

“您以前做菜没这么辣。”池嘉又低头扒口米饭，慢慢地嚼着。

其实找个契机，心平气和地和池丽舒聊聊，池嘉觉得情形不会太糟糕。她想象不出池丽舒大发雷霆的模样，毕竟从小到大，她妈就没对她大声吼过，即便自己犯了错，妈妈也只是耐心地讲道理。

“什么时候带回家吃个饭？”池丽舒又绕回原来的话题。池嘉以前交往的男朋友，可从来没说过带回家见面一起吃饭，再加上池嘉现在一年比一年成熟，谈吐气质不再像当初那个风风火火的小姑娘，池丽舒自然对她放心不少。

“妈，您别老说我的事，你呢？”

“我有什么好说的。”池丽舒低头笑道。

“上回那个林叔叔，我觉得挺不错的，你们还在联系吗？”池嘉好奇地问道。她妈关心她的终身大事，反过来，她也关心池丽舒的终身大事。

“没联系了，不合适。”

“舅妈打算给您介绍一个，明天您去见见面吧。”

池丽舒没有再婚，池嘉心里很是过意不去。

她妈和她爸刚离婚那会儿，她年纪还小，她妈一门心思都放在照顾她上面，压根没考虑过再婚的事。后来她快念初中，她妈才谈了一个，都到了谈婚论嫁的地步，最后却因为自己的抚养问题闹掰了。

所以，她妈一直没有再婚，池嘉觉得原因在于自己，她非常希望她妈可以找个伴。

“你就别张罗了。”池丽舒打断池嘉。

“妈，您不需要再考虑我，我都这么大了。”池嘉仍是劝着，“我上班忙又不能每天陪您，您总不能一直一个人吧，找个伴不好吗？”

“妈妈现在过得很好，你别担心。”

“那您怎么总是催我结婚？怎么道理到您自己身上就不明白了？”

“我什么时候催过你结婚了？”池丽舒反驳，语重心长地说道，“嘉嘉，不管什么时候都不要因为将就而结婚，记住了吗？”

池嘉仔细想想，确实如此。

从来都是池嘉催婚池丽舒，池丽舒虽然偶尔过问女儿的感情状况，但从来没催过池嘉结婚。因为嫁给一个不合适的人，还不如一个人自在，池丽舒对这点深有体会。

“如果我一辈子不结婚，您就不反对？”池嘉换了个方式问，仿佛一下子找到了问题的突破口。

“前提是你过得好。遇到合适的人，你自然就会想结婚的。”池丽舒说这句话时，眼底忽然闪过一抹黯然。

“那这么多年，您就没遇到过合适的人？”池嘉反问。

池丽舒沉默了。

“既然没遇到就多给自己一点儿机会，明天去见一见吧，指不定合适呢。”

“嘉嘉……”池丽舒抬头，欲言又止。

餐桌上，母女俩端着饭碗各怀心事。

池嘉捕捉到池丽舒脸上细微的表情，大脑迅速做出分析判断，她试探着问：“妈，您是不是有情况了？”

池丽舒的犹豫让池嘉越发肯定自己的判断，她笑道：“您跟我有什么不好意思的？我开心还来不及呢。”

“不是。”池丽舒不知道该怎么解释。

“什么不是，我看就是。”池嘉心花怒放，她真心希望池丽舒可以多为自己着想，有自己的生活，而不是一门心思围着她打转，“您就别吊我胃口了，告诉我吧。”

“你这孩子，”池丽舒忙着给池嘉夹菜，“吃饭。”

池嘉一脸“我懂”的表情，拿出手机：“我现在就跟舅妈说一声，明天的饭局取消了。”

池丽舒这回没制止。

春节期间最是闹心。

一连过了几天，池嘉也没有找着合适的时机向池丽舒摊牌，每回都是话到嗓子眼又忍了回去，果然，摊牌的前一秒才是最需要勇气的时刻。

晚间，池嘉躺在床上翻来覆去，怎么都睡不着。折腾了良久，她还是拨通了景芮的电话，电话那头有些吵，她问：“你怎么还没回去？”

景芮还在参加宴会，道：“晚点才回家，你困了就早点睡。”

池嘉叹了口气，埋怨道：“过年也不消停。”

“怎么了？”

“想跟你说说话呗。”

“知道了，再等我一会儿。”

池嘉揉着怀里的枕头，面后又道，“你快点，我等你。”

别人都说池嘉变成熟了，在景芮面前，池嘉倒是一点儿都没变。

景芮一回到家，就给池嘉打了视频电话。池嘉正百无聊赖，一看到景芮的脸，瞬间有了精神：“到家了吗？有没有喝酒？”

池嘉现在酒也喝得少了，毕竟有人管着。

“就喝了一杯红酒。”景芮答道，她现在一有应酬就要向池小姐汇报，具体细节要精确到喝了几杯酒，否则池嘉有得闹。

池嘉：“还算听话。”

景芮直接问池嘉：“想我啊？”

“就几天没见面，有什么好想的。”

景芮笑了。

“池小姐，这几天都忙什么呢？”

“走亲戚、聚会啊，还有相亲。”池嘉故意去逗景芮，然后看她的表情。

“相亲？”听到这两个字，前一秒还很淡定的景芮果然坐不住了，“池嘉，你怎么还跑去相亲了？”

池嘉狂笑道：“我说给我妈相亲。”

景芮看着屏幕里池嘉一脸欠收拾的笑容，笑道：“皮痒了是吧？等回来看我怎么收拾你。”

池嘉现在孤单得很，倒有点想景芮来收拾她：“不过我妈好像有情况了。”

“那是好事。”

“嗯，她要是能再婚，我就放心了。”

安静了片刻，景芮又担心地问：“你还没跟你妈说吧？”

“还没找着合适的机会。”

“你先别说。”

“为什么？”

“我不放心你。”让池嘉一个人回去面对这些，景芮心里始终悬着块石头，落不了地。

“我说了没事，我妈讲道理的。”池嘉觉得池丽舒能说出女人不能因为将就而结婚的话，就应该比普通家长更开明。

“你说没事，和我担心你是两码事。”景芮态度坚决道，“我这边忙完了，已经订了后天的机票去你那边。”

“什么？”池嘉以为自己听错了，“这么突然，你怎么不提前跟我说？”

“现在不是说了吗？”

“你过来干吗？你先别过来。”

“过来见阿姨啊。”

池嘉有点儿慌了。

“我过来你不乐意？”景芮佯装不满，“池嘉，我就这么见不得人？”

“不是。”池嘉感觉自己解释不清了，“我不是这个意思。”

她只是担心景芮过来会受委屈。

“傻瓜，不逗你了。”景芮笑了笑，然后认真解释，“我知道你的意思，见面的事不着急。但我真的不放心你一个人在那边，我想过去找你。”

池嘉又一次被景芮轻柔疲惫的嗓音温暖到。

她以前总是说自己倒了八辈子霉才遇上景芮，但现在，她真的很庆幸自己能遇上景芮。

“早点睡觉吧。”景芮看着屏幕里穿着睡衣的池嘉说。

“不要。”

“怎么了？”

还能怎么了？想多说会儿话呗。

“我睡不着。”池嘉盯着景芮的脸，就是不挂断视频电话，隔了好几秒她才终于含糊承认，“是想你了。”

服软的那一刻，总是最可爱的。

景芮很满意池嘉的回答，还故意学着她方才的口吻，调侃：“哦，我们才几天没见面？”

“你不乐意跟我视频就算了，和完成任务一样。”

池嘉本来都做好了一周以后再见景芮的准备，可景芮这会儿又说后天就来找她，惹得她反而有些等不及了。

“哪里不乐意了？”景芮笑着将脸凑近屏幕，“我恨不得现在就去找你。”

池嘉抿嘴忍不住笑了。

“说得好听，这些天你就没主动给我打过电话。”

池嘉数落了景芮一阵，但她也知道景芮那头事情多，即使是春节休假，饭桌上也多的是变相的应酬。

她叮嘱道：“你注意休息，一年都没怎么休过假。”

“后天过去，我就当是去放松旅游了。你能抽一天时间出来，陪陪我吗？”

池嘉一想到即将要面对的事就头疼，偏偏景芮说得这么轻松，她只能回道：“你来了再说，我先给你订酒店。”

“我去了难道不住你家？”

“住我家？”池嘉愣了一下。

“池嘉，你脸都白了。”

“我哪有。”虽然池嘉知道景芮又在逗她，但她心里的确“咯噔”了一下。

“你后天什么时候到？我去机场接你。”

“下午三点。”

气温骤降，直逼零摄氏度。

雪花飞舞了一夜。

清晨，池嘉迷迷糊糊间习惯性地用手去摸索着，结果摸到的是枕头，她无精打采地起床拉开窗帘，外边白茫茫的一片。

池嘉站在窗前伸了个懒腰，这雪下得可真漂亮。

现在才七点。

池丽舒在厨房里做着早餐，手法熟练，看到池嘉起来了，意外得很：“今天怎么起得这么早？”

池嘉探头探脑地看了一眼厨房，朝池丽舒笑道：“大概是早餐太香了，把我馋醒了。”

平时池嘉不睡到九点可不会起床，今天却醒得这么早，景芮明明要下午三点才到。

“既然醒了，就快去洗漱，准备吃早饭。”

“遵命。”池嘉揉着头发，拖着步子往洗手间走去。

“乱糟糟的，谁家女孩子像你这样。”池丽舒笑道，只是望着池嘉的背影，她脸上的笑意又渐渐淡了下去，低头叹了一口气。

饭桌上，母女俩吃着早餐，安安静静的。

池嘉时不时地看向池丽舒，回来这么多天了，她有种很明显的感觉，她妈和她一样，心里边藏了事。

女人的直觉一向很准。

碗里的粥还冒着热气，池丽舒晾了半天也没喝，喊道：“嘉嘉。”

“什么？”

“吃蒸饺，特意给你包的虾仁玉米馅的。”

“我吃着呢。”池嘉夹起碗里的半只饺子，慢慢嚼着，最后还是凭直觉问出来，“妈，您是不是有事想跟我说？”

“是有件事。”

池嘉笑道：“您说，我听着呢。”

池丽舒又给池嘉夹了只饺子：“吃完再说吧。”

“妈，”池嘉放下筷子，觉得这件事情有必要问清楚，她想知道她妈究竟藏着什么心事，“还是直说吧，您是不是有情况了？”

池丽舒虽然犹豫了一会儿，但还是给出了肯定的回答。

“我就知道。”池嘉突然有种踏实的感觉，这么多年，她多想听到她母亲的感情有着落，至于池丽舒在犹豫什么，她想她现在也能猜到七八分，“如果您想从这里搬出去住，没关系的，我支持，我是说真的。”

“嘉嘉，我仔细想了，觉得这件事不该瞒着你。”池丽舒深思熟虑过后，认真地说道。

“本来就不该瞒着我，这是好事啊，是什么情况？”

“晚上再具体跟你说。”

“今晚？”池嘉一阵心虚，“今晚我可能要晚点回来。”

“有事吗？”

知道景芮要过来后，池嘉就找好了理由，这会儿撒起谎来脸不红心不跳：“我今天和朋友有个聚会，晚饭就不回来吃了。”

景芮今天刚到，池嘉自然不能把她一个人晾在酒店不管，否则，估计好长一段时间她都不会有好日子过。

“嗯，和朋友好好玩。”池丽舒答道。

池嘉越发好奇了：“您现在说也一样。”

池丽舒想了想，笑道：“给妈一点儿时间准备。”

“这要准备什么？好好好，我都听您的。”

池嘉总觉得她妈一反常态，粥喝到一半，她又道：“对了妈，下午用一下您的车，我要去机场接个朋友。”

池丽舒应了，也没追问是什么朋友，这让池嘉心里松了一口气。

下午两点多，池嘉便开车去了机场，哪知道碰上天气不好，航班延误了半个小时，池嘉在机场真是望穿秋水。

景芮保持一贯简约干练的穿着打扮，越简单反而越彰显她的气场，她踩着高跟鞋从出口走来时，洒脱利落，望向池嘉时脸上的笑却无比漂亮。

一见着景芮，池嘉不由自主地加快脚步，匆匆朝景芮走去。

其实相比之下，池嘉嘴上虽说得少，但行动早已暴露无遗。

景芮瞧着池嘉这副模样，心底陡然紧张起来，她放下行李箱，拉住池嘉，问道：“是不是受委屈了？”

“嗯，受委屈了。”

“到底怎么了？”景芮盯着池嘉的眼睛，一脸焦急。

鲜少看到景芮这样紧张的时候，池嘉憋了半天，才开玩笑道：“看不到你，觉得委屈。”

景芮无言以对，她着实被池嘉吓了一跳。她这次特意赶过来，就是担心池嘉受委屈，不管什么时候，景芮都想冲在前面。

“外边冷。”池嘉将自己的围巾摘下。

“我不冷，你自己围着吧。”

景芮说着，可池嘉已经固执地将围巾圈在了她的脖颈上，围得严严实实，围巾上还带着她的体温和香气，分外温暖。

“我比你抗冻。”说罢，池嘉一只手拉着行李箱，另一只手紧紧拉住景芮往停车场走。

今天的风很大，吹得池嘉瑟瑟发抖，她忙催着景芮上车。

车里开了暖气，身体渐渐暖和了。

“你真的不需要过来。”池嘉扶着方向盘，口是心非地说道。

景芮笑了笑，揶揄道：“我要是不过来，都不知道有人口是心非成这样。”

池嘉扭过头，望着景芮的脸，盯了几秒，还是控制不住喜悦的神色，咧嘴笑着，然后朝景芮扬了扬头。

景芮知道池嘉的意思，反倒问道：“这几天过得还好吧？”

“嗯。都说了没事，别担心我。”池嘉微微扬起嘴角。

“你说不担心就不担心了？”

只有一直在她身边，景芮才能放心。

池嘉感觉得到，景芮很在乎自己，否则她也不会撇下一堆事，大过年的往这边赶。

池嘉抬手在景芮的脸上蹭了蹭，说道：“你真好。”

“好了，”景芮系好安全带，道，“开车吧。”

雪天，车开得慢，池嘉打开音响，里面传出熟悉的旋律，平日里池嘉总爱跟着轻哼几句。

景芮用余光瞥了瞥池嘉，她今天很安静，显然是有心事。

景芮心不在焉地望着车窗外纷纷扬扬的雪花，她知道池嘉的烦恼是自己带给她的，心里很不好受。

池嘉先开车送景芮去了酒店。

刷卡，开门，又关门。

“只能委屈你暂时住这儿了，景老板。”

明明有心事，却还在自己面前装作满脸轻松，池嘉的心思逃不过景芮的眼睛，景芮伸手理着她的头发：“对不起。”

“好端端的说什么对不起，还是你做什么对不起我的事了？”

“让你一个人面对这些。”景芮继续说着，眼底有看得见的心疼。

池嘉听了，瞬间感动不已。

景芮揽过池嘉，“不管怎样，我都会一直在你身边，知道吗？”

她总能安抚得恰到好处。

“嗯。”这些天池嘉不安的心瞬间又安定下来，果然，她还是需要景芮陪着。

池嘉觉得景芮在时，她好像真的变得勇敢了。

好一会儿，池嘉才道：“你先休息一下，晚上带你去吃好吃的。”

平日里，总是景芮各种体贴照顾她，这回，池嘉总算是找着机会表现一下了。

说是休假，景芮这些天也没好好休息过，即便是躺在沙发上，她也能睡得特别踏实。

池嘉跟着景芮一起眯了会儿，结果睁眼看时间，已经晚上七点了。

“景芮，起床去吃饭了。”难得池嘉这样催景芮，哪回不是景芮这样催她。

“嗯。”景芮只是轻哼一声，像个孩子一样，池嘉都有点后悔叫醒她。

池嘉带景芮去了当地的一家老字号，都是本地特色菜，人气颇高。

“您好，请问几位？”

池嘉牵着景芮的手：“两位。”

“里边请。”

还没走几步，池嘉余光一瞥，突然瞥到一个自己熟悉得不能再熟悉的身影，她拉了拉景芮的手：“天哪，我们还是换一家吧。”

景芮拽住池嘉，疑惑道：“怎么了？”

当目光相对时，池嘉觉得可能已经晚了，她悄悄松开了手，尴尬地叫了一声："妈，您也在这边吃饭啊。"

餐桌旁还坐着另一个女人，化着淡妆，稳重大方，手里正翻着菜单。那女人四十几岁的年纪。

池嘉认识她，她是母亲的闺密，她们以前也常见面。

池嘉上前熟稔地打着招呼："杨阿姨也在啊，好久不见了。"

"是啊，好久不见，嘉嘉越来越漂亮了。"杨露望了望一旁的池丽舒，笑道，"我前些天还跟你妈说，约个时间我们一起吃个饭，聊聊天。"

池嘉尬笑着，这真是令人猝不及防的一幕，没想到挑个地方吃饭也能撞上。

池丽舒和池嘉的反应一样，也很意外，短暂顿了片刻，她才问："你不是说晚上有聚会吗？"

"我先带朋友来吃饭。"说着，池嘉下意识地扭头看了一眼景芮，她指尖蹭着裤子，有些无所适从。

池嘉手松得太快，景芮还没来得及反应。

就这样被她毫不犹豫地挣开了手，景芮心底难免黯然。

而池嘉也读出了她眼神里的失落，心里不是滋味。

景芮顺着池嘉的目光望去，脸上依旧挂着漂亮得体的微笑，餐桌旁坐了两个女人，年龄相仿，头发稍长的那位应该是池嘉的母亲，因为她们眉眼间有几分相似。

池丽舒看起来比景芮想象中还要年轻许多。

"阿姨好，我是池嘉的朋友。"景芮礼貌地打着招呼，说到"朋友"二字时，她特意瞧了瞧池嘉。

这一眼，让池嘉心里七上八下的。

她很清楚，景芮虽然在笑，但并不意味着她心里不计较。

"嘉嘉说下午去接朋友，就是接你吧？"池丽舒笑得亲和，目光忍不住在景芮身上多停留了几秒，着实漂亮又有气质。

"是的，麻烦小嘉了。"

池嘉忙说："应该的。"

两人一唱一和，倒挺像那么回事。

现场安静下来。

四人互相看了一阵，气氛有点怪，但具体哪里奇怪，池嘉也说不上来。

"就你们两个人？"池丽舒见没有其他人，才说道，"一起吃吧？

我们也刚准备点菜。”

“妈。”池嘉下意识就想找个理由拒绝，现在的情形太尴尬了。

景芮却笑着替池嘉答了：“这样不会打扰到阿姨吧？”

“怎么会呢，我们换张大一点儿的桌子。”

就这样，四人从小桌换到了大桌，稀里糊涂地坐在了一块儿。

池嘉还是被景芮强行拉着坐下的，她千想万想，也想不到景芮和她妈会是在这样的情形下见面。

事实上，现在的情况远比池嘉想象中要复杂。

刚坐定没多久，池嘉就知道景芮为什么要留下来一起吃饭了，景小姐不但如意算盘打得不错，那张嘴更是厉害得很。

因为短短几分钟，景芮就哄得她妈心花怒放，好感度暴增。

景芮一上来就夸池丽舒漂亮、皮肤好，又交流起护肤心得，两个人滔滔不绝，相见恨晚，以至于池嘉都插不上话。

相处这么和谐，池嘉觉得自己是不是该松口气了？

景芮接手公司生意这么多年，最擅长的就是察言观色，与人交际。面对池嘉的母亲，她应付起来得心应手。

池嘉捧着茶杯，歪头看着景芮，真是个天生会哄人开心的“狐狸精”，不过像景芮这么优秀的女人，也很难有人不喜欢吧。

“你和小嘉是同事还是……”

池丽舒和景芮聊得越发投机。

“我和小嘉一样在L市上班，以前工作上合作过，我们都认识好几年了。阿姨，您叫我‘芮芮’就行。”

池嘉正在喝茶，听到景芮突然自称“芮芮”，差点把嘴里的茶喷到对面杨露的脸上，最后硬是把自己呛得够呛。

“咳——”

池嘉一抬头，唰唰唰，其他三个人同时盯着她，她抽了几张纸巾，轻轻擦了擦嘴，假装什么也没发生。

池嘉点了几道招牌菜，又开了瓶红酒，因为景芮特别能聊，所以气氛十分和谐。

“芮芮，那你是做什么工作的？”

“做投资管理，自己开了家小公司。”

池嘉瞄了景芮一眼，小公司，景老板真够谦虚的。

她妈也是，一口一个“芮芮”叫得亲热，很难想象这两人是第一次见面。

“自己创业可不容易。”池丽舒和景芮意外地投缘，聊着聊着，池丽舒忍不住大加赞叹，“真是又漂亮又有能力，你现在……”

池嘉还以为她妈下一句是要给景芮介绍对象，瞬间就急了，在池丽舒还没说完的时候，她便抬起头打断道：“妈，她不需要您介绍对象，您别操心了。”

景芮见池嘉一副紧张兮兮的神情，笑着抿了口红酒，池嘉这会儿倒是知道急了。

“我是让你多向人家学习学习。”池丽舒瞥向池嘉，“瞧瞧你，二十几岁了，还跟个没长大的孩子一样。”

“我就喜欢嘉嘉，不但可爱，还特别懂事。”杨露夸着池嘉，接着又半开玩笑地说了一句，“我要是有这样一个女儿就好了。”

“妈，杨阿姨比您眼光好多了，我给她当女儿算了。”池嘉笑着说道，端起酒杯和杨露碰了碰，开车不能喝酒，她便用橙汁代替。

“好呀。”杨露勾唇笑着。

既然绕到了找对象这个话题，池丽舒顺便问了池嘉：“你打算什么时候带男朋友回来让妈见见？”

池嘉夹菜的手僵住了。

“呃——”

池嘉皱眉倒吸着凉气，她扭头看向景芮，景芮正面带微笑云淡风轻地吃着菜，要多优雅有多优雅。

桌子底下，景芮一脚踩在池嘉的脚背上。

“怎么了？”池丽舒关心地问道。

“咬到舌头了。”池嘉随便找了个理由搪塞过去，然后把这个问题抛给了她妈，“我还想问您呢，什么时候让我见见未来的老爸啊？”

“别胡说。”池丽舒用眼神警告池嘉。

池嘉以为池丽舒是现在不方便谈论这个问题，便挤眉弄眼道：“反正您懂我的意思。”

几人边吃边聊，一个小时后才结束。

众人走出餐厅，池丽舒一听景芮住在酒店，便邀请她去家里住。

景芮还没说话，池嘉就拒绝道：“酒店都订好了，您就别操心了，我知道怎么安排。”

池丽舒理解年轻人的心思，住自己那儿反而拘谨，所以也没再多说什么。

“妈，那个……”池嘉拢了拢头发，再一次撒谎道，“我们晚上还有其他聚会，我可能会晚点回去。”

景芮笑盈盈地挽住了池嘉的手臂，扭头赏了一个眼神让她自己慢慢去体会。

池嘉秒懂，立马向池丽舒补充一句：“如果太晚，我就不回去了。”

池丽舒打量着她，道：“你和芮芮一起？”

池嘉点头：“我们一起。”

听到是和景芮一起，池丽舒也没那么担心了，只是交代道：“玩归玩，可不许喝太多酒。”

景芮笑道：“阿姨放心，我会看着她的。”

“她跟你在一起，我就放心了。”

这一幕多么和谐，池嘉真希望可以永远这么和谐。

池嘉依旧开池丽舒的车，杨露也开了车来，池嘉笑道：“杨阿姨，那就麻烦您送我妈回去了。”

“不麻烦，再见。”

天空中飘着雪花，寒意袭人。

池嘉和景芮肩并肩站在街头，两人的目光追随着不远处池丽舒和杨露离开的背影，各有所思。

“看什么呢，看得这么认真？”

池嘉转过身，伸手在景芮眼前晃了晃。

景芮回神，她凝视着池嘉，一言不发。

池嘉忙拉起景芮的手，她一边搓着手还一边哈气，迫不及待地表现自己，生怕景芮心里生她的气。

她谄媚地问道：“我的手是不是特别暖和？”

景芮现在再看她们紧握在一起的手，有些无奈，她轻声道：“有点冷，回酒店吧。”

上车，池嘉打着方向盘，往酒店的方向驶去。

一路上，两人的话并不多，也许是心里或多或少想了些事。

回到酒店，景芮刚换下鞋，池嘉就从身后将她拉住了，冬日里的拥抱格外暖人。

池嘉开口便道：“我认错。”

与其说是怕景芮生她的气，倒不如说是怕景芮对她失望，池嘉宁愿景芮对她发点脾气，也不想看到景芮脸上闪过失望的神色。

景芮明知故问，轻声道：“认什么错？”

“我不应该甩开你的手。”池嘉敢肯定，她甩开景芮的那一下，景芮心里一定不好受，她也觉得自己太过分了，“我错了。”

景芮转过身，反而轻松地笑道：“嗯，原谅你了。”

池嘉愣了愣，以前大概是她瞎了眼了，才没发觉景芮的好：“景小姐，你要不要这么温柔体贴。”

景芮无可奈何却又心甘情愿。

“我答应你，不会有下次了。”池嘉下定决心打算尽快和池丽舒聊一聊。景芮都说了会陪着她一起面对，她自己却像缩头乌龟一样在一味逃避。

“所以今年我的生日愿望可以实现了？”景芮见机问道。

“你可以再许个试试。”池嘉笑答。

“就会折腾我。”

池嘉捧着景芮的脸问：“你觉得我妈怎么样？她好像很喜欢你。”

乐观点想，至少她妈对景芮很满意，还不是一般的满意，她妈都快把景芮夸上天了。

“我就想不通了，你妈性格那么好，怎么你却是这么一个臭脾气？像只小母老虎一样。”

“拜托，我在公司别人可都叫我‘女神’的，怎么到了你这儿不是狗子就是老虎？”

“我这是夸你特别。”景芮笑道。

“损我还有理由了。”池嘉不客气地揉着景芮的脸。

“明晚我请阿姨吃顿饭，我们和她认真聊聊。”

景芮这次特意过来，就是不想让池嘉一个人去面对，池嘉又是个急性子，景芮怕她弄巧成拙。

“明晚？”池嘉意外道。

景芮想了片刻，道：“我觉得阿姨会理解。”

“你怎么看出来的？”

池嘉还以为景芮能说出多精彩的分析，结果只听她不紧不慢地道了一句："女人的直觉。"

池嘉不屑，表示怀疑。

"我的直觉一向很准。"景芮颇有自信，伸手捧住池嘉的脸，捏到变形。

"嗯，你有完没完了。"

池嘉握住景芮的手，拉开，对景小姐的幼稚行为表示非常嫌弃。

"手机给我一下。"

"干什么？"池嘉从口袋里摸出手机，递给景芮，见她切换到微信聊天界面，池嘉眨巴眨巴眼，"要查岗啊？"

"怕了？"景芮抬眸问，然后低头笑着，指尖熟练地敲着键盘。

池嘉在一旁仔细一看，原来是给池丽舒发了条消息："妈，我今晚不回家了。您早点休息，晚安。"

"景老板，你可以啊，先斩后奏。"池嘉瞅了瞅屏幕上的聊天。

"不愿意？不愿意就回去吧。"景芮说着，故意去推池嘉的手臂。

池嘉咬唇笑了，一副死皮赖脸的模样。

"你给我松开，听到没。"

"我就不。"

两人靠在一起你一句我一句地拌嘴。

两人对视一眼，不过几天没见，没有对方陪在自己身边的生活，好不适应。景芮没想到自己有一天也会这样离不开一个人。

池嘉目光突然坚定，道："我说过，不会再松开了。"

"我知道。"景芮跟她有这个默契，她叹了口气，"你不在我就没一晚睡好过。"

尤其是在饭局酒会应付不过来时，景芮也不知道自己什么时候养成的习惯，越觉得累就越想池嘉。

有时景芮回家晚了，喝了酒，池嘉嘴上虽然各种念叨嫌弃，可回回都别扭着贴心照顾她。

欲戴皇冠，必承其重。

很多事情远不如表面上风光，池嘉以前也觉得景芮平时呼风唤雨的，走进她的生活后，才明白她的不易。

"这几天累了吧？"池嘉柔声问道。

"还好。"

景芮嗅到池嘉身上散发的幽幽香水味。

她笑了，自己不过随口说了句这款香水味道不错，池嘉就记心上了。

“今年就实现我的生日愿望吧？”景芮望着池嘉的眼睛。

池嘉也认真地望着景芮，在景芮身上，她终于一点一点找到了自己想要的，就像现在，只要有她陪在身边，便感觉一切都不会太糟糕。

当初很长一段时间，池嘉都猜不透景芮，景芮太过擅长用漂亮的笑容掩饰情绪，也难以掂量自己在她心里的分量。

但后来景芮不肯松手，她才开始触及景芮心底的那一面。

从那时开始，池嘉就觉得自己仿佛走入了一座迷宫，在景芮心里，绕不出去了。

翌日，上午九点。

池嘉睡得正香，就被池丽舒的一通电话吵醒了。

“起床了吗？”电话那头传来池丽舒关切的声音。

“嗯，还没……”池嘉将手机贴在耳边，懒懒地说道。

“昨晚玩太晚了吧。”池丽舒一听池嘉的声音，就知道她现在是什么德行，“中午回家吃饭吗？”

景芮也是半睡半醒的状态，听到细微的说话声，她慵懒地呢喃：“池小姐，谁这么早就给你打电话？”

可能是离手机话筒近，景芮说的这句话被池丽舒听得一清二楚。

池嘉和池丽舒都陷入了沉默。

过了会儿，池丽舒才开口问道：“你旁边是芮芮吧？你们昨晚睡在一起？”

“嗯。”池嘉现在已经清醒得不行，但她硬是憋出了一副含含糊糊的语气，“昨晚玩太晚了，便在酒店住下了，我中午回去吃饭。”

池丽舒只是笑道：“知道了，中午你带芮芮过来，我多做几个菜。”

池嘉犹豫了一下，道：“她今天还有事，改天吧。”

既然这样，池丽舒也没什么好说的，交代池嘉要吃早餐，就结束了通话。

“谁啊？”

“我妈。”

景芮哼了一声，抱着池嘉继续睡：“晚上一起吃饭，别忘了。”

“记着呢，我回去就跟我妈说。”

景芮应了一声，又睡过去了。

临近中午时，池嘉才开车从酒店回家，一开门，便闻到扑鼻的饭菜香气，家常又熟悉的味道。

她溜进厨房，开心道："妈，中午有什么好吃的？"

"油焖虾和干烧鱼，香吧？"池丽舒边忙边道，"你快洗个手，把汤盛出来，我再炒个青菜就能吃饭了。"

饭桌上三菜一汤，都是池嘉爱吃的。

"昨晚上哪儿野去了，一晚上不回家。"

"就和几个朋友聚聚，我都多大了，您还担心。"池嘉说完，就着青菜吃米饭。

"多吃点虾。"池丽舒给她夹了一只虾。

"好。"池嘉赶紧拿碗去接。

"你跟芮芮关系挺好的？"池丽舒冷不防地问道，"以前也没听你说过。"

"说过吧，可能您忘了。"

池嘉打着马虎眼。

"是吗？"

话题到这儿又戛然而止。

池嘉一连吃了好几只虾，才开口："表哥今年回来了吧？"

"是啊，和他对象一起。"

"我觉得他们在一起还挺般配的。"池嘉刚一说完，就发现池丽舒正盯着自己，"怎么了？"

"是挺般配的。"池丽舒说完顿了会儿，又接着道，"其实两个人在一起，过得舒服就好。"

"是啊。"池嘉飞快地肯定道，又跟池丽舒聊了一些身边事。

池丽舒听了，赶紧接道："嗯，这都是好的趋势，社会在进步。"

池嘉抬头，没想到她妈思想会这么开明，她不可思议地问道："妈，您能接受？"

池丽舒捏着筷子，故作轻松地笑道："这个，难道你们年轻人不比我们更能接受？"

池嘉心里已经乐疯了，她仿佛看到了曙光："我当然能接受。"

想起早上的那通电话，池丽舒抬眸看向池嘉的眼神里闪过一丝怀疑。

池嘉低头吃饭。

两人就这样静静地吃了一阵。

“妈，我想跟您说件事。”

“妈想跟你说件事。”

不愧是亲母女，几乎异口同声。

聊天瞬间陷入短暂的沉寂。

真到了决心坦言的这一刻，池嘉似乎没那么紧张了。

这个坎不迈过去，她心里总归有根刺。这根刺，她可以选择继续逃避不拔，但不舒服。

“妈，你要说什么？”池嘉笑问，将机会先给了池丽舒。

“你现在也这么大了，有件事，我觉得不该一直瞒着你。”

“啊？”

池嘉见池丽舒突然神情认真，内心开始忐忑起来。

池丽舒想了片刻，缓缓道：“妈就你这么一个宝贝女儿，有些事情，我真的希望你可以理解。”

有些事情，池嘉猜大抵是关于再婚的事情，但池丽舒先说的这一大通话，反而让她很困惑。一直以来，她都很支持池丽舒再婚。她疑惑道：“什么？”

这么长时间池丽舒都没跟池嘉聊过自己的感情生活，是因为她不知道自己该不该说出来，如果说出来能不能得到池嘉的理解。

反复试探过后，她还是决定说出来，一来是不想让女儿老为自己的感情生活担心，二来，这件事也不可能一直瞒下去。

“你知道我为什么不想再婚吗？”

一说起这个，池嘉便内疚无比，她眼神飘忽不定，迟疑道：“因为我吗？”

池丽舒摇头道：“说了让你别胡思乱想。”

“我知道，要不是因为我，你不需要那么努力工作，如果不是我，你早就找到合适的人了。”池嘉黯然地说着。

她妈一个人把她养大花了多少心血，她很清楚，所以不管做什么，她都不想伤害到她妈。

“我跟你说过多少遍了，妈不是因为你。”

以前池嘉年纪还小的时候，池丽舒的确一门心思扑在女儿身上，但后来池嘉大了又懂事了，她也不需要那样操心了。

“那你为什么不再找一个？我比任何人都希望你能有个新的归宿，毕竟我又不能时时刻刻陪着你。”

“我也有我的生活，哪需要你时时刻刻陪着。”池丽舒对池嘉笑道。

她反倒不想池嘉那么懂事、体贴，她就想池嘉能跟同龄孩子一样，该任性时就任性。

即便池丽舒这样说，池嘉心里还是过意不去，绕来绕去，又绕到最初的问题：“那你为什么不再婚？”

隔着餐桌，两人目光对视，碗中的白米饭还散发着热气，只是谁也没吃几口。

“我现在过得很好，而且有你杨阿姨陪着我，也不觉得孤单……”池丽舒心平气和地说出了原因，脸上带着淡笑。

池嘉有些发呆，过了好一会儿，都说不上半句话，她不知道该说什么。

“嘉嘉。”池丽舒有些难为情。

“妈？”池嘉费了点时间消化，“你说真的？”

“嗯。”池丽舒郑重地点点头。

池嘉傻眼了，已经不知如何来形容自己此刻的心情了。

“妈现在这个年纪，很清醒也很理智，”池丽舒平静地说道，“所以，希望你能理解。”

“我能理解。”池嘉回答的速度相当快。

放在之前，或许她不能理解，但现在，她懂这样的感觉，更懂得，做出这种选择，心里有多么渴望得到家人的理解和祝福。

池嘉的反应远超出了池丽舒的预期，这让池丽舒非常诧异，但她欣慰道：“我应该早些跟你解释这些，你长大了，懂事了。”

“就是有点意外。”池嘉说着，忍不住扶额笑了起来。

“怎么了？”

“我开心。”池嘉笑道，心中感动，“妈，其实只要您过得好就行，您应该早点跟我说，害得我总是不放心您。”

“这回该放心了？”

“我当然放心。”

池嘉想起昨天一起吃饭时的情形，才后知后觉道。

“好，是我不对，不该什么事都瞒着我的宝贝女儿。”

“就是您不对。”

池嘉笑得愈加明媚，也打心底为池丽舒开心。

“对了，你刚刚要跟我说什么？”

“我……”池嘉抿唇不好意思地摸了摸额头，不知从哪儿说起，犹豫了会儿，她试探地问池丽舒，“妈，您觉得景芮怎么样？”

“芮芮？挺好的，漂亮又有气质。”

池嘉暗喜，果然她妈对景芮是满意的，她继续试探：“你喜欢她吗？”

突然把话题转移到景芮身上，池丽舒愣了一下，但从池嘉的神情里读出了点其他意思。

池丽舒早上打电话时就察觉到了一些蛛丝马迹，加上池嘉刚刚对自己的态度，此刻她好像明白了什么。

池嘉乐呵呵地说：“我让她给您做女儿好不好？”

这件事对池丽舒来说，同样猝不及防，和池嘉方才的反应相差无几。

“我们怕您担心，才没告诉您。”池嘉终于鼓起勇气说出口。

一句话，成功让池丽舒无话可说。

未来的事，永远无法预料。

这次回家，池嘉深刻明白了这个道理，她以前都白担心了。

和池丽舒聊过后，池嘉趁热打铁说了和景芮晚上一起吃饭的事。

池丽舒本就对景芮有好感，听池嘉这么说，自然是一口答应下来，甭提多高兴了。

“晚上一起吃饭的事咱就这么定了，把杨阿姨也叫上。”池嘉安排妥当。

“好。”池丽舒无奈地瞅了池嘉一眼，“你接芮芮过来，晚上咱们就在家里吃，不去外面了。”

池嘉心里乐开了花，迫不及待地起身，她一秒都不想再拖延：“我现在就去接她过来。”

池丽舒叫住池嘉：“不吃饭了？”

池嘉已经套好了羽绒外套，准备换鞋：“我吃饱了。”

“你把芮芮的行李也带过来吧，别住酒店了，回家里住多方便。这样也省得你每天晚上还要找各种理由跑出去。”

池丽舒一句话说到了重点，知女莫若母，果真没错。

“知道了！”池嘉开门要走。

“嘉嘉，你车钥匙没拿。”

雪下得很大，路况拥堵。

一段不算远的距离，却花费了好长一段时间。即便如此，池嘉从家里去酒店的路上，全程嘴角都保持着上扬的弧度。

酒店房间里，景芮坐在落地窗前的书桌旁，她盯着笔记本电脑的屏幕，眉头轻锁，正浏览最新的项目方案。

于景芮而言，休假是个模糊的概念，反正公司里的事务，永远解决不完。

半个小时后，门铃连续响了几声。

没叫服务，除了池嘉也不会有别人。

景芮停下工作，起身走到门口，拉开门时，池嘉裹着长款羽绒服站在门口。

“愣着干吗，进来。”景芮伸手直接将人拉进了房间，“你怎么就来了，不是说晚点吗？”

“那个……”一进房间，池嘉故意板着张脸，一副为难的模样。

“怎么了？”

“我跟我妈说了……”

景芮看池嘉无精打采的模样，心里陡然紧张起来：“她为难你了？我说了晚上让我来谈，你怎么就是不听我的话。”

能让景芮这样紧张的，也只有池小姐了。

“我妈说……”池嘉憋着笑，故意卖关子。

景芮望着池嘉的脸片刻，安慰道：“别担心了，我们慢慢来。”

池嘉靠在景芮的肩上，十分感动。

果然不管什么时候，景芮都会这样陪在她身边。

池嘉张开手臂圈住景芮，还是没忍住笑了起来。

景芮松开池嘉，池嘉还在一个劲地笑，景芮觉察到哪里不对，于是掐住池嘉的脸，沉声道：“这种事还来骗我？”

“你心里刚刚是不是急了？”池嘉笑着问。

“幼稚。”

“开个玩笑而已嘛，别这么小气。”

“真和你妈说了？”

池嘉郑重地点点头：“说了。”

景芮瞥见池嘉脸上灿烂的笑容，便知道是好消息：“怎么说？”

“我妈让我们晚上回家吃饭。”

“就只有这些？”

池嘉拉过景芮的手，欢喜之情溢于言表：“我妈说好！”

景芮脸上挂着同样满足的笑意，真是万幸。

“晚上在我妈面前，你要表现得对我特别好，记住没？”池嘉郑重地跟景芮交代。

景芮抓住重点：“你的意思是我平时对你不好？”

“还凑合吧。”池嘉也就是在景芮面前这样说，景芮对她有多好，她比谁都清楚，在池丽舒面前，她都快把景芮夸上天了。

“你要求可真够高的。”景芮了解池嘉，知道她嘴上难得说句好听的，但心里是在乎她的。

包括今天，池嘉瞒着她，一个人把棘手的事处理好了，她理解池嘉的用心，但还是叮嘱道，“下回不许这样了。”

“什么？”

“自作主张。”

“没事，我妈还挺开心的。”

景芮打断池嘉的话：“万一受委屈了呢？”

池嘉静默了一阵，道：“我也不想让你受委屈啊，如果我一个人可以解决，我不想让你为难。”

两个人都在为对方着想。

景芮轻揉池嘉的脑袋：“现在安心了，不会胡思乱想了？”

“嗯。”池嘉嘴里还念着，“我不是在做梦吧？”

景芮突然在池嘉的脸上捏了一把。

池嘉微微吃疼，皱了皱眉头：“捏我干吗？”

景芮笑道：“疼就不是做梦。”

“你知道我妈为什么这么好说话吗？”池嘉想了想，又道，“算了，你肯定猜不到。”

“我当然猜得到。”景芮气定神闲。

竟然一猜一个准，池嘉目瞪口呆：“你怎么知道的？”

“女人的直觉。”

景芮又拿这个当理由，其实要猜出来也不难。

“我怎么没直觉？”池嘉纳闷。

“大概因为你还不够女人？”景芮说完，忍俊不禁。

池嘉：“……”

回家前，池嘉和景芮先去商场逛了几圈，挑了不少礼物。

逛街的时候，池嘉收到了池丽舒发来的微信：“你们什么时候回来？芮芮都爱吃什么菜？”

瞬间，池嘉有种地位不保的感觉，平时池丽舒可都是问她想吃什么菜，什么都迁就她。

一个小时后，池嘉拎着大包小包和景芮一起回了家：“妈，我们回来了。”

“阿姨好。”

“回来啦。”

池丽舒笑逐颜开，忙着去接景芮手上的东西，“芮芮，你怎么还买这么多东西，外边很冷吧，赶紧进屋。”

池嘉一个人站在门口，因为池丽舒直接拉着景芮就进屋了，瞧池丽舒对待景芮的态度，她怎么觉得景芮更像是她妈亲生的？

“都是些小东西，昨天您不是说最近皮肤有点干燥吗，所以我挑了些适合您肤质的护肤品，补水效果不错。”

“阿姨就是随口一提，你还真放心上了。”

“应该的。”景芮拉着池丽舒在沙发上坐下，开始拆着大包小包，“阿姨，您看看喜不喜欢这款包，这款包特别衬您的气质。”

“真的？这是最新款吧。”

两人聊得很是投机。

池嘉站在沙发后，撇了撇嘴，自己给妈妈买礼物时，也没见妈妈这么开心，但景芮比她会哄人倒是事实，景小姐那张嘴就是骗人的鬼，什么都能说得天花乱坠。

“嘉嘉，回来了。”

杨露衣袖挽着，从厨房走了出来。

池嘉愣了一下，一时还没适应，她提了提手里的礼品袋：“杨阿姨，我们给你买了礼物。”

“谢谢。”杨露看看池嘉，又看看景芮，“你休息会儿，我做了你爱吃的菜。”

池嘉瞥了一眼完全无视自己的池丽舒，朝杨露俏皮地笑了笑：“还是杨阿姨对我好，我好久没吃你做的菜了，闻着味道就馋。”

“你要是喜欢，就常回家，我给你做。”

“好啊！”池嘉朝沙发方向嘟囔了一句，“老池，你还做不做饭了？”

“等会儿。”池丽舒应道。

杨露无可奈何地笑道：“我去做就行，她今天高兴着呢。”

“杨阿姨，我帮您。”

池嘉脱了外套，跟着杨露进了厨房。

客厅里传来阵阵谈笑声，厨房里锅碗瓢盆清脆作响。

一切平淡而幸福。

池嘉没少给景芮打下手，现在切菜都有模有样了，杨露见了，叹道：“我记得你以前都不会煮饭。”

池嘉不会做饭完全是被池丽舒宠的，她笑道：“看多了就会了。”

“大了，懂事了。”杨露欣慰道。

池嘉低着头笑，她在心里粗略算了算，问：“阿姨，您和我妈认识应该快二十年了吧？”

“刚好二十年。”往事历历在目，杨露记得很清楚，“我第一次见你的时候，你才六岁，坐在我办公室里哭，还记得吗？”

“我当然记得，你还给我巧克力哄我。当时我叫您姐姐，我妈生气来着，让我改口喊‘阿姨’。”

池嘉想起童年的事，不禁笑了。

其实杨露和她妈同龄，只是当时看着年轻。

“时间过得真快啊，转眼你都这么大了。”

池嘉思绪飘远：“是啊，过得好快。”

池丽舒从怀上池嘉开始，就做了全职妈妈，后来离婚以后，才重返职场。对于池丽舒来说，这不是一件容易的事，尤其她还要一个人带着孩子。

那时候池嘉还小，有时候池丽舒加班晚了，又不放心池嘉一个人在家，就索性把女儿带去公司。

杨露那时刚好是池丽舒的上司，虽然年纪不大，但在公司管理层那也是混得风生水起的人物。

池丽舒的事业后来渐渐有了起色，这和杨露分不开，如果不是杨露陪着她鼓励她，她带着池嘉，一个人熬不过最苦的那段日子。

这一陪就陪了许多年。

“杨阿姨，谢谢您，这么多年一直陪着我妈。”

漫长的二十年，人生有几个二十年。

“你妈也一直陪着我，不是吗？”杨露笑着说道。

“嗯。”池嘉会意。

“和杨阿姨聊什么呢，这么开心？”景芮这时走进厨房，站在池嘉身畔，见她低头认真切菜的模样，低声道，“笨手笨脚的，让我来吧。”

“那怎么行。”池丽舒赶忙制止，“我来，你俩都出去歇着。”

厨房里的身影忙忙碌碌，满是烟火气息。

家里好久没这样热闹过了。

“芮芮，饭菜还合胃口吗？”

“阿姨手艺真好，我都吃撑了。”

“别跟阿姨客气，喜欢就多吃点。”

池丽舒又将目光转向池嘉，神情突然变得嫌弃，“你看看你，吃没吃相的，就顾着自己吃，也不知道多照顾着点芮芮。”

景芮侧身望着池嘉，笑道：“听到没，阿姨让你以后多照顾着点我，少折腾我。”

池嘉夹起一块牛肉贴心地送到景芮嘴边：“来，我喂给你吃，够不够照顾？”

景芮也不忸怩，凑过头含笑接过：“嗯，表现不错。”

“芮芮，以后她要是敢折腾你，你就跟我说，我帮你教训她。”池丽舒笑道。

“老池，你这是偏心，我才是你亲生的。”

池嘉感觉自己的地位在急剧下降。

“行行行，妈都喜欢，一视同仁。都多吃点，特意给你们做的，平时就算工作再忙，也要按时吃饭，还想吃什么，明天我再给你们做。”

“阿姨，明天您休息，我来做饭。”

“对，我们来做饭。”

池嘉忙附和着景芮，景芮的厨艺那可是一绝，再加上池丽舒对会做饭的人天生有好感，这么好的表现机会，她们怎么能不抓住。

“你会做饭？”

虽然池嘉之前提过景芮会做饭，但池丽舒见到景芮后，早忘了这件事，毕竟她看着和池嘉一样，都是十指不沾阳春水的类型。

“有时间就会自己做。”

“你别看她一副女强人的样子，她可会做饭了，要不怎么把我喂胖了一圈。”池嘉夸起景芮的厨艺来倒是不遗余力。

池丽舒总是担心池嘉一个人在外面打拼，会照顾不好自己，如今总算安了心：“有你照顾她，我就放心了。”

“我答应您，以后一定会照顾好小嘉的。”

池嘉含笑望着景芮，景芮每次这样认真给出承诺时，池嘉都会在心底庆幸。

夜深了，景芮倚在床头，捧着一本泛黄的旧相册。

这本相册记录着池嘉从小到大的点点滴滴，景芮从头开始翻起，边看边笑。

“有那么好笑吗？”

池嘉歪头靠在景芮的肩上，看相册里记载的旧时光。

景芮瞧着照片上小池嘉一脸“奶凶奶凶”不好惹的表情，笑到停不下来：“看来你小时候脾气就不太好。”

“不凶一点儿，别人就会欺负我，说我没老爸。”

小时候的许多事情，池嘉还记得。

景芮放下相册，拉过池嘉。

“我无所谓，就是觉得我妈挺不容易的。”池嘉慢慢回忆着往事，“我上幼儿园那会儿，我妈总是最后一个来接我，但我从来不哭不闹，因为我知道她很累。”

池嘉仰起头望着景芮：“从小到大，我最怕做让我妈伤心的事。”

直到现在，景芮才完全明白，为什么池嘉当初那样犹豫不决，不敢跟池母开口：“现在一切都好了。”

“嗯，我现在特开心。”

池嘉咧嘴笑着，她觉得自己今晚大概做梦都会笑醒吧。

“看出来了。”景芮目光落在池嘉的嘴角，“我也是。”

“你在我妈面前好装啊。”池嘉忍不住吐槽景芮，“明明就是个‘狐狸精’，还装得像个……”

“像什么？”

池嘉盯着景芮的眸子，想了好半天，才憋出一个词：“贤妻良母。”

景芮在池嘉的腰上拧了一把：“你再说一遍？”

池嘉赶紧闭嘴，见好就收。

屋外一夜飞雪，屋内暖意袭人。

回家这几天，池嘉就数昨晚睡得最香，因为卸下了心头最大的负担。

早上八点，池嘉没吵醒景芮，而是打量着熟悉的房间，不自觉地笑了，一切都美好得不可思议。

“几点了？”景芮从被子里探出头来。

“还早，你继续睡。”

景芮摸过手机一看：“都八点了。”

“没事，你睡吧。”池嘉夺了景芮的手机，放在一旁，“等吃早餐我再叫你起床。”

“看来今天心情不错，”景芮原本还有些瞌睡，眼下完全清醒了，她揉着池嘉的脸，“一大早就这么温柔体贴。”

景芮之前脾气挺大的，但在池嘉面前，硬生生把脾气磨好了许多。她有起床气，结果池小姐比她起床气更大，每天早上两人都得吵闹一番。

“那你要好好珍惜，这样的机会可不多。”

池嘉柔声笑道，十分有自知之明，知道自己的性格压根和温柔贤淑沾不上边。

“一个月能有一次，我就满足了。”

“我平时起床气有那么大吗？”

“你说呢？”

池嘉想了想，道：“我以后尽量对你温柔点。”

景芮摇头道：“信你就有鬼了，脾气这么差。”

池嘉垂着头，轻轻撩开挡在景芮脸庞的发丝，说道：“这就受不了我了？”

“受得了——”景芮拖着懒懒的尾音，她笑眼望着眼前人，细声道，

“除了我，哪还有人受得了你的臭脾气？”

“多的是。”池嘉嘴硬。

景芮笑道：“但他们都不是我。”

池嘉怔了怔，道：“嗯，他们都不是你。”

她低声问景芮：“再过二十年，你还会对我这么好吗？”

二十年听着好像很漫长，其实也不过弹指一挥间。

“当然会，不只是二十年。”景芮紧盯着池嘉的眼眸，“不信？我会证明给你看。”

池嘉哑然失笑，什么也没说，只露出一抹微笑，比冬日阳光还温柔。

番外一 >>> 宁浅和温堇

（一）

厚厚的遮光帘将落地窗掩住，只留有一丝缝隙，灼热而刺眼的阳光透过这丝缝隙，落在灰色的地毯上。今天又是阳光明媚的一天。

房间里还弥漫着酒精的味道，是宿醉的气息。

宁浅从沙发上起身，头脑昏沉，她揉着额头，望见茶几上还未喝完的半杯烈酒，出神片刻。

地毯上落着三三两两被撕碎的照片。

借着昏暗的光，只是捕捉到些破碎的画面，宁浅脑海里便立马浮现出那张脸，她和温堇的合照纪念册里就这么一张。

正值大学时期，风华正茂。

这是宁浅平时最宝贝的一张照片，昨晚喝醉了酒，疯了似的，给撕得支离破碎。

宁浅办理离职的事，因为各种状况，一直拖到了四月。

这一次离开温堇，宁浅并没有像数年前出国时那样不甘不舍，或许是因为得到了准确的答案。这些年，她从来不敢向温堇吐露心迹，就是害怕这一天，唯一能幻想的梦都碎了，但这一天最终还是来了。

也许只有旧梦彻底碎了，才能开始新的生活。

所以，一切都结束了。

宁浅起身拉开遮光帘，日光瞬间驱散了房间里的阴霾，她心里的阴霾也该散了。宁浅靠在窗台边，微微眯眼眺望远处。

这一次，她真的不想再去留恋以前的人和事了。

想看时间时，宁浅才发现手机昨晚耗尽电量后自动关机了。

此时门铃声响起。

宁浅拖着疲惫的步伐走到门口。

门外是温堇，宁浅僵了片刻，还是拉开了门，如同在与自己赌气一般，越逃避就是越在乎，从今天开始她决心不在乎温堇了，自然也不用处处躲着她。

今天温度略高，已有初夏的气息。

温堇站在门外，能看得出来她来得匆忙，见着宁浅的第一眼，她便松了一口气，道：“你在家我就放心了。”

手机充上电，打开，宁浅看了看时间，已经十一点了，没去上班也没请假，就这样失踪了大半天，手机里全是狂轰滥炸的消息和未接来电。

大多是温堇的消息和来电。

“今天怎么没去上班？也不接电话。”

温堇问得关切，宁浅回答得随意：“手机没电关机了，有点不舒服就睡过头了。”

宁浅的冷淡让温堇无所适从，她隐隐闻到宁浅身上的酒气，沉默了几秒，还是问道：“不舒服怎么还喝酒，为什么不好好休息？”

“我下午去公司。”宁浅语气虚弱，也没说让温堇进屋，“温总要是没其他事，就回去吧。”

“哪里不舒服？”温堇见宁浅嘴唇发干发白，便上前一步，探手摸了摸她的额头，“是不是发烧了？”

“你别碰我。”宁浅别过头，将温堇的手挡开。

两人僵持着，气氛有些尴尬。

“浅浅……”温堇不愿看到宁浅这样，宁浅以前多乐观多爱笑，现在就像变了个人一样，温堇清楚宁浅是因为自己才这样的。她心里很难受，不仅仅是因为愧疚。

宁浅垂了垂眸，道：“我没事，你走吧。”

“我有话想和你说。”温堇依然没有离开的打算。这段时间，她冷静下来想了许久，也一直想找个机会同宁浅说说自己心里的想法。

“什么？”

温堇望着宁浅，终是开口：“能给我一次机会吗？”

“什么机会？”宁浅明知道温堇指的是什么，还是这样问了。

“发生过的事情它就是发生过。”温堇解释道，别说宁浅，就连她自己也没办法把一切当作什么都没发生。

宁浅冷笑道：“温堇，你现在就走，我求你了，我有我的生活，你别再来打扰我了行不行，烦不烦？”

宁浅语气很重，揪着心才能对温堇说出口。

温堇怔住了，她静默地站了好一会儿，最后只是轻声说了一句“好好休息”，便落寞地走了。

第一次对温堇发脾气，宁浅将额头抵在墙上，心里堵了好久好久，都缓不过劲。只要下了决心，放下只是时间问题。

温堇坐在车里，迟迟没有发动引擎。

她们当初说得很清楚，当作什么都没发生，其实这样才是最好的处理办法，她偏偏又一而再再而三地去找宁浅。

温堇不禁一遍遍问自己，她心里放不下宁浅，是因为什么？是因为愧疚，抑或是因为宁浅的默默陪伴而感动？

自己还是不够冷静。

五月初，宁浅离开了AS，再多的消息温堇也了解不到，她和宁浅的关系几乎退到点头之交。说是不再互相打扰生活，她们也的的确确做到了。

宁浅没有选择留在L市，这座城市固然美丽，但有太多她想抛却的记忆，所以换座城市，也换个心情。以宁浅的资历，去一线城市谋份薪资可观的工作，并不是一件难事。

感情方面，宁浅依旧没有着落。

闲暇时，她也相过几次亲，有优秀的，有性格好的，有很帅的，可也就那样了，没有结果。每天二十四小时，有一半时间在忙事业，哪有闲情逸致去谈情说爱，况且单身久了，宁浅觉得一个人生活也挺好。

平平淡淡地生活，和以前的日子差不多。内心的执着，终于开始慢慢消散。

翌年四月，宁浅回到了L市，三年一次的大学同学聚会，她倒是每次都参加，宁浅是个念旧的人，也是曾经系里人缘最好的。

距大学毕业也快有十年光景了。

再聚首，当年的男生们不少大腹便便，女生们也大多为人妻母了，倒是宁浅，大家都说她越来越漂亮了。当初宁浅在美女如云的设计系并不算起眼，如今倒是气质最出类拔萃的那位。

包厢里有说有笑，觥筹交错。

“今晚还有神秘嘉宾要来。”

“谁啊？”

“还记得咱们系的‘温女神’吗？”

“温堇，倒是好多年没见了……”

“真的假的，她也来？头一回吧。”

时隔一年，宁浅再听到这个名字，还是会下意识在意。宁浅从没想过会在同学聚会上再见到温堇，因为温堇从来不参加这些聚会。

“浅浅，你不会忘了你‘女神’了吧？”

宁浅尴尬一笑，一时忘了喝酒。

嘈杂的包厢倏地变得安静，而后又热闹起来。宁浅抬起头时，看到了站在入口处的温堇，而她也正瞧着自己。

一年了，对方看着还是什么都没变。

看到那张脸，宁浅突然间有些心不在焉，耳畔充斥着大家的聊天声，只不过聊的什么内容，她一句也没能听清楚。

“温堇，你就坐这儿吧。”班长上前热情地打着招呼，拉着温堇在宁浅身畔的空位坐下了。

（二）

宁浅稍稍侧身，目光遇上温堇时，脸上浮着淡笑，似乎一切都稀松平常，心底好像也不再有当初的热忱。

曾经在系里被众星捧月的“女神”，多年后，依旧如此。因为温堇的到来，宁浅显然不再是全场的焦点，大家对这位多年未曾露面的系花的突然到来，颇为惊讶。

一阵礼貌的寒暄过后，温堇在宁浅身畔坐定，转过头想说点什么，可静望了好一会儿，宁浅只是低头看着手机，仿佛身畔坐着的是一团空气。

两人之间依旧沉默，要是放以前，只要温堇出现，宁浅的笑容早就该兜不住了。

大学时期，系里都知道和温堇走得最近的就是宁浅。但今晚的聚会，显得最生疏的也是宁浅和温堇，一晚上两人都没说过一句话。

饭桌上无非聊些老生常谈的话题，他们现在这个年龄段，聊事业，聊婚姻，聊家庭。

"我们在座的女同胞，就浅浅还是单身吧？"聊着聊着，班长突然冒出这么一句，把大家的注意力又转移到宁浅身上。

温堇握着酒杯，余光再一次瞥向一旁，恰好看见宁浅妆容精致的侧脸，要论变化，宁浅比一年前沉静了许多。

"嗯，还没遇着合适的。"宁浅轻松应道，始终没有把目光移向身畔的人。

这时，一位西装革履的男人朝宁浅笑道："宁浅，你要是不介意，咱俩发展发展呗，我也单身好多年了。"

"我也是单身。"

下一秒，温堇将酒杯放在餐桌上，截断了男人的话，声音清冷。

她话音落下，屋子里瞬间冷了下来。

众人齐刷刷地抬头看向温堇，也包括宁浅。

大家之所以是这副反应，是因为温堇一向不参与这些琐碎的聊天，更别提开玩笑了。在旁人看来，温堇身上总带着股遥不可及的高冷，喜欢独来独往，远不如宁浅亲和。

温堇猝不及防地开口，让大家都不知道怎么接话，也不知道温堇想要表达什么。

温堇倒是淡然自若，无视着尴尬的气氛，慢慢品酒。

短暂沉默过后，还是班长站出来继续活跃气氛："浅浅，话说回来，我有一朋友挺适合你的，各方面条件都不错，长得又帅，要不要我帮你们牵牵红线？"

"好啊。"宁浅直接答应了。

"你们要是成了，可得请我吃饭啊。"

"那是当然。"

温堇垂头听着，继续小口喝酒。原本她也是没心思参加这些聚会的，但前段时间老同学突然联系她时，她下意识就答应了，只是因为班长随口提了句宁浅也去。

一听到有机会，温堇还是想见她。

一轮又一轮的玩笑过后，宁浅脸上的笑容渐渐散去，心思开始沉重起来，强颜欢笑实在是太累了。不管表面装得多么不在乎，但从刚才看到温堇的那一刻开始，宁浅就明白，这一年的时光并没有改变什么。

一晚上，她都不敢直视温堇，她怕自己再靠近温堇，这一年的努力便会功亏一篑。毕竟，她好不容易才下定决心远离她。

酒一杯接一杯，但坐在一起的两人从不碰杯，都有喝闷酒的嫌疑。

就在宁浅想要继续倒酒时，一只白皙纤瘦的手握住了瓶身，温堇的手指无意间轻轻蹭到了宁浅的手背，宁浅指尖轻颤，不动声色地挪开了自己的手。

“别喝了。”默默关注许久，温堇终于主动同宁浅说了第一句话。

宁浅扭头，她此刻已经有些微醺。四目相对时，她的目光还是不争气地流连在温堇的脸庞上，眸底带着留恋。霎时间，某种情绪呼之欲出。

自欺欺人实在是太难了，伪装也只是一时。

她向来乐观直爽，但面对温堇时，她却犹豫不决。

宁浅松开酒瓶，并不答话。

温堇将酒瓶推到一旁，说过那一句话后，两人又陷入了新一轮的沉默。

饭局一直到晚上九点才散场，宁浅没有心情再去玩下一轮，只想洗个澡，再闷头一觉睡到天明。

对温堇，宁浅是铁了心要释怀。

“我先走了，你们玩得开心。”

宁浅看准时机，随意找了个理由打发过去。

温堇眼见着宁浅起身要走，都不肯同自己多说一句话，心里莫名揪着难受。

就在宁浅走到门口时，温堇突然用手撑住额头，眉心轻皱。

“温堇，你没事吧？！”

“喝了酒有点不舒服。”

宁浅的脚步停了下来，最终转身看向温堇。

温堇身边从来不缺向她献殷勤的人，在座的单身男性这会儿都争先恐后地想要抓住机会：“我送你回去吧，我安排了司机来接。”

“不用了，我休息会儿就好了。”温堇婉拒了。

“那怎么能行？！举手之劳罢了。”说着，男人已经想去扶温堇起身。

站在门口默默看着的宁浅瞅着这一幕，终于沉不住气了，她迈步走到温堇面前，果断挡开了男人的手，对众人道：“你们继续玩吧，我送她就行。”

温堇抬头望着宁浅，应得及时：“麻烦你了。”

对视的一瞬间，宁浅突然有种温堇是故意的感觉。

两人都喝了酒，出门拦了辆车，扬长而去。

车里两人过于安静，好在电台里正播着抒情的音乐，化解了此时的尴尬。汽车行驶了五分钟过后，宁浅才打破安静：“你哪里不舒服，要去医院吗？”

“不用，可能最近有点累。”

“嗯。”

两人开始断断续续地聊着天。

“你现在在哪儿上班？”

温堇在微信上联系过宁浅几次，不过能看得出来，对方并不想回应自己太多。宁浅当初说让温堇别去打扰她的生活，起初温堇以为是气话，后来觉得，宁浅大概真是这样想的。

“S 市。”

“挺好的。”

“还行。”

宁浅和温堇同时看向窗外倒退的夜景，想当初她们能聊的比现在多多了，温堇话少，但宁浅总有本事挑起话题，也总有办法逗得温堇一展笑颜。

“对不起。”宁浅想了良久，笑着对温堇说出了这三个字，她一直想对温堇说来着，“那天我说话有点难听。”

思绪倒回一年前。

“不是说不提了吗？”

“不提。就是想跟你道个歉。”

温堇沉默。

一路将温堇送到小区门口，宁浅才止住了脚步。

“上楼坐会儿吧？”

“不了。你上去吧。”

温堇犹豫着，站在原地没有转身离开：“你这几天住哪儿？”

“酒店。”

“我这儿有地方住，你下回来，可以找我。”

“不必麻烦。”宁浅洒脱地笑了笑，“我还有事，先走了。”

“浅浅。”温堇又上前一步。

“嗯？”宁浅反而有些不习惯温堇这样亲密地叫她。

“谢谢。”温堇说出口的，并不是自己心里想说的，她也不知道该不该同宁浅说，她对宁浅来说，是不是真的只是种打扰？

“不客气。”宁浅轻描淡写地说罢，转过了身。

夜风微凉，宁浅裹紧身上单薄的风衣，踩着高跟鞋，一步一步慢慢往回走着，身后的高跟鞋声也离自己越来越远，逐渐消失。

宁浅脚步越放越慢，最后停了下来，她还是忍不住回头看了。只不过她看到的不是温堇的背影，因为温堇就站在不远处，正望着她。

眼神碰在一起，宁浅觉得自己这个拖泥带水的回头，一定暴露了什么，她即刻转回头，将手插在风衣口袋里，继续佯装漫不经心地往前走。

温堇仍是站在原地望着宁浅的背影，心乱如麻。

宁浅这次在L市多待了些时日。原本她就是来L市出差的，恰巧又赶上同学会，再过几天又是校庆日，赶早不如赶巧，既然来了，便去凑凑热闹。

午后，宁浅一个人走过L大枝繁叶茂的林荫道，眼前的风景早已陌生，图书馆翻新了，大礼堂也是，不过依稀还能看到些旧时的光景。

看着身边正值青春的小情侣走过，宁浅难免感慨，想当年她也是个爱笑爱做梦的女孩子，幻想着将来和喜欢的人在一起，会过着怎样的生活。可哪能想到，她如今还是孤家寡人一个。

校庆晚会晚上八点开始，人声嘈杂。

宁浅提前十五分钟便入了场。礼堂里人还不算多，观众席设有三排嘉宾座位，是特意为他们这群老校友安排的，很是妥帖。

温堇也提前入了场，走在座椅与座椅的过道间，目光四下寻找着什么，最后止步在了第五排。

此刻，宁浅正拿着一张节目单看得认真。

她走过一排空位，来到宁浅身边，问道："我能坐这里吗？"

一道黑影落在了宁浅的裙摆上，她抬头，又是温堇。

"我可以坐这里吗？"温堇又问了一句。

宁浅放眼望去，这周围全是空位，偏偏温堇就挑了她旁边的这个，她心情复杂地说道："没固定位置，都是随便坐的。"

宁浅刚说完，温堇就毫不客气地在她身边坐下了。

"你记得吗？大一的新生入学典礼，你就坐在我旁边。"

"记得。"宁浅怎么会忘记呢，她那时也像今天的温堇一样，问着"我可以坐在这里吗"，而那时候的温堇只是高冷范十足地微微点了点头。

"那时候我就觉得……"温堇缓缓地说着，心里酝酿了好一阵，却没把话全说出口，应付工作她擅长，但有些事，她手足无措。

宁浅不解地望着温堇，不知道她要说什么。

"你笑起来很好看。"温堇还是说出了口，只是莫名觉得别扭。

宁浅心不在焉地看向舞台，总是这样，每回温堇稍稍亲近的一句话，她便开始想许多。

"你不是从来不参加这些活动吗？"宁浅将话题一转，突然问温堇。

（三）

"见见老朋友，挺好的。"

温堇说出这个理由时，连自己都觉得敷衍。

所以，只是朋友罢了。

温堇的只言片语，一颦一笑依旧能轻松牵引着她的心绪，宁浅不明白自己为什么还要失落。

宁浅将目光投在正报幕的主持人身上，想着其他，今晚注定没什么心思欣赏舞台上的表演了。

两个小时后，典礼结束了。

观众陆陆续续离场。

和多年前的那场典礼一样，宁浅和温堇肩并肩坐在一起，只是并没有搭上几句话。

温堇起身，紧紧追随在宁浅身后，融入熙攘的人群中。

温堇认真地望着宁浅的背影，思绪又飘回自己的学生时代，才发觉自己为数不多的美好回忆里，都藏着宁浅的影子。

温堇一路跟在宁浅身畔，尽管温堇定居在L市，也很少腾出时间像现在这样闲逛："好久没来了，我们去那边逛逛吧。"

宁浅看现在的温堇，仿佛看到了当年的自己。同学聚会、校庆晚会她都"刚刚好"地出现在自己身边，这会是巧合吗？

一辆电动车从不算宽阔的道路上驶过。

"小心点，有车。"温堇忙牵住宁浅的手，将她拉到自己身边。她见宁浅还在走神，忍不住笑道："你以前也是这样，总是心不在焉的。"

和温堇相处时，宁浅总是心不在焉，因为她总是爱想些与温堇有关的，不可能的事。

宁浅回神，余光落在温堇紧牵着自己的手上，原来她手心这么暖。

温堇顿了一下，手非但没松开，反而还不动声色地攥紧了些："走吧，我们去那边。"

宁浅望着温堇的侧影，心乱如麻。她麻木地追随着温堇的脚步，温堇，你到底是怎么想的？为什么偏偏在她决心放下时，又来招惹她。

而宁浅发现，她还是没办法果断地推开温堇。

走到熟悉的教学楼前时，宁浅还是挣开了温堇的手，手依旧发烫，或许是因为第一次被温堇这样牵着。

最后一节课的下课铃声响起，学生从教学楼里蜂拥而出，一路往宿舍楼走去。渐渐地，人越来越少。

图书馆坐落在湖畔，宁浅走过纵横交错的小道，缓缓止住了脚步，倚在栏杆旁静静地站着。

湖边的垂柳长势正好，风吹过，枝条轻拂湖面，漾开粼粼的波纹。

"你准备在L市待几天？"温堇望向宁浅。

"不知道，看情况。"

和温堇对视时，宁浅努力让自己保持平常心，并且告诉自己要去习惯这种平常。

希望将来不久，她和温堇再遇时，自己能真正做到像普通同学一样点头微笑。

"明晚有时间吗？我想请你吃饭。"

"明晚？"宁浅拢了拢被风吹散的长发，朝温堇笑道，"明晚不行，我有约了。"

温堇分外敏感："去相亲？"

"嗯，班长安排的，我也答应了。"

温堇直直地盯着宁浅的眼睛，问："你真的想去吗？"

"为什么不去？我看了对方的照片，觉得还不错，可以见个面聊一聊。"宁浅偏头同温堇说着，要多轻松有多轻松，"其实相亲没什么不好的，效率高还有针对性，不是吗？"

温堇的神情远不如宁浅轻松，不管宁浅说得多么洒脱随意，可温堇还是捕捉到了其他，就像前天晚上的回眸，温堇笃定了宁浅会回头看自己，而事实也是如此。

"除了参加聚会，我找不到其他方式和你见面……"

温堇终于吐露心迹，这一年，宁浅都在躲她，不回她的消息，也不接她的电话。

晚间寂寥，她的一字一顿，宁浅听到了心坎里，她咬咬牙，望着波光荡漾的湖面，道："我有什么好见的，去年才见过。"

"别生我的气了，好不好？"温堇从未用这样的语气与宁浅说过话，她朝宁浅走了一步，想再一次靠近她。

"我生你什么气？听不懂你在说什么。"

宁浅抬了抬眉梢，低头看了看时间，敷衍地笑道，"晚上十点半了，我今天有点累，先走了。"

温堇一把拉住宁浅，柔声道："你别走。"

"怎么了？"

"我不舒服。"

突然之间就不舒服了，宁浅半信半疑地瞧着温堇："出了校门我给你拦辆车。"

"我开了车过来，要么，你送我回去？"

宁浅蹙起了眉头。

见宁浅犹豫，温堇也不再说什么，道："你先走吧，我休息一下就好。"

"真没事？"

"嗯……"

"那我走了。"宁浅不冷不热地说完，竟然真的转头走了。

她就这样走了？

温堇黯然，或许是以前她太习惯宁浅对她的好，所以才会有恃无恐。

但今时不同往日了，想着这些，温堇正失落着，脚步声离自己又近了，温堇抬眸，便看见宁浅朝她走了过来。

温堇望着宁浅，情不自禁地笑了，嘴角的弧度从来没有上扬得这么好看。

暖洋洋的路光下，宁浅瞥见温堇的笑，心想如果多年前温堇便能对她这样，该有多好。可是现在，心境、感觉，都变得不一样了。

“你车停在哪儿？”

“东门。”

“我送你。”

上了车，宁浅系上安全带：“我先送你去医院。”

“不用了。”温堇靠在副驾驶座上拒绝道。

“去一趟吧。”宁浅还是打着方向盘往最近的一家医院开去。

大半夜折腾去了趟医院，还好温堇只是有些低血糖，并没有其他大问题，宁浅也松了口气，但她还是开车送温堇回了家。

去年协议离婚时，温堇就换了套新房子，这里宁浅来过好几次，而且在这套房子里发生过的一些事情，她一辈子都忘不掉。

“还难受吗？”宁浅扶温堇在沙发上坐下，“我去倒杯水，先吃药。”

宁浅告诫过自己千万次，不要再对温堇的事上心，但还是没做到。

“浅浅。”温堇一把拉住宁浅在自己身边坐下，没多说什么，而是探过身，张臂紧紧圈住了宁浅。

温堇今晚的确有些不舒服，但里面也掺杂了些撒谎的成分。她想不出其他办法，能让宁浅不躲着她，唯一能利用的，就是宁浅对她的在乎。

宁浅一动不动，就这样被她抱着，闻着让自己魂牵梦萦的香气，心里已经是一团糟。宁浅能明显感觉到，她比去年瘦了许多，第一反应竟是心疼。

“你别这样。”宁浅吸了一口气，保持着理智，想去拉开对方的手。

“一下就好。”温堇将头搁在宁浅的肩上，轻声说着。

“温堇。”她这样抱着宁浅，宁浅觉得是煎熬，明知道是煎熬，却没有勇气推开她。

“对不起。”温堇抬头望着宁浅的眼睛，她已经对宁浅说了很多次对不起，但这次不一样，“原谅我可以吗？别躲着我。”

（四）

两个人的距离近在咫尺。

温堇认真地凝视着宁浅的双眸，恳切地诉说着。

她和宁浅开始于一场错误的意外，无关美好。然而事实证明，她走不出这场意外。

有的念头，像一颗种子悄然落在心底，又开始如野草般疯狂滋长。

最脆弱难受需要安慰时，都是宁浅默默以朋友的名义陪伴她，温堇总忍不住去想同宁浅相处的点点滴滴。

每次看到宁浅郁郁寡欢，刻意疏远自己时，她总想做点或说些什么，想去弥补，却又不知该怎样去弥补。

宁浅不能接受她，也是正常。

“原谅我好不好？”温堇再一次恳求道，她对待宁浅越发温柔。

温堇知道宁浅心里还委屈着，很想为宁浅做点什么，让她好受些。

情绪并不是能百分百控制的，就像现在的宁浅，尤其是面对温堇认真的模样。这情形是宁浅都不敢奢望的，她努力让自己平静：“我从来没怨过你。”

事实上也是如此，她怎么舍得去怨温堇呢。

后来，宁浅得知发生在温堇身上的遭遇，她也只有心疼，她宁可那些事情发生在自己的身上。

难受，是因为心底最美好的事物破灭了。

宁浅至今都不愿去回忆那天，直到现在，心还会隐隐作痛。

“我希望你怨我。”

温堇缓缓地说道，她不愿看到宁浅把所有的委屈和伤害通通往自己身上揽，再故作轻松，摆出一副一切都已过去的姿态。

宁浅垂眸，低声道：“都过去了。”

温堇再度闭眼继续抱紧宁浅，她喜欢这样的感觉，也不想撒手。

只是这个拥抱不能算作温暖。

宁浅有些木地坐在沙发上，明明现在主动抱着自己的，是温堇，可是她没有抬起手臂给温堇回应，只是说了一句：“你好点了没？”

温堇嗓音疲倦而轻柔：“嗯，好多了。”

她的声音和气息，让宁浅无法抗拒。她好不容易才决心逃离的泥淖，要再次陷下去吗？宁浅心乱如麻，温堇总有这样的本事，以前是无意，现在却是有意。

沉寂片刻，宁浅皱眉推开了温堇，同她保持该有的距离。

怀里的余温还没散去，温堇便看见宁浅起了身。

宁浅仍在躲着她。

“你早点休息，我走了。”

宁浅拿起沙发上的包，心底虽然留恋，但努力让自己离开的动作看起来一点儿也不拖泥带水。

温堇起身挽留：“今天这么晚了，就在这儿睡吧，我去给你收拾房间。”

“不了。”宁浅执意要走。

温堇起身，她理解宁浅的心情，也知道宁浅需要时间冷静，但只要宁浅不再像去年那样，突然从自己的世界里消失就好。

一切都可以慢慢来。

“到了酒店给我发消息，我号码没换，”温堇顿了一下，“你还有我的号码吗？”

宁浅瞥了温堇一眼，没有答话，转身离去，心底仓皇。

温堇望着宁浅背影消失的方向，出神地站了好一阵，心里似乎在想着什么。

同样心思沉重的，还有宁浅，她坐上出租车后，司机问了她两遍“去哪儿”，她才回了神。

宁浅将头靠在座椅上，心不在焉地望着窗外，此时她的心和外边的风景一样飘忽不定。

回到空荡荡的酒店，宁浅疲惫地脱下外套，手机里有一条未读短信。她倚在沙发上打开手机，短信是五分钟前发来的，问她到了没。号码没有备注，但看着这串数字，宁浅一眼就能认出是温堇的。

离开L市后，宁浅删了温堇的一切联系方式，自己也换了号码。至于温堇为什么知道她现在的号码，也许是去问了老同学。

宁浅躺在沙发上，手机依旧停留在短信界面，她仰头看着天花板，然后闭眼叹了口气。

这时，手机振动起来，微信也来了新消息。

宁浅点进去，是明天的准相亲对象，她原以为班长只是开玩笑的，没想到还真安排上了。

对方叫林曼，是一个外资企业的高管，也是个海归。

宁浅看过照片，是自己喜欢的类型，更主要的是，林曼对她也很有兴趣。

宁浅的感情史称得上贫瘠，在国外时试着谈过两个，没什么感觉，总觉得爱情不如人口中说的那样美好，或许是她从没感受过什么叫两情相悦。

第二天的约会，宁浅还是去了，不仅如此，她还精心打扮了一番。她觉得，应该多给自己一些机会。

“你本人比照片更漂亮。”

“你也是。”宁浅接过林曼殷勤递上的花束，“谢谢。”

林曼很懂女人，也懂情调，从这家格调颇高的餐厅就能看出，宁浅大方接受对方的暧昧示好，如景芮说的那样，她要是肯给别人机会，压根不用担心感情空虚。

“吃完饭我们去看电影？”

“拜托，不用走这么标准的流程吧？”宁浅笑道，她对看电影没什么兴趣。

“那你想去哪儿？”

“要不去喝一杯？”

“好啊。”

一年没来N酒吧了，宁浅去时，恰好碰上池嘉在台上唱歌。宁浅见池嘉唱着歌，眼神频频往台下某固定方向望时，便知道景芮一定也在。

“小姑娘唱歌挺好听的。”林曼在一旁追着宁浅的目光，也朝池嘉望去。

“以前是我的下属，唱歌是不错。”宁浅笑道，目光瞥见景芮正坐在不远处仰头听歌，笑得一脸荡漾。

“你心情不好？”林曼见宁浅一直一副若有所思的表情，开口问道。

“我心情好得很。”

“我看你喝酒的模样，不像是心情好。”

“出差有点累吧。”

温堇独自一人坐在吧台旁，这是宁浅以前带她来最常坐的位置。今晚，她终于碰到了宁浅，只是宁浅身畔有其他人陪着，两人有说有笑的。

宁浅去洗手间时，才看见温堇，她加快脚步，迅速走过。

越临近午夜，气氛越高涨。

“为了谢谢你今晚陪我，明天我请你吃饭看电影，怎么样？”宁浅偏头朝林曼笑道，故作轻松。

“我拒绝。”林曼放下酒杯，答道。

“为什么？”

林曼说宁浅今晚一直是心不在焉的，像是心里有人了。

宁浅无言以对。

林曼走后，温堇走上前，跟宁浅沉默对视了一阵，她才开口问：“还顺利吗？”

“还行，这个不合适还有下个。”宁浅说得轻松，“班长有点太热心了，生怕我嫁不出去似的，给我介绍了好几个。”

温堇内心纠结，如果宁浅真的铁了心不愿意理自己，自己这样打扰她纠缠她，有意义吗？

宁浅回到酒店，闷头睡到天亮，这些天又忙工作又忙相亲的，累得很。

上午十点，宁浅还在床上睡着，一通突兀的电话将她吵醒，她眯眼看了看，问：“班长，怎么了？”

“你还在L市吧？”

“嗯，还在，明天才走。”

“那……你晚上有时间吗？”

“什么事？”宁浅听对方有些犹豫。

“就是，我有个朋友想见你，你晚上有兴趣跟她一起吃个饭吗？”

“又是相亲？”宁浅头大。

“你去了就知道。”

“还是算了吧。”

“浅浅，我都答应人家了，你这次就给我个面子，再也不会有下次了。”

宁浅出了名好脾气，她也不想班长难做，只好道：“行吧。”

“餐厅已经订好了，我待会儿把地址发给你。”

“好。”宁浅无奈地挂断电话。

晚上七点一刻，宁浅提前到了餐厅，她只是随便化了个淡妆，穿着也很休闲随意。还没到约定时间，对方也没到，服务生先上了一杯茶，宁浅低头翻着杂志，慢慢品着。

五分钟过后，一阵脚步声传来。

“您这边请。”

“谢谢。”

宁浅抬头，顿时呆住了，她严重怀疑温堇在自己身上装了定位器，否则怎么不管自己去哪儿，她都能找过来。

一个精致一个素雅，宁浅和温堇形成鲜明对比，见温堇一声不吭就要在自己对面坐下，宁浅放下杂志，道：“我今晚有约会。”

“我也是。”

宁浅这才傻傻地反应过来，班长为什么在电话里支支吾吾的，她不禁反问温堇：“班长说的就是你？”

“嗯，是我。”温堇承认。

服务生原想提醒二位点单，看气氛不对，便默默地走开了。

宁浅想了半天也不知该说什么，问道：“你是不是故意的？”

“是。”温堇看向宁浅的眼神非常柔和。

如果不是有心，这世上哪有那么多的缘分和巧合。

宁浅无言以对，没想到温堇承认得这样自然，甚至用厚脸皮来形容也不为过，这还是她当初认识的温堇吗？从昨晚开始，宁浅就觉得温堇好陌生，但同时，心里亦有几分感动。

“你到底想做什么？”宁浅终于鼓起勇气，直视着温堇的眼睛。她这样问温堇，是因为她也不清楚温堇对她的感觉到底是怎样。

温堇不再提过去的事，而她也赞同宁浅的说法，一切都过去了。

“我想我们可以重新认识一下。”

宁浅付之一笑。

“我叫温堇，和你同龄，也是设计师，目前在L市经营着一家设计公司……”温堇望着宁浅，认真介绍自己的情况，尽管这些情况宁浅早就了解得透彻。

即使温堇说得真诚，宁浅还是捧着茶杯抿了口茶，轻声道：“你别开玩笑了。”

“我是认真的。”说罢，温堇取过菜单，递到宁浅面前，“先点菜吧，我们边吃边聊。”

宁浅总觉得哪里不对，她从未想过会发生现在这样的情形。

“温堇，”宁浅想了想，道，“我们没必要这样。”

温堇抿了抿唇，一向淡然处之的她这时也有些按捺不住自己的情绪，她语调高了几分：“你告诉我，为什么其他人可以，我却不可以？”

宁浅见温堇失态的模样，心似敲着边鼓一般咚咚地跳着，应该说，这是她第一次感受到，原来温堇这么在乎她。

意识到自己的失态，温堇忙收敛情绪，但心中依旧隐隐泛酸，尤其是想起昨晚宁浅同林曼在一起谈笑时的场景。

静默片刻，温堇吸了口气继续道：“还是说你介意我……”

“不是。”宁浅毫不犹豫地答道，她听不得温堇这样卑微的语气，因为温堇在她心里就是最优秀的，没有哪个女人比得过温堇，她不想看到温堇妄自菲薄。

得到宁浅的回应，温堇稍稍安心了一些。其实她们两人从没有静下心来认真聊过，或许现在是个不错的机会。

“如果你觉得我出现在你的生活里，真的只能给你带来困扰，”温堇平复情绪，渐渐冷静下来，顿了许久，她才垂眸说出剩下的半句话，“我一定不再纠缠你。”

宁浅去年离开时，说温堇在打扰她的生活，无非是一时气话。虽然之前发生了很多事，但宁浅自始至终没有真正埋怨过温堇。

心摇摆不定着，接受或是拒绝，哪一种她都没办法当即做下决定。碰巧在这时，助理来了电话，宁浅接通才知道晚上临时有客户要见。她拿起包，道：“我还有事，要先走了，抱歉。”

这样无疑又是一种逃避。

温堇的心霎时被泼了盆凉水，她不知道宁浅是真的有事要忙，还是不愿同自己相处而随意找的借口。她从包里拿出一张门票，递到宁浅手里：“这个你拿着。”

宁浅低头一看，是张马戏团巡演的门票，瞬时，宁浅心头便热了。

“我记得你喜欢看这个。”温堇一句话带过一段回忆。

这张门票背后藏着怎样的回忆，宁浅最清楚不过，她第一次单独约温堇出去时，便是送了温堇一张马戏团巡演的门票。她当年对温堇主动做过的事，如今温堇似乎在有意一件件还回来。

温堇默默地注视着宁浅，酝酿了许久，才同她柔声说道：“不管你来不来，我都会等你。”

宁浅攥着门票，不知自己是怎样走出餐厅的。她坐在车里，盯着手里五彩斑斓的门票，傻傻地看了好久，满脑子想的都是温堇。

今天晚上宁浅的状态很不好，应酬的时候也是心不在焉，差点把客户都得罪了。

夜深了。

洗了澡，宁浅躺在床上望着天花板，也不知道望了多久，吊灯有些晃眼，晃得两眼发花，宁浅索性关了灯，一切被黑暗湮没。

五分钟后，灯又亮了。

宁浅翻来覆去，在床上支起身子，拿过皮夹里的那张门票，明晚七点三十分开场，巧的是，她正好也是明晚七点半的飞机飞S市。

人生总是面临无数的抉择，大大小小。

宁浅恼自己，有什么可胡思乱想的，明明一年前就有了答案。她清晰地记得，醉过多少次酒，熬过多少酸楚，她才说服自己，渐渐走出阴郁。今天她又在犹豫什么，为什么不能洒脱一点儿，干脆一点儿，放下了就是放下了。

门票被宁浅撕成了两半，如同去年撕碎她和温堇的合照一样。

次日傍晚，宁浅办理了退房手续，同助理准备前往机场，至于温堇，不给回复，就是给她的最后答案。

“宁总，你昨晚没睡好啊？”

“最近有点累吧。”

助理见领导心情不大好，也没敢多问，保持安静。

汽车一路匀速行驶，离机场越来越近，离市区越来越远。

宁浅合上眼，想小憩一会儿，不到三分钟，又被一通电话吵醒。她揉着额头，无奈，又是那位替她操碎了心的班长。

“喂？”

“浅浅，你跟温堇……怎么回事？”

“我跟她什么事都没有，以后你别安排这种事了。”

“我保证这种事不会发生第二次。这次我是真的没办法，温堇前天晚上突然打电话给我，说要拜托我一件事，你也知道温堇这人，她从不轻易张口求人的，所以我才自作主张。”

宁浅听蒙了。

“浅浅？你在听我说吗？”

“嗯……”

宁浅挂断电话，心迟迟不能平静。

“宁总，怎么了，你不舒服吗？”助理瞧见宁浅接了一通电话后，脸色越发难看，关切地问道。

“我没事。”

“今天你们运气好，一路都没堵车。”司机扶着方向盘，闲聊道，“还有十分钟左右就能到机场了。”

不管你来不来，我都会等你。

窗外的风景还在向后倒退，宁浅忽然抬头喊道：“师傅，麻烦靠边停一下。”

“宁总？”助理不解地望着宁浅。

“我有点急事，你先回去。”

“啊？”

宁浅匆忙下了车，另外拦了一辆出租车，往市区驶去。

（五）

回市区，大约是半个小时的车程。鸦青色的幕布开始笼罩天空，夜幕渐渐降临。

宁浅低头看手机时间一分一秒地跳动。她讨厌自己的卑微，努力想甩掉卑微，可努力过后，依旧如初。

宁浅原以为自己已经从原地走远了，再也不会回头。事实上，她也的确在与温堇背道而驰，只不过温堇一个眼神，就足以让她停下脚步，而简单的几个字，就能让她不顾一切再奔回原点。

有的人能跨过这道坎，有的人深陷泥淖却还在自欺欺人。宁浅承认自己属于后者。

故事的不同结局，往往因为一念之差。倘若宁浅在最后一刻没有动摇，她跟温堇应该算是真正到了终点，或许心中会留下伤痕，但忘却只是时间问题。

可宁浅选择了下车，注定是另一番情形。

华灯初上。

剧场外，温堇已经等了半个小时。

工作人员贴心提醒道：“你好，已经开始检票了。”

温堇微微点头，解释道：“我等人。”

说是等人，可温堇心里也不知道宁浅会不会来，或者说，她觉得宁浅会来的概率小之又小，可昨晚她还是给了宁浅那张票，或许这样就能不那么遗憾。

“马上就开始了，您还不入场吗？”

“我等人。”温堇依旧固执地说道。

进入市区时，车流量变大了。

又是红灯，又是塞车的。

宁浅见时间不多了，她索性下了车，蹬着高跟鞋一路小跑，直接横穿了三个街道。

最近昼夜温差大，许是要变天，晚间风挺大的，有些凉。

温堇站在入口处，看着身畔的人，或三五成群，或成双成对地入场，直到四周空荡，也没出现那个熟悉的身影。

只剩下她一人。

眼前挂着巨幅宣传海报，温堇静静地望着。

宁浅怎么会来呢？温堇低头自嘲着，人如果能这么轻易挽回过去，这世上就没有那么多遗憾了。她看了看手机，依旧没有宁浅的消息。

呼吸急促，心律不齐。宁浅发觉自己原来这么不擅长跑步，而目光却因为不远处高挑纤细的背影而停留，宁浅大口呼吸着，脚步逐渐放慢。

七点三十分，时间刚刚好。

温堇真的在等她。

宁浅努力平复自己呼吸的节奏，以及就快要压抑不住的心情。

不会来了吧？温堇低头望着手中的门票，薄薄的一张纸同灌了铅一般沉重。

怅然转过身时，温堇怔住了，宁浅正站在她身后，喘着气。

看到这一幕，温堇鼻子一酸。

就像从前，她一转身，宁浅总会那么及时地出现在她看得到的地方，只是她那时不懂这些意味着什么。

两个人面对面站着，对视了好一阵。

尽管夜间的灯光有些昏暗，宁浅依旧捕捉到了温堇眼睛里的晶莹。

宁浅即便知道什么也换不来，她也不后悔为温堇默默付出的一切。

温堇无比庆幸，她遇上的是宁浅，换作其他人，肯定早不在原地了，但是宁浅一定会在原地等她。温堇也觉得，这个世界上找不到比宁浅更傻的人了。

这一刻，两人都不太冷静，又都在努力让自己看起来冷静。

过了好几秒，两人才开口说话。

“我以为……”

“我来晚了。”宁浅嗓子显然有些不适，应该是跑来时被风吹的。

近看宁浅时，温堇才发现她额角渗着细汗，一定是赶时间过来的，她凝视着宁浅的双眸，忙摇着头道：“不晚，才刚刚开场，我们进去吧。”

宁浅有些为难：“我忘了带票。”

不是忘了，而是撕了。

就在昨晚，宁浅就没想过今天还会同温堇见面。

门票很紧俏，都是预订的，早已售罄。

“没事，”温堇摇了摇头，从见面开始，她的眼神就死死锁在了宁浅身上，良久，她会心一笑，“只要你来了就好。”

只要你出现，其他都不重要。

接受抑或逃避，都是种煎熬。宁浅喜欢温堇昨天对她说的，她们可以重新开始，为何总要用不美好的记忆来束缚自己呢？或许可以换种方式释怀。

不管怎样，宁浅知道自己彻底败了。

败到无药可救。

不知不觉，宁浅脸上慢慢浮起久违的笑容，她已经好久没对温堇这样笑了，以前她从不吝惜向温堇展露笑靥。

这一笑，让温堇的心稍稍踏实了一些，只是宁浅的笑里夹杂着心事，能看得出来，她的心情并不轻松。

“因为我没赶上。”

“我们下次再看，反正，以后还有很多机会。”温堇话里有话，努力暗示着宁浅，说完还去观察宁浅的神情，她现在太在乎宁浅对她的回应了。

“嗯。”宁浅抿抿唇应道，神色不太自然，倒不是因为不乐意，而是因为有几分紧张。

温堇想了想，又问："那我们今晚去看电影，好吗？"

"好。"

不远处的商场就有影院，两人肩并肩往前走去。

以往她们相处时，总是宁浅费尽心思找话题同温堇聊，如今，倒是温堇更主动一些。温堇不得不承认，自己是个无趣的人："我是不是挺无聊的。"

"是，我又不是第一天认识你。"宁浅答道，一直以来，她想的都是如何去讨好温堇，倒极少像现在这样心平气和地和对方聊着天。

"我还不会哄人开心。"温堇继续说着，尤其是想着之前宁浅眉头紧锁的时候，她恼自己不会安慰，更不会哄人。

她望向宁浅："你就很会。"

宁浅听出了温堇话里的意思："你这样就很好，不需要改变什么。"

温堇听了，安静了一阵。

两人继续迈着步子往前走。

"可我想让你开心。"走着走着，温堇突然说道。

听到这句话，宁浅一愣，停下了步子。

温堇一次又一次给她意外，还是说，她其实根本不了解温堇，至少她以前不曾知道温堇还有这样的一面。

面对宁浅的反应，温堇不解地问道："怎么了？"

宁浅扬了扬唇，笑道："我觉得你挺会哄人的。"

两人挑了部正在热映的科幻片，口碑不错，大家都说剧情精彩，但宁浅和温堇今晚都没太多的心思欣赏，两人的心思，几乎都放在了对方的身上。

宁浅不止一次偷偷去看温堇，有两次两人的目光恰好遇上，温堇也在看她。

宁浅盯着大荧幕，心想着如果今晚她没下车，会是怎样？

她不知道自己今天的选择是不是对的，但她知道这是她潜意识里最渴望的。

电影散场后，已经是晚上十点多了。

果然变天了，室外淅淅沥沥地下着小雨。

两人站在商场门口等了好一阵，也不见雨停，宁浅瞥见一旁有家24小时便利店："你在这儿等我一下，我去买把伞。"

温堇想叫住她，可宁浅已经冒雨去了。

五分钟后，宁浅拿了把长柄雨伞回来："刚好剩下一把。"

"头发都湿了。"温堇边说边贴心地帮宁浅擦着，发丝上残留的水珠打湿了纸巾。

宁浅出神地望着温堇的脸，喃喃道："只是小雨。"

"小心感冒。"温堇柔声道。

宁浅垂了垂眸，问温堇："你车停在哪儿？我送你过去。"

"我没开车过来。"温堇撒了个谎，依然盯着宁浅的眼睛，"你陪我坐公交车，可以吗？"

相比之下，宁浅的眼神有些躲闪："打辆车吧。"

"打车太闷，还是坐公交车吧。"温堇再次坚持，她无非是想同宁浅多待会儿。

宁浅自然还是依着温堇，只是最近的公交车站离这儿也有三分钟的路程。

两个人撑着一把伞，伞不算大，宁浅怕温堇淋着，一个劲地把伞往温堇那边移。

一切的一切，不过是宁浅的习惯性动作，她都没有刻意去想。

"我来撑。"

"没关系。"

温堇执着地从宁浅手中夺过伞柄，她比宁浅要高上几厘米，更适合撑伞。

与此同时，在宁浅没反应过来时，温堇紧紧搂过了她的肩。

宁浅扭头望了望温堇。

"这样不会淋着。"

温堇说话时总是很温柔，同样温柔的是她搂过自己的动作。

站在站台等公交车，宁浅又回想起学生时代，的确回忆满满。

"很久没坐过公交车了。"

"坐公交车也好，"宁浅仔细欣赏着雨中这座熟悉的城市，"绕着市区大半圈，正好看看夜景。"

公交车的路线的确很绕，好在人并不多。宁浅同温堇坐在后排的双人座，视野开阔，透明的玻璃上绽开一朵朵水花，衬得窗外夜色别有风情。

宁浅扭头看着车窗外，温堇就看着她的侧脸。就这样，一路颠簸了四十分钟，但温堇觉得时间过得太快了。

下车时，雨已经停了。

“到了。”

温堇摸了摸宁浅的外套：“衣服都湿了，上楼烘干一下吧。”

宁浅这一次没有拒绝，顺从地上了楼。

温堇去厨房倒了杯热水，递到宁浅手边：“喝点热水。”

“谢谢。”

“你待会儿洗个澡，别着凉了。”温堇说得自然，其实心中忐忑。

“不用了，我还是……”

“今晚别走了，这么晚了。”

又是这句说辞。

宁浅：“才十点多。”

“外面还下雨呢。”

宁浅看着温堇，又煞风景地来了一句：“早就停了。”

温堇愣了愣，转身往次卧的方向走去，嘴里却说着：“我先整理一下房间，你休息休息，我等会儿给你拿睡衣。”

宁浅捧着温热的水杯，不禁低头笑了，温堇的反应摆明了舍不得自己走。宁浅又沉思起来，真是舍不得吗？

（六）

想了许多，宁浅起身，走到了卧室门口。

卧室内，温堇正弯腰整理着被子，宁浅便倚在门口，眼神直直地望着温堇。自己以后是否就可以这样光明正大地望着她，再也不用隐藏心思了？

而如今宁浅觉得，似乎没那么累了。

“床单被褥都是干净的，你现在要去洗澡吗？”

温堇抬头看向门口的身影，轻声试探着问道。

顺着她的话，宁浅点了点头。

温堇欣喜道：“我去给你拿睡衣。”

宁浅下车时走得急，也没顾上其他，就拿了个手包，这会儿行李箱早被助理带回了 S 市。

温堇在衣柜里翻找着睡衣，宁浅就静静地陪在她身边。这一晚上，宁浅时不时走神，因为温堇这样的转变，她一时间有些消化不过来。

“穿这个可以吗？”

“好。”温堇说什么，宁浅都说好，她就要被温堇的温柔冲昏头脑，彻底沦陷了。

温堇将睡裙交到宁浅手中后，手迟疑着没有松开，她望着宁浅的眼眸，反而朝宁浅走近了一步。

宁浅没躲开，几乎都要忘却怎么呼吸了。

温堇轻抚着宁浅的长发，想着宁浅的喜欢和陪伴、原谅和等待，温堇觉得心疼。

宁浅将头靠在温堇的肩上，嘴角扬起心满意足的笑。

一切尽在无言中，个中滋味，只有她们自己明白。

的确，温堇大部分时间很无趣，比如现在，闷声不吭的，宁浅多想听温堇说些更动听的话，然而温堇一开口便是：“快去洗澡，别感冒了。”

“知道了。”宁浅无奈，但很开心。

今晚，两间房，两张床。

两人注定要失眠，因为心里都在想着对方，迟迟没有入睡。

一直到下半夜，宁浅才渐渐被困意打败，被子上有种淡淡的清香，像是温堇身上的，宁浅做了个美梦。

这样的梦对宁浅来说，以前是遥不可及，现在是触手可及。

“宁总，你到S市了吗？

“宁总，你什么时候回来？

“宁总，我们都等着您开会呢。

“宁总……”

“知道了，知道了，我会尽快回公司，你帮我订一张上午的机票，就这样。”

宁浅迷迷糊糊地交代着，要不是一大早连环电话的骚扰，她估计能睡到自然醒。

宁浅从卧室出来时，温堇早就起了，正在厨房做早餐。

今天阳光正好。

宁浅迈着轻盈的步伐走进厨房，温堇并没察觉。

此刻，温堇头发慵懒地绾着，睡裙外简单地披了件开衫，很居家的打扮，下边露出一双白皙纤长的腿。

“早——”温堇刚煎好鸡蛋，笑着说道，“我还想着做好早餐再叫你。”

温堇一转身，宁浅立马收回了脑子里的念头，只是摸了摸胳膊，招呼道：“早。”

“你先去洗漱吧，马上就能吃早餐了。你的衣服都洗好烘干了，就挂在衣架上。”

“谢谢。”

“你不要总对我说‘谢谢’。”

宁浅笑着点头：“嗯，我改。”

清早，只是同温堇说了几句简单的话，宁浅心头就跟抹了蜜一样，她对着镜子刷牙时，笑了好半天。

“今天天气不错，你想去哪儿玩？”

“我上午得回S市。”

“今天上午就走？”温堇有些失落，“我以为你会多玩几天。”

宁浅笑着解释：“本来是说好昨晚回去的，所以公司那边今天催得不行。”

“抱歉。”温堇这才反应过来，“我都没有问你昨晚有没有时间。”

“你也不要总对我说抱歉。”

宁浅套用温堇的话，她想说：和你比起来，误了时间并不算什么。

“几点的飞机？”

恰巧这时，助理给宁浅发来了航班信息，宁浅看了看手机，道：“十点的。”

“吃完早餐，我送你去机场。”

“不用麻烦。”

温堇无奈地笑了笑。

宁浅只好道：“好。”

才好好相处不到一天，就又要分开，两人又都含蓄，心里再舍不得，表面上也维持得大方得体。

两人抵达机场。

“我下车了。”

宁浅解开安全带，转头望了望温堇，心想着是不是该说些其他的，但一时不知道说些什么。

“嗯。”

温堇虽然应着，却在宁浅要开车门时，拉住了她的左手，然后攥在自己的掌心，紧握着。

宁浅停了动作，回过头看着温堇。

“如果你累了，以后就换我来主动。”

温堇攥着宁浅的手，认真说道。

（七）

S市与L市之间相隔近千公里，从温堇消失在宁浅眼前的那一瞬起，宁浅就开始了想念。

从登机到落地，宁浅还在回味着温堇攥着她的手的感觉，时不时笑得像个傻瓜一样。下飞机的第一件事，自然也是给温堇打电话。

只是两人关系才稍有起色，便要异地，真的有些难熬。

温堇像会读心术一样，总是能在宁浅想她时，及时打来电话。

周五，温堇一腾出时间，就马不停蹄地坐飞机去了S市，尽管离她们上次见面，只过了五天。

温堇没提前告诉宁浅，担心打扰到她的工作，再者，她也想给对方一点儿小惊喜。

不知道从什么时候开始，想起宁浅笑着的模样，温堇也会不由自主地扬起嘴角。

春风和煦温暖。

一切有条不紊，如往常一般。

17：30，下班时间到了。

宁浅依然坐在办公室里纹丝不动，她鲜少有准时下班的时候，去年一年，她更是一门心思扑在事业上。

一阵电话铃声打断了宁浅的思绪，她摸过手机，低头看到来电备注，脸上的神情立马换了，从眉头紧锁到笑容明媚，只因看到了某个名字。

“还没下班？”

电话那头传来温堇的声音。

温堇真是她的良药，只是听到温堇的声音，宁浅一天的疲惫都散了。

她起身走到窗前，望着正值暮色的天空：“在公司加会儿班，你忙完了？”

“忙完了。”

温堇坐在咖啡馆，眺望着窗外的晚霞，面含笑意，故意问宁浅，“你今天可不可以早点下班？”

“嗯？”宁浅还没反应过来。

温堇又轻声道：“晚上想和你一起吃饭。”

宁浅顿了一下，问：“你来S市了？”

“嗯。”

宁浅惊喜道：“你怎么突然来这边了？”

“我有点事要来S市处理一下。”

温堇低头，轻轻搅着杯里的咖啡。

“你现在在哪儿？”

温堇光从宁浅的语气里就能听出她的急不可耐，她笑道：“在你公司楼下。”

突然有种幸福从天而降的感觉，宁浅嘴角要咧到耳后根了，她一边笑一边埋怨：“你也不早点和我说，我马上下去。”

好像只要温堇一出现，就能让宁浅慌乱，以前是这样，现在依旧是这样，手忙脚乱之际，宁小姐还不忘仔细补个妆。

电梯里，宁浅恰好遇上公司的高副总，高副总调侃道：“哟，难得啊，今天下班这么早？”

“高总不也是。”

宁浅眼皮不觉跳了跳，笑着敷衍了她一句，心思早已飘远了。

温堇听宁浅已经下来了，便走出咖啡馆，提前在楼下等着。

几分钟后，她看到了宁浅。只不过宁浅身边还有个女人，两个人肩并肩走着，显得有些亲密。

宁浅一眼便看到了温堇，温堇天生是个美人坯子，即使只是简单随性的衣着，往那儿一站，也是一道美丽的风景线。

宁浅还没跟温堇搭上话，手臂就被人拉住了，同时耳边响起了一个聒噪的声音：“亲爱的，今天我没开车，蹭一下你的顺风车。”

温堇朝宁浅靠近的脚步停了下来，又归于沉默。

宁浅觉得自己要被姓高的坑死了，尤其是这一声“亲爱的”叫得娇滴滴的。

宁浅拒绝人时一向委婉，这回她却果断地推开对方的手：“高总，我今天不方便。”

又说了几句，宁浅才将身边的人打发走。

“她是我的同事，负责市场的。”

人一走，宁浅就急着去向温堇解释，生怕温堇误会什么。

“嗯。”温堇淡淡地应道。

宁浅释然，觉得自己太过紧张了，温堇怎么会听不出来那只是一句玩笑话，道：“你应该提前告诉我，我好去接你。”

温堇笑而不语。

两人准备先找家餐厅吃饭。

正值下班高峰期，路上非常拥堵。

“人多，车堵，节奏快，我还是喜欢L市。”

宁浅握着方向盘，同温堇碎碎念，她之所以这样说，更多是因一个人恋着一座城。

温堇在想些什么，一时没接宁浅的话。

“是不是累了？”宁浅关切地问道。

温堇摇摇头，还是没忍住问道：“你跟同事的关系看起来不错。”

话题突然又被带回之前。

宁浅一愣，原来温堇还在在意刚才那件事，解释道：“我跟她不熟。”

“不熟会那样叫你？”温堇语气一如平常。

“她对谁都那样。”

看着温堇云淡风轻的神情，宁浅琢磨了好一会儿，觉得温堇或许是因为高总那句话生气了。

“真的。”宁浅求生欲立刻膨胀起来，“她那人自来熟，就喜欢开玩笑。”

见宁浅急了，温堇弯唇笑了。

发现宁浅发丝微微凌乱，温堇伸手替她理了理，轻柔又认真。

温堇的靠近，让宁浅沉浸在幸福之中不能自拔。和温堇单独相处时，宁浅恨不得时光能够永远停在这一刻。

晚餐过后，宁浅开车去酒店帮温堇拿了行李，然后回自己那儿。为方便上班，她在市区租了一套公寓。她喜欢开阔的视野，所以挑了高层的公寓，站在窗边，几乎能俯瞰整座城市的夜景。

宁浅爱喝红酒，平时也收藏了不少，独酌的情况更多，有人一起喝，那又是另一种情调。她走到温堇身畔，递过一杯红酒。

“来了也不第一时间找我，还住酒店。”

温堇同宁浅碰杯，轻抿一口。她望着宁浅，娓娓说道：“半年前我来S市，想过找你，但又怕打扰你，怕你不肯见我。”

“我说的是气话。”

“我知道，以后不会了。”

两个人一边品着酒，一边聊着天，偏偏电话来得不是时候。

“接电话吧。”温堇下意识地抿了抿唇。

“嗯。”宁浅心不在焉。

宁浅讲着电话，温堇就站在一旁继续喝酒，喝着喝着突然笑了。

半分钟后，宁浅挂断电话。

“有事吗？”

“没什么事，你要不要早点洗澡休息？”

晚间，两人洗澡过后。

“你想睡哪个房间？”

“我都可以。”

“那你就睡这间，你早点休息，有事叫我。”宁浅拨了拨头发，道，“明天我再带你出去逛逛。”

温堇盯了宁浅一阵：“嗯，你也早点休息。”

宁浅回到自己的房间，躺在空荡荡的双人床上，她后悔了，辗转反侧睡不着觉。

有什么可矜持的，她们好不容易见次面，说实话，她恨不得分分秒秒都能和温堇在一起。

另一间房里，温堇也还没睡。

十分钟后，敲门声响起。

“门没锁。”温堇应了一声，见宁浅过来，就静望着她等她说话。

宁浅摸了摸头发，每次拐弯抹角说些蹩脚的话时，她总爱做这个习惯性动作：“最近有点降温，被子会不会太薄了？”

这让温堇想起了大学时，宁浅搭讪她的各种理由，一开始吧，觉得这人有点傻，到后来，似乎又傻得有点可爱，尤其是笑起来特别可爱。

温堇一眼识破了宁浅的心思，她没说什么，只是掀开了被子的另一边，笑望着宁浅。

一切尽在不言中。

宁浅抿唇一笑，直接将门带上，三两步爬上了床。

温堇笑个不停，平日也只有和宁浅在一起时，她才有这样的一面。

宁浅拉上被子嘀咕道："有什么好笑的？"

"觉得你好笑。"温堇挪过身子，"这么多年了，还是这一套。"

"我没什么经验。"宁浅实话实说。

温堇侧过身，和宁浅面对面躺着。

"你这次来要忙什么？"温堇她之前只是说来S市有事。

"没什么要忙的。"

"那你过来……"宁浅话说一半，才明白。

温堇如实道："想见你。"

宁浅凝视温堇良久，然后心血来潮，像个小孩子一样计较："把'见'字去掉，再说一遍。"

"嗯，想你。"温堇依着宁浅，只要她开心，自己便开心。

宁浅果然笑了，一脸满足。

想要的就这么简单。

这些年错过的美好，从今天起，都要一一找回。

"温堇。"明明正感受着对方的温暖，宁浅却还傻傻道，"我不敢相信这是真的。"

"傻瓜。"

温堇轻抚着宁浅的后背，用尽自己所有的力气去温暖她。

番外二 >>> **看海**

春节，都是些常规安排。景芮先陪池嘉回了趟老家，池嘉又跟着景芮去S市待了几天，等陪好两边的家长，她们才匀出时间去旅行。

池嘉和景芮喜欢热闹，喜欢到处玩玩逛逛。

春节长假是个难得的机会，两个人都有时间，少不了出去度假放松一下。

抵达H市时是傍晚，斜阳昏黄，静谧地铺在沙滩上。

一到酒店房间，池嘉就三两下脱了外套。只见她往沙发上四仰八叉一躺，拖着又长又疲惫的嗓音："可算是解脱了。"

景芮跟着在沙发边坐下，见池嘉的模样，满眼笑意。

池嘉的性格哪里跟文静、乖巧搭得上半点关系，这些天倒是装得有模有样，跟换了个人似的。

"谁让你装的？连说话都掐着嗓子，累不累。"

景芮在池嘉的腿上捏了一把，她早就习惯了池嘉的咋咋呼呼，听池嘉轻声细语地说话，就觉得别扭、搞笑。

池嘉嘟囔道："我还不是为了给你爸妈留个好印象。"

"终于承认你对我不好了？"景芮不忘来一句，"小母老虎。"

不知道从什么时候起，她完全接受了"小母老虎"这个外号，其实她还挺爱听景芮这么叫她的。

“你过来。”池嘉伸手钩住景芮的手指，拉了一拉。

“干吗？”景芮明知故问。

池嘉不多说什么，连拖带拽的，最后推着景芮一起在沙发上躺下。

景芮早就摸透了池嘉的性子，有时候挺像小孩的，要哄。

池嘉这会儿心满意足地笑了。

“咝——”景芮扭了扭脖颈。

“怎么了？”池嘉赶紧抬头。

“昨晚落枕了，脖子疼。”

池嘉一听，催促道：“快起来，我帮你揉一下。”

“池小姐，”景芮不满道，“你关心我的时候能不能稍微温柔点。”

“要求可真多，我怎么不温柔了？”池嘉凶巴巴地反问，不过声调还是降了几分，“起来了，我帮你揉揉。”

景芮无奈地看着池嘉。

池嘉盘腿坐在沙发上，撩开景芮的长发，轻柔而有力地揉按着她的脖子。

景芮喜欢把池嘉脾气差挂嘴边，只是单纯打趣罢了，池嘉看着大大咧咧，但对她，该细心的时候细心，该贴心的时候贴心，从没含糊过。她心里都清楚。

“这里疼？”池嘉边按边问。

“嗯。”景芮眯眼放松下来，喉间哼出细细碎碎的低音，“再往左边一点。”

池嘉蹙了蹙眉，道：“你声音能不能低调点？”

“又没别人。”景芮回头，懒懒地瞥了池嘉一眼。

池嘉紧抿着唇，的确是无法反驳的大实话。

景芮莞尔，瞧着池嘉，咬了咬下唇，又溢出一两声舒服的呢喃：“再用力点。”

“你消停点。”

池嘉怀疑景芮是故意的，向景芮抛去一个嫌弃的表情。

景芮挑眉道：“那我以后不出声了？”

池嘉吐槽道：“说得你自己能忍得住一样。”

“池嘉。”

这得意的样子，景芮忍着脖子疼，伸手掐住池嘉的半边脸蛋，轻轻捏了几下。

池嘉直嚷："景芮，你打人啊。"

"打人也是跟你学的。"景芮笑道，顺便提醒池嘉，"对了，明早不要睡懒觉，说好要陪我看日出的。"

"知道了。"池嘉对看日出这事存疑，"你起得来吗？"

景芮说："你能起来我就能起来。"

池嘉还是不信，景芮挺能睡的，不比她差。

果不其然，第二天闹钟聒噪地响了四遍，两人还是没能起来。

池嘉被闹钟吵得头大，掀起被子蒙住脑袋，用脚踢了踢景芮："起床了。"

景芮没睁眼，一动不动，含糊道："你先起。"

池嘉不干："凭什么……你先起……"

抛皮球一样，你推我我推你，最后两人谁都没点动静。她们日常这样赖床。

闹钟又开始响了。

第五遍了。

池嘉受不了这噪音，先认输，她睁眼关掉闹钟，迷迷糊糊瞧见景芮的面容略有些憔悴，起床气瞬间没了。她挺心疼景芮的，她知道景芮假期都没能好好休息，时不时要分出时间处理公司的事。

"日出有什么好看的。"

池嘉嘀咕着埋怨了一句，但过了会儿，她小心翼翼地拍了拍景芮的脸颊，轻声叫着，"景芮——"

"嗯？"景芮眯着眼应了一声。

"还想不想看日出？不看就继续睡。"池嘉说。

"想看。"景芮慵懒地拖着尾音，这才稍微睁开了眼。

困成这样还要看，池嘉看了一眼时间，对景芮说："再睡十分钟，我待会儿叫你。"

景芮又应了一声："嗯。"

池嘉强打起精神起床，先去洗漱，十分钟后，再给景芮当人工闹钟。她以前起床气是真的大，现在已经温和了不少，改变了许多。

景芮虽然也会赖床，但她有时间观念，不会拖过头。当她看到池嘉连衣服都帮她拿过来以后，笑问：“今天怎么对我这么好？”

池嘉坐在床边，带点儿委屈地回了句：“我平时有虐待你吗？”

什么跟什么，景芮“扑哧”一声被逗笑，她跟池嘉相反，刚醒来时爱撒点娇：“扶我起来。”

池嘉不自觉地扬起一抹浅笑，她弯了弯腰，扶着景芮坐起身：“你几岁了，还这样？”

景芮搂着池嘉的脖颈，理直气壮道：“撒娇还要分年纪吗？”

池嘉不知道说什么了，反正说不过，她在景芮的腰上不轻不重地掐了一把：“狐狸精，再不起来就要天亮了。”

两人乘电梯下楼。

今天起了个大早，池嘉整个人都是蔫的，眼睛半睁不睁，一脸“没睡醒别惹我”的表情。

“还没醒？”景芮抬手理了理池嘉略微散乱的长发，边笑边说，“奇迹啊，今天居然能起来。”

“还不是因为你。”池嘉抬眸，噘起嘴朝景芮抱怨，而后头一歪，直接靠在景芮的肩上闭目养神。

景芮扭头瞥着池嘉紧闭的眉眼轻笑，不动声色地拉住池嘉的手。池嘉依然没睁眼，但嘴角轻扬了下。

没多久，电梯停了。

门一开，电梯口站着两个面容姣好的女人，一个清清冷冷，一个优雅成熟。

池嘉帮忙按了下开门键。

“谢谢。”其中一人开口。

“不客气。”池嘉笑了笑，见对方背着一块画板，看着像要去写生，便顺口问了一声，“你们去写生？”

“嗯。”那两人同时礼貌而温和地笑着应了一声，似乎都挺高冷的。

池嘉目光扫过，背画板的女人穿着吊带裙，虽然安静，肩头若隐若现的文身却很惹人注目。

池嘉对这方面感兴趣，不禁多看了两眼。

景芮斜眸，将池嘉的一举一动都看在眼里，然后，她不轻不重地踩了池嘉一脚。

池嘉回头看景芮，有些不明所以。

景芮假意无事发生，皮笑肉不笑，给池嘉一个眼神，让她自己体会。

池嘉似乎明白了什么，心想，不会这么小心眼吧？

海滩上，人不算多，也不算少。

不少摄影爱好者已经支起了三脚架，做着准备工作。

此时天刚破晓，蒙蒙亮，淡青色的天空渐渐泛白，远处的天际微微透着点金灿的光，日出在即。

大口呼吸着海边清晨的新鲜空气，风和煦地吹来，心也渐渐放松下来。当看到金灿的太阳跃出海平面时，那一刻的震撼，所有等待都是值得的。

“鸭蛋黄出来了，好漂亮！”池嘉摇着景芮的手臂，万分激动，哪里有半点没睡醒的样子。

“看什么都像是吃的，没见过你这么爱吃的。”景芮目光聚在池嘉镀上晨光的侧脸，眼底填满了笑意。

“我要是不爱吃，不是白瞎你的厨艺了。”

“你的意思是我还得感谢你？”景芮挑眉道。

“当然啦。”池嘉理直气壮得自己都笑了。

景芮被池嘉的厚脸皮逗笑了，阳光下的笑容格外温暖好看。

池嘉凝视着景芮的笑脸，有点出神，她看过许多次日出，但景芮陪在她身边的时候，才是最美的。

“景芮。”吹着海风，池嘉突然温柔地叫了声。

“嗯？”景芮看着她。

池嘉没再说话，而是挽着景芮的手臂，将头轻轻地靠在她的肩上。

池嘉难得有这么恬静的时候，景芮反倒不太适应，故意问道：“怎么了？”

池嘉把下巴支在景芮的肩上，嚷道：“突然想文静一下，不行啊？”

恬静不过三秒，还是老德行。景芮笑个不停，虽然池嘉有时候挺能折腾人的，但遇上池嘉以前，她从未这样开心过，矫情点说，池小姐就是她的小太阳。

两人坐在沙滩上，悠闲地吹着海风。放眼望去，景芮发现不远处有两人支着画架，站在海滩上画画，恰是早上在电梯里偶遇的那两人。

池嘉看向景芮看着的方向，也留意到了。

“那个姑娘还挺好看。”景芮扬了扬下巴，突然对池嘉冒出一句。

“什么？”池嘉觉察不对。

“电梯里遇到的，肩上有文身的那个。”景芮较上劲了，补充道。

池嘉直起腰，想起景芮在电梯里踩她的那一脚，听懂了景芮的潜台词，她笑景芮：“你也太小心眼了吧？”

“池嘉，你还说我小心眼？”景芮揪住池嘉的脸颊，“我看你眼睛都长人家身上了。”

“我哪有？”池嘉委屈，不过看了两眼。

景芮松开手，淡淡地应道：“哦。”

池嘉揉了揉脸，笑道：“你至于这样吗？”

“至于。”景芮为自己打抱不平，“只许你无理取闹，不许我无理取闹？”

“我就是看她的文身挺有个性的。”池嘉牵着景芮的手摇了两下，解释道。

景芮问：“怎么，你也想文一个？”

池嘉立马摇头：“不要，我怕疼。”

景芮也猜到了，池嘉被蚊子咬一口都能嗷嗷叫。她再次看向不远处，不得不说，美女和美女坐在一起就是养眼。景芮不由得在心里感叹了一句。

池嘉爱吃爱逛，景芮就陪她到H市好吃好玩的地方四处打卡。一整天下来，还挺累人的，两人直到天黑才回酒店。

晚间池嘉洗完澡从浴室出来时，景芮正坐在床上擦身体乳。

池嘉拢了拢蓬松的长发，跟没事人似的，往床边走去，准备装傻混过去。

景芮见池嘉过来，双臂撑在柔软的大床上，身子微微后仰，再慢慢抬起一条纤白的长腿，脚掌抵在池嘉腰间，不让她上床：“白天有人打赌输了，说好的睡沙发。”

池嘉这才想起来，两人在海滩无聊，随口打了个赌。

“你真要我睡沙发？”池嘉企图蒙混过关。

“愿赌服输。”

池嘉撇了撇嘴，嚷嚷道：“睡沙发就睡沙发，我看沙发也挺舒服的。”

景芮笑着，不置可否，舒舒服服地在床上躺了下来。

池嘉转过身，往一旁的沙发走去，一步，两步，才走三步，她骤然转过身，什么也没说，直接风风火火地往床上爬，动作一气呵成。

“嗯，池嘉——”被褥摩擦出一片声响，待景芮反应过来时，已经被池嘉强行从背后紧紧抱住了，牛皮糖一般。

“你耍赖啊。”景芮转过头看池嘉，语气里没有半分生气，只有无奈和笑意。

池嘉咯咯地笑着，她就要赖皮了，她不信景芮还能把她踢下床。两个人推推搡搡的，床上传出好听的笑声，老大不小了，这样的行为真是幼稚。

“放开我。”

“不放。”池嘉以树袋熊式抱法，死死地把景芮圈在自己身前。

“你去睡沙发。”景芮虽然还这么说，此刻，却任由池嘉抱着。

“我怕你舍不得。”池嘉态度软了下来，她性格大大咧咧，很少在景芮面前撒娇，但她知道，她只要撒娇，景芮一定会依着她。

景芮的确这样。

“脸皮真是够厚的。”景芮懒懒地瞟了池嘉一眼，冷不防地问道，“你是不是嫌我年纪大了？”

这话题切换得猝不及防。

池嘉立即委屈道：“哪有？”

“那你今天看人家小姑娘看得那么起劲？”

居然又绕回了这个话题，永远不要小看女人记仇的本领。平时都是池嘉折腾景芮，今天风水轮流转了。

“我真的只是看她的文身。”池嘉看景芮这么在意，只好老老实实地向景芮认错，态度诚恳，“我知道错了，我不应该多看她两眼。”

景芮倒“扑哧”一笑：“逗你的。”

“幼稚！”池嘉不满道。

两人你一句我一句地斗嘴，一直到夜深才睡。

番外三 >>> **某天**

雨淅淅沥沥下了一整天，简直让人心烦。

偌大的办公室里空荡安静，只有两个设计师还坐在工位前，打算跟设计方案死磕到底。

池嘉是加班中的一个。

她今天有点儿低烧，偏又遇上个不好说话的甲方，本来都快定稿了，哪知道对方突然来个灵光乍现。总之三个字：继续改。

虽说做设计这行，改稿是家常便饭，池嘉早就习以为常了，但被折腾狠了，难免还是会血压上升，情绪崩溃。

池嘉支着脑袋，歪头盯着屏幕，这会儿头晕眼花，丝毫没有头绪。她伸手摸了摸额头，还是烫的，烧还没退。

“小嘉，我先下班了，你走的时候记得关灯。”同组的另一位设计师关了电脑，准备下班。

“嗯，明天见。”池嘉应道。

“明天见。”

脚步声渐远，办公室里寂静一片。

池嘉软绵绵地趴在办公桌上，低烧虽算不上多严重的事儿，但磨人。她整个人恹恹的，说不出的难受。

摸过手机，池嘉突然想，要不要给景芮打个电话？转念一想，这么点小事给她打电话，是不是太矫情了？

手机这时却振动起来，时机恰好。

池嘉回过神来。

来电显示：狐狸精。

望着备注，池嘉抿嘴笑起来，她没有第一时间滑动接听，不想显得自己很急。几秒过后，她才接通电话："喂？"

对方开口："在做什么？"

"还在加班。"池嘉如实回答。

"还在公司？"

"快要下班了。"池嘉在心中猜景芮接下来会说什么。

"外面下雨了，我来接你吧。"景芮望着窗外，雨滴噼里啪啦地打在窗玻璃上，怕某人又要口是心非，她柔声地补充一句，"我想见你了。"

一猜一个准，池嘉不禁露出得意的笑容，可嘴上依旧不饶人："才一天没见，有这么夸张吗？"

"池嘉——"景芮拖长了尾音，语气带着浓浓的无奈。

池嘉轻笑了几声，她就是喜欢跟景芮拌嘴。

经历过上次的地震后，两人就说好了，她们以后都不要再跟对方犟了。她都记着呢！

"那你手臂还疼吗？"池嘉低头把玩着钢笔，转移话题。

景芮在地震中是受了点伤，不过只是皮外伤，不碍事，加上这么多天过去了，连疤都看不出来了。

池嘉这么说，显然是在找台阶下。

景芮立马会意，对着手机那头说道："疼，需要人照顾，你今晚必须过来。"

"一把年纪了，真受不了你。"池嘉碎碎念。

景芮声音带笑："受不了吗？我怎么听着你还挺开心的？"

池嘉"嘁"了声。

最后，池嘉还是乖乖等景芮开车来公司接她。下雨，又是深夜，景芮自然不放心池嘉一个人打车。

收到景芮到了的微信后，池嘉才关上电脑准备下班。她揉了揉胃，眉头微微皱起，她晚上加班还没来得及吃东西，胃不太舒服。

电梯下行至一楼，门刚开，池嘉便看见站在过道里的景芮，她心底莫名其妙地暖了起来。

“加班加傻了？”景芮拉过池嘉，瞧她走神，调侃了一句。

“你才傻。”池嘉拉紧景芮的手，跟着她往外走。

汽车驶过湿漉的地面，雨有越下越大的趋势。

池嘉头晕，盯着挡风玻璃上的水花，不一会儿就睡了过去。

等红灯时，景芮无意瞥见池嘉歪着头打盹的模样，笑了一路。

等池嘉迷糊睁开眼，车已经停在地下车库了。景芮摸着她的额头，低声问道：“不舒服？好像发烧了。”

“嗯，有点儿低烧。”池嘉凝视着景芮的脸，声音也柔了下来，本来还好，被景芮这么一关心，倒有几分委屈了。

“怎么不跟我说？”难怪无精打采的。

“低烧，不要紧。”

尽管这么说，景芮还是不放心：“去医院看看。”

“不要。”池嘉理直气壮，“我怕打针。”

景芮头一回听池嘉说怕，哭笑不得，她跟哄小孩一样：“行，不打针，拿点药吃。”

“我买了退烧药，想着吃完晚饭再吃，结果忘了。”

景芮了解池嘉的习惯：“加班又没吃晚饭？”

池嘉默认。

“你有胃病自己不知道？还折腾。”

“景芮，你还凶我。”池嘉扬起点声调，委屈巴巴的。

景芮摸了摸她的脸颊，安慰道：“好了，回去煮面给你吃。”

“嗯。”池嘉满意地露出笑容。

幸福大概就是你需要安抚的时候，她总能一眼看穿，并且及时送上一个温暖的拥抱。

回到家，景芮在厨房里煮面，池嘉抱着抱枕窝在沙发里，看电视上播的综艺节目。生病本应该没什么胃口，但闻到厨房传出的香味，成功勾起了她的食欲。

池嘉是实打实的吃货，嗅着味就过去了。

景芮做了她最爱的牛肉面。

“煮这么多，你喂……”

“猪”字差点说出口，池嘉硬生生咽了回去。

景芮笑得妩媚：“是啊。”

池嘉狠狠瞪了景芮一眼。

“你又不是吃不完。”

吃完是没问题，大晚上的，池嘉主要是怕长肉，道：“你跟我一起吃。”

“我不吃，怕胖。”景芮说。

“要胖一起胖。”池嘉又拿了一双筷子。

景芮被逗乐了，拗不过，只得陪着。

就这样，两个人就着一碗面吃了起来。池嘉爱吃肉，景芮夹着牛肉一片接一片地往池嘉嘴里塞。

她喜欢看池嘉吃东西，感觉比别人吃得要香。

“哎！你别都让我吃。”池嘉鼓着个腮帮子，不甘示弱，也夹起肉往景芮嘴里塞。

互相塞着肉，两人边吃边笑，一碗牛肉面被消灭得干干净净。面确实煮得多了点，两个人吃刚刚好。

吃完夜宵后，电视里的节目还在继续，池嘉一边看，一边乐呵呵地傻笑。

景芮端着一杯温开水走了过来，贴着池嘉在沙发上坐下，一只手递药，另一只手递水，道：“先把退烧药吃了。”

池嘉的视线从电视屏幕上移开，刚想伸手去接药，景芮已经送到了她嘴边。她瞥了景芮一眼，乖乖张口将药片含进嘴里。

池嘉承认自己现在有点儿矫情，可她好喜欢这种感觉。景芮有太多地方打动她了，比如景芮每次接她下班，一定是到了楼下才给她发消息，绝不会让她多等。

很多无声的细节要比口头关心更让人动容。

景芮贴心地将玻璃杯递到池嘉的唇畔。

池嘉抿了一小口水，正正好的温度，不凉也不烫。

“还难受？”

景芮将水杯搁到一旁的茶几上，腾出手，拍着池嘉的背，低头道，“洗完澡早点睡。”

池嘉望着景芮，慵懒地叫了一声：“景芮。”

景芮：“什么？”

池嘉眨巴眨巴眼睛，道：“我发现你还挺温柔的。”

“池小姐，你真是后知后觉啊！”

景芮极轻地捏住池嘉的半边脸颊，她自认不是个温柔的人，但对池嘉，她绝对担得起这两个字。

池嘉以前见识过景芮的温柔，但跟现在不一样，当初感觉就像云像雾一样缥缈，现在会觉得，安心踏实。

“我跟你说，我今天碰到个客户，让我改了七八稿，本来都快定稿了，快下班的时候又变卦。”池嘉开始跟景芮吐槽起工作上的事，“比你还奇葩讨厌。”

景芮本想安慰一下，听到最后一句，直接语塞。

池嘉想了下，改口道：“我仔细想了想，还是你当初更讨厌。”

景芮又是一阵语塞：“好好好，你生病，你说什么都对。”

池嘉不服气，再次强调了一遍：“我说的都是大实话，你当初是真讨厌。”

“池嘉，”景芮半开玩笑地呛回去，“我还没嫌你脾气差呢。”

“哦，你还敢嫌我脾气差？”池嘉扬起声调。

她们之间果然和谐不过三秒，只是互相呛着呛着，却又不约而同地笑起来，还停不下来。

池嘉不再说话，她不动声色地又抱紧了景芮几分，心情好多了。

景芮揉着池嘉的头发，唇边带笑。

安静也好，闹腾也好，跟她待一块儿，什么都好。

窗外雨还在下，天气预报显示接下来一周都是阴雨天。

池嘉以前挺讨厌下雨的，没完没了，湿漉漉的惹人烦。但此时，她听着外边哗哗的雨声，身边还有景芮，心变得很静很静。

景芮曾对她说，只对她一个人这样关心在乎。池嘉不禁想，很久以后，她们是否还会像现在这样？

不知不觉，她又多想了。

人总要经历一些事，才会明白一些事。

如果不是上次地震，她或许还不清楚景芮对她的重要性。

未来还有许多未知，池嘉想，当下她在自己身边，就好。

“困了？洗澡睡觉。”

“嗯。”池嘉脸贴着景芮，鼻尖细嗅，她闷声闷气地问，“你身上为什么总这么香啊？”

“因为你爱闻啊。”景芮笑道，“属狗的。”